譯註 三國演義

삼국
연의

3

나관중 지음 / 박을수 역주

〈제31회 ~ 제45회〉

보고사

길 잡 이

1) 나관중의 삼국지는 [삼국지통속연의](三國志通俗演義)이고, 모종강 본은 [회도삼국연의](繪圖三國演義)가 원제이다. 여기서는 [삼국연의](三國演義)를 책명으로 하였다.

2) 이 책은 중국고전소설신간 [삼국연의](三國演義: 120回·臺北市 聯經出版事業公司印行)을 저본(底本)으로 하고, 여러 이본(異本)들을 참고한 완역(完譯)이다. 다만 모종강(毛宗崗) 본에 있는 '삼국지연의서'(三國志演義序·人瑞 金聖嘆氏 題)·'삼국지연의서'(三國志演義序·毛宗崗)·'독삼국지법'(讀三國志法·毛宗崗) 등과 매회 앞에 있는 '서시씨 평'(序始氏 評)과 본문 중간 중간의 ( ) 속에 있는 보충설명(이를 '夾評'·'間評'이라고도 함) 등은 번역하지 않았다. 그 이유는 이 부분이 독자들에게는 꼭 필요하지 않을 것이라고 생각했기 때문이다.

3) 지금까지 나온 [삼국지](三國志)는 김구용·박기봉의 번역본에서부터 이문열의 평역본에 이르기까지 여러 종이 있고, 또 책마다 특장(特長)을 지니고 있다. 그러나 삼국지의 원래의 뜻을 충분히 이해하는 데는 한계가 있는 것 같아서 이를 보완하는 데 심혈을 기울였다. 그것은 각주(脚註)만도 중복되는 것이 있기는 하지만, 2천 6백여 항에 달하고 있음을 보면 이해가 될 것이다.

4) 인명(人名)·지명(地名)·관직(官職) 등은 특별한 경우가 아니면 주석하지 않았다.

5) 주석은 각주로 쉽게 하였으며 참고하기 편하도록 매 권의 끝에 '찾아보기'를 붙였다. 또 연구자들을 위해서 출전(出典)·용례(用例)·전거(典據) 등을 밝히고, 모아서 별책(別冊)으로 간행하였다.

6) 인물(人物)·지도(地圖) 김구용의 [삼국지](三國志)에서 빌려 썼다.

차 례

삼국연의
3

나관중 지음 / **박을수** 역주

원소

제31회

조조는 창정에서 원소를 파하고
현덕은 형주에서 유표에게 의지하다.
　曹操倉亭破本初
　玄德荊州依劉表.

　한편, 조조는 원소가 패한 틈을 타고 군마를 재정비하여 줄기차게[1]
원소를 추격하였다. 원소는 복건에 단의를 입은 채 8백여 기만을 이
끌고 도망가 여양의 북쪽 강가에 이르자 대장 장의거(蔣義渠)가 영채에
서 나와 맞았다. 원소는 전에 있었던 일을 자세히 말하고 의거와 의논
하였다. 장의거는 이미 흩어진 군사들을 초유하였다.[2] 원소가 살아
있다는 소식을 듣고는 또 군중들이 몰려들었다. 그래서 군세가 다시
떨치게 되고 기주로 돌아갈 것을 의논하였다. 군사들이 행군하다가
밤이 되어 황산(荒山)에서 잠을 자게 되었다.
　원소는 장막 안 먼 곳에서 들려오는 통곡소리에 마침내 혼자서 가
들어보았다. 패군들이 서로 모여서 형은 동생이 죽은 것을 말하고 어
버이를 잃은 고통을 말하면서, 각자가 가슴을 치며 크게 울고 있었다.

---

1) 줄기차게[迤邐] : 군사들의 대오(隊伍)가 산길을 따라 구불구불 잇달아 길게
　이어짐. [爾雅 釋訓]「迤邐 旁行也」. [梁簡文帝 從軍行]「迤邐視鵝翼 參差観雁行」.
2) 초유(招諭) : 소유(召諭). 불러서 타이름. [三國志 魏志 劉放傳]「放善爲書檄
　三祖詔命 有所招諭 多放所爲」. [北史 魏道武帝紀]「招諭之耀 兵揚威」.

다들 말하기를,

"만약에 전풍 장군의 말을 들었더라면 우리들이 지금 이런 화를 당했겠는가?"

하였다.

원소가 크게 후회하며,

"내가 전풍의 말을 듣지 않아서, 싸움에 지고 장수들을 죽게 하였도다. 이제 돌아가면 무슨 낯으로 저를 볼꼬!"

하였다.

다음 날 말에 올라가려는 중에 봉기(逢紀)가 군사들을 이끌고 와서 영접하였다.

원소가 봉기에게 말하기를,

"내가 전풍의 말을 듣지 않아 이런 패배를 당했소. 내 이제 돌아가면 그를 보기 부끄러울 것이오!"

하자, 봉기가 저를 참소하기를

"전풍이 옥중에서 주공께서 패했다는 말을 듣고서 손뼉을 치며 크게 웃으면서 '과연 내 추측에서 벗어나지 않았구나!' 하였습니다."

하니, 원소가 크게 노하여

"한낱 서생이 어찌 감히 나를 비웃다니! 내 반드시 저를 죽이리라!"

하며, 도리어 사자에게 보검을 주어 먼저 기주에 가서 옥중의 전풍을 죽이라 명하였다.

이때, 전풍은 옥중에 있는데, 하루는 옥리가 와서 말하기를

"별가 어른께 축하를 드립니다."

하거늘, 전풍이 묻기를,

"무슨 좋은 일이 있어 축하를 하오?"

하니, 옥리가 말하기를

"원장군께서 대패하여 돌아오신다니, 당신을 틀림없이 중하게 여기지 않겠습니까."

한다.

전풍이 말한다.

"내 이제 죽겠구나!"

하자, 옥리가 그 이유를 묻기를

"사람들은 다 당신이 기뻐하리라 생각하는데, 당신께서는 어찌하여 죽는다 말하시오?"

하니, 전풍이 대답한다.

"원장군은 겉으로는 너그러우나 내심 시기심이 있어 충성됨을 생각하지 않는다오. 만약에 승리해서 기쁘다면 오히려 나를 사면해 주겠지만, 이번 싸움에 패하여 수치스러우니 나는 살 가망이 없소이다."

하자, 옥리가 믿지 않았다.

문득 사자가 보검을 가지고 와서 원소의 명을 전하면서 전풍을 죽이려 하거늘 옥리가 크게 놀랐다.

전풍이 말하기를,

"내 진실로 죽을 줄 알았다."

하거늘, 옥리가 모두 눈물을 흘렸다.

전풍이 말하되,

"대장부가 천지간에 나서 그 주인을 알지 못하고 섬겼으니, 참으로 어리석은 일이로다. 내 오늘 죽음을 받지만 무엇을 애석해 하겠는가!"

하고, 옥중에서 스스로 목을 찔러 죽었다.

후세 사람의 시가 있다.

어제는 저수가 군중에서 죽더니
오늘은 전풍이 옥중에서 죽누나.
　昨朝沮授軍中死
　今日田豐獄內亡.

하북의 동량들이 모두 다 죽으니3)
본초 진영은 어찌 초상집이 아니랴!
　河北棟梁皆折斷
　本初焉不喪家邦!

전풍이 이미 죽자 이를 들은 사람들이 다 애석해 하였다.

원소는 기주에 돌아오자, 마음이 혼란하고 생각이 어지러워 정사를 돌보지 못하였다. 그 아내 유씨가 후사 세우기를 권하였다.

원소는 세 아들을 두었는데 큰 아들 원담(袁譚)은 자를 현사(顯思)라 하는데 청주에 가서 지키고 있었고, 둘째 원희(袁熙)는 자를 현혁(顯奕) 이라 했는데 나가 유주를 지키고 있었다. 셋째 아들은 원상(袁尙)이라 했는데 자는 현보(顯甫)로 이가 곧 원소의 후처 유씨의 몸에서 태어났 다. 나면서부터 생김새가 준걸하여 원소가 심히 저를 사랑하여 늘 가 까운 주변에 있게 하였다.

관도의 싸움에서 패한 뒤부터 유씨는 원상을 세워 후사를 삼을 것

---

3) **동량들이 모두 다 죽으니[棟梁皆折斷]** : 나라를 떠받칠 인재들이 거의 다 죽 었음. 「동량지재」(棟梁之材). 동량재(棟梁材). 한 집안이나 나라를 다스릴 만 한 큰 인재. 여기서는 '집을 떠받치는 기둥'의 의미임. [吳越春秋 句踐入臣外 傳]「大夫文種者 國之**棟梁** 君之瓜牙」. [世說新語 賞譽]「庚子嵩目和嶠 森森如千 丈松 雖磊砢有節目 施之大廈 有**棟梁**之用」. [書言故事 花木類]「稱人才幹 云有**棟 梁之材**」.

을 권하였다. 원소는 곧 심배·봉기·신평·곽도 4인과 상의했다. 원래 심배와 봉기 두 사람은 원상을 돕고, 신평과 곽도 두 사람은 원담을 지지하여 네 사람이 각각 주공을 삼고자 하였다.

그때, 원소가 네 사람에게 묻기를,

"지금 외환이 그치지 않으니 내사(內事)를 어쩔 수 없이 일찍 결정해야겠어서, 내 장차 후사를 의논하여 세우고자는 것이오. 장자 담은 사람됨이 성품이 강하여 사람 죽이기를 좋아하고, 차남 희는 사람됨이 유약하여 일을 이루기 어렵소이다. 셋째 상은 영웅의 징표가 있고 어진 이를 예로 대하며 선비를 공경하고 있어, 내 장차 저를 후사로 세우려 하는데 공들의 의견은 어떻소?"

하자, 곽도가 대답하기를

"세 아들 중에 담은 장자이나 지금 외직에 있습니다. 주공께서 만약에 장자를 폐하고 셋째를 세우신다면 이는 혼란의 시초입니다. 지금 우리 군사들은 모두가 좌절감에 사로잡혀 있고, 적병들은 경계를 위압하고 있습니다. 어찌 다시 부자와 형제가 서로 다투는 난맥상을 보일 수 있겠습니까? 주공께서는 우선 적을 막아낼 방책에 관심을 두시고, 후사를 세우는 일은 많은 의논이 없어야 합니다."

하자, 원소는 주저하며 결정을 내리지 못하였다.

그러자 문득 보고가 들어오되, 원희가 병사 6만을 이끌고 유주로부터 오고 원담은 5만의 군사들을 이끌고 청주에서 오며 외조카 고간이 또한 5만의 군사들을 이끌고 병주에서 와서 기주에서 싸움을 도우려 한다고 했다. 원소는 기뻐서 다시 인마를 정비하고서 와서 조조와 싸웠다. 그때 조조는 승리한 군사들을 이끌고 하상(河上)에서 진을 배열하고 있는데, 그곳 사람이 소박한 음식을 가져와4) 영접하고 있었다.

조조가 노인 몇 분을 보니 수염과 머리가 모두 백발이어서, 이에 장중에 모셔 자리를 잡았다.

그리고 저들에게 묻기를,

"노장께서는 연세가 많으신가요?"

하자, 저들이 대답하기를

"다 백 살에 가깝습니다."

하였다.

조조가 말하기를,

"나의 군사들이 당신들의 마을을 소란스럽게 하여 제가 심히 불안합니다."

하자, 노인이 대답하기를

"환제(桓帝) 때에는 황성이5) 초나라와 송나라 분야에6) 나타난 일이 있었소이다. 요동사람 은규(殷馗)는 천문에 밝았는데 이곳에서 밤에

---

4) 소박한 음식을 가져와[簞食壺漿]: 도시락의 밥과 호리병에 든 장을 먹는다는 뜻으로 '넉넉지 못한 사람의 거친 음식'의 비유임. [孟子 梁惠王篇 下]「簞食壺漿 以迎王師 豈有他哉」. [孟子 滕文公篇 下]「其小人簞食壺漿」. 「단사표음」(簞食瓢飮)은 청빈한 생활에 만족함을 뜻함. 본래 「簞瓢」는 도시락과 표주박임. [論語 雍也篇]「子曰 賢哉回也 一簞食 一瓢飮 在陋巷 人不堪其憂 回也不改其樂 賢哉回也」. 「단표」(簞瓢). [中文辭典]「安貧守儉之辭 簞食瓢飮之省略語」.

5) 황성(黃星): 황금빛을 내는 별로 상서로움의 징조임. 황제 헌원씨가 태어날 때 나타났다 함. [三國志 魏志 黃帝紀]「初桓帝時 有黃星見于楚宋之分 遼東殷馗 善天文 言後五十歲當有眞人 起于梁沛之祥」. [楊炯 老人星賦]「殷馗則黃星見楚 當煥則紫氣臨吳」.

6) 초나라와 송나라 분야[楚・宋之分]: 분야탁지(分野度之). 그 분야를 헤아려 봄. 그곳을 살펴봄. 지상의 행정구역을 하늘의 28수(宿)에 맞춰 하늘의 특정 분야에 성변(星變) 있으면, 지상의 해당 구역에 재앙이 생긴다고 생각하였음. [周禮 宗伯禮官之職]「保章氏掌天星 以志星辰日月之變動 以觀天下之遷 辨其吉凶 以星土辨九州之地所封 封域皆有分星 以觀妖祥」. [國語 周語下]「歲之所在 則我有周之分野屬是也」.

자게 되었답니다. 그리고 우리들을 보고 말하기를 "'황성이 건상에 보이고 이곳을 곧바로 비추니 50년 후에 진인이[7] 양(梁)과 패(沛) 사이에 나타날 것'이라 하였습니다.' 금년까지 계산해보니 꼭 50년이 됩니다. 원본초는 백성들에게 가렴주구(苛斂誅求)를 해서 다 저를 원망하고 있습니다. 승상께서는 인의의 군사를 일으켜 백성들을 위하여 죄를 벌하고[8] 관도의 싸움에서 원소의 백만 대군을 물리치셨습니다. 응당 은규의 말대로 억조창생이 다 태평을 바라고 있습니다."

하자, 조조는 웃으면서,

"제가 어찌 감히 노장의 말을 감당할 수 있겠습니까?"

하고, 술과 음식과 비단을 노인들에게 주어 보냈다.

그는 삼군을 호령하여 이후 민가에서 기르는 닭이나 개를 잡는 자까지 살인죄로 묻겠다 하였다. 이에 군민 모두가 진심으로 따랐다. 조조는 또한 속으로 기뻐하였다.

원소가 사방의 군사들을 모아 2, 30만의 군사로써 창정(倉亭)에 영채를 지었다는 보고가 왔다. 조조는 병사들을 이끌고 앞으로 전진하여 영채를 세웠다. 다음 날 양군이 대치하고 서로가 진을 쳐서 세력을 과시하였다. 조조는 여러 장수들을 이끌고 진 앞에 나아가자, 원소 또한 세 아들과 생질 및 문무 장수들을 진 앞에 세웠다.

---

7) **진인(眞人)** : 진주(眞主). 「진명지주」(眞命之主)의 뜻임. 본래 도가에서 쓰는 말로 '도교의 깊은 진리를 깨달은 사람'을 가리킴. [陔餘叢考]「呂覽 精氣日新 邪氣盡去 及其天年 此之謂**眞人** 莊子 入水不濡 入火不熱 謂之**眞人** 史記盧生說始皇 亦言**眞人**者 凌雲氣駕日月 與天地長久 淮南子 莫死莫生 莫虛莫盈 是謂**眞人**」. [李紳 天上樹詩]「羽衣道士偸玄圃 金簡**眞人**護玉笛」.

8) **백성들을 위하여 죄를 벌하고** : 원문에는 '**弔民伐罪**'로 되어 있어, '백성들을 조문하고 죄 지은 자를 벌함'의 뜻으로 해석됨. [宋書 索虜傳]「**弔民伐罪** 積後己之情」. [魏明帝 樂府]「**伐罪以弔民** 淸我東南疆」.

조조가 말하기를,

"본초는 계책이 다하고 힘 또한 다했는데, 어찌 아직도 투항할 생각을 안 하시오. 곧장 칼이 목에 올 때를 기다린다면 후회한들 미치지 못할 것이오."

하자, 원소가 크게 노하여 여러 장수들을 돌아보며

"누가 나가 싸우겠느냐?"

하니, 원상이 아버지 앞에 나아가 자신의 능력을 보이려고 양손에 칼을 흔들며 말을 몰아 진에서 나와 오가며 힘껏 내달렸다.

조조가 저를 가리키며, 여러 장수들에게 묻기를

"저가 누구인고?"

하니, 아는 사람이 대답하기를

"저는 원소의 셋째 원상입니다."

한다.

말이 끝나기도 전에 한 장수가 창을 꼬나들고 빨리 나오거늘, 조조가 저를 보니 이에 서황의 부장 사환이었다. 두 말이 서로 어울린 지 3합이 못되었는데, 원상이 말을 돌려 비로소 달아나자 사환이 급히 쫓았다. 원상이 활에 화살을 먹여 몸을 홱 돌려 쏘자 그 화살이 사환의 왼쪽 눈에 맞아 떨어져 죽었다.

원소는 아들이 이기는 것을 보고 채찍을 들어 가리키니, 수많은 인마가 장수를 에워싸고 서로 뒤섞여 어지럽게 싸웠다. 한바탕 살육이 있고 나서야 각 진영에서 징을 울려 군사들을 수습하고 영채로 돌아갔다.

조조가 장수들과 원소를 파할 계책을 의논하니, 정욱이 십면매복지계를[9] 드렸다. 이는,

"군사들을 강기슭까지 물리면서 10대로 나누어 매복해 놓은 뒤에

원소를 유인해서 강가까지 따라오게 하는 것입니다. 우리 군사들은 물러가려 하여도 물러갈 길이 없으니 반드시 죽기로서 싸울 것이며, 이리되면 원소를 이길 수 있을 것입니다."

하였다.

조조가 그 계책에 따라 좌군·우군을 각기 5대로 나누니, 왼쪽의 제1대에 하후돈·2대에 장료·3대에 이전·4대에 악진·5대를 하후연으로 하고, 오른쪽에도 제1대에 조홍·2대에 장합·3대에 서황·4대에 우금·5대에 고람을 배치하였다. 그리고 중군에는 허저를 선봉을 삼았다. 다음 날 10대가 먼저 나아가 매복하였다. 한밤중이 되자 조조는 허저에게 병사들을 이끌고 나아가게 하고, 거짓으로 영채를 겁략할 기세를 보였다. 원소의 다섯 영채의 인마들이 일제히 함께 일어났다. 허저는 군사를 돌려 곧 달아났다. 원소는 군사들을 이끌고 쫓아오는데 함성이 그치지 않았다. 날이 밝을 무렵이 되어서 추격대가 하상에 이르자 조조의 군사들은 퇴로가 없었다.

조조가 크게 부르짖기를,

"앞에 갈 길이 없는데 제군들은 어찌 죽기로써 싸우지 않는가?"

하자, 많은 군사들이 몸을 돌려 힘을 다해 앞으로 나아갔다. 허저가 나는 듯이 말을 달려 선봉을 맡아[當先] 수십 명의 장수들의 목을 베었다. 원소의 군사들은 큰 혼란에 빠졌다.

원소는 군사들을 물려 급히 돌아왔다. 그 뒤를 조조의 군사들이 쫓아 왔다. 바로 그때에 북소리가 울리자 왼쪽은 하후연 오른쪽은 고람 양군이 짓쳐 나오니, 원소의 세 아들과 생질들이 죽기로 혈로(血路)를

---

9) 십면매복지계(十面埋伏之計) : 군사들을 10대로 나누어 모든 방위에 매복시킨다는 뜻. 원래「十面埋伏」은 원나라 사람이 쓴 극의 이름임. [中文辭典]「劇曲名 元人撰 演韓信在九里山 以十面埋伏陣 圍項羽事 原本久佚 今祇存十面一折」.

뚫고 달아났다. 또 행군이 십 리를 못가서 왼쪽에서는 악진, 오른쪽에서는 우금이 짓쳐 나와서, 원소 군사들의 시체가 들판을 덮고 피가 흘러 개울을 이루었다. 또 달아나는데 몇 리를 못가서 왼쪽에서는 이전, 오른쪽에서는 서황 양군이 길을 끊고 공격한다.

원소 부자는 간이 떨어지고 마음이 놀라, 옛 영채로 달아나 들어가서 군사들의 밥을 짓게 하였다. 밥을 기다리고 있는데 왼쪽은 장료, 오른쪽에선 장합이 지름길로 영채를 공격해왔다.

원소는 당황하여 말에 올라 앞의 창정으로 달아나는데, 인마가 곤핍하여 쉬고자 하나, 뒤쪽에서 조조가 대군을 이끌고 급히 쫓아오자 원소는 목숨을 걸고 달아났다. 막 달아나고 있는데 왼쪽에서는 조홍, 오른쪽에서는 하후돈이 길을 막고 나선다.

원소가 큰 소리로 말하기를,

"만약 죽기로 싸워 결단하지 않으면, 틀림없이 사로잡힐 것이다."

하고, 힘을 다해 싸워 포위망을 뚫고 겨우 달아났다.

원희와 고간 등은 다 화살을 맞아 부상을 당했고, 군마의 대부분을 잃었다. 원소는 세 아들을 안고 한바탕 울음을 터뜨리다가 혼절하였다. 곁의 사람들이 급히 구하자 원소는 입으로 피를 토하며 그치질 않았다.

탄식하며 말하기를,

"내 여러 번 전장을 누볐으나 오늘처럼 낭패한 정도까지 이른 적이 없었다. 이는 하늘이 나를 죽이심이로다! 너희들은 각기 본주로 돌아가 맹세코 조조와 자웅을 겨루어야 한다!"

하고, 곧 신평과 곽도에게 화급히 원담을 따라 청주로 가서 전열을 정돈하라 하며, 조조가 경계를 침범할까 걱정하였다.

또 원희에게는 유주로 돌아가고 고간에게는 병주로 돌아가라 하였다. 각각 돌아가서 인마를 수습하고 나서 방비를 하도록 하였다. 원소는 원상 등을 이끌고 기주로 돌아가 몸을 추스르며 원상과 심배·봉기 등에게 군사에 관한 일을 맡아 보게 하였다.

한편 조조는 창정에서 크게 승리를 거두고 나서 삼군에게 후한 상을 내리고, 사람을 시켜 기주의 허실을 살피게 하였다.

세작이 보고하기를,

"원소는 병상에 누워있고 원상과 심배가 성지를 굳게 지키고 있으며 원담·원희·고간 등은 모두가 본주로 돌아갔습니다."

하자, 여러 사람들이 조조에게 급히 저들을 공격하라고 권하였다.

그러나 조조는 대답하기를,

"익주는 군량이 많고 심배 또한 기모(機謀)가 있는 자이니 급히 공격해서는 안 되오. 지금은 밭에 곡식을 심을 때라서, 농사일을 망치게 될까 걱정되오. 가을걷이가 끝날 때까지 기다렸다가 공격해도 늦지 않을 것이외다."

하며 의논하고 있는데, 문득 순욱에게서 편지가 도착했다.

편지에는

"유비가 여남에 있으면서 유벽과 공도의 수많은 군사들을 얻었습니다. 승상께서 군사들을 거느리고 하북에 출정하였다는 소식을 듣고 이에 유벽에게 여남을 지키게 하고는 직접 군사들을 이끌고 빈틈을 타고 허창을 공격하려 하오니, 승상께서는 속히 돌아오셔서 저를 막아야 할 것입니다."

하였다.

조조가 크게 놀라 조홍을 남겨 하상에 주둔하게 하고 짐짓 허장성세를10) 부리게 하였다. 그리고 조조는 직접 대군을 이끌고 여남으로 가서 유비를 맞았다.

한편, 현덕은 관우·장비·조운 등에게 군사들을 이끌고 허도를 엄습하고자 하였다. 행군이 양산(穰山) 땅에 이르러 조조의 군사들과 마주쳤다. 현덕은 곧 양산에 영채를 세웠다. 군사들을 세 갈래로 나누어 운장을 동남쪽에 주둔시키고, 장비는 서남쪽에 주둔하게 하고 현덕은 조운과 함께 정남쪽에 영채를 세웠다. 조조의 군사들이 이르자 현덕은 북을 치며 나갔다. 조조는 진세를 벌리고 현덕에게 할 말이 있으니 나오라 했다. 현덕이 말을 타고 나와 문기 아래 섰다.

조조가 채찍을 들어 꾸짖기를,

"내 너를 상빈으로 대했거늘, 너는 어찌 의를 버리고 은혜를 잊고 있느냐?"

하자, 현덕이 말하기를

"너는 한나라의 재상이라 말하나, 실제로는 국적이 아니냐! 나는 이에 한실의 종친으로서 천자의 밀조(密詔)를 받들어 반적을 토벌하러 왔다!"

하고, 마침내 말 위에서 의대조(衣帶詔)를 읽었다.

조조는 크게 노하여 허저에게 나가 싸우게 하였다. 현덕의 뒤에서 조운이 창을 꼬나들고 말을 박차고 나왔다. 두 장수가 서로 싸우기 30여 합이 되어도 승부가 나지 않았다. 문득 함성이 크게 일더니 동남쪽에서 운장이 충돌하며 나오고, 서남쪽에서는 역시 장비가 군사들을 이끌고 짓쳐 나와 세 곳에서 한꺼번에 엄살하였다. 조조의 군사들은 멀리서 왔기 때문에 피곤하여 제대로 막지 못하고 크게 패하여 달아났다. 현덕은 승리를 거두고 영채로 돌아갔다.

---

10) 허장성세(虛張聲勢) : 실속은 없으면서 허세로만 떠벌림. [元曲選 鴛鴦被]「這厮倚待錢財 虛張聲勢」. [紅樓夢 第六十八回]「命他託察院 只要虛張聲勢 驚嚇而已」.

다음 날 또 조운으로 하여금 싸움을 돋우었다. 그러나 조조의 군사들은 열흘 동안 나오지 않았다. 현덕은 재차 장비로 하여금 싸움을 돋우었으나 조조의 병사들은 역시 나오지 않았다. 현덕은 더욱 의아해졌다. 문득 첩보가 날아들었는데 공도(龔都)가 군량을 수송해 오다가 조조에게 포위되었다 하여, 현덕은 급히 장비를 보내 구원하게 하였다.

또 첩보가 들어왔는데 하후돈이 군사들을 이끌고 배후에서 여남을 공격하려 한다는 것이었다.

현덕은 크게 놀라면서,

"이렇게 된다면 우리는 앞과 뒤에서 적의 공격을 받게 되어 돌아갈 곳이 없겠구나!"

하고, 급히 운장을 보내 저들을 구원하게 하였다. 양군이 모두 떠났다. 그런데 하루가 못되어 탐마가 달려와 보고하기를, 하후돈은 이미 여남을 파하고 유벽은 성을 버리고 달아났으며, 운장은 지금 포위되어 있다 하였다. 현덕은 크게 놀랐는데, 또 보고하기를 장비가 공도를 구하러 갔으나 또한 포위되었다 했다.

현덕은 급히 회병하고자 하나 조조의 군사들이 뒤에서 습격할까 걱정이었다.

문득 첩보가 오기를 영채 밖에서 허저가 나와서 싸움을 돋운다 하였으나, 현덕은 나가 싸우지 못했다. 날이 밝기를 기다렸다가 군사들을 배불리 먹게 하여 보군을 먼저 내보내고, 마군이 그 뒤를 따르게 하였다. 그리고 영채 속에는 거짓으로 경점군만[11] 남겨 북과 징을 치

---

11) **경점군(更點軍)**: 북과 징을 쳐서 시각을 알리는 일을 맡은 군사. 경(更)을 알릴 때에는 북을, 점(點)을 알릴 때에는 징을 쳤음. 「경종」(更鍾). [洪邁 俗考] 「漢書候士百餘人 五分夜擊刁斗 自守 師古曰 夜有五更 故分而持之 唐六典大史門

게 하였다.

현덕의 군사들이 영채를 떠나 약 몇 리를 가다가 토산을 지나가는데, 불길이 밝아지며 산꼭대기에서 큰 소리로,

"유비는 도망가지 말아라! 승상께서 기다리고 계신다!"

하였다. 현덕이 당황하여 달아날 길을 찾았다.

조운이 말하기를,

"주공께서는 걱정마십시오. 뒤에 제가 따라갑니다."

하였다.

조운은 창을 꼬나들고 말을 몰아 짓쳐 나가며 길을 텄다. 현덕은 쌍고검(雙股劍)을 들고 뒤를 따랐다. 그러는 사이에 허저가 추격해 와서 조운과 싸우고 있었다. 배후에는 우금과 이전이 함께 이르렀다. 현덕은 전세가 위험해지자 황망히 달아났다.

그런데 뒤에서 나던 함성이 점점 멀어져 갔다. 현덕은 깊은 산길을 바라고 필마로 달려 겨우 살아났다. 차츰 날이 밝아 오는데 옆에서 한 떼의 군사들이 나왔다. 현덕은 크게 놀라 저들을 보니, 이내 유벽이 패군 천여 기를 이끌고 현덕의 가솔들을 호송해 오고 있었다. 손건·간옹·미방 또한 이르렀다.

저들도 말하기를

"하후돈은 군세가 심히 성해서 성을 버리고 달아났습니다. 조조의 병사들이 급히 추격해 왔으나, 다행히도 운장께서 막아주어 겨우 벗어날 수 있었습니다."

한다.

현덕이 묻기를,

典鍾 二百八十人 掌鐘漏 五五相遞 凡二十五 而及州縣更漏 皆去五更後二點」.

"운장이 지금 어디에 있는지 알지 못하느냐?"

하자, 유벽이 대답하기를

"장군께서는 우선 행군을 하시지요. 곧 다시 알아보겠습니다."

하여, 수 리를 행군하는데 북소리가 울리더니 앞에서 한 떼의 인마가 몰려나왔다. 앞선 대장은 장합이었다.

큰 소리로 외치기를,

"유비는 속히 말에서 내려 항복하렸다!"

하였다.

현덕이 막 후퇴하려 하는데, 산꼭대기에서 홍기가 움직이는 것이 보였다. 한 떼의 군사들이 산의 능선을 따라 안에서 나온다. 앞선 장수는 고람이었다.

현덕은 양쪽에서 쳐오고 길이 없자, 하늘을 우러러 큰소리로

"하늘은 어찌 저를 이처럼 궁지에 빠지게 하십니까! 사세가 이 지경에 이르렀으니 죽는 것이 낫겠습니다!"

하고, 칼을 빼어 목을 찌르려 하였다.

그때, 유벽이 급히 저를 만류하며 말하기를,

"제가 죽기로써 싸워 길을 얻어 사군을 구하겠소이다."

하고, 말을 마치기 무섭게 곧 나가 고람과 싸운다. 싸움은 3합이 못되어 유벽이 한 칼에 맞고 말에서 떨어졌다.

현덕은 당황하여 직접 나가 싸우려 하는데, 고람의 후군이 갑자기 혼란에 빠지더니 한 장수가 짓쳐 온다. 창이 일어나는 곳에 고람이 몸을 뒤채며 말에서 떨어졌다. 저를 보니 이는 조운이었다. 현덕은 크게 기뻐하였다.

조운은 말을 몰아 창을 꼬나들고 흩어진 후대를 짓치는데, 앞에서 장합이 군사들을 독전하며 왔다. 장합은 조운과 30여 합에 이르자 말

을 돌려 도망갔다. 조운은 승세를 타고 짓쳐 나가는데, 장합이 산의 애구를 지키고 있어 길이 좁아 나갈 수가 없었다. 그 사이에 운장·관평·주창 등이 3백여 군사들을 이끌고 왔다. 양쪽에서 서로 공격해 장합을 물리쳤다. 각기 애구에서 나가 산의 험한 곳에 영채를 짓게 하고, 현덕은 운장을 시켜 장비를 찾아오게 하였다.

원래 장비는 공도를 구하러 갔으나 공도는 이미 하후연에게 죽었으므로 장비는 힘을 다해 하후연을 물리치고, 뒤쫓아 가다가 악진의 군사들에게 포위되었다. 운장은 길에서 패군을 만나 그를 찾아가다가 악진을 물리치고 장비와 함께 돌아와 현덕을 뵈었다. 군사들이 와서 보고하기를, 조조의 대군이 급히 온다고 알리거늘 현덕은 손건 등에게 노소와 가솔들을 보호하고 먼저 가게 하였다. 현덕은 관우·장비·조운과 함께 뒤에 있으면서 싸우며 달아나곤 하였다. 조조는 현덕이 멀리가자 군사들을 수습하고 쫓지 않았다.

현덕의 패군은 1천 남짓으로 낭패하여[12] 달아났다. 어느 강가에 이르러 그 지역 사람을 불러 물으니 한강(漢江)이라 하였다. 현덕은 잠시 여기에 영채를 세웠다. 그 지방 사람은 현덕을 알아보고는 술과 고기를 가져와 모래사장에 모여서 마셨다.

현덕이 탄식하기를,

"여러분들은 각자가 왕좌지재가[13] 있는데 불행히도 유비를 따르게

---

12) 낭패(狼狽) : 전설 속에 나오는 두 짐승의 이름이나 지금은 '급한 마음에 어쩔 줄 모르는 꼴'로 쓰임. '낭'은 앞다리가 길고 뒷다리가 짧은데 '패'는 그 반대여서, 다닐 때에는 한 마리처럼 걸타고 붙어서 걸어 다닌다. 발이 맞지 않으면 사이가 벌어지며 몸이 떨어져 넘어지게 되는데, 여기서 '당황하고 허둥대다'란 뜻이 됨. [酉陽雜俎 毛篇]「或言狼狽是兩物 狽前足絶短 每行常駕於狼腿上 狼失狽則不能動 故世言事垂者 稱狼狽」. [後漢書 任光傳]「世祖自薊還 狼貝不知所向」.

되었소이다. 이 유비는 지금 목숨이 궁색한 지경에 처했으니 그 폐가
여러분에게까지 미치고 있소이다. 오늘 나는 몸을 둘 곳이 없으니 진
정 앞길을 잘못 인도할까 걱정되오이다. 여러분은 왜 저를 버리고 영
명(英明)한 군주를 찾아가 공명을 취하려 하지 않으시오?”
하자, 무리들이 다 얼굴을 가리고 울었다.

　운장이 대답하기를,

　“형님의 말씀은 옳지 않습니다. 옛날 고조께서는 항우와 더불어 천
하를 다툴 때에 항우에게 여러 번 패하였습니다. 그러나 그 후 구리산
(九里山) 싸움에서 승리함으로써 4백여 년간의 나라를 세웠습니다. 승
패는 병가에서 흔히 있을 수 있는 일입니다.14) 어찌해서 이처럼 낙담
하십니까?”
하였다.

　손건이 묻기를,

　“싸움에서 성패가 있을 때에도 반드시 상심해서는 안 됩니다. 여기
는 형주에서 그리 멀지 않습니다. 유경승(劉景升)이 9군을 통솔하고 있
는데 군사들이 강하고 군량 또한 넉넉합니다. 게다가 공과 함께 모두
한실의 종친인데, 어찌 저에게 가지 않습니까?”
하거늘, 현덕이 대답하기를

　“용납되지 않을까 걱정되기 때문이외다.”

---

13) 왕좌지재(王佐之才) : 임금을 도울 만한 인재. [漢書 董仲舒傳]「劉向稱董仲舒
　　有**王佐之材** 雖伊呂亡以加 管晏之屬 伯者之佐 殆不及也」. [後漢書 王允傳]「郭林
　　宗 嘗見允而奇之曰 王生一日千里 **王佐才**也」.
14) 승패는 병가에서 흔히 있을 수 있는 일입니다[**勝負兵家之常**] : 이기고 지는
　　것은 싸움에서 흔하게 있을 수 있는 일임. '실패는 있을 수 있는 일이므로 낙심하지
　　말라'는 비유로 쓰이는 말임. [唐書 裴度傳]「帝曰 **一勝一負 兵家常勢**」. 「승부」.
　　[韓非子 喩老]「未知**勝負**」.

하자, 손건이 말하기를

"제가 먼저 가서 저에게 말해보겠습니다. 경승으로 하여금 지경에 나와 주공을 맞게 하겠습니다."

하매, 현덕이 크게 기뻐하며 곧 손건에게 밤을 도와 형주에 가도록 하였다. 손건은 군에 들어가 유표를 만났다.

인사를 마치자, 유표가 묻기를,

"공은 현덕을 따르더니 무슨 일로 이곳에 오셨소이까?"

하거늘, 손건이 말하기를,

"유비는 천하의 영웅이십니다. 지금 비록 병사들이 적고 장수들이 적지만 뜻은 사직을 바로 세우고자15) 하십니다. 그래서 여남의 유벽과 공도는 평소 친고(親故)가 없었지만 사군을 위해 목숨을 던졌습니다. 명공께서는 사군과 함께 같은 한실의 종친입니다. 지금 사군께서 조조에게 패하여 강동의 손중모에게 가고자 하고 있습니다."

손건이 간언하기를,

"친척을 버려두고 남에게 가려하다니 아니 됩니다. 형주의 유장군은 예로써 선비를 대접하는 분이니, 선비들이 유사군에게 가는 것은 물이 동해로 가는 것과 같습니다. 하물며 친척이니 말해 무엇 하겠습니까? 이제 유사군께서 특별히 저에게 먼저 찾아뵈라 하셨습니다. 오직 공의 명령을 기다릴 뿐입니다."

하였다.

---

15) 사직을 바로 세우고자[匡扶社稷] : 나라가 잘못되어 감을 바로잡아가며 도움. 「사직」(社稷). 원래 사(社)는 '토신'(土神) '직'(稷)은 곡신(穀神)임. [禮記 祭儀篇]「建國之神位 右社稷而左宗廟」. [後漢書 禮儀志]「考經援神契日 社者土地之主也 稷者五穀之長也 大司農鄭玄說 古者官有大功 則配食其神 故句農配食於社 棄配食於稷」.

유표가 그 말을 듣고 기뻐하며, 말하기를

"현덕은 내 아우뻘이외다. 오래전부터 만났으면 했는데 아직까지 만나지 못하고 있소이다. 이제 그런 생각을 하셨다니 실로 다행한 일입니다."

하였다.

채모(蔡瑁)가 훼방하며 말하기를,

"안 됩니다. 유비가 전에는 여포를 따랐고 그 뒤에는 조조를 섬기다가 최근에는 원소에게 투항하였으나, 다 끝이 좋지 않았습니다. 이로 보면 가히 저의 사람됨을 알 수 있사오니 지금 만약에 저를 받아들이신다면, 조조는 틀림없이 우리에게 병사들을 보내 전쟁을 일으킬 것입니다. 손건의 머리를 베어서 조조에게 바치는 것이 좋을 것입니다. 그러면 조조는 반드시 주공을 중히 대할 것입니다."

하자, 손건이 정색을 하며 말하기를

"저는 죽는 것을 두려워하지 않습니다. 유사군의 충심은 나라를 위한 것이나 조조나 원소·여포 등은 그렇지 않습니다. 전에 그들과 상종한 것은 부득이한 일이었습니다. 이제 들으니 유장군은 한실의 후예로 동종지의입니다.16) 그러므로 천리 밖에서 찾아오셨는데 그대가 어찌 참소의 말씀을 드려 어진 선비를 이같이 시샘한단 말이오!"

하자, 유표가 그 말을 듣고 이에 채모를 꾸짖으며

"내 생각은 이미 정해졌으니 너는 더 이상 말을 말아라."

하니, 채모가 부끄럽고 낯이 없어 나갔다.

유표는 드디어 손건에게 먼저 가서 현덕에게 보고하게 하고, 한편으로는 직접 성곽 30리 밖에 나가서 영접하기로 하였다. 현덕은 유표

---

16) 동종지의(同宗之誼) : 같은 친척간의 정의(情意). [儀禮 喪服]「何如而可爲之後 同宗則可爲之後」. [史記 吳王濞傳]「天下同宗」.

를 보고 깊은 공경의 마음으로 예를 갖추니 유표도 또한 아주 후히 유비를 대했다. 현덕은 관우와 장비 등에게 유표를 뵙게 하였다. 유표는 현덕 등과 같이 형주로 들어와 거처할 곳을 마련해 주었다.

한편, 조조는 현덕이 이미 형주로 간 것을 탐지하고, 유표에게 의탁했다는 것을 알았다. 그래서 곧 병사들을 이끌고 가서 공격하려 하였다.

그때, 정욱이 말하기를,

"원소가 제거되지 못한 상태에서 갑자기 형(荊)·양(襄)을 공격하다가 혹시라도 원소가 북쪽에서 일어나면 승패는 알 수가 없습니다. 병사들을 허도로 돌아가 예기를 기른 후 내년 봄에 따뜻한 때를 기다렸다가, 먼저 원소를 파하고 그 후에 형·양을 취하는 것만 못합니다. 남북의 이익을 한 번에 거둘 수 있습니다."

하자, 조조는 그러리라 여겨 마침내 병사들을 이끌고 허도로 회군하였다. 건안 8년 봄 정월에 조조는 다시 병사들을 일으킬 것을 의논하였다. 먼저 하후돈과 만총이 여남을 진수케 하여 지키며 유표를 막게하고, 조인과 순욱을 남겨 허도를 지키게 하였다. 그리고는 직접 대군을 이끌고 관도에 가서 주둔하였다.

이때, 원소는 지난해부터 감기 기운으로 피를 토하는 증세가 나타나더니, 지금은 차츰 나아져 허도를 공격하고자 의논하였다.

심배가 간하기를,

"지난 해는 관도·창정에서 패하여 군사들의 사기가 떨어져 있으니, 오히려 해자를 깊이 파고 보루를 높게 쌓아 군민들의 힘을 기르는 것이 우선입니다."

하였다.

그런 의논을 하고 있는데, 문득 조조가 관도에 진병하여 기주를 공격하러 왔다는 보고가 올라왔다.

원소가 대답하기를,

"만약에 적병이 성 아래 이를 때까지 기다리면 물가에 이를 것이오. 그 후에 적을 막으려 하면 일이 이미 늦어질 것이외다. 내가 직접 대군을 이끌고 나가 맞겠소."

하자, 원상이 말하기를

"아버님은 병이 나으신 것이 아니어서 적군을 정벌하러 나가시는 것은 안 됩니다. 제가 병사들을 이끌고 앞서 가서 적을 맞겠습니다."

하자, 원소가 이를 허락하였다.

그리고는 사람을 시켜 청주에 가서 원담과 원희, 그리고 고간을 불러 사방에서 조조를 공격하게 하였다.

이에,

여남선 점점 전고(戰鼓)소리 요란하고
기북(冀北) 또한 정벌군의 북이17) 울리네.
　纔向汝南鳴戰鼓
　又從冀北動征鼙.

승부가 어찌 되었는지 알 수가 없다. 하회를 보라.

---

17) 정벌군의 북[征鼙] : 정벌군의 비고(鼙鼓). [白居易 長恨歌]「漁陽**征鼙**動地來」. [釋名]「**鼙**裨也 裨助**鼓**節也」.

제32회

기주를 뺏기 위해 원상은 싸움을 벌이고
허유는 계책을 내어 장하를 결단하게 하다.
　奪冀州袁尙爭鋒
　決漳河許攸獻計.

　　한편, 원상은 사환을 참한 후로 저의 용맹을 자부하여, 원담의 군사
들이 이르기도 전에 직접 수많은 군사들을 이끌고 여양에 나가 조조
의 선봉부대 군사들을 맞았다. 장료가 먼저 나왔다. 원상은 창을 꼬나
들고 나와 싸웠으나 3합이 못되어 그의 창끝을 막아내지 못하고 패하
여 달아났다. 장료는 승세를 타고 엄살해 오니, 원상은 어찌할 바를
몰라 군사들을 이끌고 기주로 달아나기 급급하였다.
　　원소는 원상이 패하여 돌아오자 병이 재발하여 많은 피를 토하고
혼절하여 쓰러졌다. 유부인이 당황하여 들여와 내실에 눕혔으나 병세
는 점점 더해갔다. 유부인은 급히 심배와 봉기 등을 불러 원소의 침상
앞에서 의논하였다.
　　그러나 원소는 단지 손가락으로 지시할 뿐 말을 못하였다.
　　유부인이 묻기를,
　　"이제 후사를 논의해야 하지 않겠습니까?"
하자, 원소가 머리를 끄덕였다.
　　심배는 곧 원소 앞에서 유촉(遺囑)을 쓰기 시작하자, 원소가 몸을 뒤

채며 큰 소리를 지르고 또 피를 토하고 죽었다.

후세 사람이 남긴 시가 있다.

여러 해 동안 공경으로 대명을 세우고
젊은 날엔 의기로 세상을 주름 잡았네.

　累世公卿立大名
　少年意氣自縱橫.

준걸 삼천 명을 주위에 헛되이 불러 놓고
영용한 백만 군사만 질펀히 늘어 놓았네.

　空招俊傑三千客
　漫有英雄百萬兵.

겉만 화려한 채1) 공은 얻지 못하더니
봉모계담이어서2) 일은 이루지 못하였도다.

　羊質虎皮功不就
　鳳毛鷄膽事難成.

---

1) 겉만 화려한 채[羊質虎皮]: 양의 몸에 호랑이 가죽이란 뜻으로, '본 바탕은 아름답지 못하면서 겉치장만 요란함'의 비유임. [揚子法言 吾子篇]「或曰 有人 焉 自姓孔而字仲尼 入其門 升其堂 伏其几 襲其裳 則可謂仲尼乎 曰其文是也 其 質非也 敢問質 曰羊質而虎皮 見草而說 見豺而戰 忘其皮之虎也」. [書言故事 不 學類]「有文無實 曰良質虎皮」.

2) 봉모계담(鳳毛鷄膽): 봉황의 털에 닭의 쓸개. '외모는 뛰어나나 내실이 빈 약함'의 비유임. [世說新語 容止]「王敬倫 風姿似父 作侍中 加授桓公 公服從大 門入 桓公望之曰 大奴固自有鳳毛」. [李白 感時留別從弟延陵詩]「令弟子延陵 鳳 毛出天姿」. 「봉모인각」(鳳毛麟角)은 '아주 드물고 희귀함'을 이름. [北史 文苑 傳]「學者如牛毛 成者如麟角」.

게다가 더더욱 마음이 아픈 것은

집안 다툼이 두 형제에까지 미치다니.

更憐一種傷心處

家難徒延兩弟兄.

　원소는 죽고 심배 등이 상사를 주관하였다. 유부인은 곧 원소가 총애 하던 애첩 다섯 사람들을 다 죽여 버렸다. 그리고 또 그녀들의 음혼(陰魂)이 구천에서 다시 원소와 만날 것을 두려워하여, 머리를 다 깎아 버리고 그 얼굴에다 자하고[3] 그 시체를 훼손하였는데 그녀의 투기가 이처럼 심하였다. 원상은 그 아비 총첩의 가솔들이 모해나 하지 않을까 두려워서 그들을 모두 잡아다가 죽였다. 심배(審配)와 봉기(逢紀) 등은 원상을 대사마장군을 삼아 기주·청주·유주·병주 등 네 주의 목으로 삼고 사신을 보내 원소의 상을 알렸다.

　이때, 원담은 이미 군사들을 이끌고 청주를 떠나오다가 아버지의 죽음을 알았다. 그래서 곧 곽도·신평(辛評)과 의논하였다.

　곽도가 권하며 말하기를,

　"주공께서 기주에 계시지 않으니, 심배·봉기 등이 틀림없이 현보를 주군이 되게 하였을 것이니 속히 행군하셔야 합니다."

하자, 신평이 대답하되

　"심배와 봉기 두 사람이 틀림없이 미리 계책을 세웠을 것입니다. 만약 지금 간다면 반드시 그 화를 입게 될 것입니다."

하자, 원담이 묻기를

---

3) 얼굴에다 자하고[刺其面] : 묵형(墨刑)·묵벽(墨辟). 얼굴에 먹물로 죄명을 새김. '묵형'은 오형(五刑) 중의 하나임. [書經 呂刑篇]「墨辟疑赦 其罰百鍰 閱實其罪」. [孔傳]「刻其額涅之日 墨刑」.

"이와 같이 되었으니 당장 어찌해야 하오?"

하자, 곽도가 말하되

"성 밖에 군사들을 주둔시키고 저들의 동정을 살피시면 제가 직접 가서 상황을 살펴보겠습니다."

원담이 그 말대로 하기로 하였다.

곽도는 드디어 기주에 들어가 원상을 뵈었다.

인사가 끝나자, 원상이 묻기를

"형님은 어찌 오지 않았소이까?"

하거늘, 곽도가 말하기를

"병이 나셔서 군사들과 함께 계십니다. 그래서 오시지 못하였습니다."

하니, 원상이 대답하기를

"내가 아버님의 유명을 받들었는데, 나를 주군으로 삼고 형님을 거기장군으로 삼았소이다. 지금 조조의 군사들이 접경 지방까지 와서 압력을 가하고 있으니, 형님을 전부로 삼고 내가 그 뒤를 따라 곧 군사들을 조섭(調兵)하여 거느리고 접응할 생각이외다."

하였다.

곽도가 말하기를,

"군중에는 양책을 의논할 만한 사람이 없으니 심정남과 봉원도 두 사람이 돕게 하소서."

하자, 원상이 묻기를

"내 또한 이들 두 사람을 의지하여 조만간 계책을 세울 것이니 누구를 보낸다?"

하거늘, 곽도가 도리어 묻기를

"그렇지만 두 사람 중에서 한 사람은 가게 해야 하니 어찌할까요?"

하다가, 원상은 부득이 두 사람에게 제비를 뽑게 하여 뽑힌 자가 가기로 하였다.

봉기가 제비를 뽑았다. 원상이 즉시 봉기에게 인끈을 주고 곽도와 같이 원담의 군중에 보냈다. 봉기가 곽도와 함께 원담의 군중에 이르러 원담이 병없음을 보고, 마음이 불안하나 인끈을 바쳤다. 원담이 크게 노하여 봉기를 참하고자 한다.

곽도가 은밀히 간하기를,

"지금 조조의 군사들이 접경까지 와 있고 또 봉기가 이곳에까지 왔으니, 그를 여기에 두어 원상을 안심시키십시오. 조조의 군사들을 물리친 뒤에 기주에 가 다투어도 늦지는 않을 것입니다."

하였다.

원담은 그 말을 따라 곧 영채를 뽑아 그곳을 떠났다. 여양에 이르자 조조의 군사들과 맞닥뜨렸다. 원담은 대장 왕소(汪昭)를 출전시켰고 조조 진영에서도 서황이 나와 맞았다. 두 장수가 싸운지 몇 합이 못되어 서황의 한 칼에 왕소가 말 아래로 떨어졌다.

조조의 군사들은 승세를 타고 엄살하여 원담의 군사들은 크게 패하였다. 원담은 패군을 수습하여 여양으로 들어가 사람을 보내 원상에게 도움을 청했다. 원상과 심배가 의논하여 병사 5천여 명을 보내 서로 돕기로 하였다. 조조는 구원군이 오는 것을 알고, 악진과 이전에게 병사들을 데리고 중로에서 맞붙게 하였다. 조조군은 양쪽에서 에워싸고 저들 구원군을 죽였다.

원담은 원상이 겨우 5천여의 군사들을 보낸 것과 또, 중로에서 저들이 다 죽었다는 것을 알고 크게 노해 봉기를 불러 꾸짖었다.

봉기가 말하기를,

"제게 편지를 써서 두 공께 보낼 수 있게 한다면, 주군께서 직접 구하러 오실 것입니다."

하자, 원담이 곧 봉기에게 편지를 쓰게 하여 사람을 기주로 보내 원상에게 전했다.

원상은 심배와 의논하며 말하기를,

"곽도는 지모가 많습니다. 먼저 다투지 않고 그대로 간 것은 조조의 군사들이 지경에 와 있기 때문입니다. 이제 만약 조조를 파한다면 반드시 와서 기주를 다툴 것입니다. 구원병을 보내지 않는 것이 좋을 듯합니다. 차라리 조조의 힘을 빌려 저를 제거하는 것이 상책입니다."

하자, 원상은 그 말을 좇아 발병하지 않았다.

사자가 돌아와 보고하자, 원담은 크게 노하여 봉기를 참하고 조조에게 투항할 것을 의논하였다. 일찍이 세작이 이 일을 원상에게 은밀히 보고하였다.

원상이 심배와 의논하기를,

"원담이 조조에게 항복한 후에 병사들을 일으켜 공격한다면, 곧 기주가 위험할 것이 아니겠소."

하고, 심배와 대장 소유(蘇由)를 남겨 익주를 굳게 지키게 하고 직접 대군을 몰고 여양에 와서 원담을 구하려 하였다.

원상은 군중에게 누가 전부가 되겠느냐고 물으니, 대장 여광(呂曠)과 여상(呂翔) 형제 둘이 가기를 원했다. 원상은 병사 3만을 주어 저들을 선봉으로 삼아 먼저 여양에 이르게 했다. 원담은 원상이 직접 온다는 소식을 듣고 크게 기뻐하며, 드디어 조조와의 항복 논의를 파했다. 원담은 군사들을 성중에 주둔시키고, 원상은 병사들을 성 밖에 머물게 하여 기각지세를 이루었다.

하루가 못되어 원희와 고간이 모두 군사들을 이끌고 성 밖에 이르러, 병사들을 세 곳에 주둔시키고 매일 병사들을 내어 조조의 군사들과 싸웠다. 그러나 여러 번 패하고 조조의 군사들은 늘 승리하였다.

건안 8년 3월 조조가 군사들을 여러 갈래로 나누어 공격하자, 원담·
원희·원상·고강 등은 다 대패하고 여양을 버리고 달아났다. 조조는
군사들을 이끌고 추격하여 기주에 이르렀다.

원담과 원상은 성을 굳게 지키고, 원희와 고간은 성에서 30여 리
떨어진 곳에서 영채를 치고 허장성세를 하고 있었다. 조조의 군사들
은 계속 공격하였으나 함락시키지 못하였다.

이때, 곽가가 진언하기를,

"원씨는 장자를 폐하고 셋째를 세웠으니 형제들 간에 권력 다툼이
있어, 각자가 무리를 지었으니 급하면 서로 돕고 급하지 않으면 서로
싸울 것입니다. 병사들을 이끌고 남쪽의 형주로 가서 유표를 정벌하
면 써 원씨 형제들 사이에서 변화가 일어날 것이니, 그 후에 저들을
공격한다면 단번에 깨뜨릴 수 있을 것입니다."

하자 조조는 그 말이 옳다고 생각하고, 가후를 태수로 삼아 여양을
지키게 하고 조홍으로 병사를 이끌고 관도에 가서 지키게 하였다.

그리고 조조 자신은 대군을 이끌고 형주로 진병하였다.

원담과 원상은 조조의 군사들이 물러갔다는 것을 들어 알고는 서로
축하하였다. 원희·고간도 각자 인사하며 갔다.

원담과 곽도·신평이 의논하여 말하기를,

"나는 장자인데 부업을 계승하지 못하고, 원상은 계모의 소생인데
도리어 큰 벼슬을 이었으니 마음이 실로 달갑지 않다."

하자, 곽도가 대답하기를,

"주공께서는 성 밖에 군사들을 머물게 하고는 현보와 심배 등을 불
러서 술을 먹인 다음 도부수를 매복시켰다가 저를 죽이시면, 대사는
정해질 것입니다."

하자, 원담이 그의 말을 따르기로 했다. 마침 별가 왕수(王修)가 스스로 청주에서 왔다.

원담이 이 계책을 그에게 말하니, 왕수가 말하기를

"형제란 오른손·왼손과 같습니다. 이제 다른 사람과 싸우고 있는 마당에 스스로 그 손을 끊어 버리고, 내가 반드시 이기리라 말한다면 어찌 얻을 수 있겠습니까? 무릇 형제를 버리고 반목한다면 천하의 누가 친하려 하겠습니까? 저 참소의 무리들은 골육 간을 이간시켜, 하루아침에 이익을 구하려 하는 것이오니 귀를 막으시고 저들의 이간질을 듣지 마시옵소서."

하자, 원담이 크게 노하여 왕수를 물러가게 하고 사람을 시켜 원상을 청하였다.

원상이 심배와 의논하자, 심배가 말하기를

"이는 필시 곽도의 계책일 것입니다. 주공께서 가신다면 반드시 간계와 마주치게 될 것입니다. 승세를 타서 저들을 공격하느니만 못할 것입니다."

하매, 원상이 그 말을 따라 곧 갑옷을 입고 말에 올라 병사 5만을 이끌고 성을 나섰다.

원담도 원상이 군사들을 이끌고 오는 것을 보고 일이 누설되었음을 알고, 또한 갑옷을 입고 말에 올라 원상과 싸우기로 하였다. 원상은 원담이 크게 꾸짖는 것을 보았다.

원담 또한 원상을 꾸짖기를,

"네가 독약을 타서 아버지를 죽이고 작위를 찬탈하더니, 지금 또 와서 형을 죽이려 하느냐!"

하고, 두 사람이 서로 맞붙어 싸웠으나 원담이 크게 패하였다. 원상은 직접 시석을 무릅쓰고 충돌하며 엄살하였다. 원담이 패군을 이끌고 평원(平原)으로 달아나자 원상은 병사들을 수습하여 돌아왔다.

원담과 곽도가 재차 진병할 일을 의논하고 잠벽(岑璧)을 대장으로 삼아 군사들을 이끌고 나왔다. 원상은 직접 군사들을 이끌고 기주로 나왔다. 양편의 군사들이 둥글게 진을 펼치고 대치하여, 기를 꽂고 말을 타고 서로 바라보고 있었다. 잠벽이 나와 진 앞에서 꾸짖어대거늘, 원상이 나가려 하자 대장 여광이 말을 박차고 칼을 휘두르며 나와 잠벽과 싸웠다. 두 장수가 몇 합이 못 되어 여광이 잠벽의 목을 베어 말 아래로 떨어뜨렸다. 원담은 또 패하고 다시 평원으로 달아났다.

심배가 원상에게 진병할 것을 권하자 평원까지 추격하였다. 원담이 맞서 겨루었으나 당해내지 못하고, 물러나 평원에 들어가서는 굳게 지키고 나오지 않았다. 원상은 3면으로 성을 둘러싸고 공격하였다. 원담이 곽도와 또 의논하였다.

곽도가 권하며 말하기를,

"이제 성 안에는 양식이 부족하고 세력이 막강해서 저들을 막을 수 없습니다. 저의 어리석은 생각으로는 사람을 보내 조조에게 투항하는 것이 좋을 듯합니다. 그리고 조조에게 장병을 보내 기주를 공격하게 하면, 원상이 반드시 구하러 돌아올 것입니다. 그때 장군께서는 군사들을 이끌고 함께 공격하면 원상을 사로잡을 수 있을 것입니다. 만약에 조조가 원상의 군사들을 격파하면, 우리들은 군사들을 모아서 조조를 막으면 조조의 군사들은 먼 길을 왔고 군량이 부족할 것이니 반드시 스스로 물러갈 것입니다. 그렇게 되면 우리가 기주를 얻을 수 있게 될 것이며, 앉아서 진취(進取)할 수가 있을 것입니다."

하였다.

원담은 그 말을 따르기로 하고, 묻기를

"누구를 사신으로 보내면 좋겠소?"

한다.

곽도가 대답하기를,

"신평의 동생 신비(辛毗)가 있는데 자는 좌치(佐治)로 평원의 현령으로 있습니다. 이 사람은 말을 잘하는 사람이니 사신을 삼도록 하시지요."

하자, 원담은 곧 신비를 불렀다. 신비는 기쁜 마음으로 이르렀다.

원담은 신비에게 편지를 써서 주며 3천 군사들을 데리고 경계로 나가게 하였다. 신비는 밤을 도와 편지를 가지고 가서 조조를 뵈었다.

이때, 조조는 서평(西平)에 주둔하고 있으면서 유표을 치고 있었다. 유표는 현덕이 이끄는 병사들을 전부로 삼아 조조의 군사들과 맞서도록 보냈다. 아직 대치만 하고 있었는데 그때 신비가 조조의 영채에 이르렀다. 조조는 인사가 끝나자 그가 온 뜻을 물었다. 신비는 원담의 서로 구원하는 뜻을 자세하게 말하며 편지를 드렸다. 조조는 편지를 보고나서 신비를 영채에 머물게 하고 문무를 모아놓고 의논하였다.

정욱이 의심하며 말하기를,

"원담은 원상의 공격이 심해지자 부득이 항복을 하는 것이니 믿을 수가 없습니다."

하자, 여건과 만총 또한 묻기를

"승상께서는 이미 군사들을 이끌고 여기에 왔는데, 어찌 다시 유표를 버리고 원담을 도우러 가겠습니까?"

하였다.

순욱이 말하기를,

"세 분의 말씀은 옳지 않습니다. 제 생각으로는 천하에는 늘 일이 있게 마련입니다. 유표는 장강과 한수 사이에서 편히 앉아 있으면서, 감히 어느 곳으로도 발을 뻗지 못하고 있으니 그가 천지사방에 뜻이 없음을 알 수 있습니다. 원씨는 사주의 땅에4) 웅거하면서 수십만의 군사들을 가지고 있습니다. 만약에 두 아들들이 화합해서 함께 그 업을 지키려 한다면, 천하의 일은 어찌 될지 알 수가 없습니다.

이제 그 형제가 서로 싸우다가 어느 한쪽의 형세가 궁해서 우리에게 투항해 온다면, 우리는 병사들을 이끌고 가서 먼저 원상을 제거하고, 뒤에 그 변화를 살피다가 아울러 원담을 없애 버리면 천하의 일은 정해질 것입니다. 이 기회를 놓치면 안 됩니다."

하였다.

조조가 크게 기뻐하며 곧 신비를 불러 술을 마시며, 저에게 묻기를

"원담의 항복은 진짜요 속임수요? 원상의 병사들을 과연 이길 수 있소이까?"

하자, 신비가 말하기를

"명공께서는 진짜인지 거짓인지 묻지 마십시오. 저의 논리를 들으시면 그 형세를 아실 것입니다. 원씨는 여러 해 싸움에 패하여 군사들은 밖으로 지치고 모신들은 안에서 다 죽었습니다. 형제간에는 남의 참언을 듣고 사이가 벌어져 나라가 둘로 나뉘었습니다. 게다가 기근과 함께 천재가 겹쳐 사람들이 어려움에 빠졌으니, 현명한 자나 우매한 자나 다 와해될5) 것을 알고 있습니다.

이 기회는 곧 하늘이 원씨의 시대를 끝내려는 것입니다. 이제 명공께서 병사들을 일으켜 업성을 공격하는데도, 원상이 원담을 구하러 오지 않으면 제 소굴을 잃게 되는 것입니다. 만약에 구하러 온다면

---

4) 사주의 땅[四州之地] : 원씨의 세거지인[世居之地] 기주·유주·청주·병주 등을 가리킴.

5) 와해(瓦解) : 어떤 조직이나 계획 따위가 깨어져 흩어짐. 「토붕와해」(土崩瓦解). 「토붕와해」(土崩瓦解)는 '흙담이 무너지고 기와가 깨어지는 것처럼 어떤 조직이나 모임이 흩어짐'의 뜻임. [鬼谷子 抵巇篇]「土崩瓦解而相伐射」. [史記 始皇紀]「秦積衰 天下土崩瓦解」.

원담은 그 뒤를 쫓아 기습할 것입니다. 명공의 위엄으로써 피로한 군사들을 공격하는 것은 세찬 바람이 가을 낙엽을 쓸어버리는 것과 같을 것입니다. 이 기회에 기주를 도모하지 않고 있다가 형주를 치려면 형주는 풍악지지요, 6) 국민들이 회합하고 백성들이 따르는 터라 움직이기 어렵습니다. 하물며 사방의 우환에 있어 하북이 가장 크니, 하북이 평정된다면 이는 곧 패업을 이루는 것입니다. 원컨대 명공께서는 이를 생각하소서."

하자, 조조가 크게 기뻐서 말하기를

"신좌치(辛佐治)와 함께 서로 의견을 나누는 것이 늦었음을 한탄할 뿐이외다!"

하고, 그날로 군사들을 독려하여 기주를 취하러 돌아갔다.

현덕은 조조가 계책이 있을까 두려워하여, 감히 뒤를 쫓지 못하고 군사들을 이끌고 형주로 돌아갔다.

한편, 원상은 조조의 군사들이 황하를 건넌 것을 알고 황급히 군사들을 이끌고 업성으로 돌아오며, 여광과 여상에게 명하여 저들의 퇴로를 끊게 하였다. 원담은 원상의 퇴군을 보고 이에 평원에서 크게 군사들을 일으켜 뒤를 따라 쫓았다. 그러나 행군이 수십 리를 못 가서 방포 소리가 크게 일며, 왼쪽에선 여광이 오른쪽에서는 여상 형제가 원담의 길을 막아섰다.

원담이 말머리를 멈추고, 두 장수에게 묻기를

"아버지께서 살아계셨을 때 내가 두 장군을 홀대하지 않았는데, 지

---

6) **풍악지지(豊樂之地)** : 물산(物産)이 풍부하여 민락(民樂)하는 땅으로 '살기 좋은 곳'의 의미임. 「詩經 大雅 旱麓 榛楛濟濟 箋」「喩周邦之民得**豊樂**者 被其君 德教」. 〔三國志 蜀志 先主傳〕「蜀中殷盛**豊樂** 先主置酒 大饗士卒」.

금 어찌하여 내 아우를 따라서 나를 핍박하느냐?"

하니, 두 장수가 그 말을 듣고 이에 말에서 내려 원담에게 투항하였다.

원담이 말하기를,

"내게 항복하지 말고 조승상에게 항복하시오."

하였다. 두 장수가 원담을 따라 영채로 돌아왔다.

원담은 조조의 군사들이 이르기를 기다렸다가, 두 장군을 데리고 조조를 뵈었다. 조조는 크게 기뻐하며 원담에게 딸을 주겠다고 하고 여광과 여상에게 중매를 서라 하였다. 원담은 조조에게 기주를 칠 것을 청하였다.

조조가 말하기를,

"지금은 양초가 부족하여 이를 운반하는 일이 큰 일이오. 내가 황하를 건너서 기수(淇水)를 막고 백구(白溝)에 들어가 양초를 운반한 연후에 진병을 할 것이오."

하고, 원담에게 평원에 군사들을 주둔하라 하였다.

그리고 자신은 군사들을 이끌고 여양에 물러가 군사들을 주둔시키고, 여광과 여상은 열후에 봉하여 군중에 머물게 하였다.

곽도가 원담에게 말하기를,

"조승상께서 딸을 주겠다 하셨으나 진의가 아닐 것 같소이다. 이제 또 여광과 여상을 봉하여 군중에 있게 하였으니, 이는 하북 사람들의 마음을 농락하는 것이라 후에 틀림없이 우리에게 화가 미칠 것입니다. 주공께서 장군인 두 개를 새겨서 은밀히 사람을 시켜 여광과 여상 두 사람에게 보내 내응하도록 하게 하시고, 다음 조승상께서 원상을 파하기를 기다려 그때를 타서 곧 저를 도모하도록 하십시오."

하였다.

원담은 그의 말을 쫓아 마침내 장군인 두 개를 새겨 은밀히 두 사람에게 보냈다. 두 사람은 장군인을 받자마자 곧 그것을 가지고 와서 조조에게 품하였다.

조조는 크게 웃으면서 말하기를,

"원담이 몰래 장군 인을 보낸 것은 그대들의 내응을 받아 내가 원상을 파한 다음 중간에서 일을 도모해보자는 것일세. 자네들은 그것을 받아두게. 내게도 생각이 있네."

하고, 이로부터 조조는 곧 원담을 죽여야겠다고 생각하였다.

이때, 원상은 심배와 의논하기를,

"지금 조조의 병사들은 양곡을 운반하려고 백구로 들어갔으니, 틀림없이 와서 기주를 공격할 터인데 이를 어쩌면 좋겠소?"

하자, 심배가 말하기를

"격문을 써서 문안의 현령 윤해(尹楷)에게, 모성(毛城)에 주둔하고 있다가 상당(上黨)의 양곡을 운반하는 길을 열어두라 하십시오. 그리고 저수의 아들 저곡(沮鵠)에게 한단을7) 지키라 해서 멀리서 도움을 받으십시오. 그리고 주공께서는 평원으로 진병해서, 급히 원담을 공격해 먼저 원담을 쓸어버리고 그 후에 조조를 공격하면 됩니다."

하자, 원상이 크게 기뻐하며 심배에게 진림과 같이 기주를 지키게 하고, 마연(馬延)과 장의(張顗)에게 선봉을 맞게 하고 밤을 도와 병사들을 이끌고 평원을 공격하였다. 원담은 원상이 가까이 온 것을 알고는 급히 조조에게 알렸다.

---

7) 한단(邯鄲) : 하북성에 있는 지명으로 조(趙)나라의 서울임. 노생(盧生)이 겪은 고사로 「한단지몽」(邯鄲之夢)·「한단지보」(邯鄲之步)·「황량몽」(黃粱夢)이라는 말이 있음. '본분을 잊고 남의 흉내만 내다가는 두 가지 다 잃게 된다'는 뜻임. [辭源]「唐盧生於**邯鄲**逆旅 遇道者呂翁 生自歎窮困 翁探囊中枕授之曰 枕此……年逾八十而卒 及醒 **黃粱**尚未熟 怪曰 豈其夢寐耶 翁笑曰 人世之事 亦猶是矣事」. [太平廣記 呂翁]「事出沈旣濟枕中記 後人稱**黃粱夢** 亦曰**邯鄲夢**」.

조조가 말하기를,

"내 이번에는 반드시 기주를 얻으리라!"

하였다.

마침 허유가 허창에서 왔다. 원상이 또다시 원담을 공격한다는 말을 듣고, 들어가 조조를 뵙고 말하기를

"승상께서는 어찌 앉아서 이곳을 지키고 계시면서, 하늘에서 벼락이 떨어져 두 원씨가 죽기만을 기다리십니까?"

하자, 조조가 웃으면서

"나는 이미 생각을 정했소이다."

하고, 조홍에게 먼저 군사를 데리고 업군을 공격하라 하고 자신은 직접 군사들을 이끌고 윤해를 치러 갔다.

조조의 인마가 자기 지경에 이른 것을 보고 윤해가 군사들을 이끌고 나와 맞았다. 윤해가 말을 타고 진전에 나오자, 조조가 묻기를

"허중강(許仲康)은 어디 계신가?"

하자, 허저가 대답하며 나오거늘 말을 몰아나가 곧장 윤해를 취했다. 윤해가 손을 쓸 사이도 없이 허저의 칼을 맞고 말 아래로 떨어졌다. 나머지 군사들은 모두 달아나며 궤멸하였다.

조조는 그들을 다 항복받고 곧 병사들을 돌려 한단을 취했다. 그러자 저곡이 병사들을 이끌고 와서 맞았다. 장료가 말을 타고 나가서 저곡과 교전하였으나, 3합이 못 되어 크게 패하고 달아나매 장료는 그 뒤를 급히 추격하였다. 두 사람의 거리가 멀지 않자 장료가 급히 저에게 활을 쏘자 저곡이 말에서 떨어졌다.

조조가 군마를 지휘하고 나가 엄살하니 군사들이 흩어져 달아났다. 이에 조조는 대군을 이끌고 기주로 짓치며 나갔다. 그때 조홍은 이미 성 아래까지 들어가 있었다. 조조는 삼군에 영을 내려 성을 둘러 토산

을 쌓았다. 또 한편으로 몰래 땅에 굴을 파고 공격하였다. 심배가 계책을 써서 굳게 지키고 있는데 군법이 아주 엄했다. 동문을 지키고 있는 장수 풍예(馮禮)는 술에 취해 순찰을 하지 못했다. 심배는 저를 심하게 꾸짖었다. 풍예는 이를 한하여 드러나지 않는 길로 나가 조조에게 투항하였다.

조조가 성을 파할 계책을 물으니, 풍예가 대답하기를

"돌문8) 안은 흙이 많아서 땅굴을 파고 들어갈 수 있을 것입니다."

하거늘, 조조는 곧 풍예에게 3백여 명의 힘센 자들을 이끌고 가서 인야(寅夜)까지 땅굴을 파고 들어가게 하였다.

한편, 심배는 풍예가 투항한 후에는 매일 밤 직접 성에 올라가 군마를 점고하였다. 그날 밤에는 돌문의 누각에 올라가 성 밖에 등불이 없음을 보았다.

심배가 말하기를,

"풍예가 필시 병사들을 이끌고 땅굴로 들어올 것이다."

하고, 급히 정예병들을 불러 돌멩이를 운반해다가 돌문의 갑문을9) 쳐서 내리게 하였다. 그리고는 문을 닫아버렸다. 풍예와 3백여 장사들은 다 땅굴 속에서 죽었다.

조조는 낭패를 보고서야 마침내 땅굴을 파는 계책을 그만두고, 환수(洹水) 가로 군사들을 물리고서는 원상의 군사들이 돌아오기만 기다렸다. 원상은 평원을 공격하다가 조조가 이미 윤해와 저곡을 깨뜨리고, 대군으로 기주를 포위하고 공격한다는 소식을 들었다.

---

8) **돌문(突門)** : 성을 지키는 합문[閤門]. 이 '각문'[突門]은 1백보마다 설치되어 있어서 말이 다닐 수 있게 하였음. [後漢書 袁紹傳]「審配將馮札爲內應 開**突門**」. [六韜 豹韜 突戰]「百步一**突門** 門有行馬」.

9) **갑문(閘門)** : 수문(水門). [正字通]「閘 門日**閘門** 河日閘河 設閘官司之」.

부장 마연이 말하기를,

"큰 길로 가다가는 필시 조조의 복병이 있을 것이니 소로로 갑시다. 서산을 따라가면 부수(滏水)의 애구가 나올 터인데 거기서 조조의 영채를 겁략하면, 틀림없이 조조는 기주의 포위를 풀 것입니다."

하자, 원상은 그의 말을 좇아 직접 대군을 이끌고 먼저 떠나고 마연에게 장의와 함께 퇴로를 끊게 했다.

세작이 이 첩보를 조조에게 알렸다.

조조가 말하기를,

"저들이 만약에 대로를 따라오면 내가 응당 피해야 하겠지만, 만약에 서산의 좁은 길로 온다니 싸워 사로잡을 수 있을 것이오. 내 생각에는 원상은 필시 횃불을 들어 신호를 하면 성중에서 접응할 것이오. 그렇다면 나는 군사들을 나누어 저들을 공격하려 하오."

하였다. 이에 나누어 가기로 정하였다.

한편, 원상은 부수의 경계에까지 나가 동쪽으로는 양평에 이르러서, 군사들을 주둔시켰다. 이곳은 기주에서 17리쯤 떨어진 곳이었는데 한쪽에는 강물을 끼고 있었다. 원상은 군사들에게 시초와 건초를 쌓게 하고 밤이 되자 이것을 태워 신호를 보냈다.

그리고 주부 이부(李孚)를 조조의 군사 도독으로 분장시켜, 곧바로 성 밑으로 가서 큰 소리로

"문을 열어라!"

하고 외치게 하였다. 심배는 이부의 소리인 줄 알고 성중으로 들였다.

이부가 말하기를,

"원상은 이미 양평정에 진을 펴고 접응을 기다리고 있습니다. 만약에 성중에서 병사들이 나오면 또 횃불을 들어 신호로 삼겠소이다."

하자, 심배가 성중에 시초를 쌓아 불을 질러 신호를 보냈다.

이부가 또 말하기를,

"성중에는 양식이 없으니 노약자·잔병들과 부인네들을 나가 항복하게 한다면, 저들은 필시 준비를 하지 않을 것입니다. 내가 곧 병사들을 데리고 백성의 뒤를 따라가 저들을 공격하겠소."

하자, 심배가 그 생각을 따르기로 하였다. 다음 날 성 위에서도 '기주백성 투항'이라고 쓴 기를 세워 놓았다.

조조가 말하기를,

"이는 곧 성중에 양식이 떨어져 노약자 등 백성들을 투항하게 하는 것인데, 뒤에 반드시 병사들이 나올 것이오."

하고, 장료와 서황에게 3천 군사를 이끌고 양편에 매복하고 있으라하였다. 조조는 직접 말에 올라 휘개를[10] 치고 성 아래로 내려갔다.

과연 성문이 열리고 백성들이 노인들과 아이들을 부축하고 손에는 백기를 들고 나왔다. 백성들이 거의 다 나오자 성중에서 병사들이 뛰쳐나왔다. 조조가 붉은 기를 한 번 휘두르자 장료와 서황 등이 길 양쪽에서 일제히 뛰쳐나와 죽이니, 병사들은 다시 성중으로 돌아갈 수밖에 없었다.

조조는 말을 달려 급히 와서 적교에 이르니 성안에서 쇠뇌가 비 오듯 쏟아졌다. 그 중에 한 화살이 조조의 투구를 맞혀 정수리를 뚫을 뻔하였다. 여러 장수들이 급히 구하여 진으로 돌아왔다. 조조는 옷을 갈아입고 말을 바꿔 타고는 여러 장수들을 이끌고 원상의 영채를 공격하였다. 원상은 직접 나와 맞서 싸웠다. 그때 각 길에 배치되어 있던 군사들이 일제히 쏟아져 나와 양군이 혼전하다가 원상이 크게 패하였다. 원상은 패병을 이끌고 서산까지 물러나와 영채를 세웠다. 그

---

10) 휘개(麾蓋) : 장수를 상징하는 깃발과 산개(傘蓋). [晋書 衛瓘傳]「大車言騎 **麾蓋**鼓吹 諸威儀 一如舊典」. [南史 梁公則傳]「嘗登樓望戰 城中遙見**麾蓋**」.

리고는 사람을 보내어 마연과 장의를 빨리 오게 하였다.

그러나 조조가 이미 여광과 여상을 시켜 두 장수를 귀순시킨 것을 알지 못하고 있었다. 마연과 장의는 두 여 장군과 함께 와서 조조에게 항복하였다. 조조는 또한 그들을 봉하여 열후로 삼았다. 또 그 날로 진병하여 서산을 치고 먼저 두 여 장군과 마연·장의로 하여금 원상의 양도를 끊게 하였다. 원상은 서산을 지킬 수 없음을 알고 밤을 틈타 애구로 달아났다. 그러나 영채를 치기도 전에 사방에서 횃불이 일며 복병들이 일제히 나와 군사들은 미처 갑옷을 입지도 못하고 말에 안장을 얹지도 못하였다.

원상의 군사들은 크게 무너져 50여 리 밖으로 물러갔다. 군사들의 기세가 꺾이고 군사력도 바닥이 나자, 예주자사 음기(陰夔)를 조조 진영에 보내서 항복을 받아줄 것을 청하였다. 조조는 거짓으로 이를 허락하고 밤을 도와 장료와 서황에게 영채를 겁박하게 하였다. 원상은 인수·절월·의갑·치중 등을 다 버리고 중산을 바라고 도망하였다. 조조의 군사들은 기주를 공격하였다.

허유가 계책을 드려 말하기를,

"왜 장하(漳河) 물을 성에 대지 않습니까?"

하자, 조조는 그 계책이 맞는다고 생각하여 먼저 군사들을 시켜 성밖 40여 리에 해자를 파게 하였다.

심배가 성 위에서 보니 조조의 군사들이 성 밖에 해자를 파고 있는데 해자가 그리 깊어 보이지 않았다.

심배가 웃으면서,

"저들이 장하의 물을 끌어들여 성에 대려 하나, 장하의 깊이가 깊으니 이렇게 얕아 가지고는 무엇에 쓰겠는가?"

하고, 아무 준비를 하지 않았다.

그날 밤에 조조는 열배의 군사들을 시켜 힘을 다해 굴을 파서 날이 밝을 무렵에는 넓이와 깊이가 두 길이나 되었다. 장하의 물을 끌어다 성중에 대는데 물의 깊이가 여러 자가 되었다. 곧 양곡이 끊어지자 군사들이 다 굶어 죽었다. 신비가 성 밖에 있다가 창끝에 원상의 인수와 의복을 달아서 성내의 사람들을 초안하였다. 심배가 크게 노하여 신비의 가솔 80여 명을 성 위로 끌어다가 참수하고 그들의 머리를 성 아래로 던져버렸다. 신비는 흐느껴 마지않았다.

심배의 조카 심영(審榮)이 평소부터 신비와 교분이 두터웠는데, 신비의 가솔들이 피해를 입자 마음속에 분함을 품고 있다가 은밀히 성문을 바치는 글을 써서 성 아래로 쏘아 보냈다. 군사들이 이를 주어다가 신비에게 드리자 신비는 그 편지를 조조에게 바쳤다. 조조가 그 편지를 보고 영을 내려 기주에 들어갈 것 같으면, 원씨 가족과 노소들을 죽이지 말 것이며 군민 등 항복하는 자들은 모두 살려 두라 하였다.

다음 날 날이 밝자 심영은 서문을 크게 열어 조조의 군사들이 들어오게 하였다. 신비가 말을 타고 먼저 들어가자, 군사들이 그 뒤를 따라 기주로 짓쳐 들어갔다. 심배는 동남쪽 성루 위에 있다가, 조조의 군사들이 이미 성중에 들어온 것을 보고는 수십 기만을 이끌고 나와 죽기로 싸웠다. 서황은 심배를 생포하여 성으로 오다가 길에서 신비를 만났다.

신비는 어금니를 악물고 이를 갈며[11] 채찍으로 심배의 머리를 때리

---

11) 어금니를 악물고 이를 갈며[咬牙切齒] : 분개하여 이를 갊. '아주 분(忿憤)해함을 일컫는 말'임. [吳越春秋 闔閭內傳]「伍員 **咬牙切齒** 將一切眞情 具實奏於吳王」. [水滸傳 第六十九回]「衆多兄弟 被他打傷 **咬牙切齒** 盡要來殺張淸」. 「절치부심(切齒腐心)」. [史記 刺客 荊軻傳]「樊於期偏袒 搤捥而進曰 此臣之日夜**切齒腐心**〔注〕**切齒** 齒相磨切也」. [戰國策 燕策]「荊軻私見樊於期曰 願得將軍之首 以獻秦王 秦王必喜而召見臣 臣左手把其袖 右手揕其胸 則將軍之仇報 而燕國見

면서,

"이 쳐 죽일 놈! 오늘 네가 죽는구나!"

하자, 심배가 신비를 꾸짖기를

"이 도적놈아! 조조를 끌어들여 기주를 함몰하게 하다니 내 네놈을 죽이지 못한 게 한이다!"

하였다.

서황은 묶은 것을 풀고 심배로 하여금 조조를 만나게 하였다.

조조가 말하기를,

"너는 누가 나에게 성문을 열어 맞아들였는지 아느냐?"

하니, 심배가 말하기를

"나도 모른다."

하자, 조조가

"너의 조카 심영이다!"

하니, 심배가 노하여

"그 놈의 악행이 여기에까지 이르렀던가!"

하였다.

이때, 조조가 묻기를,

"전날 내가 성 아래 이르렀을 때에, 성중에 쇠뇌와 화살이 어찌 그리 많았느냐?"

하자, 심배가 대답한다.

"그게 한이다. 쇠뇌가 적었던 것이 한이야!"

하거늘, 조조가 묻기를

"그대가 원씨에게 충성을 다하려니 부득이 이렇게 해야 했겠지만,

陵之恥除矣 樊於期日 此臣之日夜**切齒扼腕** 乃今得聞敎 遂自刎」.

이제는 나에게 항복하지 않겠느냐?"

하자, 심배가 말하기를

"안 한다! 절대 안 하겠다!"

하였다.

　신비가 땅에 엎드려 울며 말하기를,

"가솔 80여 명이 이 도적의 해를 입었습니다. 원컨대 승상께서는 저를 죽여주십시오. 그래서 저의 원한을 풀어주십시오."

하자, 심배가 대답하기를

"내가 살아서 원씨의 신하가 되었으니[12] 죽어서라도 원씨의 귀신이 되겠다. 너의 무리와 같이 참소·아첨하는 도적들과 같이 되지 않겠다. 어서 죽여라!"

하였다.

　조조는 그를 끌어내라 하였다.

　형을 받기에 임하여 형 집행자를[13] 꾸짖기를,

"나의 주군은 하북에 계시니 나로 하여금 남쪽을 보고 죽게 하면 안 된다!"

하고는, 북쪽을 향해 꿇어 앉아서 목을 늘여 칼을 받았다.

　후세에 저를 한탄한 시가 있다.

---

12) 내가 살아서 원씨의 신하가 되었으니 : 원문에는 '吾生爲袁氏臣 死爲袁氏鬼'로 되어 있음. '끝까지 원씨의 신하임'을 강조하는 말임. 촉의 양평관(陽平關)을 지키던 부첨(傅僉)이 자결하며〈第116回〉'내가 살아서 촉의 신하였으니 죽어도 촉의 귀신이 되겠다'(吾生爲蜀臣 死亦當爲蜀鬼!)라던 말과 같음.

13) 형 집행자[行刑者] : 망나니. 옛날 형을 집행할 때에 죄인의 목을 베는 일을 맡아하던 사람으로, 주로 중죄인 가운데서 뽑아 썼음. 「행형」. [史記 魯公世家]「賦事行刑 必問於遺訓」. [福惠全書 蔽位部 馭衙役]「明皂頭選慣行刑皂隸八名」.

하북엔 명사들이 많더니
그 누가 심정남만 하리.
　河北多名士
　誰如審正南.

혼암한 주군 때문에 비록 죽었으나
마음은 고인은 따랐네.
　命因昏主喪
　心與古人參.

충직하여 말 속에 속임이 없으며
그 청렴한 뜻엔 욕심이 없구나.
　忠直言無隱
　廉能志不貪.

죽을 때 북면하고 죽는 모습
항복한 자들 부끄러워라.
　臨亡猶北面
　降者盡羞慚.

　심배가 죽자 조조는 그 충의를 아까워하여, 성의 북쪽에 장사지내
주게 하였다.
　여러 장수들은 조조에게 입성하기를 권하였다. 조조가 막 일어나려
할 때, 도부수들이 한 사람을 끌고 들어오는 것이 보였다. 조조가 그
를 보니 이에 진림이었다.

조조가 저에게 이르기를,

"너는 전에 본초에게 격문을 써 나의 죄상을 말한 자가 아니냐. 어찌 내 조부와 부친을 그렇게 욕되게 할 수 있느냐?"

하자, 진림이 대답하기를,

"화살은 활시위에 있는 것입니다.14) 부득이 나가지 않을 수 없는 것입니다."

하자, 좌우가 조조에게 저를 죽이라고 권하였다. 조조는 그의 재주를 아껴 저를 용서하고 명하여 종사를 삼았다.

한편, 조조의 장자 조비(曹丕)는 자를 자환(子桓)이라 하였는데 그때 나이 열여덟이었다. 조비가 처음 태어날 때에 구름 한 조각이 떴는데 그 색깔이 보랏빛에 수레의 바퀴처럼 둥근 기운이 그 방을 덮고 온종일 흩어지지 않았다.

천문을 보는 이가 은밀히, 조조에게 이르기를

"이는 천자의 기운입니다. 자제의 귀함이 이루 말할 수 없습니다."

하였다.

조비는 8세 때에 능히 글을 지었고 재주가 뛰어났으며, 널리 고금에 통하고 말 타기와 활을 잘 쏘고 또 칼 쓰기를 좋아하였다. 조조가 기주를 파하자 조비는 아버지가 있는 군중에 따라와서, 먼저 호위병을 거느리고 원소의 집으로 가 말에서 내려 칼을 빼어 들고 들어갔다.

한 장수가 막으며 말하기를,

---

14) 화살은 활시위에 있는 것입니다 : 원문에는 '箭生弦上 不得不發耳'로 되어 있음. 자신은 원소(袁紹)의 부하이기 때문에 '시키는 대로 하지 않을 수 없다'는 것으로, 자기를 정당화한 변명임. 「부득불발」. 아니 할 수가 없어서 함. 「부득이」(不得已). 마지못하여·하는 수 없이. [孟子 滕文公篇 下]「孟子曰 子豈好辯乎 子不得已也」.

"승상의 명이 있어야지 들어갈 수 있습니다. 누구도 원소의 부중에
들어갈 수 없습니다."

하였으나, 조비는 그를 꾸짖어 물리치고 칼을 들고 후당으로 들어갔다.

그때, 두 여자가 서로 끌어안고 있는 것을 보고 조비는 앞으로 가
저들을 죽이려 하였다.

이에,

사세 공후가 이미 꿈이 된 마당에
한 집안 골육이 또 재앙을 만났구나.
四世公侯已成夢
一家骨肉又遭殃.

저들의 목숨이 어찌되었는지 알 수가 없다. 하회를 보라.

제33회

조비는 혼란을 틈타 견씨를 맞아들이고
곽가는 요동을 평정할 계책을 남기다.
　曹丕乘亂納甄氏
　郭嘉遺計定遼東.

　한편 조비는 두 여자가 울고 있는 것을 보고 칼을 빼어 저들을 참하려 하였으나, 문득 붉은 빛이 눈에 가득 들어왔다.
　마침내 칼을 끌어안고, 묻기를
　"너희는 누구냐?"
하니, 한 부인이 대답하기를
　"저는 원장군의 처 유씨(劉氏)입니다."
한다. 조비가 말하기를,
　"이 여자는 누구냐?"
하고 물으니, 유씨가 대답하기를
　"둘째 아들 원희의 처 견씨입니다. 원희가 유주를 진정시키러 나갔으므로 멀리갈 수 없어서, 이곳에 머물고 있는 것입니다."
하였다.
　이 여자를 가까이 하고 보니 머리가 흩어지고 얼굴에 때가 묻어 있었다. 조비가 소매 자락으로 그 얼굴을 닦고 보니, 견씨는 옥 같은 살결에 꽃과 같은 용모의 경국지색이었다.1)

이에 유씨에게 말하기를,

"나는 조승상의 아들입니다. 원컨대 부인의 집을 보전하게 할 것이니 너무 걱정하지 마시오."

하고, 마침내 칼을 안고 당상에 앉았다.

한편, 조조는 여러 장수들을 거느리고 기주성에 들어가 막 입성하려 할 때에, 허유가 말을 몰아 가까이 오며 채찍으로 성문을 가리키고 말하기를

"아만아, 네가 나를 얻지 못했다면 어찌 이 문을 들어갈 수 있겠느냐?"

하자, 조조는 크게 웃었으나 여러 장수들이 다 같이 분하게 생각하였다.

조조가 원소의 부문 앞에 이르자, 묻기를

"누가 먼저 이 문에 들어갔느냐?"

하니, 수비장이 대답하기를

"세자께서 안에 계십니다."

하거늘 조조가 불러내어 저를 꾸짖었다.

유씨가 나와 절하며,

"세자가 아니었다면 저희 집을 온전히 보전할 수 없었을 것입니다. 원컨대 견씨를 세자의 곁에 있게2) 해주옵소서."

하매, 조조가 견씨를 불러내게 하자 앞에 나와서 절하였다.

---

1) 경국지색(傾國之色) : 나라를 기울게 할 만한 미인. '뛰어나게 아름다운 미인'을 일컫는 말. [李白 淸平調]「名花傾國兩上歡 常得君王帶笑看」. [白居易 長恨歌]「漢皇重色思傾國 御宇多年求不得」. 「경국경성」(傾國傾城). 한 무제(武帝) 이부인(李夫人)의 고사로, '아름다움으로 해서 나라를 망하게 함'의 뜻임. [漢書 外戚 孝武李夫人傳]「北方有佳人 絕世而獨立 一顧傾人城 再顧傾人國 寧不知傾城與傾國 佳人難再得」.

2) 세자의 곁에 있게[箕箒] : 쓰레받기와 비의 뜻이나 '처첩으로 삼게 한다'의 뜻임. [史記 高帝紀]「呂公曰 臣少好相人 相人多矣 無如李相 願李自愛 臣有息女 願爲李箕箒妾」. [韓詩外傳 九]「楚莊王……先生日 臣有箕箒之使 願入計之」.

조조가 저를 보며 말하기를,

"진정 내 며느리 감이로구나."

하고, 마침내 조비에게 아내로 삼게 하였다. 조조는 이미 기주를 평정하고 친히 원소의 묘를 찾아가 제물을 차려놓고 재배하고 곡하였는데, 그 곡함이 너무 애절하였다.

그리고 주위의 관리를 돌아보며 말하기를,

"지난 날 나와 본초가 함께 기병할 때에, 본초가 나에게 '만약에 일이 뜻대로 되지 않을 때에는 어디에 의존하려 하오?' 하더이다. 내가 물어 가로대 '족하의 뜻은 어찌하려 하오?' 하니, 본초가 '나는 남으로 하북에 웅거하여 연(燕)·대(代) 그리고 사막(沙漠)의 무리들을 손에 넣고 남하하여 천하를 다툴까 하오. 그렇게 되면 세상을 평정할 수 있지 않을까 하오.' 하거늘, 내가 '나는 천하의 지혜로운 자들을 모아서 도로써 어거하면, 못 이룰 일이 없을 것입니다.' 하였소. 이 대화가 어제 같거늘 본초는 이미 죽었으니, 내가 어찌 눈물을 흘리지 않을 수 있겠는가!"

하자, 무리들이 다 탄식하였다. 조조는 금백과 양미를 원소의 처 유씨에게 주었다.

그리고 영을 내려,

"하북에 사는 사람들이 전쟁을 만났으니, 금년 세금을 다 면제하라."

하였다. 한편으로는 조정에 표를 올려서 조조 자신이 기주목을 통솔하였다.

하루는 허저가 말을 달려 동문으로 들어오다 허유와 마주쳤다.

허유가 허저를 불러서 말하기를,

"너희들이 내가 없는 사이에 어찌 능히 이 문을 드나드느냐?"

하자, 허저가 노하여 말하기를

"우리는 여러 번 죽을 고비를 넘기며, 몸으로 혈전을 무릅쓰고 싸워 이 성을 빼앗았다. 네가 어찌 감히 입을 놀리는가?"

하거늘, 허유가 꾸짖으며 말하기를

"너희들은 모두가 필부들로서 어찌 그런 말을 할 수 있느냐?"

하니, 허저가 크게 노하여 칼을 빼어들고 허유를 죽이고 머리를 들고 조조에게 와서 보여주며

"허유가 이처럼 무례하여 제가 죽였습니다."

하니, 조조가 묻기를,

"자원과 나는 오랜 친구라 서로 농담을 하는 사이오. 무슨 까닭으로 저를 죽였소?"

하며 허저를 심히 꾸짖고, 허유를 후하게 장사지내게 하고는 명하여 기주의 현사 등을 두루 찾아보게 하였다.

기주의 백성이 말하기를,

"기도위 최염(崔琰)은 자를 계규(季珪)라 하며 청하동 무성(武城) 사람입니다. 일찍이 여러 번 원소에게 계책을 드렸으나 원소가 이를 취하지 않자 병을 칭탁하고 집에 있습니다."

하였다.

조조는 곧 최염을 불러 본주의 별가중사를 삼고 그에게 이르기를,

"어제 본주의 호적을 살펴보니 모두 30만이나 되는 큰 주이외다."

하니, 최염이 말하기를,

"오늘날 천하가 무너져 9개 주로 분열되었는데, 원씨 형제가 서로 싸워 기주 백성들의 해골이 들판에 널려 있습니다.3) 승상께서 풍속

---

3) 기주 백성들의 해골이 들판에 널려 있습니다 : 원문에는 '冀民暴骨原野'로 되어 있음. [漢書 溝洫志]「胡寇侵盜 覆軍殺將 **暴骨原野**之患」. [戰國策 秦策]「首身分離 **暴骨草澤**」.

과 민정을 물어 그들을 도탄에서4) 구하는 일을 급히 하지 않으시고
먼저 호적만을 살피십니까. 그렇게 하신다면 어찌 본주의 사녀(士女)
들이 명공께 희망을 갖겠습니까?"
하거늘, 조조가 그 말을 듣고 거듭 저에게 사과하고 상빈으로 대접하
였다.

조조는 기주가 안정되자 사람을 시켜 원담의 소식을 알아보게 하였
다. 그런데 원담은 병사들을 이끌고 감릉(甘陵)·정평(定平)·발해(渤
海)·하간(河間) 등을 겁략하고 있다가 원상이 패하여 중산(中山)으로 들
어갔다는 소식을 듣고, 군사들을 이끌고 원상을 공격하려 하였다.

원상은 더 싸울 마음이 없어서 지름길로 유주로 가 원희에게 투항하
였다. 원담은 그 수하 군사들을 다 항복받고 다시 기주를 도모하고자
하였다. 조조가 사람을 시켜 그를 불렀으나 원담은 오지 않았다. 조조
는 크게 노하여 편지를 써서, 그의 딸과의 혼사를 파기하고 직접 대군
을 이끌고 평원으로 갔다. 원담은 조조가 대군을 이끌고 온다는 소식
을 듣고, 사람을 유표에게 보내 구원을 청하였다.

유표가 현덕과 의논하자, 현덕이 말하기를

"이제 조조가 이미 기주를 장악하고 병세가 실로 성한 때입니다. 원
씨 형제는 오래지 않아 조조에게 사로잡히게 될 것이니, 저를 구원하
여야 도움이 되지 않을 것입니다. 하물며 조조는 늘 형양을 엿보고
있는 터이니, 우리는 양병하여 굳게 지키며 경거망동하지5) 말아야 할

---

4) **도탄(塗炭)** : 진구렁이나 숯불과 같은데 빠졌다는 뜻으로 '몹시 고통스러운
지경'을 일컫는 말. 「도탄지고」(塗炭之苦). [書經 仲虺之誥篇]「有夏昏德 **民墜**
塗炭」[傳]「民之危險 若**陷泥墜火** 無救之者」. [後漢書 光武帝紀]「豪傑憤怒 兆人
塗炭」.
5) **경거망동(輕擧妄動)** : 가볍고 분수없이 행동함. [韓非子 難四]「明君不懸怒
懸怒則臣懼罪 **輕擧**以行計 則人主危」. 「망동」. [戰國策 燕策]「今大王事秦 秦王

것입니다."

한다.

　유표가 묻기를,

"그렇다면 무슨 방법으로 이를 거절할까요?"

하거늘, 현덕이 말하기를

"편지를 원씨 형제에게 보내서 화해를 명분삼아 완곡하게 이를 사양
하십시오."

하니, 유표가 그 말대로 먼저 사람을 원담에게 보냈다.

　편지의 내용은 다음과 같다.

　군자는 어려움을 당해도 적국으로 가지 않습니다. 일전에 그대가
조조에게 무릎을 꿇었는데, 이는 선인(先人)의 원수임을 잊은 것이
며, 형제의 우의를 버리는 것입니다. 게다가 동맹에게 부끄러움을
주는 것이외다. 만약에 기주가6) 아우 된 도리에 벗어난 일이 있다
면, 우선 마음을 넓게 하여 서로 따르고 일이 정해지기를 기다려
천하로 하여금 그 곡직을7) 평가하도록 해야 합니다. 그렇게 하는
것이 마땅하지 않습니까?

또 원상에게도 편지를 보냈는데, 그 편지에는 다음과 같이 썼다.

必喜 而趙不敢**忘動**矣」.

6) 기주・청주(冀州・靑州): 원상과 원담. 각기 기주목과 청주자사를 지냈기
　때문임.

7) 곡직(曲直): 굽은 것과 곧은 것으로 '사리에 맞는 것과 맞지 않는 것'을 말
　함. 「곡직불문」(曲直不問)・「불문곡직」(不問曲直)은 '옳고 그름을 묻지 않고
　함부로 함'을 뜻함. [經書 洪範]「木曰**曲直**」(轉)「木可以揉**曲直**」. [史記 李斯傳]
　「**不問**可否 不論**曲直**」.

'청주'는 천성이 급하여 곡직이 분명하지 못합니다. 그대는 마땅히 먼저 조조를 물리치고 나서, 죽은 아버님의 한을 풀어 드려야 할 것입니다. 이 일이 정해진 다음에 그 옳고 그름을 가리는 것이 좋은 일이 아니겠소? 만약에 미혹하여 돌아오지 못한다면, 한로나 동곽이[8] 스스로 곤경에 빠져 농부에게[9] 잡히는 격이 되지 않겠소이까.

원담은 유표의 편지를 받고 유표가 군사들을 지원할 뜻이 없음을 알았다. 또, 스스로 생각해도 조조를 이길 수 없음을 알고 마침내 평원을 버리고 남피(南皮)로 달아났다. 조조는 그를 남피까지 추격하였으나, 그때는 날씨가 몹시 추워 하도가 모두 얼어서 양선을 띄울 수가 없었다.

조조는 그곳 백성들에게 영을 내려 얼음을 깨고 배를 끌게 하려 했으나, 백성들이 그 소문을 듣고 모두 도망가 버렸다. 조조는 크게 노하여 잡히는 대로 백성들을 참하려 하자, 그 소문을 듣고 직접 영중에 와서 자수하였다.

조조는 그들에게 말하기를,

"만약에 너희들을 죽이지 않으면 나의 영이 행해지지 않은 것이고, 만약 너희들을 죽이면 나는 또한 어질지 못하다 할 것이다. 너희들은 빨리 가서 산 속에 숨어라. 절대로 우리 군사들에게 잡혀서는 안 된다."

---

8) 한로나 동곽[韓盧·東郭] : '한로(韓盧·韓子盧)'는 아주 빠른 명견이고 '동곽준(東郭俊)'은 몹시 빠른 토끼인데, 한로가 동곽준을 잡으려고 쫓다가 결국에는 둘 다 지쳐서 죽었다. 그때 한 농부가 보고 있다가 힘들이지 않고 얻었다는 우화임. [故事成語考 鳥獸]「韓盧楚獳 皆犬之名」. [博物志]「韓國有黑犬曰盧 宋有駿犬曰鵲」. [戰國 齊策]「東郭逡 天下之狡兎也」. [韓愈 毛穎傳]「居東郭者曰鵔」.

9) 농부에게[田夫] : 농부. [禮記 郊特牲篇]「黃衣黃冠而祭 息田夫也」. [舊唐書 倪若水傳]「九夏時忙 三農作若 田夫擁耒 蠶婦持桑」.

하자, 백성들이 다 눈물을 흘리면서 갔다.

원담이 군사들을 이끌고 성을 나와 조조의 군사들과 맞섰다. 두 진영에서 둥글게 진을 벌이고 있는 중에, 조조가 말을 타고 나와서 채찍으로 원담을 가리키며 꾸짖기를,

"내가 너를 후대했거늘 네가 어찌 다른 마음을 품느냐?"

하자, 원담이 묻기를,

"네가 우리 경계를 침범하여 나의 성지를 빼앗고 내 처자를 빼앗았으면서, 도리어 나에게 딴 마음을 품었다 하느냐?"

고 꾸짖었다. 조조는 크게 노하여 서황으로 하여금 나가 싸우게 했다.

원담은 팽안(彭安)을 시켜 싸우게 하였다. 두 말이 어울려 몇 합 못가서 서황이 팽안을 베어 말 아래 떨어뜨렸다. 원담의 군사들은 패주하여 남피로 들어갔다. 조조는 군사들을 보내 사방에서 에워싸자, 원담은 당황하여 신평을 시켜 조조에게 항복하겠다 하였다.

조조가 말하기를,

"원담 이 철부지 놈은 반복무상(反覆無常)해서 나는 그를 믿을 수가 없다. 너의 동생 신비는 내가 이미 중용하고 있으니, 너 또한 여기 있어도 좋다."

하니, 신평이 묻기를

"승상의 말은 옳지 않소. 내 듣기로는 주군이 귀히 되면 그 신하는 영광되고, 주군이 근심에 쌓여 있으면 신하는 욕을 감내한다10) 하였습니다. 나는 그동안 원씨를 섬겨왔는데 어찌 저를 배신한단 말입니까!"

---

10) 주군이 귀히 되면 그 신하는 영광되고, 주군이 근심에 쌓여 있으면 신하는 욕을 감내한다 : 원문에는 '主貴臣榮 主憂臣辱'으로 되어 있음. [史記 韓長孺傳]「安國入 見王而泣曰 主辱臣死 大王無良臣 故事紛紛至此」. 주우신로(主憂臣勞). [史記 越世家]「臣聞 主憂臣勞 主辱臣死 昔者君王辱於會稽 所以不死 爲此事也」.

하였다.

조조는 그가 머물러 있지 않을 것을 알고 이에 돌려보냈다. 신평은 돌아가 원담을 보고, 조조가 투항을 받아들이지 않을 것이라고 말하였다.

원담은 신평을 꾸짖기를,

"너의 동생이 조조 밑에 있더니, 네가 이제 두 마음을 품느냐?"

하니, 신평이 원담의 말을 듣고 기가 막혀 땅에 혼절하였다. 원담이 그를 부축하게 하였으나 얼마 있다가 죽었다. 원담은 후회막급이었다.

곽도가 원담에게 이르기를,

"내일 백성들을 먼저 보내고, 군사들이 그 뒤를 따르게 하여 조조와 한 번 죽기로 싸웁시다."

하매, 원담이 그의 말을 따르기로 하였다.

그날 밤 남피의 백성들을 앞세워서, 모두가 다 칼과 창을 잡게 하였다. 다음 날 날이 밝자 4대문을 활짝 열고 군사들은 뒤에 있게 하고 백성들을 앞에 서게 하였다. 일제히 함성을 지르며 뛰쳐나가 곧장 조조군의 영채로 들어갔다. 양군이 서로 혼전하는 것이 진시(辰時)로부터 오시(午時)에 이르러도 승패가 갈리지 않고 시체가 땅에 널부러져 있었다. 조조는 전승을 거둘 수 없음을 알고, 말을 타고 산에 올라가 직접 북을 치며 독려하였다. 장수들이 이를 보고는 힘을 내어 앞으로 나가자, 원담의 군사들은 크게 패하였고 백성으로 죽은 자는 수를 헤아릴 수 없었다.

조홍은 위세를 보이면서 돌진하다가 원담과 마주쳤다. 칼을 들어 내리 찍으니 원담은 조홍에게 진중에서 죽었다. 곽도는 진이 크게 혼란에 빠진 것을 보고는 급히 성중으로 달려가려 하였다. 그러나 악진이 바라보고 있다가, 활에 화살을 먹여들고 곽도를 겨누고 쏘니 말과 사람이 함께 쓰러졌다. 조조는 병사들을 이끌고 남피에 들어가 백성들을 위무하여 안정시켰다. 그때 한 떼의 군사들이 들이 닥치니 원희의 부장 초촉(焦觸)과 장남(張南)이었다. 조조는 직접 군사들을 이끌고 저들을 맞았다.

그러나 두 장수는 창과 갑옷을 땅에 던지고 와서 항복하였다. 조조는 그들을 봉하여 열후로 삼았다. 또 흑산에 있던 산적 장연(張燕)도 10만의 군사들을 이끌고 와서 항복하였다. 조조는 그를 봉하여 평북장군을 삼았다.

조조는 영을 내려 원담의 수급을 가지고 조리 돌리는[號令] 마당에서 감히 우는 자가 있으면 참하라 하였다. 그리고 수급을 북문 밖에 걸게 하였다. 그런데 어떤 사람이 머리에는 베로 만든 관을 쓰고 상복을 입고 원담의 수급 아래에서 곡하고 있거늘, 좌우가 끌어가 조조에게 보였다. 조조가 운 까닭을 물으니 그는 청주 별가 왕수로서, 원담을 간하다가 쫓겨났었는데 이제 그가 죽었다는 소식을 듣고 와서 곡하는 것이었다.

조조가 웃으며 묻기를,

"너는 내 명령을 알지 못하느냐?"

하니, 왕수가 대답하기를

"알고 있습니다."

한다.

조조가 또 묻기를,

"너는 죽는 것이 두렵지 않느냐?"

하니, 왕수가 말하기를

"저는 살아서는 그의 녹을 받았습니다. 이제 죽었는데 곡을 하지 않는 것은 의가 아닙니다. 죽음을 두려워하여 의를 잊는다면, 어찌 세상에 서겠습니까! 만약에 원담의 시신을 거두어 장사지내줄 수 있다면, 죽음을 당한들 무슨 한이 있겠습니까."

하자, 조조가 말하기를

"하북에는 의사들이 어찌 이토록 많은가! 애석하도다. 원씨가 저들을 쓰지 못하다니! 만약에 저들을 잘만 기용했더라면, 내 어찌 이 지역을 넘볼 수 있었겠는가!"

하고, 마침내 원담의 시신을 거두어 장사지내게 하였다.

그리고 예로써 왕수를 대하고 또 상빈으로 삼아 사금중랑장을 맡겼다.

다시 그에게 묻기를,

"지금 원상이 이미 원희에게 가 있는데, 그를 잡으려면 어떤 계책을 써야 하느냐?"

하였으나, 왕수가 대답하지 않거늘, 조조는 말하기를

"진정 충신이로다."

하였다.

곽가에게 말하니,

"원씨의 수장이었던 초촉·장남 등으로 하여금 직접 저를 공격하게 하십시오."

하자, 조조는 그의 말에 따라 초촉·장남·여광·여상·마연·장의 등에게 각각 본부병을 이끌고 3로로 나누어 유주를 공격하게 하였다. 또 한편으로는 이전·악진 등으로 하여금 장연 등과 합세하여 병주로 가서 고간을 치게 하였다.

한편, 원상과 원희는 조조의 군사들이 온 것을 알고는 적을 막기 어렵다고 생각해서, 마침내 성을 버린 채 군사들을 이끌고 밤을 타서 요서(遼西)로 달아나 오환에게[11] 투항하였다. 유주자사 오환촉(烏桓觸)

은 유주의 여러 관리들을 모아놓고 피를 마시며 동맹을 맺고,12) 함께
원씨를 배반하고 조조에게 항복할 일을 의논하였다.

　오환촉이 먼저 말하기를,

　"내가 알기로 조승상은 당세의 영웅이외다. 지금 가서 투항할 것이
니 말을 어기는 자는 참하겠소!"

하고 차례대로 피를 마시는데, 차례가 별가 한형(韓珩)에게 이르렀다.

　한형이 이에 칼을 던져 버리고는, 크게 울면서

　"나는 원공 부자에게 두터운 은혜를 입었는데, 이제 그 주인이 패주
한 것을 보면서도 지모가 없어 구해드리지 못하고, 용기가 없어 죽지
못하니 의에 어긋나는 일이외다! 만약에 북면해서13) 조조에게 항복
한다면, 나는 할 수가 없소이다!"

하자, 여러 사람들이 다 낯빛이 변하였다.

　오환촉이 말하기를,

　"무릇 큰 일을 할 때에는 마땅히 대의를 따라야 할 것이오. 그러나
일이 여의치 않을 때에는 한 사람을 기다릴 수가 없소이다. 한형의
뜻이 이미 이와 같다면 그가 편할대로 하도록 합시다."

---

11) **오환(烏桓)** : 오환(烏丸). 동오의 한 부족으로 흉노에게 패하여 남쪽 열하지
　방으로 쫓겨가, 오환산(烏桓山)에서 모여 살았기 때문에 붙여진 이름임. [中
　文辭典]「部落名 亦作**烏丸**」. [漢書 匈奴傳]「卽後匈奴擊**烏桓**」.

12) **피를 마시며 동맹을 맺고[歃爲血盟]** : 희생의 피를 입가에 바르고 굳게 맹세
　함. 「삽혈지맹」(歃血之盟). [戰國策 魏策]「今趙不救魏 魏**歃盟**於秦 是趙與强秦
　爲界也」. [三國遺事 卷一 太宗春秋公]「刑白馬而盟 先祀天神及山川之靈 然後**歃
　血爲文而盟**曰 往者百濟先王 迷於逆順 云云」.

13) **북면(北面)** : '신하임을 자처한다'는 뜻. 군신 간에 군은 남면(南面)·신은
　북면(北面), 사제 사이에는 사는 남면·제는 북면을 함. [禮記]「君**南嚮** 答陽也
　臣**北面** 答君也」. [漢書 谷永傳]「王事之岡紀 **南面之急務**」. [荀子 儒效]「周公**北面
　而朝之**」. [書言故事 儒學類]「師問於人曰北面」.

하자, 한형을 밖으로 나가게 하였다.

오환촉은 이에 성을 나와 조조의 군마들을 영접하고 항복하였다. 조조는 크게 기뻐하며 벼슬을 더하여 그를 진북장군으로 삼았다.

그때, 문득 탐마가 와서 보고하기를,

"악진·이전·장연 등이 병주를 공격하자, 고간이 호관(壺關) 입구를 굳게 지키고 있어서 점령하지 못하였다 합니다."

하자, 조조는 직접 병사들을 거느리고 갔다.

세 장수들이 모여 말하기를,

"고간이 호관을 지키고 있어서 공격하기 어렵습니다."

한다. 조조는 여러 장수들을 모아놓고 고간을 격파할 계책을 의논하였다.

순유가 대답하기를,

"고간을 격파하려면 모름지기 거짓 항복하는 계책[詐降計]을 쓰면 될 것입니다."

하거늘, 조조도 그리리라 생각하였다. 그는 항복해 온 여광·여상을 불러 귀에다 대고 이리이리 하라고 속삭였다.

여광 등이 수십 기의 군사들을 이끌고 곧 관 아래 이르러, 소리치기를

"저희들은 원래 원씨에게 속해 있던 장수들로 부득이 조조에게 항복하였습니다. 그러나 조조란 사람은 사람을 속이고 우리들을 박대하여 이제 다시 옛 주군에게 돌아왔으니, 관을 열어 받아주기 바랍니다."

하니, 고간이 믿기지 않아 두 장수에게만 단 위에 와서 이야기하라 하였다.

두 장수가 갑옷과 무기 그리고 말을 버리고 들어오자, 고간에게 말하기를,

"조조의 군사들이 새로 왔기 때문에 군심이 정해지지 않고 있는 틈을 타서, 오늘 밤에 영채를 겁략하십시오. 저희들이 앞장서겠습니다."
하였다.

고간이 그 말대로 두 여씨를 앞에 서게 하고 만여 군사들을 앞세우고 나갔다. 거의 조조 영채에 이르렀을 때에, 땅을 흔드는 듯한 함성이 뒤에서 일며 복병이 사방에서 나왔다. 고간은 이것이 계책인 줄 알고 급히 호관성으로 돌아왔다. 그러나 그때는 이미 악진과 이전 등이 성을 차지하고 있었다. 고간은 길을 뚫고 달아나 선우에게로[14] 갔다. 조조는 병사들을 거느리고 관구를 막고 사람을 시켜 고간을 추격하게 하였다. 고간은 선우의 경계에 이르러 마침 북번 좌현왕(北番左賢王)을 만나자, 말에서 내려 엎드려

"조조가 강동 등을 병탄하고 이제 왕자의 땅까지 범하고자 하오니 제발 구해주소서. 힘을 합하여 이기면 북방도 보존할 수 있을 것입니다."
하자, 좌현왕이 말하기를

"나는 조조와 원수진 일이 없는데 어찌 나의 땅을 침범하겠는가? 네가 나로 하여금 조씨와 원수가 되게 하려는 것이냐!"
하고 고간을 꾸짖어 물리쳤다. 고간은 아무리 생각해도 뾰족한 길이 없자 유표에게 가서 의탁하려 하였다.

그러나 행군이 상로(上潞)에 이르러 도위 왕염의 손에 죽었다. 왕염이 그의 수급을 조조에게 보내자, 조조는 왕염을 봉해 열후로 삼았다.

병주가 정해지자 조조는 서쪽의 오환을 칠 방법을 상의하였다.
조홍 등이 말하기를,

---

14) 선우(單于) : 흉노가 자기들의 추장을 부르던 이름. [漢書 匈奴傳]「單于姓攣鞮氏 其國稱之曰 撑犁孤塗單于」. [史記 匈奴傳]「匈奴單于曰頭曼」.

"원희와 원상은 싸움에 패했으니, 얼마 안 돼서 망할 것이고 군세가 약해지고 힘이 다할 것입니다. 그들은 멀리 사막으로 가버렸습니다. 우리가 군사들을 이끌고 가서 서쪽을 공격하면, 유비와 유표가 빈틈을 타 허도를 공격할 것입니다. 우리는 미처 구응할 수도 없고 그렇게 되면 화가 적지 않을 것입니다. 청컨대 군사를 돌려 더 위로 가지는 마옵소서."

하자, 곽가가 대답하기를

"여러분의 말은 옳지가 않소이다. 비록 주공의 위세가 천하에 떨치고 있지만, 사막 사람들은 변방에 멀리 떨어져 있는 것을 믿고 틀림없이 준비가 되어 있지 않을 것입니다. 그들이 방비하지 않는 틈을 타서 공격한다면 반드시 파할 수 있을 것입니다.

또 원소와 오환은 서로 간에 은의가 있어 원상과 원희 형제가 머물러 있으니, 어쩔 수 없이 제거해야 합니다. 유표는 좌담지객일뿐15) 스스로 재주가 유비보다 낫지 못함을 알고 있으니 유비에게 일을 맡길 것입니다. 그러나 그에게 중임을 맡기면 그를 능히 제어할 수 없을 것이 두렵고, 경한 일을 맡기면 유비는 힘을 내지 않을 것입니다. 그렇게 되면 유비는 쓸 데가 없을 것입니다. 비록 나라를 비워두고 멀리 원정에 나선다 해도, 주공께서는 걱정할 게 없습니다."

하자, 조조가 말하기를

"봉효의 말이 실로 옳소이다."

하고, 드디어 대소 3군과 수레 수천 량을 이끌고 앞을 향하여 나아갔다. 그러나 보이는 것이라고는 누런 모래만 펼쳐진 사막과 서쪽에서 이는 모래폭풍 뿐이고, 길이 험해서 인마가 앞으로 나아가기가 힘들었

---

15) 좌담지객(坐談之客) : 말벗. [三國志 魏志 郭嘉傳]「表坐談客耳 自知才不足以 御劉備 重任之則恐不能制 輕任之則備不爲用 雖虛國遠征 公無憂矣」.

다. 조조는 회군할까 하는 마음도 있어 곽가에게 물었다. 곽가는 그때 물이 맞지 않아서 병으로 수레에 누워 있었다.

조조가 울면서 말하기를,

"나의 사막을 평정하려는 욕심 때문에, 공으로 하여금 먼 길을 건너며 고생을 시키는구려. 병이 이 지경에 이르렀으니 내 마음이 어찌 편안하겠소이까?"

하자, 곽가가 대답하기를

"저는 늘 승상의 대우에 감읍하고 있습니다. 비록 죽는다 해도 만에 하나도 갚지 못할 것입니다."

하였다.

조조가 묻기를,

"내 보기에 북쪽 땅은 지형이 아주 험하여, 마음속에 회군하고자 하는데 경은 어떻게 생각하시오?"

하자, 곽가가 말하기를

"진병에서 가장 중요한 것은 신속함입니다. 이제 천리나 떨어진 곳에 원정을 오는데 치중 등이 많아 빨리 가기가 어렵습니다. 이는 경병으로 길을 나서는 것만 못합니다. 또 엄습에 대비할 수가 없습니다. 다만 지름길을 아는 자를 뽑아 길을 인도하게 하소서."

하였다.

마침내 곽가를 역주(易州)에 남겨 놓고 병을 치료하게 하고는, 향도관(鄉導官)을 구하여 그에게 길을 안내하도록 하였다. 사람들이 원소의 옛 부하였던 전주(田疇)가 경계의 지형을 잘 안다고 추천하였다.

조조가 저를 불러서 물으니, 전주가 말하기를

"이 길은 가을과 여름 사이에는 물이 얕지만 거마는 갈 수가 없습니다. 또 깊을 때에는 배를 타지 않고서는 건너기 어렵습니다. 군사를 돌려 노룡(盧龍) 땅 어귀로 나가서 백단(白檀)의 험지를 넘어 평지로 나가서 유성(柳城)으로 들어가, 준비되지 않은 곳을 엄습하는 것만 못할 것입니다. 그렇게 하면 모돈(冒頓 ; 蹋頓)을16) 사로잡을 수 있을 것입니다." 하였다.

조조는 그의 말을 따르기로 하고 전주를 봉하여 정북장군을 삼고 향도관으로 임명하여, 앞에서 길을 이끌게 하고 장료에게 그 뒤를 따르게 하였다. 조조는 친히 뒤를 따르며 경기(輕騎)를 거느리고 빨리 나아갔다. 전주가 장료를 인도하여 백랑산(白狼山)에 이르러 원희와 맞닥뜨렸다. 원상은 모돈과 회합하고 무리들과 함께 수만의 기병들을 이끌고 오고 있었다. 장료가 나는 듯이 이를 조조에게 보고하였다. 조조는 직접 말을 타고 높은 곳에 이르러 보니, 문란하여 질서가 없었다.

장료에게 말하기를,

"모돈의 병사들은 대오가 아주 문란하여 정제되지17) 못하였으니, 곧 저들을 공격하시오."

하고, 이에 휘를18) 내어 주었다.

장료와 허저·우금·서황 등이 네 길로 나누어 산을 내려가며 힘을 내어 공격하였다. 이에 모돈의 휘하들은 큰 혼란에 빠졌다. 장료가 말을 박차고 나가서 모돈의 목을 말 아래로 떨어뜨리자, 나머지 군사들

---

16) **모돈(冒頓)** : 진 이세황제(秦二世皇帝) 때 스스로 선우(單于)가 되어 흉노 역사상 가장 강력한 집단을 만들었던 영웅. [史記 匈奴傳]「及冒頓立 攻破月氏 (注) 索隱曰 冒音墨 又如字」.「답돈」(蹋沌). 요서(遼西)에 있던 오환(烏桓)의 추장임. [中文辭典]「漢末烏桓 王丘力居之從子 有武略」.

17) **아주 문란하여 정제되지[參差不齊]** : 들쭉날쭉하여 가지런하지 않음.「참치」는 혹은 짧고 길어서 가지런하지 않음을 뜻함. [漢書 楊雄傳法言目]「**參差不齊**」. [詩經 周南篇 關雎]「**參差**荇菜 左右流之 窈窕淑女 寤寐求之」.

18) **휘(麾)** : 병사들을 지휘할 때 쓰던 대장기·교룡기 따위의 군기를 통틀어 일컫는 말.「휘하」(麾下). [史記 項羽紀]「**麾下**壯士」.

은 모두 항복하였다. 원희와 원상은 수천 기만을 이끌고 요동으로 달아났다.

조조의 군사들은 유성으로 들어가 전주를 봉해 유정후를 삼아, 유성을 지키게 하였다.

전주가 울면서 말하기를,

"저는 한낱 의를 저버리고 도망가 쥐새끼처럼 숨어 살고 있을 뿐입니다. 베풀어주신 은혜로 살아 있는 것만도 다행인 터에, 어찌 노룡의 영채를 팔아 상을 받겠습니까!19) 죽는다 해도 작록을 받을 수 없습니다."

하자, 조조는 의인으로 여겨 의랑(議郎)으로 삼았다.

조조는 선우 사람들을 위무하고 준마 만여 필을 얻고 그날로 퇴병하였다. 때는 날씨가 춥고 또 가물어서 2백여 리 안에 물이 없었다. 게다가 군량이 떨어져서 말을 잡아먹기까지 하였다. 땅을 2, 40길을 파서야 겨우 물이 나왔다.

조조는 역주로 돌아와 먼저 전일에 가지 말라고 간하던 사람들을 중상하고, 제장들에게 말하기를

"내가 이번에 위험을 무릅쓰고 원정에 나서서 요행히도 성공을 거두었소이다. 비록 승리를 거두었지만 이는 하늘이 도운 때문이지 전법 때문이 아니었소. 여러분의 충간이 곧 만안지계(萬安之計)였소이다. 이 때문에 상금을 내라는 것이오! 이후부터는 나에게 간하는 것을 어려워 마시기 바라오."

---

19) 어찌 노룡의 영채를 팔아 상을 받겠습니까 : 주군[哀氏]을 배반하였지만, 길까지 알려 주어 주군을 죽이게 한 공로로 벼슬을 받지 않겠다는 뜻임. 원문에는 '豈可賣盧龍之寨 以邀賞祿哉! 死不敢受候爵'으로 되어 있음. 「노룡」(盧龍)은 요새의 이름으로 「盧龍塞·盧龍道」라고도 함. [三國志 魏志 武帝紀]「建安十一年 征烏桓 出盧龍塞」. [太平寰宇記]「盧龍道 亦謂之盧龍塞」.

하였다.

조조가 역주로 돌아왔을 때, 곽가는 죽은 지 이미 며칠이 지나도 관이 관청에[20] 있었다.

조조는 가서 저를 조문하며, 큰 소리로 울면서

"봉효가 죽다니 이는 하늘이 나를 망하게 하시려는 게요!"

하며, 여러 사람들에게 말하기를

"제군들은 모두 나이가[21] 나와 같았으나 봉효만이 나보다 아래였소. 내가 후사를 부탁하려 하였더니 중년이 못 되어 요절하다니. 마치 내 심장이 찢어지는 듯하구려!"

하였다.

이때, 곽가의 좌우에 있던 사람이 그가 죽음에 임하여 쓴 편지를 드리며 말하기를,

"곽공이 죽음에 임하여 친필로 이것을 써주며, '승상께서 만약에 이 편지의 말한 대로만 하신다면 요동의 일은 정리될 것일세.'라는 당부의 말이 있었습니다."

하며 편지를 드렸다.

조조는 편지를 뜯어 읽으면서 머리를 끄덕이며 감탄하여 마지않았으나, 여러 사람들이 그 뜻을 알 수가 없었다.

다음 날 하후돈이 여러 관리들을 이끌고 와서, 말하기를

"요동태수 공손강(公孫康)이 오랫동안 복종하지[22] 않고 있습니다.

---

20) 관청[公廨] : 관가의 건물. [品字箋]「公廨門外餘屋 謂之公廨」.
21) 나이가[年齒] : 나이·연령. [漢書 宣元王傳]「年齒方剛」. [後漢書 順帝紀]「其有茂才異行 若顏淵子奇 不拘年齒」.
22) 복종하지[賓服] : 빈종(賓從). 제후와 천자에게 공물을 바치며 복종함. [禮記 樂記]「暴民不作 諸侯賓服」. [管子 小匡]「莫不賓服」.

이제 원희와 원상이 또 저에게 가서 투항하였습니다. 틀림없이 후환
거리가 될 것이니, 지금 승세를 타서 속히 저를 정복해야 할 것입니
다. 그렇게만 된다면 요동은 다 얻게 될 것입니다."

하거늘, 조조가 웃으면서 말하기를

"제공들을 구태여 번거롭게 하지 않더라도, 며칠 후면 공손강이 스
스로 두 원씨의 목을 보내올 것이외다."

하였다.

그러나 여러 장수들은 이를 믿지 않았다.

이때, 원희와 원상은 수천의 기병을 이끌고 요동으로 달아났다. 요
동태수 공손강은 본래 양평(襄平) 사람으로 무위장군 공손도(公孫度)의
아들이다. 그날로 원희와 원상이 투항해 오는 것을 알고, 마침내 본부
관리들과 이 일을 의논하였다.

공손공(公孫恭)이 말하기를,

"원소는 살아 있을 때에 늘상 요동을 병탄할 마음을 가지고 있었습
니다. 지금 원희와 원상은 싸움에 진 패장으로 의탁할 곳이 없어 오는
것이니, 이는 비둘기가 까치의 둥지를 빼앗으려는 것입니다.23) 만약
에 저들을 받아들인다면 뒤에 반드시 요동을 도모할 것입니다. 저들
이 성중에 들어오면 저들을 죽여 그 수급을 조공에게 바치면, 조공은
틀림없이 우리를 중하게 대할 것입니다."

하자, 공손강이 말하기를

---

23) 이는 비둘기가 까치의 둥지를 빼앗으려는 것입니다[鳩奪鵲巢] : 비둘기가 까
치의 둥지를 빼앗음. 「구점작소」(鳩佔鵲巢)는 비둘기는 둥지를 짓지 않고 까
치의 둥지를 빼앗아 새끼를 낳는다고 함. [故事成語考 鳥獸]「鳩居鵲巢 安亨其
成」.「작소」는 '처가 남편의 집을 제집으로 삼고 있음'을 이름. [詩經 召南篇
鵲巢]「維鵲有巢 有鳩居之」. [毛傳]「鳲鳩鳴因鵲成巢而居有之 猶國君夫人來嫁
居君子之室」.

"조조가 병사들을 이끌고 와서 요동을 핍박하고 있으니, 또 두 원씨로 하여금 나를 돕게 하느니만 못 할 것이다."

하거늘, 공손공이 대답하기를

"사람을 시켜 알아보지요. 조조가 와서 공격할 것 같으면 원씨 형제를 받아주고, 조조가 움직이지 않을 것 같으면 두 원씨를 죽여 조공에게 보내시지요."

하니, 공손강이 그의 의견을 따르기로 하고 사람을 시켜 소식을 탐지해오게 하였다.

한편, 원희와 원상은 요동에 이르자 은밀히 의논하기를,

"요동의 군사들은 수만이나 되어 족히 조조와 싸울 만합니다. 이제 우리가 잠시 저에게 투항하지만, 뒤에는 반드시 공손강을 죽이고 그 땅을 빼앗아 군사들의 기운을 양성하고 중원에 대항하면 다시 하북을 찾을 수 있을 것이오."

하였다.

의견이 정해지자 들어가 공손강을 뵈었다. 공손강은 저들을 역관에 머물게 하고 병을 핑계대고 곧 만나보지 않았다.

하루는 세작의 보고가 들어왔는데,

"조조는 병사들을 역주에 주둔시키고 요동으로 내려올 생각은 없는 듯합니다."

하자, 공손강이 크게 기뻐하면서 이에 먼저 도부수를 벽의 옷장에 매복시키고 두 원씨를 들어오게 하였다. 인사가 끝나자 앉게 하였다.

그때는 날씨가 몹시 추웠는데, 원상은 탑상 위에 자리가 없는 것을 보고 손강에게 이르기를,

"자리를 좀 깔아 주시구려."

하니, 손강이 눈을 부릅뜨며 말하기를

"너희 두 사람의 머리가 장차 만 리 먼 길을 갈 참인데 어찌, 자리가 있겠느냐?"

하매, 원상이 크게 놀랐다.

공손강이 꾸짖으며 말하기를,

"좌우의 사람들은 어찌 손을 쓰지 않느냐!"

하자, 도부수들이 끌고 나가 무릎을 꿇리고 두 사람의 머리를 벤 후 나무 상자에 넣어서, 사람을 보내 역주(易州)의 조조에게 보였다. 그 때, 조조는 역주에 주둔하고 움직이지 않고 있었다.

하후돈과 장료가 들어와 아뢰기를,

"요동으로 진병하지 않으려면 허도로 돌아가시지요. 유표가 다른 생각을 품을까 걱정됩니다."

하자, 조조가 이르기를,

"두 원씨의 수급이 이르기를 기다렸다가 곧 회병합시다."

하거늘, 여러 장수들이 속으로 다 웃었다. 그러자 갑자기 요동의 공손 강이 사람을 보내, 원희와 원상의 수급이 이르렀다고 알려왔다. 여러 장수들이 다 놀랐다.

조조는 사자의 편지를 받고서 웃으면서 말하기를,

"봉효의 생각이 틀리지 않았다!"

하고, 사신에게 후한 상을 내리고 공손강을 봉하여 양평후좌장군으로 삼았다.

여러 관원들이 묻기를,

"어찌하여 봉효가 생각했던 대로라 말씀하십니까?"

하거늘, 조조가 곽가의 편지를 내어 보여주었다.

편지의 내용은 다음과 같다.

이제 들으니 원상과 원희는 요동으로 투항한다 합니다. 명공께서는 일체 가병(加兵)을 하지 마십시오. 공손강은 오래전부터 원씨가 요동을 빼앗을까[吞倂]를 두려워했으니, 틀림없이 두 원씨의 투항을 의심할 것입니다. 만약에 군사들을 일으켜 저를 공격한다면, 필시 저들을 맞아들일 것입니다. 그렇게 된다면 속히 깨뜨리지 못할 것이요, 만약에 내버려 둔다면 공손강이 직접 원씨를 도모할 것입니다. 돌아가는 대세가 그렇습니다.

여러 장수들이 곽가를 칭찬해 마지않았다. 조조는 여러 사람들을 데리고 다시 곽가의 영전에 제사를 지냈는데, 그때 그의 나이 38세요 전장을 누빈 지 11년이며 큰 공훈을 많이 세웠다.
후세 사람이 저를 예찬한 시가 있다.

하늘이 곽봉효를 내시니
여러 영걸들 중에 뛰어나네.
　天生郭奉孝
　豪傑冠群英.

뱃속에는 경사를 갈무리하고
가슴 속엔 갑병을 숨겼구려.
　腹內藏經史
　胸中隱甲兵.

지모를 운용하기 범려요[24]

---

24) 범려(范蠡) : 월(越)나라의 모신(謀臣). 미인계를 써서 오왕 부차(夫差)를 죽

결책하기는 진평이네.25)

　　運謀如范蠡

　　決策似陳平.

애석해라 몸이 먼저 죽으니

중원의 동량이 기울었도다.

　　可惜身先喪

　　中原梁棟傾.

　조조는 병사를 이끌고 기주로 돌아가며, 사람을 시켜 먼저 곽가의 영구를 허도에 안장하게 하였다.

　정욱 등이 청하기를,

　"북방은 이미 평정되고 지금 허도에 돌아왔으니, 조속히 강남을 평정할 계책을 세워야 할 것입니다."

하자, 조조는 웃으며 대답하기를,

　"내 이 뜻을 세운 지 오래외다. 제군들의 말한 바와 내 뜻이 아주

　임. [拾遺記]「西施越女所謂西子也 有絕世之美 越王句踐 獻之吳王夫差 夫差嬖之 卒至傾國」. [淮南子]「曼容皓齒形姱骨佳 不待傅粉 芳澤而美者 西施陽文也」. [韻語陽秋]「太平寰宇記載西施事云 施其姓也 是時有東施家 西施家」.

25) 진평(陳平) : 전한(前漢)의 재상. 항우의 신하였다가 유방에게로 가서 도위(都尉)가 되었으며, 그의 반간계가 성공하여 곡역후에 봉해졌음. 여후(呂后)가 죽자 주발(周勃)과 함께 문제를 옹립하였음. [中國人名]「漢 陽武人 小家貧 好讀書 美如冠玉……分肉甚均……屢出奇策 縱反間 以功封曲逆候……與周勃合謀誅諸呂」. 「진평재육」(陳平宰肉)은 진평이 고기를 똑같이 나누어 손님에게 주면서, 나에게 재상을 맡기면 이와 같이 나라의 일을 공평히 다스려 태평하게 하겠다고 했다는 고사임. [史記 陳丞相世家]「里中社 陳平爲宰 分肉食甚均 父老曰善 陳儒子之爲宰 平曰 嗟乎 使平得宰天下 亦如是肉矣」.

부합되는 바요.”

하였다.

조조는 이날 밤 기주성 동각루 위에서 쉬면서, 난간에 의지하고 천문을 보았다.

그때, 순유가 곁에 있었는데 조조가 이르기를,

“남방은 왕기가 찬연(燦然)하여 도모하지 못할까 걱정이구려.”

하자, 순유가 묻기를

“승상께서 하늘의 위엄을 가지고 있는데 무엇인들 불복하겠습니까?”

하였다. 마침 그때에 문득 한 줄기 금빛이 땅에서 일어났다.

순유가 말하기를,

“이는 틀림없이 지하에 보물이 있기 때문입니다.”

하자, 조조가 누각에서 내려와 사람들에게 그 빛을 따라 땅을 파게 하였다.

이에,

성문(星文)이 바야흐로 남중을 가리키는데
금보(金寶)가 도리어 북쪽 땅에서 나왔네.
　　星文方向南中指
　　金寶旋從北地生.

무슨 물건을 얻었는지 알 수가 없다. 또한 하회를 보라.

제34회

채부인은 벽 뒤에서 비밀을 엿듣고
유황숙은 말로 단계를 건너뛰다.
　蔡夫人隔屛聽密語
　劉皇叔躍馬過檀溪.

　한편, 조조는 금빛이 나는 곳에서 한 개의 동작(銅雀)을 캐내고는,
순유에게 묻기를

"이게 무슨 징조일까?"

하자, 순유가 대답하기를

"옛날 순임금의 어미에게서 꿈에 옥작(玉雀)이 품에 들어왔는데 순
을 낳았다 합니다. 이제 동작을 얻으셨으니 이는 길상의 징조일 것입
니다."

하자, 조조가 크게 기뻐하며 높은 누대를 지어 이를 경하하라 하였다.
그리고 그날로 땅을 파고 나무를 베며 기와와 벽돌을 구워, 장하(漳河)
위에 동작대를 짓게 하였는데 약 1년이 걸렸다.

　작은 아들 조식(曹植)이 나와서 진언하기를,

"만약 층대를 세운다면 반드시 세 개를 세워야 합니다. 가운데 높은
것은 동작대라[1] 하고, 왼쪽에 세운 것은 옥룡대(玉龍臺), 오른쪽에 세

---

1) 동작대(銅雀臺) : 조조가 세운 누대. [三國志 魏志 武帝紀]「建安十五年冬 太
祖乃于鄴 作銅雀臺」. [鄴中記]「鄴城西立臺 皆因城爲基趾 中央名銅雀臺 北則冰

운 것은 금봉대(金鳳臺)라 하여야 합니다. 또 구름다리를 만들어서 공중에서 가로지르게 하면 정말 장관일 것입니다."

하자, 조조가 말하기를,

"내 아들의 말이 아주 잘되었구나. 다른 날 대가 이루어지면 내 늙어서는 거기서 놀아야겠다!"

하였다.

원래 조조는 아들이 5명이었는데 오직 조식이 민첩하고 지혜가 있으며 글을 잘해, 조조가 평소에도 그를 가장 사랑하였다. 이에 조조는 조식(曹植)과 조비(曹丕)를 업군에 남아 대를 짓게 하고, 장연(張燕)에게 북쪽의 영채를 지키게 하였다.

조조는 원소의 군사 얻은 것을 합쳐 모두 5, 60만이 허도로 돌아왔다. 공신들에게 벼슬을 봉하고 또, 곽가를 증작하여 정후로 삼고 그 아들 곽혁(郭奕)을 부중에 있게 하였다. 그리고는 다시 여러 모사들을 모아 놓고, 남정하여 유표를 토벌할 일을 상의하였다.

순욱이 말하기를,

"대군이 이제 겨우 북정에서 돌아왔으니, 다시 동병하는 일은 어렵습니다. 반 년 더 기다리면서 정병을 기르고 군량을 비축한다면, 유표와 손권을 단번에 도모할 수 있을 것입니다."

하자, 조조는 그의 말을 따르기로 하고, 군사들을 나누어 둔전을2) 하며 훈련되기를 기다렸다.

井臺 西臺高六十七丈 上作銅鳳 皆銅籠疏雲母幌 日之初出 流光照耀」.

2) 둔전(屯田) : 군량을 조달하기 위해 궁·관아 및 지방에 주둔하고 있는 병사들에게 딸린 땅. 그 곳에 머물러 있던 병사들이 농사짓던 밭을 「둔전답」(屯田畓)이라 했음. [周禮 冬官]「有屯部 今日屯田司」. [漢書 趙充國傳]「乃詣金城上屯田 奏願罷騎兵 留步兵萬餘 分屯要害處 條不出兵留田 便宜十二事」.

한편, 현덕은 형주에 도착하고부터 유표에게 심히 후한 대접을 받았다. 하루는 마침 서로 어울려 술을 마시고 있었는데, 문득 전에 항복해 온 장수 장무(張武)와 진손(陳孫)이 강하에 사는 백성들의 재산을 노략질하며 함께 모반을 했다는 첩보가 들어왔다.

유표가 놀라며 말하기를,

"두 도적이 또 민란을 일으켰으니 화가 적지 않겠군!"

하자, 현덕이 대답하기를

"모름지기 형장은 걱정 마십시오. 제가 가서 저들을 토벌하겠습니다."

하였다.

유표는 기뻐하며 곧 3만의 군사들을 내어 현덕과 같이 떠나게 하였다. 현덕은 곧 군사들을 이끌고 떠나 하루가 못 되어 강하에 왔다. 장무와 진손이 군사들을 이끌고 나와 맞았다. 현덕은 관우·장비·조운 등과 같이 말을 타고 문기 아래 나섰다. 장무가 타고 있는 말을 바라보니 아주 늠름해 보였다.

현덕이 생각하기를

"이는 필시 천리마임에 틀림없다."

하고 말을 마치기도 전에, 조운이 창을 꼬나들고 나가 적진으로 충돌해 갔다.

장무가 말을 몰고 나와 맞아 싸우기를 3합이 못 되어, 조운의 창에 찔려 말에서 떨어졌다. 그리고 손을 뻗어 말머리를 잡아끌고는 진으로 돌아왔다. 진손이 그것을 보고 급히 빼앗으려 왔다. 장비가 큰 소리를 치며 장판사모를 꼬나들고 나가서 진손을 찔러 죽였다. 나머지 군사들은 다 흩어져 달아났다.

현덕은 남은 무리들을 항복받고, 강하의 여러 현을 다시 회복한 다음 돌아왔다. 유표가 성곽 밖에까지 나와 맞아 입성하여, 잔치를 베풀어 공을 치하하였다.

술이 어느 정도에 이르자, 유표가 말하기를

"내 아우님께서 이토록 웅재(雄才)시니 형주가 아주 든든하오이다. 단지 남월(南越)의 도적떼들이 끊임없이 와서 침노하니 걱정입니다. 장노(張魯)와 손권(孫權) 등이 다 걱정이 되오이다."

하거늘, 유비가 묻기를

"저에게는 세 장수가 있으니 언제든지 쓰실 수가 있습니다. 장비를 시켜 남쪽지방의 경계를 살펴보게 하시고, 운장에게 고자성(固子城)을 막아 써 장노를 진무하게 하십시오. 그리고 조운에게는 삼강(三江)을 막아 손권을 막으면 되는데 무얼 걱정할 게 있습니까?"

하자, 유표가 기뻐하며 그 말을 따르고자 하였다.

채모가 자기 여동생 채부인에게 고하기를,

"유비가 세 장수들을 밖으로 보내고 자기만 형주에 있으니, 머지않아 후환이 될 것이오."

하자, 채부인이 밤에 유표에게 말하기를

"제가 들으니 형주 사람들이 많이 유비와 왕래한다 하니 저를 막지 않을 수 없습니다. 이제 저를 성중에 있게 하는 것은 이로울 게 없사오니, 그를 다른 곳으로 보내옵소서."

하거늘, 유표가 말하기를,

"현덕은 어진 사람이오."

한다.

채씨가 또 말하기를,

"다만 다른 사람들이 다 당신의 마음과 같지 않은 것이 걱정됩니다."

하자, 유표는 대답이 없었다.

다음 날 출성하여 현덕이 탄 말이 아주 준마임을 보고 물어, 그것이 장무의 말임을 알고 유표는 차탄해 마지않았다. 현덕은 이 말을 유표에게 보냈다. 유표는 크게 기뻐하며 그 말을 타고 성으로 돌아오니, 괴월(蒯越)이 보고 물었다.

유표가 말하기를,

"이 말은 현덕이 보내준 것일세."

하자, 괴월이 대답하기를,

"옛날 형 괴량(蒯良)이 말을 잘 보아서 저도 약간 압니다. 이 말은 눈 아래에 누조가3) 있고 이마 옆에 흰 점이 있어 이름을 적로라4) 하는데, 이 말을 타면 주인이 죽게 됩니다. 장무도 이 말 때문에 죽은 것입니다. 주공께서는 이 말을 타지 마옵소서."

하거늘, 유표가 그 말을 들었다.

다음 날 현덕을 청하여 술을 마시면서,

"어제 양마를 보내 주셔서 아주 고맙습니다. 다만 현제는 불시에 출정해야 하니 이 말을 타세요. 다시 보내겠소이다."

하거늘, 현덕이 일어나 사례하였다.

유표가 또 묻기를,

"아우님은 오래 이곳에 계시면 무사(武事)가 아주 없어질까 걱정입니다. 양양의 속읍 신야현(新野縣)은 전량이 풍부한 곳입니다. 아우님께서 본부 군마들을 이곳에 주둔시키는 것이 어떻겠소이까?"

---

3) 누조(淚槽) : 눈물샘. 골상학적 용어로 '눈 아래 움푹 들어간 곳'을 '누당'(淚當)이라 이름.

4) 적로(的盧) : 별박이(이마에 흰 털의 점박이 말). 유비가 이 말을 타고 단계(檀溪)를 뛰어넘었다 함. 「적로마」(的盧馬·駒盧馬). [相馬經]「馬白額入口齒者 名曰 榆雁 一名的盧 奴乘客死 主乘棄市 凶馬也」. [三國志 蜀志 先主傳注]「潛遁出 所乘馬 名的盧 騎的盧走 渡襄陽城西檀溪水中 溺不得出 備急曰 的盧今日厄矣」.

하거늘, 현덕이 수락하였다.

다음 날 현덕은 유표와 헤어져 본부 군마를 이끌고 곧 신야로 갔다.

막 성문을 나서는데, 한 사람이 말 위에서 읍하면서 말하기를

"공은 탄 그 말을 타지 마십시오."

하거늘, 현덕이 저를 보니 그는 형주 막빈 이적(伊籍)이었다. 그는 자가 기백(機伯)이며 산양(山陽) 사람이다.

현덕이 황망히 말에서 내려 물으니, 이적이 말하기를

"어제 들으니 괴이도가 유형주에게 '이 말은 적로인데 이 말을 타면 주인에게 해롭습니다.'라고 하여 공에게 돌려보낸 것입니다. 공이 어찌 다시 그 말을 타십니까?"

하거늘, 현덕이 묻기를,

"선생의 보살핌에 깊이 감사하오. 무릇 사람의 죽고 사는 것은 명에 달려 있는데,5) 어찌 말이 그것을 방해할 수 있겠소이까!"

하였다.

이적은 그의 높은 식견을 보고 이 일이 있은 후부터는 현덕과 자주 왕래하였다.

현덕이 신야에 오면서부터 병사와 백성들이 다 기뻐하며 정치가 잘 되었다. 건안 12년 봄 감부인이 유선(劉禪)을 낳았다. 이날 밤 백학 한 마리가 관가의 지붕에 날아와, 40여 번을 울고는 서쪽으로 날아갔다. 분만할 무렵에는 기이한 향내가 방안에 가득했다.6) 감부인이 하늘을

---

5) 사람의 죽고 사는 것은 명에 달렸는데[死生有命] : 사람의 생과 사는 명에 달려 있음. [論語 安淵]「**死生有命** 富貴在天」. [莊子 德充符]「**死生存亡** 窮達貧富」.

6) 기이한 향내가 방안에 가득했다[異香滿室] : 특이한 향내가 집안에 가득함. [飛燕外傳]「后雖有**異香** 不如婕好體自香也」. [李山甫 牧丹詩]「千苞紅艶火中出 一片**異香**天下來」.

우러러 북두성을 삼키는 꿈을 꾸고 잉태하였기 때문에 아명을 '아두(阿斗)'라 하였다. 이때, 조조는 막 병사들을 거느리고 북벌에 나서고 있었다.

현덕은 형주에 가서 유표에게 말하기를,

"이제 조조가 군사들을 모두 이끌고 북쪽을 치러 나섰으니 허창이 비어 있을 것입니다. 만약 형양의 군사들을 데리고 빈틈을 타서 저를 엄습하면, 큰 일을 이룰 수 있을 것입니다."

하자, 유표가 묻기를

"나는 9군으로 족합니다. 어찌 더 도모하려 하겠소이까?"

하거늘, 현덕은 더 이상 권하지 않았다.

유표는 현덕을 후당으로 청하여 술을 대접하였다. 술이 한참 이르자 유표는 홀연 길게 탄식하였다.

현덕이 말하기를,

"형장께서는 무엇 때문에 길게 탄식을 하십니까?"

하자, 유표는 말하기를

"나는 마음에 생각하고 있는 일이 있으나 쉽게 설명할 수가 없소이다."

하였다.

현덕이 다시 물으려 할 때에 채부인이 병풍 뒤에 서 있다 나왔다. 유표가 이에 머리를 숙이고 말이 없었다. 얼마 있다가 자리가 파하자 현덕은 신야로 돌아왔다.

겨울이 되자 조조가 유성에서 돌아왔다는 소식이 들렸다. 현덕은 유표가 그의 말을 듣지 않은 것을 매우 한탄하였다. 문득 하루는 유표가 보낸 사신이 와서 현덕에게 형주에 와서 만날 것을 청했다. 현덕이 사자를 따라가니, 유표가 영접하고 인사가 끝나자 후당으로 청해 술상을 마주했다.

그리고 현덕에게 말하기를,

"최근에 듣건대 조조가 병사들을 이끌고 허도에 돌아왔다 하는데, 그 세력이 날로 강성해지고 있답니다. 틀림없이 형양을 병탄하려 할 것이외다. 지난 날 아우님의 말을 듣지 않았던 것이 지금 와서 크게 후회됩니다. 이 좋은 기회를 놓치다니!"

하자, 현덕이 묻기를

"지금 천하가 분열되어 전쟁이 날로 성해지고 있으니, 기회가 어찌 또 없겠습니까? 만약에 후에라도 도모할 수 있으니 너무 한탄해 마시지요."

하니, 유표가 대답하기를

"아우님의 말씀이 옳소이다."

하며 술잔을 권하였다. 술이 취하자 유표는 홀연 눈물을 흘렸다.

　현덕이 그 까닭을 물으니, 유표가 대답하기를

"내 마음에 두고 있는 일이 있는데, 전에 아우님에게 말하려 하다가 마땅하지 않아 말 못한 일이 있었소이다."

하거늘, 현덕이 또 묻기를

"형장께서 무슨 어려운 일이 있으십니까? 제가 쓸모가 있으시다면 저는 사양하지 않겠습니다."

하자, 유표가 말하기를

"전처 진씨 소생의 큰 아들 기(琦)가 있는데 위인이 비록 어질기는 하지만, 유약하여 큰일을 도모할 수가 없소이다. 후처 채씨 소생의 둘째 종(琮)이 있는데 그런대로 총명하외다. 나는 장자를 폐하고 둘째를 세우고자 하나 예법에 어긋나는 것이 걱정이에요. 장자를 세우려 한다면 채씨 문중에서 다 군사에 관한 업무를 장악하고 있으니, 필시 난이 일어날 터여서 이로 인해 결심을 못하고 있소이다."

하거늘, 현덕이 대답한다.

"예부터 장자를 폐하고 차자를 세우는 것은 난을 부르는 길이라 하였습니다. 만약에 채씨의 권세가 걱정되신다면, 서서히 저들을 제거하면 됩니다. 그러나 사랑에 빠져 둘째를 택해서는 안 됩니다."

하니, 유표는 말이 없었다.

원래 채부인은 평소에 현덕을 의심하여, 무릇 현덕과 유표가 이야기를 할 때면 늘 와서 엿듣곤 했다. 이때, 마침 병풍 뒤에 있다가 현덕의 이 말을 듣고는 마음속으로 한하였다. 현덕은 자기가 실언한 줄알고 몸을 일으켜 칙간으로 갔다.

그는 자신의 몸에 살이 다시 찌는 것을 보고, 또한 눈물이 주르륵 흘러내리는 것을 깨닫지 못하였다. 조금 있다가 다시 자리로 돌아왔다. 유표는 현덕의 눈물 자국을 보고 이상히 여겨 그 까닭을 물었다.

현덕이 길게 탄식하며,

"나는 전에는 늘상 안장을 떠나지 않았기 때문에 넓적다리가 살이 찌지 않았는데 이제 말을 타지 않은 지가 오래되어 넓적다리에 살이 쪘습니다.[7] 세월은 어쩔 수 없습니다. 늙어만 가며 공은 세우지 못하고 있으니 이것이 슬퍼서 눈물이 납니다!"

하자, 유표가 묻기를

"내가 들으니 아우님이 허창에 있으면서 조조와 같이 매실주를 마시며 함께 영웅을 논했을 때에, 아우님이 현세의 명사들을 다 거론하

---

7) 이제 말을 타지 않은 지가 오래되어 넓적다리에 살이 쪘습니다[髀肉復生] : 오랫동안 말을 타지 않아 허벅지에 살이 쪘음. 「비육지탄」(髀肉之嘆)은 '영웅이 말을 타고 전쟁에 나가지 못하여 넓적다리만 살찜을 한탄한다'는 뜻으로, '재능을 발휘할 기회를 얻지 못하고 헛되이 세월만 보냄을 탄식함'이란 말임. [三國志 蜀志 先主傳注]「慨然流涕 表怪問備 備曰 吾常身不離鞍 髀肉皆消 今不復騎 髀裏肉生 日月如馳 老將至矣 功業不建 是以悲耳」.

여도 조조가 다 동의하지 않으며, 혼자 소리로 '천하의 영웅은 오직 사군과 조조밖에 없지요' 했답디다 그려. 조조가 권력을 가지고 있으면서도 오히려 감히 아우님에 대해 사양하는 데, 어찌 공을 세우지 못하고 있다고 걱정하시는 게요?"

하였다.

현덕은 술기운을 타서 실언인 체 대답하기를,

"제가 만약에 터전이 있다면, 천하의 녹록한 무리들을 진실로 염려치 않을 것입니다."

하자, 유표는 그 말을 듣고 말이 없었다.

현덕은 자신의 실언을 깨닫고 술에 취한 체 일어나 관사에 들어와 쉬었다.

후세 사람이 현덕을 예찬한 시가 있다.

조조가 자기의 손가락을 꼽아가며
'천하의 영웅은 사군'뿐이라 했다지요.
　　曹公屈指從頭數
　　「天下英雄獨使君」.

넓적다리 살이 오르는 걸 한탄했다니
천하가 셋으로 나뉘어 다투는 걸 가리켰네?
　　髀肉復生猶感歎
　　爭教寰宇不三分?

한편, 유표는 현덕의 말을 듣고 비록 말을 하지 않았으나, 마음속으로 만족스럽지 못한 생각이 일었지만 현덕과 헤어져 안으로 들어왔다.

채부인이 나오며 말하기를,

"마침 제가 병풍 뒤에 있을 때에 유비의 말을 듣게 되었습니다. 저는 사람을 심히 우습게 봅디다. 그는 족히 형주를 병탄하려는 생각을 가지고 있습니다. 지금 만약에 저를 제거하지 않으면, 필시 후환이 있을 것입니다."

하였으나, 유표는 묵묵부답하며 머리만 저을 뿐이었다. 채부인이 이에 비밀리 채모를 들게 하고는 이 일을 의논하였다.

채모가 묻기를,

"청컨대 먼저 관사에 가서 저를 죽이고, 그 후에 주공에게 알리시면 어떻겠습니까?"

하자, 채부인이 그렇게 하라 하였다.

채모는 나오자 곧 그날 밤에 군사들을 점고하였다.

한편 현덕은 객관에 있으면서 촛불을 밝히고 앉아 있다가, 삼경이 지나서야 잠자리에 들려 하였다. 갑자기 한 사람이 문을 두드리고 들어오는데 저를 보니 이적이었다. 원래 이적은 채모가 현덕을 죽이려 한 것을 알고 특히 한밤중에 알리려 온 것이다. 그리고 현덕에게 빨리 일어나라고 재촉하였다

현덕이 묻기를

"경승에게 하직 인사를 하지 않고 어찌 빨리 가겠소?"

하니, 이적이 말하기를

"공이 만약 하직 인사를 한다면 틀림없이 채모가 해를 입힐 것입니다."

하자, 현덕은 이에 이적에게 인사를 하고 급히 종자를 불러 일제히 말을 탔다. 날이 밝기를 기다리지 않고 밤새 달아나 신야로 돌아갔다. 채모의 군사들이 객관에 이르렀을 때는 현덕이 이미 멀리 간 후였다. 채모는 후회막급이었다.

이에 벽에 시 한 수를 써놓고 급히 돌아와, 유표를 보고 말하기를
"유비가 모반의 뜻을 가지고 그 반시(反詩)를 벽에 남겨놓고 인사도
없이 가 버렸습니다."
하였으나, 유표는 믿지 않았다.

유표가 직접 객관에 나아가 보니 과연 4구의 시가 있었다. 시는 이
러 했다.

여러 해 동안 곤고의 세월만 보내며
덧없이 옛 산천만 대하고 있구나.
　　數年徒守困
　　空對舊山川.

용이 어찌 연못 속의 물건이겠는가
뇌성을 타고 하늘로 오르려 하네!
　　龍豈池中物
　　乘雷欲上天!

유표는 시를 보고는 크게 노하여, 말하기를
"이 의리 없는 놈을 반드시 쳐 죽이리라!"
하고, 몇 걸음 가고 있는데 맹성(猛省)이 말하기를
"내가 현덕과 오랫동안 같이 있었지만, 일찍이 그가 시를 짓는 것을
본 적이 없습니다. 이는 틀림없이 다른 사람의 이간계입니다."
하거늘, 유표는 다시 관사로 들어가서 칼끝을 이용해 시를 지우고 칼
을 버린 채 말에 올랐다.

채모가 청하기를,

"군사들이 이미 나와 있으니, 신야에 가서 유비를 사로잡아 올 수 있습니다."

하거늘, 유표가 말하기를

"서두를 일이 아니다. 천천히 저를 도모해야 한다."

하였다.

채모는 유표가 의심하여 지체하며 결단을 내리지 못하는 것을 보고, 이에 은밀히 채부인과 의논하였다. 그리고 그날로 양양에 모두 모이게 하여 그곳에서 도모하기로 하였다.

다음 날 채모가 유표에게 말하기를,

"근년에 풍년이 들어 여러 관원들을 양양에 모이게 하고, 백성들을 위무하는 뜻으로 주공 일행을 청합니다."

하니, 유표가 대답하기를

"나는 최근에 몸이 좋지 않아 갈 수가 없으니 두 아들들에게 주빈이되어 대접하게 하게."

하였다.

채모가 말하기를,

"아드님들은 나이가 어려 예절을 지키지 못할까 걱정이 됩니다."

하거늘, 유표가 말하기를

"신야에 가서 유비에게 손님들을 접대하도록 하구려."

하니, 채모가 속으로 계책이 들어맞는구나 하며 곧 사람을 시켜 현덕에게 양양에 오도록 청했다.

한편, 현덕은 신야로 달아나 자기가 한 실언 때문에 화를 불러온 것을 알고, 여러 사람들을 대하여 말하는 것을 삼가고 있었다. 문득 사자가 와서 양양에 올 것을 청하였다.

손건이 말하기를,

"어제 주공께서 급히 돌아오신 후에 마음이 불편하신 것을 보고 어리석은 생각에 헤아리기를, 형주에 있을 때에 필시 무슨 사고가 있는 줄 알았습니다. 이제 저들이 회합에 와 주기를 청하고 있으니 가볍게 움직일 일이 아닐 듯합니다."

하거늘, 현덕은 여러 사람들에게 전에 있었던 일을 말하였다.

운장이 말하기를,

"형님 스스로 의심을 살 만한 실언을 하셨습니다. 유표는 형님을 꾸짖을 뜻이 없을 것입니다. 외인의 말을 가볍게 믿으시면 안 됩니다. 양양이 여기서 멀지 않은데 가지 않으시면 유표에게 의심을 살 것입니다."

하자, 현덕이 대답하기를

"운장의 말이 옳소이다."

하니, 장비가 나서면서

"그 잔치 자리는 좋은 자리가 없고, 그 모임 또한 좋은 모임이 없다 하였으니, 가시지 않는 것이 좋을 듯합니다."

하였다.

이에 조운이 말하기를,

"제가 마보군 3백여 명과 함께 가겠습니다. 그리고 주공을 무사히 모시겠습니다."

하거늘, 현덕이 동의하며

"그거 참 좋은 생각이외다."

하였다.

마침내 조운과 함께 그날로 양양으로 갔다. 채모가 성 밖에까지 나와 맞는데, 그 뜻이 아주 겸손하였다. 그 뒤에 유기와 유종 두 아들이 일반 문무 관원을 이끌고 나와 맞았다. 현덕은 두 아들이 모두 있는 것을 보고 전혀 의심하지 않았다.

이날 현덕에게 객관에서 잠시 쉬기를 청하였다. 조운의 3백 군사들이 둘러싸고 보위하였다. 조운은 갑옷을 입고 칼을 들고 앉으나 서나 유비의 곁을 떠나지 않았다.

유기가 현덕에게 말하기를,

"아버님께서 몸이 좋지 않아서 움직이지 못하셨습니다. 특히 숙부께서 손님들의 대접과 각처의 고을을 지키는 목민관들을8) 접대하라고 청하신 것입니다."

하거늘, 현덕이 말하기를

"나는 본래 이 일을 감당할 수 없겠으나, 형님의 명이 있으니 어쩔 수 없이 따르겠네."

하였다.

다음 날 사람들이 아뢰기를,

"9군 42주의 관원들이 모두 도착하였다."

고 알려 왔다.

채모는 괴월을 청해 이 일을 의논하기를,

"유비는 천하의 효웅(梟雄)이라 오래 이곳에 있으면 뒤에 필시 해가 될 것이니, 오늘 저를 제거하는 것이 좋겠다."

하니, 괴월이 말하기를

"사민들의9) 바람을 잃을까 두렵습니다."

---

8) 목민관[牧之官] : 백성을 다스리는 벼슬아치. 「목민」(牧民). [漢書 刑法志]「且夫**牧民**而道之 以善者吏也」. [淮南子 精神訓]「夫**牧民**者 猶畜禽獸也」.

9) 사민(士民) : 서민·백성. [孝經 孝治章]「治國者不敢侮於鰥寡 而況於**士民**乎」. [荀子 治士]「國家者**士民**之居也」.

하거늘, 채모가 대답하기를

"나는 이미 은밀히 유형주(劉荊州)에게 이 말을 올렸네."

하였다.

괴월이 말하기를,

"이미 그리되었다면 준비를 해야겠습니다."

하거늘, 채모가 대답하기를

"동문 현산대로에 이미 나의 동생 채화(蔡和)가 군사들을 이끌고 지키고 있고, 남문 밖에는 채중(蔡中)이 지키고 있소이다. 북문 밖에는 채훈(蔡勳)이 지키고 있으며 오직 서문만 지킬 필요가 없어 보내지 않았소. 앞에 단계가 놓여 있어 비록 지키는 군사는 적지만 지나기 쉽지가 않소이다."

하자, 괴월이 말하기를

"내 보기에는 조운이 앉으나 서나 현덕의 곁을 떠나지 않으니, 손을 쓰기가 어려울 것이 걱정입니다."

하거늘, 채모가 대답하기를

"내가 5백의 군사들을 성내에 매복시켜 준비하고 있소이다."

하니, 괴월이 말하기를

"문빙(文聘)과 왕위(王威) 두 사람에게 외청에서 한 사람씩 자리를 차지하고 있다가, 그들에게 무장들을 대접하게 하겠습니다. 그리고 먼저 조운을 청해서 대접하고, 그 사이에 일을 거사하면 될 것입니다."

하거늘, 채모가 그 말대로 하기로 하였다. 그날은 소와 말을 잡아 큰 잔치를 베풀었다.

현덕은 적로마를 타고 주아(州衙)로 가서 말을 끌어다 후원에다 매 놓게 하였다. 여러 관리들이 속속 당중에 모여 들었다. 현덕이 주석에 앉고 두 아들은 양쪽에 앉으며, 그 나머지는 모두들 차례대로 자리를 잡았다. 조운은 칼을 차고 현덕의 곁에 서 있었다. 문빙과 왕위가 조운에게 자리를 권하였으나, 조운은 사양하고 가지 않으려 하였다. 현덕이 조운에게 자리에 앉으라 하자 조운은 억지로 명에 따라 나갔다. 채모가 밖을 철통같이 수습하고 오는데, 현덕은 겨우 3백여 군을 이끌고 왔으나 모두 객사로 돌려보냈다.

그런 속에서 술이 반감에10) 이르자 손을 들어 신호를 보내 손을 쓰려 하였다.

술이 세 번째 이르자 이적이 잔을 잡고 현덕의 앞에 이르러 눈으로 현덕을 보며, 낮은 소리로 이르기를

"옷을 갈아입으시지요."11)

하였다. 현덕은 그 뜻을 알고 곧 일어나 측간으로 갔다.

이적이 잔을 내려놓고 급히 후원으로 가, 현덕을 대하여 귓속말로 말하기를

"채모가 주군을 해하려고 성의 동남북 세 곳은 다 군마들이 지키고 있사오니, 오직 서문으로만 나갈 수 있습니다. 공께서는 마땅히 서두르셔야 합니다!"

하거늘, 현덕이 크게 놀라서 급히 적로를 푼 후 후원의 문을 열고 나와 몸을 날려 말에 올라서 종자들을 돌아볼 새도 없이, 필마로 서문을 바라고 달렸다.

문지기가 물어도 현덕은 대답을 하지 않고 채찍을 가하며 나갔다.

---

10) 반감(半酣) : 반취. 술이 반쯤 취함. [孟浩然 醉後贈馬四詩]「秦城遊俠客 相待
半酣時」. [白居易 琴酒詩]「耳根得聽琴初暢 心地忘機酒半酣」.

11) 옷을 갈아 입으시지요 : 원문은 '請更衣'로 '옷을 갈아 입으소서'의 뜻임. [論
衡 四 諱]「夫更衣之室 可謂臭矣」. [通俗編 服飾 更衣]「按諸注 則更衣 乃實言 更
易衣服」.

문지기 군사는 막으려 했으나 할 수 없자 즉시, 이 일을 채모에게 보고했다. 채모는 곧 말에 올라 5백여 군을 이끌고 뒤를 따라 급히 추격하였다.

한편, 현덕은 서문 밖으로 뛰쳐나갔으나 몇 리 못 가서 앞에 큰 시내가 가는 길을 막았다. 단계는 넓이가 수십 장이고 그 물은 상강(湘江)으로 통해서 물결이 매우 거칠었다. 현덕이 시냇가에 이르자 건널 수 없음을 보고 말머리를 다시 돌려 멀리 성서(城西)를 바라보니, 먼지가 크게 일어나며 추격병이 다가오고 있었다.

현덕이 생각하기를

"나는 이제 죽는구나!"

하고, 드디어 말머리를 돌려 시냇가에 이르렀다. 머리를 돌려 보니 추격병이 거의 가까이 다가오고 있었다. 현덕이 당황하여 말을 시냇물 아래로 몰았다. 몇 걸음 못 가서 앞발굽이 갑자기 빠져 옷을 적셨다.

현덕은 이에 채찍을 치며, 크게 부르기를

"적로야! 적로야! 네가 나를 해치려느냐!"

하였다.

말이 끝나자 말이 갑자기 물에서 몸을 일으켜 세 길이나 뛰어올라, 서안으로 올라갔다. 적로를 탄 현덕은 마치 구름 속을 헤치고 난 듯했다.

후에 소학사12)의 고풍 1편이 있는데, 현덕이 단계를 건너뛴 일을 노래하였다.

---

12) **소학사(蘇學士)** : 송나라 때의 시문에 뛰어난 소순흠(蘇舜欽). [中國人名]「宋
舜元弟 字子美 少慷慨有大志 當天聖中 學者爲文……流寓蘇州 自號蒼浪翁 後得湖
州長史以卒 有**蘇學士**集」.

늙어 꽃도 지고 봄날은 저무는데
나는 벼슬길에 노닐다가 우연히 단계에 이르렀도다.
　老去花殘春日暮
　宦遊偶至檀溪路.

수레를 세우고 멀리 바라보며 혼자 배회하니
눈앞엔 버들개지만13) 바람에 떨어지네.
　停驂遙望獨徘徊
　眼前零落飄紅絮.

그 옛날 함양의 기운이 쇠진하더니
용호가 서로 다투며 버티고들 서 있네.
　暗想咸陽火德衰
　龍爭虎鬥交相持.

양양의 술자리에서 왕손이 술을 마실 때
앉아 있던 유현덕, 그 몸이 위태롭네.
　襄陽會上王孫飮
　坐中玄德身將危.

혼자서 몸을 빼서 서문으로 도망하니
뒤에선 추격병이 거의 다 이르렀구나.

---

13) 버들개지[紅絮]: 유서(柳絮). 붉은 빛깔의 버들개지. [臆乘]「柳花與**柳絮** 迥
然不同 生於葉開 成穗作鵝花也」. [太平御覽]「詩云……揷以翟尾 垂以**紅絮** 朱綬
之象也」.

逃生獨出西門道
背後追兵復將到.

시내 깊은 물 단계가 앞을 막으니
급한 맘에 말을 꾸짖어 앞으로 뛰어가네.
一川煙水漲檀溪
急叱征騎往前跳.

말굽은 푸른 유리를 밟아 깨치는데
금편을 휘두르는 곳에 천풍이 나도다.
馬蹄踏碎靑玻璃
天風響處金鞭揮.

귓전에는 천군만마 달리는 소리 들리는데
물결 속엔 문득 쌍룡 나는 것이 보이도다.
耳畔但聞千騎走
波中忽見雙龍飛.

오직 한 사람 서천에서 기업을 이을 영웅과
타고 있는 용마가 서로 잘 만났구나.
西川獨霸眞英主
坐下龍駒兩相遇.

단계의 물은 동쪽으로 흐르건만
용마와 영주는 지금 어느 곳에 있는가.

檀溪溪水自東流

龍駒英主今何處!

흐르는 물 보며 탄식하는 마음 애달프고

지는 해 빈 산 속에 쓸쓸히 비추누나.

臨流三歎心欲酸

斜陽寂寂照空山.

세상이 셋으로 나뉘었던 일 꿈만 같은데

부질없는 자취만 세간에 남았구나.

三分鼎足渾如夢

蹤跡空留在世間.

현덕은 서쪽 해안으로 건너뛰어 동안을 돌아보았다.

채모가 이미 군사들을 이끌고 급히 시냇가에 이르러, 큰 소리로

"사군께서는 무슨 까닭으로 자리를 버리고 도망가십니까?"

하거늘, 현덕이 외치기를

"내 너와는 원수진 일이 없거늘 어찌하여 해치려 하느냐?"

하니, 채모가 대답하기를

"나는 그런 마음이 없으니, 사군께서는 남의 말을 듣지 마소서."

한다.

현덕은 건너편 채모의 손에 든 활에 화살이 메인 것을 보자, 급히

말머리를 돌려 서남쪽을 바라고 달렸다.

채모가 좌우에게 이르기를,

"이는 신이 돕고 있는 게 아니냐?"

하며, 막 군사를 돌려 돌아가려 하는데, 서문에서 조운이 3백여 기를 이끌고 급히 달려오는 것이 보였다.

이에,

용마가 달려 주인을 구했는데
쫓아온 조운은 원수를 죽이려나.
躍去龍駒能救主
追來虎將欲誅讎.

채모의 목숨은 어찌 되었을까. 하회를 보라.

제35회

현덕은 남장에서 은사를 만나고
단복은 신야에서 영주를 만나다.
　玄德南漳逢隱淪
　單福新野遇英主.

　한편, 채모가 막 성으로 돌아가려 하는데, 조운이 군사들을 이끌고 급히 달려왔다. 조운은 술을 마시고 있는 동안에 갑자기 인마들이 움직이는 것을 보고 급히 안으로 들어가 본 즉, 자리에 앉아 있던 현덕이 보이지 않았다.

　조운은 크게 놀라 나와 객관에 들르니, 사람들이,

　"채모가 군사들을 이끌고 서쪽을 향해 급히 갔다."

는 말을 듣고, 조운은 화급히 창을 빼어 들고 말에 올라서, 원래 데리고 왔던 삼백의 군사들을 이끌고 서문으로 달려 나갔다.

　마침 채모를 만나자, 급히 묻기를

　"나의 주인께서는 어디 계시오?"

하니, 채모가 대답하기를

　"사군께서는 자리에서 도망갔소이다. 어디로 갔는지는 알 수 없습니다."

하였다.

　조운은 차분하고 꼼꼼한 사람이라, 조급하게 행동하지 않고 곧 말을 채쳐 큰 강을 바라보았으나 간 길을 알 수 없었다.

이에 말을 돌려 채모에게 소리쳐 묻기를,

"당신이 우리 주인을 잔치 자리에 청했는데, 무슨 일로 군마를 이끌고 급히 쫓아왔소?"

하니, 채모가 묻기를

"9군 42주 현관과 관리들이 다 여기 있는데, 나는 상장군으로서 어찌 보호하지 않을 수 있소이까?"

하였다.

조운이 말하기를,

"당신은 내 주인을 쫓아 왔으니 어디로 가시게 하였소?"

하니, 채모가 대답하기를

"사군께서는 필마로 서문을 나가셨다는 말을 듣고, 여기에 급히 왔으나 보이지 않았소이다."

하거늘, 조운은 놀라움과 의문을 지울 수가 없었다.

곧장 시냇가에 나와서 살펴보았으나, 강기슭을 따라 건너 쪽에 자국이 있었다. 조운은 속으로 생각하기를 '이 어려운 길을 말이 시내로 건너뛰었을까?' 하며, 삼백의 군사들을 사방으로 흩어서 살펴보게 하였다. 그러나 흔적을 찾을 수가 없었다. 조운이 다시 말을 돌리려 할 때에, 채모는 이미 성으로 들어갔다.

조운은 이에 성문을 지키고 있던 군사들에게 물었으나, 다들 말하기를

"유사군께서 말을 타고 서문 쪽으로 나는 듯이 갔습니다."

하였다.

조운은 다시 성에 들어가려 하다가 또한 매복군이 있을 것이 겁이 나서, 마침내 군사들을 이끌고 신야로 돌아갔다.

이때, 현덕은 말이 시내를 뛰어 건너자 마치 술에 취한 듯 몽롱해졌다. 그리고 생각하기를, '이 넓은 강둑을 단번에 뛰어넘다니, 이 어찌 하늘의 뜻이 아닌가!' 하며, 멀리 남장(南漳)을 바라고 말을 몰아가고 있는데, 해는 이미 서쪽으로 지고 있었다. 얼핏 한 목동이 쇠등에 걸터앉아 피리를 불며 오고 있었다.

현덕이 탄식하기를,

"내가 저 애만 못하구나!"

하며, 마침내 말을 세우고 저를 살폈다.

목동 역시 소를 멈추고 피리를 그치더니, 현덕을 자세히 보면서

"장군께서는 황건적을 격파했던 현덕이 아니십니까?"

하거늘, 현덕이 놀라 묻기를

"너는 시골 소년인데 어떻게 내 이름을 아느냐?"

하니, 목동이 대답하기를

"나는 본래 알지 못합니다. 제가 모시고 있는 사부께서 객이 도착할 때면, '일찍이 유현덕이란 분이 있었는데, 키가 7척 5촌이고 손이 무릎 아래까지 늘어지고 눈으로는 자신의 귀를 볼 수 있는데 일세의 영웅이다.'라고 말씀하셨습니다. 이제 장군의 모양이 스승께서 말씀하시던 대로여서 틀림없다고 생각했습니다."

라 하거늘, 현덕이 묻기를

"네가 어떤 분을 사부로 뫼시고 있느냐?"

하니, 목동이 대답하기를

"저의 스승님은 복성(覆姓) 사마(司馬)씨이고, 이름은 휘(徽)라 하시고 자는 덕조(德操)라 하시며 영천사람으로 도호를 수경선생(水鏡先生)이라 하십니다."

하였다.

현덕이 또 묻기를,

"네 사부께서 누구와 벗하시느냐?"

하니, 목동이 대답하되

"양양의 방덕공(龐德公), 방통(龐統)과 친구이십니다."

하거늘, 현덕이 다시 묻는다.

"방덕공, 방통은 어떤 분이시냐?"

하니, 목동이 대답하기를

"두 분은 숙질간이십니다. 방덕공은 자를 산민(山民)이라 하시는데, 저희 사부님보다 10살 위이십니다. 방통은 자는 사원(士元)이라 하시는데, 저의 사부님보다 5세 아래입니다. 하루는 저의 사부께서 나무 위에서 뽕잎을 따고 계셨는데, 마침 그때 방통선생이 찾아오셨습니다. 두 분이 나무 아래에 앉아서, 서로 이야기하시기를 하루 종일이었으나 끝날 줄 모르셨습니다. 저의 사부께서는 방통 어른을 무던히 사랑하셔서 아우님이라고 부르고 있습니다."

하자, 현덕이 묻기를

"너의 스승께서는 지금 어디에 계시냐?"

하니, 목동이 손가락으로 가리키며,

"앞쪽에 있는 숲속의 정원에 살고 계십니다."

하거늘, 현덕이 말하기를

"내가 틀림없는 유현덕이다. 너는 나를 데리고 가서 너의 사부에게 인사를 하게 해 줄 수 있느냐?"

하였다.

동자는 곧 현덕을 안내하였다. 2리쯤 가서 장원 앞에 도착하자, 말에서 내려 중문에 이르렀다. 문득 거문고 소리가 아름답게 들렸다. 현덕이 동자에게 왔다고 알리지 말라 하고는 귀를 기울여 거문고 소리를 듣는데 문득 거문고 소리가 그쳤다.

그리고는 한 사람이 웃으며 나오면서,

"거문고의 소리가 맑고 그윽하고 소리 속에 높고 강한 가락이[1] 떠오르니, 필시 영웅이 몰래 듣고 있는 것이외다."

한다.

동자가 현덕에게 저를 가리키며,

"저 분이 나의 스승이신 수경선생입니다."

하거늘, 현덕이 그 사람을 보니, 소나무 형상에 학의 골격이어서[2] 그 그릇이 범상치 않았다. 황급히 앞에 나아가 예를 올렸는데 옷은 젖은 채로였다.

수경선생이 말하기를,

"공은 오늘 다행히도 큰 어려움을 면했구려!"

하거늘, 현덕이 놀라고 의아해 마지 않았다.

소동이 말하기를,

"저분이 유현덕이십니다."

하자, 수경이 현덕을 초당으로 청하여 주인과 손님이 자리를 마주하였다.

현덕은 서가 위에 책들이 쌓여 있는 것을 보고 또, 창 밖에는 송죽이 성히 심어져 있고, 석상 위에 거문고가 빗겨 놓여 있는 것을 보니

---

1) 높고 강한 가락[高抗之調] : 거문고의 높은 가락. [後漢書 梁鴻傳]「鴻友人京兆高恢……亦**高抗** 終身不仕」. [晋書 和嶠傳]「每同乘 **高抗**專車而坐 乃使監令異車 自嶠始也」.

2) 소나무 형상에 학의 골격이어서[松形鶴骨] : 풍채와 골격이 범상하지 아니함. 「선풍도골」(仙風道骨). [李白 大鵬賦序]「余昔於江陵 見天台司馬子徵 謂余有**松形道骨** 可與神遊八極之表」. 「학골」. [蘇軾 贈嶺上老人詩]「**鶴骨**霜髯心已灰 靑松合抱手親栽」.

맑은 기운이 초연히 떠돌았다.

　수경이 묻기를,

"공께서는 어디에서 오셨습니까?"

하거늘, 현덕이 말하기를

"원래 이곳을 지나다가 소동이 가르쳐주어서 오게 되었습니다. 존안을 뵙게 된 것을 기쁘고 다행하게 생각합니다."

하자, 수경이 대답하기를

"공께서는 필시 숨기시는 게 있소이다. 공은 필시 어려움을 뚫고 이곳에 온 것이리라."

하거늘, 현덕도 마침내 양양에서 있었던 일을 말하였다.

　수경이 말하기를,

"내 공의 기색을 보고 이미 그런 사실을 알았소이다."

하고, 현덕에게 묻기를

"제가 오래전부터 명공의 대명을 들었사온데, 어찌 이렇게 불운하신지요?"3)

하자, 현덕이 대답하기를

"명도(命途)가 기구하여 여기에까지 이른 것입니다."

하니, 수경이 말하기를

"그렇지 않습니다. 다 장군의 좌우에 인재가 없기 때문입니다."

하거늘, 현덕이 대답한다.

"제가 비록 재주가 없사오나 문신에는 손건·미축·간옹 등이 있고, 무신 중에는 관우·장비·조운 등이 있어 다 나라를 위해 한 몫을 할

---

3) 어찌 이렇게 불운하신지요?[落魄不遇] : 뜻을 얻지 못해 불우한 처지에 있음. 「낙백」은 권세나 힘이 줄어서 보잘 것 없이 됨. [漢書 酈食其傳]「好讀書 家貧落魄 無衣食業」. [白居易 夜招周協律兼答所贈詩]「落魄俱耽酒 殷勤共愛詩」.

만한 인물들이요.4) 또 힘을 많이 입고 있는 인물들입니다."

하니, 수경이 말하기를

"관우·장비·조운 등은 하나같이 다 만인적이나5) 그들은 잘 쓸 만
한 사람이 없는 것이 애석한 일입니다. 예컨대 손건이나 미축의 경우
는 한갓 서생에6) 지나지 않을 뿐, 나라 일을 경륜을 하고 세상을 건
질 만한 인물은7) 아닙니다."

하거늘, 현덕이 말하기를

"제가 또한 일찍이 산골에서 지내던 선비들만 몸 가까이 둔 때문에,
아직 그런 인물을 만나지 못하고 있습니다."

하니, 수경이 묻기를

"공자께서 이르신 '열 집의 작은 고을에도 반드시 충신이 있다.'는8)

---

4) 다 나라를 위해 한 몫을 할 만한 인물들이요[竭忠輔相] : 충성을 다해 나라의
   은혜를 갚음. 「갈력진능」(竭力盡能)·「진충보국」(盡忠報國). [禮記 燕義]「臣下
   竭力能盡 以立功於國」. [劉氏鴻書 岳飛 下]「飛裂裳以背示鑄 有**盡忠報國**四大字」.
5) 만인적(萬人敵) : 군사를 쓰는 전술이 뛰어난 사람. [史記 項羽紀]「劍一人敵
   不足學 學**萬人敵** 於是 項梁乃敎籍兵法」. [三國志 魏志 張飛傳]「咸稱羽飛**萬人之
   敵也**」.
6) 한갓 서생[白面書生] : 한갓 글만 읽고 세상일에 경험이 없는 사람. [晉書]「高
   陽王隆曰 伐詳之徒 皆**白面書生**」. [宋書 沈慶之傳]「欲溫國 而與**白面書生**謀之 事
   何由濟」. [杜甫 詩]「馬上誰家**白面郎**」.
7) 나라 일을 경륜을 하고 세상을 건질 만한 인물은[經綸濟世之才] : 제세재(濟
   世才). 나라를 경영하여 세상을 구할 만한 재주. '경륜'은 천하를 사리에 맞게
   다스린다는 뜻임. [易經 屯]「君子以**濟綸**」. [王安石 祭范仲淹 文]「肆其**經綸** 功
   孰與計」. 「제세지」(濟世志)는 나라를 잘 다스려 백성을 구하려는 뜻을 말함.
   [後漢書 盧稙傳]「性剛毅有大節 常懷**濟世志**」.
8) 열 집의 작은 고을에도 반드시 충신이 있다[十室之邑 必有忠信] : 아주 작은
   고을에도 반드시 충신은 있음. 「십실지읍」(十室之邑)은 인가가 열 집밖에 안
   되는 작은 촌락으로서 '협소한 지방'을 이름. [論語 公冶長篇]「子曰 **十室之邑
   必有忠信** 如丘者焉 不如丘之好學也」. [說苑 設義]「十步之澤 必有香草 **十室之邑**

말씀을 생각해 보면, 어찌하여 사람이 없다 하십니까."
하였다.

이에 현덕이 말하기를,

"저는 어리석고 아는 것이 적으오니, 원컨대 인재를 구하는 방법을
가르쳐 주십시오."

하니, 수경이 묻는다.

"공은 형양의 여러 곳에서 부르는 아이들의 참요를 들으셨소이까?
그 노래의 내용은 이러합니다.

8, 9년 사이에 비로소 쇠약해져
13년에 이르면 남은 자식이 없을 걸.
　　八九年間始欲衰
　　至十三年無子遺.

마침내는 천명도 돌아갈 데가 있겠지
진흙탕 속의 용이 하늘로 오르리다.
　　到頭天命有所歸
　　泥中蟠龍向天飛.

이 참요는 건안 초에 시작되었는데 지금이 건안 8년이고 유경승이
전처를 잃고 곧 집안이 어지러워졌으니, 이것이 노래 속에서 이야기
하는 '비로소 쇠약해져'라는 뜻이요, '남은 자식이 없다'는 것은 유경
승이 죽음을 의미하는 것이외다. 문무 모두가 영락해서 남은 것이 전

必有忠士」.

무하다는 것이며, '천명도 돌아갈 곳이 있다'는 말로, '진흙탕 속의 용이 하늘로 날아오르다'는 것은 다 장군을 지칭하는 것입니다."
하였다.

현덕이 그 말을 듣고 놀라고 감사하며, 말하기를

"제가 어찌 감히 이에 해당하겠습니까?"
하자, 수경이 말하기를

"지금 천하의 내로라하는 인물들은 다 여기에 있소이다. 명공께서 마땅히 가셔서 저들을 구해야 합니다."
하거늘, 현덕이 급히 묻기를

"그 인재들이 다 어디에 있습니까? 대체 누구를 가리키는 것입니까?"
하자, 수경이 대답하기를

"복룡(伏龍)과 봉추(鳳雛) 두 사람 중 한 사람이라도 얻으면 천하를 안정시킬 수 있을 것이외다."
한다.

현덕이 또 묻는다.

"복룡과 봉추는 어떤 사람입니까?"
하니, 수경이 손벽을 치고 크게 웃으며 말한다.

"좋소! 좋소!"
하거늘, 현덕이 다시 물으니, 수경이 대답하기를

"날이 이미 저물었으니, 저의 집 초당에서 하룻밤 묵으시고 다음 날 말씀하십시다."
하였다.

그리고는 곧 소동을 불러 술과 안주를 내오게 하여 함께 마시며, 말도 후원에 들여 먹이를 주게 하였다.

현덕은 술과 음식을 먹고 나서 수경의 초당 한 편에서 잤다. 현덕은 수경의 말 때문에 잠을 깊이 들 수가 없었다. 한밤중에 이르러서 갑자기 한 사람이 문을 두드리며 들어왔다.

수경이 묻기를,

"원직(元直)은 어디서 오는 길이요?"

한다. 현덕은 침상에서 일어나 은밀하게 그들의 말을 들었다.

그 사람이 듣고 대답하기를,

"옛부터 유경승이 착한 사람을 좋아하고 악한 사람을 미워한다기에9) 특히 가서 보았습니다. 직접 만나보니 다 쓸데없는 말이더군요. 대게 착한 이를 좋아한다지만 다 쓰는 것도 아니고, 악한 이를 미워한다 해도 다 버리지 않습디다. 그런 까닭에 글을 써서 남겨두고 여기로 오는 길입니다."

하거늘, 수경이 말하기를

"공은 왕좌지재가10) 있으니 마땅히 사람을 가려서 섬겨야 할 일인데, 어째서 경솔하게 유경승을 찾아갔소이까? 또 영웅과 호걸들이 눈앞에 있는데, 공은 그들을 알아보지 못하고 있을 뿐이외다."

하자, 그 사람이 대답하기를

"선생의 말씀이 옳습니다."

하였다.

현덕이 그 말을 듣고는 크게 기뻐하며, 속으로 '이 사람이 필시 복룡이요 봉추구나' 생각하고 곧 나가려 하다가, 또 한편으로는 서두르

---

9) **착한 사람을 좋아하고……[善善惡惡]** : '영웅호걸이 눈앞에 있지만 알아보지 못함'의 비유임. [公羊 昭 二十]「君子之**善善**也長 **惡惡**也短 **惡惡**止其身 **善善**及子孫」. [歐陽修 王彦章書像記]「子於五代書 竊有**善善惡惡**之志」.

10) **왕좌지재(王佐之才)** : 왕을 보필할 만한 재능. [漢書 董仲舒傳]「劉向稱董仲舒有**王佐之材** 雖伊呂亡以加 管晏之屬 伯者之佐 殆不及也」. [後漢書 王允傳]「郭林宗 嘗見允而奇之日 王生一日千里 **王佐才**也」.

는가 걱정됐다.

날이 밝기를 기다려, 현덕은 수경을 보고 묻기를

"어제 밤에 왔던 이가 누구입니까?"

하자, 수경이 대답하기를

"내 친구외다."

하거늘, 현덕이 보기를 청하였다.

수경이 말하기를,

"이 사람은 명주(明主)를 찾아가겠다며, 어제 다른 곳으로 가버렸소이다."

하였다. 현덕이 그 이름을 물으니 수경이 말하기를

"좋소! 좋아요!"

한다.

현덕이 다시 묻기를

"복룡과 봉추는 어떤 사람입니까?"

하니, 수경이 또 웃으면서

"좋아요! 좋소!"

한다.

현덕이 수경에게 절하고 산에서 나가 도와주기를 청하며, 함께 한실을 일으키자 하였다.

수경이 말하기를,

"산야에 사는 할 일 없는 사람이 세상에 무슨 쓸모가 있겠소이까. 나보다 열배 더 출중한 사람이 와서 공을 도울 겁니다. 공께서는 그 사람을 찾아가세요."

하며, 이야기를 하고 있는데 문득 장원 밖에서 사람 소리와 말 우는 소리가 들렸다.

소동이 와서 아뢰기를,

"한 장수가 수백의 군사들을 이끌고 장원에 왔습니다."

한다.

현덕이 크게 놀라 급히 나가 보니 조운이었다. 현덕은 크게 기뻐하였다.

조운이 말에서 내려 들어와 뵙고, 말하기를

"제가 밤에 현으로 돌아와서 찾았으나 주공을 찾을 수 없어, 밤을 도와 물어물어 여기에 이른 것입니다. 주공께서는 속히 현으로 돌아가시지요. 혹시라도 누가 와서 현을 들이칠까 걱정입니다."

하거늘, 현덕은 수경에게 작별하고는 조운과 같이 말에 올라 신야현으로 왔다. 몇 리를 못 가서 한 장수와 인마가 오고 있는데 운장과 익덕이었다. 서로를 매우 기뻐하였다. 현덕은 말을 탄 채 단계를 건너 뛰던 일을 자세히 이야기하니 모두가 놀라워하였다.

신야에 도착하여 손건 등과 상의하였다.

손건이 말하기를,

"먼저 유경승에게 편지를 써서 이번의 일을 알리셔야 합니다."

하자, 현덕이 그 말대로 곧 편지를 써서 손건으로 하여금 형주로 가게 하였다.

유표가 불러들여 묻기를,

"내가 현덕을 양양의 모임에 청하였는데, 무슨 연고로 자리에서 도망하였답디까?"

하거늘, 손건이 유비의 편지를 올리면서 채모가 현덕을 해칠 계책을 모의한 일들을 자세히 말하고, 말이 단계를 건너뛰어 겨우 벗어나게 되었음을 말하였다.

유표가 크게 노하여 급히 채모를 불러들여,

"네가 감히 내 아우님을 해하려 하다니!"

하며, 끌어내어 참하려 하였다. 채부인이 나서서 울며 살려주기를 청하나 유표는 노하며 참지 않았다.

손건이 말하기를,

"만약 채모를 죽이신다면, 유황숙은 편히 이곳에 있지 못할 것입니다."

하자, 유표는 이에 꾸짖어 채모를 풀어주게 하였다. 그리고는 장자 유기를 손건과 함께 보내 현덕에게 사죄하게 하였다. 유기는 명을 받들고 신야현에 가니 현덕이 자리를 베풀고 대접하였는데, 술이 취하자 유기가 갑자기 눈물을 흘렸다.

현덕이 그 까닭을 물으매, 유기는

"계모 채씨가 늘 저를 해할 마음을 품고 있어서 조만간 화를 면할 계책이 없으니, 숙부께서 그 방법을 가르쳐 주십시오."

한다. 현덕이 대답하기를

"마음을 다해서 효도를 한다면 자연히 화를 면할 것일세."

하고, 권하였다.

다음 날 유기는 울며 작별을 고하였다. 현덕은 말을 타고 나가 유기를 성곽까지 전송하였는데, 현덕이 탄 말을 가리키며,

"만약에 이 말을 타지 않았더라면 나는 이미 죽었을 것이네."

하니, 유기가 말하기를,

"이는 말의 힘이 아니라 숙부님의 홍복이지요."11)

하며 말을 마치고 헤어졌다. 유기는 눈물을 흘리며 돌아갔다.

현덕이 말을 타고 성에 들어오는데, 문득 저자에서 한 사람이 보였

---

11) **홍복(洪福)** : 큰 행복. 홍복(鴻福). 〔金史 顯宗后徒單氏傳〕「皇后陰德至厚 而有今日 社稷之**洪福**也」. 「홍복제천」(洪福齊天). 〔通俗編 祝誦〕「**洪福齊天**」. 〔元曲選〕「抱粧盒 劇有此語……**洪福與齊天**」.

다. 그는 갈건에 포의를 입고 검은 띠를 두르고 검정신을 신고 노래를
부르며 오는데, 노래의 내용은 다음과 같다.

세상이 뒤집히니 등불이 꺼지려 하네[12]
큰 집이 무너지려 하니 한 가지 나무론 버틸 수 없구나.
  天地反覆兮火欲殂
  大廈將崩兮一木難扶.

산 속엔 현인이 있어 명주를 찾고자 하는도다
명주는 현인은 구하면서도 도리어 나를 알지 못하누나.
  山谷有賢兮欲投明主
  明主求賢兮却不知吾.

현덕은 이 노래를 듣고 속으로 생각하기를,
"이 사람은 수경선생이 말한 복룡과 봉추가 아닐까?"
하며, 드디어 말에서 내려 그를 데리고 관아로 들어가 그 이름을 물
었다.

그가 대답하기를,
"저는 영천 사람으로 성은 단(單)이요 이름은 복(福)이라 합니다. 오
래 전부터 사군께서 선비들을 부르고 어진 이들을 초빙하신다 하여
찾아가서 의탁하려 하였는데, 감히 범접하지 못하고 있었습니다. 그
래서 오늘 저자거리에서 노래를 불러서 들으시게 한 것입니다."
하거늘, 현덕이 크게 기뻐하며 상빈의 예로써 대접하였다.

---

12) 등불이 꺼지려 하네[火欲殂] : 불이 꺼지려 함. 오행(五行)의 상생과 상극의
    이치로 왕조의 흥망을 설명하고 있음. '한조(漢朝)가 망하려 함'을 암시함.

단복이 말하기를,

"사군께서 타신 말을 제가 다시 한 번 보았으면 합니다."

하거늘, 현덕이 가서 말을 끌고 오게 하였다.

단복이 묻기를,

"이 말은 적로마가13) 아닙니까? 비록 천리마이지만 도리어 주인에게 해가 되니 타지 말아야 합니다."

하였다.

하며, 현덕이 말하기를

"이미 응함이 있었습니다."

하며, 마침내 단계를 뛰어넘었던 일을 자세히 이야기하였다.

단복이 말하기를,

"이는 주인을 구한 것이지 주인을 해친 것이 아닙니다. 그러나 종당에는 주인을 해칠 것입니다. 제게 한 가지 계책이 있습니다."

하였다.

현덕이 말하기를,

"그 재앙을 물리치는 법을 듣고 싶습니다."

하니, 단복이 대답한다.

"공의 의중에 원수로 여기는 사람이 있으면 이 말을 그에게 주십시오. 그리고 이 사람의 해를 받을 때까지 기다리시고 그런 후에 이 말을 타시면 과연 오래 무사해질 것입니다."

---

13) **적로마(的盧馬)** : 별박이(이마에 흰 점이 박힌 말). 유비가 이 말을 타고 단계(檀溪)를 뛰어 넘었다 함. 「적로마」(的盧馬 · 馰盧馬). [相馬經]「馬白額入口齒者 名曰楡雁 一名的盧 奴乘客死 主乘棄市 凶馬也」. [三國志 蜀志 先主傳注]「潛遁出 所乘馬 名的盧 騎的盧走 渡襄陽城西檀溪水中 溺不得出 備急曰 的盧今日厄矣」.

하거늘, 그 말을 듣고 얼굴빛이 변하며

"공이 처음 여기 오자마자 나에게 바른 길로써 가르쳐주지 않고, 곧 나의 이익을 위해 다른 사람을 해롭게 하는 방법을 가르쳐주시니, 저는 감히 그 가르침을 들을 수가 없습니다."

하였다.

그제서야 단복이 웃으면서,

"사군의 인덕을 전부터 들었으나 사군을 믿을 수만 없는 까닭에, 이같은 말로 시험을 한 것입니다."

하거늘, 현덕이 다시 얼굴빛을 고치고 일어나 사례하기를,

"제가 어찌 해야 인덕을 다른 사람에게까지 미치겠습니까. 오직 선생께서 그것을 가르쳐주시기 바랍니다."

하자, 단복이 말하기를

"나도 영천에서 여기까지 왔습니다. 오면서 신야현 사람들의 노래를 들었는데, 그 노래의 내용은 이렇습니다.

　　신야목 유황숙께서
　　여기에 오셨으니 백성들 살림살이 풍족하네.
　　　新野牧劉皇叔
　　　自到此民豊足.

이는 곧, 사군의 인덕이 백성들에게까지 미친 것이지요."

하거늘, 현덕이 이에 단복에게 절하고 군사로 삼았다. 그리고 본부의 인마들을 조련케 하였다.

한편 조조는 기주에서 허도로 돌아온 후, 계속 형주를 취할 생각을

가지고 있었다. 특히 조인과 이전 그리고 항복해 온 여광과 여상 등에게 군사 3만을 이끌고 번성에 주둔시키고, 계속 형주를 노리며 그 허실을 엿보고 있었다.

그때, 여광과 여상이 조인에게 건의하기를,

"지금 유비는 신야에서 군사들을 모으고 말을 사들이며 마초를 준비하고 군량을 비축하고 있으니, 그 뜻이 작지 않습니다. 불가피하게도 저를 빨리 도모해야겠습니다. 우리 두 사람이 승상께 항복한 뒤로 전혀 공이 없습니다. 저희들에게 정병 5천만 주시면 유비의 머리를 가져다 이를 승상께 바치겠습니다."

하거늘 조인이 기뻐하며, 저들에게 병사 5천을 주어 먼저 가서 신야를 시살하라 하였다. 탐마가 이를 나는 듯이 현덕에게 보고하였다. 현덕은 단복을 청하여 의논하였다.

단복이 말하기를,

"이미 적병들이 움직였으니 저들을 우리의 지경 안으로 들어오게 해서는 안 됩니다. 관우에게 일군을 이끌고 왼쪽으로 나가게 하여 적들이 중로로 나오게 하십시오. 한편, 장비에게 일군을 이끌고 오른쪽으로 나가서 적들의 후미를 치게 하십시오. 그리고 공과 조운은 군사들을 이끌고 전면에 나가서 적을 맞으면 파할 수 있을 것입니다."

하였다.

현덕은 그의 말에 따라 관우와 장비에게 가도록 하고, 그 후에 단복·조운과 함께 2천여 군마를 이끌고 나가 맞았다. 얼마 못 가자 산의 후미에서 먼지가 일며, 여광과 여상이 들이닥쳐 궁수들을 배치하는 것이었다.

현덕이 말을 타고 기문 아래 나서며, 큰 소리로

"거기 오는 자가 누구냐? 감히 우리 국경을 범하다니?"

하니, 여광이 말을 내며 말하기를

"나는 대장 여광이다. 승상의 명을 받들어 너를 사로잡으러 왔다!"

하거늘, 현덕이 크게 노하여 조운에게 나가 싸우게 하였다.

두 장수가 어울려 싸우기 몇 합이 못 되어 조운의 창에 여광이 말에서 떨어졌다. 현덕은 군사들을 합해 뒤쫓아가며 엄살하였다. 여상은 당해내지 못하고 군사들을 이끌고 곧 달아났다. 그러고 있는 사이에 길 가에서 일군이 뛰쳐나오는데 앞의 대장은 관우였다. 운장이 한바탕 몰아치자 여상이 군사 절반을 잃고 길을 열어 급히 달아났다. 그러는 중에 길가에서 한 떼의 군사들이 뒤쳐 나왔다.

창을 빼어 들고 나서며, 큰 소리로 외치기를

"장비가 여기 있다."

하며 즉시 여상을 취하니, 여상이 손을 쓸 사이도 없이 장비의 창에 찔려 몸을 뒤채며 말에서 떨어져 죽었다. 나머지 군사들이 사방으로 흩어져 달아났다.

현덕은 군사들을 모아 급히 추격하여 대부분을 사로잡았다. 현덕은 군사들을 이끌고 신야로 돌아와 단복을 후대하고 삼군을 호궤하였다.

한편, 패군이 돌아와 조인에게 보고하기를

"두 여장군이 죽고 군사들은 대부분 사로잡혀 갔습니다."

하자, 조인은 크게 놀라 이전과 상의하였다.

이전이 건의하기를,

"두 장수가 적의 속임수에 빠져 패하였으니, 이제는 마땅히 안병부동 해서[14] 승상께 아뢰고 병사들을 일으켜 적의 소굴을 정벌하는 것이 상책입니다."

---

14) 안병부동 해서[按兵不動] : 군사들을 머무르게 하고 움직이지 않음. [穀梁傳]「江人黃人 各守其境 按兵不動」.

하자, 조인은 머리를 가로저으며

"그렇지 않소이다. 이제 두 장수가 죽고 군마를 잃었으니 원수는 꼭 갚아야 하오. 신야는 아주 작은 고을인데,15) 무슨 승상의 대군에게 수고를 끼친단 말이오."

하거늘, 이전이 대답하기를

"유비는 뛰어난 인물이어서 가볍게 볼 수 없습니다."

하였다.

조인이 묻기를

"공은 무엇을 겁냅니까!"

하거늘, 이전이 말하기를

"병법에 이르기를 '적을 알고 나를 알면 백 번을 싸워도 다 이길 수 있다'고16) 하였습니다. 저는 싸우는 것이 겁나는 것이 아니라, 단지 반드시 이길 수 있는지가 두려운 것입니다."

하였다.

조인이 화를 내며 묻기를,

"공은 두 마음을 품은 게 아니오? 나는 반드시 싸워 유비를 사로잡고 말겠소!"

하니, 이전이 말하기를

"장군께서 만약에 싸우시겠다면 저는 남아 빈 성을 지키겠습니다."

---

15) 아주 작은 고을[彈丸之地] : 적에게 싸여 공격의 대상이 되는 썩 좁은 땅. [戰國策 秦策]「誠不知秦力之所至 此彈丸之地猶不予也」. [史記 虞卿傳]「趙郝 日……誠知秦力之所不能進 此彈丸之地弗子」.

16) 적을 알고 나를 알면 백 번을 싸워도 다 이길 수 있다[知彼知己 百戰百勝] : '적을 알고 자신을 알면 백 번 싸워도 백 번 다 이길 수 있다'는 병가(兵家)의 말. [孫子兵法 謀攻篇 第三]「故曰 知彼知己 百戰不殆 不知彼而知己 一勝一負 不知彼不知己 每戰必殆」. [漢書 韓信傳]「成安君 有百戰百勝之計 一日而失之」.

하였다.

조인이 이르기를,

"네가 만약 함께 가지 않으면, 정말 네가 두 마음을 품었다 할 수밖에 없다."

하거늘, 이전이 부득이 조인과 함께 2만 5천의 군마를 이끌고 황하를 건너서 신야로 갔다.

이에,

부장이 죽어서 욕되게 되었더니
주장이 다시 군사를 일으켜 치욕을 씻으려나.
　偏裨既有輿尸辱
　主將重興雪恥兵.

승부가 어찌 되었는지 알 수가 없다. 하회를 보라.

제36회

현덕은 계교를 써서 번성을 엄습하고
원직은 말을 달려가 제갈량을 천거하다.
  玄德用計襲樊城
  元直走馬薦諸葛.

한편, 조인은 분노하여 마침내 본부 군사를 크게 일으켜, 밤을 도와
강을 건너서 신야를 짓밟아 버리려고 하였다.

이때, 단복은 전승을 하고 신야로 돌아온 현덕에게, 이르기를

"조인이 번성에 진을 치고 있었는데, 이제 두 장수가 죽은 것을 알
면 반드시 대군을 일으켜 싸우러 올 것입니다."

하자, 현덕이 묻기를

"그렇다면 어찌 저들을 맞는 것이 좋겠소이까?"

하니, 단복이 말하기를,

"저들이 만약에 모든 군사들을 이끌고 온다면 번성은 비어 있을 것
입니다. 그렇게 되면 그 틈을 타서 성을 빼앗을 수 있을 것입니다."

하였다. 현덕이 계책을 물었다. 단복이 귀에 대고 낮은 소리로 계책을
말하니, 현덕이 크게 기뻐하며 미리 준비를 하여 두었다.

문득 탐마가 보고한다.

"조인의 대군이 강을 건너오고 있습니다."

하자, 단복이 예상했다는 듯,

"과연 나의 생각하던 대로군."

하며, 드디어 현덕을 청하여 군사들을 이끌고 나가 맞아 싸우게 하였다. 양진이 원을 이루며 마주하였다.

조운이 말을 타고 나가 적 장수와 응대할 것을 말하자, 조인이 이전에게 명하여 나가 싸우게 했다. 조운과 교봉하여 약 10여 합에 이르렀을 때, 이전은 상대와 싸우기 어렵다고 생각하고 말을 돌려 진으로 돌아왔다. 조운이 말을 몰아 급히 추격하는데, 양쪽에서 군사들이 활을 쏘아대자 각기 병마들을 이끌고 돌아왔다.

이전이 돌아와 조인을 보고 말하기를,

"적들이 정예병이어서 가볍게 싸우기 어려우니, 번성으로 돌아가야 합니다."

하자, 조인이 크게 노하며,

"네가 싸우러 나가기도 전에 군사들의 마음을 어지럽히더니, 이제 또다시 패하여 진을 넘겼으니 그 죄는 참수에 해당한다!"

하고, 곧 도부수를 불러 끌어내어 이전을 죽이라 하였으나, 여러 장수들이 간하여 겨우 참수를 면하였다.

이에 이전을 후군으로 돌리고, 조인이 직접 군사들을 이끌고 앞에 나섰다. 다음 날 북을 치며 진군하여 진을 펼쳤다.

그리고는 사람을 시켜 현덕에게,

"내가 친 진법을 아느냐?"

하거늘, 단복이 곧 높은 곳에 올라가 보고나서, 현덕에게 말하기를

"이 진법은 '팔문금쇄진'입니다.1) 팔문이란 휴·생·상·두·경·사·

---

1) **팔문금쇄진(八門金鎖陣法)** : 팔문을 이용한 진법의 한 가지. '팔문'은 술가(術家)에서 구궁(九宮)에 맞추어 길흉을 점치는 여덟의 문. 곧 휴문(休門)·생문(生門)·상문(傷門)·두문(杜門)·경문(景門)·사문(死門)·경문(驚門)·개문

경·개입니다. 만약에 생문·경문·개문으로 들어가면 길하고, 상문·경문·휴문으로 들어가면 상하게 되며 두문·사문을 택하면 망하게 됩니다. 이제 팔문은 비록 그 배치가 정제되어 있기는 하지만, 중간에 중심이 빠져 있습니다. 동남 모서리를 따라 생문으로 공격해 들어가서 정서의 경문으로 나오면, 저 진이 틀림없이 혼란해질 것입니다."

하였다.

현덕이 영을 전하여 군사들에게 진을 잘 지키게 하고는, 조운에게 5백 군사들을 이끌고 동남쪽으로 들어갔다가 서문으로 나오게 하였다. 조운은 명을 듣고 창을 꼬나들고 말을 몰아 병사들을 이끌고 동남쪽으로 가서 함성을 지르다가 중군으로 들어가 시살하였다.

조인은 곧 북문으로 달아났다. 조운은 급히 추격하지 않고 갑자기 서문으로 나갔다. 그는 서문으로 달려갔다가 돌아서 동남쪽 모서리로 나갔다. 조인의 군사들은 큰 혼란에 빠지고 말았다. 현덕은 군사들을 휘몰아 쳐들어가자 조인의 병사들은 크게 패하여 물러났다. 단복은 추격하지 말도록 하였다.

한편, 조인은 한바탕 패하고 나서야 겨우 이전의 말을 믿게 되었다. 그래서 다시 이전을 청하여 상의하였다.

이전이 말하기를,

"유비의 군중에는 필시 군법에 능한 자가 있을 것입니다. 우리가 펼친 진법을 깨뜨리고 말았습니다. 나는 비록 여기에 있지만 번성이 심히 걱정입니다."

하자, 조인이 말하기를

"오늘 저녁 늦게 현덕의 영채를 급습하면 이길 수 있을 것이니, 다

─────────────

(開門) 등을 말함. [太乙淘金歌 八門所主]「天有**八門** 以通八風 地有八方 以鎭八卦 仍取紀繩從其年 即各隨其門 吉凶而行矣」.

시 의논해 봅시다. 그래도 이기지 못한다면 곧 군사를 물려 번성으로 돌아갑시다."

하거늘, 이전이 말하기를

"안 됩니다. 유비는 필시 준비하고 있을 것입니다."

하자, 조인이 묻기를

"만약에 이토록 의심이 많으면 어떻게 병사들을 움직이겠소?"

하고, 마침내 이전의 말을 듣지 않았다. 그리고는 자신이 직접 군사들을 이끌고 전대가 되고 이전에게는 후미에서 대응하게 하고, 그날 밤 2경에 유비의 영채를 침략하였다.

한편, 단복과 현덕은 영채 안에서 일을 의논하고 있는데, 갑자기 심한 광풍이 일어났다.

단복이 말하기를,

"오늘 밤 조인이 틀림없이 영채를 겁략하러 올 것입니다."

하자, 현덕이 묻기를

"저들을 어떻게 막아내지요?"

하였다. 단복이 웃으며 대답한다.

"내 이미 미리 생각하고 있었습니다."

하고, 은밀하게 군사들을 배치해 두었다. 2경에 이르자 조인의 병사들이 영채 가까이에 이르러 보니, 영채의 사방이 불길이 싸여 있으며 울타리를 태우고 있었다.

조인이 준비가 있음을 알고 급히 군사들을 물렸다. 그때 조운이 엄살하며 짓쳐 왔다. 조인이 군사들을 수습하여 영채로 돌아가지 못하고 급히 하북을 바라고 달아났다. 막 강가에서 이르러 겨우 배를 찾아 강을 건너려 하는데, 강가에서 한 장수가 이르러 짓쳐 왔다. 앞에 선 대장은 장비였다. 조인은 죽기로 싸우고 이전은 조인을 호위하여 배로 강을 건넜다.

그러나 조인의 군사 태반이 물에 빠져 죽었다. 조인은 강을 건너 언덕에 이르자 말을 달려 번성으로 달아났다. 그리고 문을 열라고 외쳤다. 그때, 성 위에서 북소리가 요란하게 울리더니 한 장수가 군사들을 이끌고 나왔다.

그는 큰 소리로 말하기를,

"내가 이미 번성을 취한 지 오래 되었다!"

하거늘, 군사들이 놀라 보니 이에 관우였다.

조인은 크게 놀라서 말을 돌려 급히 달아났다. 운장은 추격해서 짓쳐왔다. 조인은 또 남은 군마를 거의 잃고 밤을 도와 허창으로 갔다. 돌아오는 길에 비로소 단복이란 사람이 군사가 되어 계책을 세우고 정한 것임을 알았다. 조인이 패하여 허창으로 돌아온 이야기는 더하지 않겠다.

이때, 현덕은 큰 계책을 세워 전승하고는 군사들을 이끌고 번성으로 들어가니 현령 유필이 나와 맞았다. 현덕은 백성들을 편안하게 안돈했다. 유필은 이에 장사 사람으로 또한 황실의 종친이었다. 현덕을 청하여 집에 이르자, 잔치를 베풀어 대접하였다. 그런데 한 사람이 옆에 서서 시립하고[2] 있었다.

현덕이 그 사람을 보니 생김새가 훤칠하여, 유필에게 묻기를

"이 사람은 누구입니까?"

하니, 대답하기를

"그는 나의 생질 구봉(寇封)으로 본래 나후 구씨의 아들이나, 부모가

---

2) **시립**(侍立) : 손윗사람이 음식을 드시거나 말씀을 나눌 때에, 옆에서 시중을 들며 명령을 기다림. [蜀志 關羽傳]「稠人廣坐 **侍立**終日 隨先主周旋 不避艱險」. [杜甫 與李十二白同尋范十隱居詩]「八門高興發 **侍立**小童淸」.

다 돌아가셔서 여기에 와 있습니다."

하거늘, 현덕이 저를 사랑하여 양자로3) 삼고 싶다 하니 유필이 기꺼이 그 뜻을 따라, 드디어 구봉으로 하여금 현덕을 아버지로 삼게 하고 성을 고쳐 유봉이라 하게 하였다. 현덕이 그를 데리고 돌아와 운장과 익덕을 뵙게 하고 숙부로 부르게 하였다.

운장이 말하기를,

"형님께서 아들이 있는데 굳이 양자를 삼을 게 뭐 있습니까. 뒤에 필시 어지럽게 될 것입니다."

하자, 현덕이 묻기를

"내 자식을 기다렸으니 저가 반드시 나를 아버지처럼 섬길 터인데 무슨 어려움이 있겠소?"

하니, 운장이 기뻐하지 않았다. 현덕은 단복과 함께 계책을 의논하였다. 그리고는 조운에게 1천의 군사를 데리고 가서 번성을 지키게 하였다. 현덕은 군사들을 이끌고 신야로 돌아갔다.

한편, 조인과 이전은 허도로 돌아가서 조조를 뵙고, 울며 땅에 엎드려 죄를 청하였다.

조조가 말하기를,

"승부는 싸움에서 늘상 있는 일이다.4) 단지 누가 유비에게 계책을

---

3) **양자[螟蛉]** : 양자·양아들·과방(過房). '명령자'(螟蛉子)는 '의자'(義子). [元曲選 蝴蝶夢]「這兩個小廝 必是你親生的 這一個小廝 **必是你乞養來的 螟蛉之子**」. 본래는 '나방이나 나비의 어린 벌레'임. 「명령유자 과라부지」(螟蛉有子 蜾蠃負之)는 '이성(異姓)에게 양자 가는 일'을 말함. [詩經 小雅篇 小旻]「**螟蛉有子 蜾蠃負之** 敎誨爾子 式穀似之」. [法言]「**螟蛉之子**殪而逢**蜾蠃祝之**曰 類我類我久則肖之」.

4) **승부는 싸움에서 늘상 있는 일이다[勝負軍家之常]** : 승부는 병가에서 있을

내었는지 아느냐?"

하자, 조인이 대답하기를

"이는 단복의 계책입니다."

하거늘, 조조가 묻기를

"단복이 누구인고?"

한다.

정욱이 웃으면서 말하기를,

"이는 단복이 아닙니다. 이 사람은 어려서 학문을 좋아하고 칼 쓰기를 좋아했는데, 중평(中平) 말년에 일찍이 남의 원수를 갚아주느라고 살인을 하였답니다. 그 때문에 머리를 풀어 흩뜨리고 얼굴에 칠을 하고 달아났으나 관리들에게 잡히고 말았습니다. 이름을 물어도 대답을 하지 않자 관리가 수레 위에 태워 북을 치며 저자로 들어가, 저자 사람들에게 누구인지 아느냐고 물었으나, 비록 아는 사람이 있어도 감히 대답하지 않았습니다.

이에 같이 잡혀 있던 이가 묶은 것을 몰래 풀어 주어 그도 함께 도망하였습니다. 이때부터 마음을 다잡고 학문에 힘쓰며 명사들을 두루 찾아다니다가, 일찍이 사마휘(司馬徽)와 함께 담론(談論)을 하게 되었답니다. 이 사람은 영천의 서서(徐庶) 사람으로 자는 원직(元直)이라 하는데 단복(單福)은 가명입니다."

하자, 조조가 묻기를

"서서의 재주는 자네와 비교한다면 어떻게 되겠소?"

하자, 정욱이 대답하기를

수 있는 일임. '실패는 있을 수 있는 일이므로 낙심하지 말라'는 비유로 쓰이는 말임. [唐書 裴度傳]「帝曰 **一勝一負 兵家常勢**」.「승부」. [韓非子 喩老]「未知 **勝負**」.

"저보다 열 배는 더 할 것입니다."

하니, 조조가 말하기를

"아깝도다. 현사가 유비에게 가서 날개가 되다니! 어쩐다?"

하였다.

정욱이 말하기를,

"서서가 저쪽에 있긴 하여도 승상께서 쓰시기 원하신다면, 불러오는 일이 어렵지 않습니다."

하니, 조조가 묻기를

"어찌하면 저를 불러오게 할 수 있소?"

하거늘, 정욱이 말하기를,

"서서는 사람됨이 지극한 효자입니다. 어려서 아버지를 잃고 오직 어머니만 뫼시고 살았습니다. 지금은 그의 아우 서강(徐康)도 죽고 노모는 봉양할 사람도 없습니다. 승상께서 사람을 보내 그 어미를 속여 허창에 오게 하고, 편지를 써서 아들을 부르게 하면 서서는 반드시 올 것입니다."

하였다.

조조는 크게 기뻐하며 사람을 시켜 밤을 도와 가게 하여 서서의 어머니를 모셔 오게 하였다. 하루가 지나지 않아 모셔 왔다.

조조는 노인을 후히 대하며 이르기를,

"아들 서원직이 천하의 기재라는 말을 들었소이다. 지금 신야에 있으면서 역신 유비를 돕고 있는데, 이는 조정을 배반하는 것입니다. 아름다운 옥이 진흙 속에 있는 것과 같아서5) 진실로 안타까운 일이외

---

5) 아름다운 옥이 진흙 속에 있는 것과 같아서[正猶美玉落於汙泥之中]: '훌륭한 인재가 잘못 쓰이고 있음'의 비유임. [史記 屈原傳]「濯淖汙泥之下」. [三國志 魏志 劉楨傳注]「潛汙泥之中」.

다. 이제 번거롭더라도 노모께서 편지를 써서 저를 허도로 돌아오게
하시지요. 내가 천자께 아뢰면 틀림없이 후한 상을 내리실 것입니다."
하고, 좌우에게 일러 필묵을[6] 가져오게 하여, 서서의 어미에게 편지
를 쓰게 하였다.

서서의 어머니가 말하기를,

"유비란 어떤 인물입니까?"

하거늘, 조조가 대답하기를

"시정잡배로 망령되이 '황숙'이라 자칭하나 전혀 신의가 없는 인물
이외다. 이른바 겉으로는 군자인 체하나, 속은 소인배에 불과한 인물
이외다."

하자, 서서의 어미가 큰 소리로

"네 어찌 그리 거짓이 심한고! 내 오래전부터 현덕이란 사람이 중산
정왕의 후손으로서 효경황제 각하의 현손(玄孫)이며, 자신은 굽혀 선
비를 맞고 자신을 공경하듯 사람을 대하며, 그 어진 이름이 드러나서
세상 어린아이나 노인, 심지어는 소 먹이는 목동·나무하는 나무꾼
등이 다 그 이름을 알고 있는 진실로 당세의 영웅이다.

내 아들이 저를 돕는다 하니 참으로 주군을 잘 만난 것이다. 네가
비록 한상이라 부르고 있으나, 실제로는 한나라를 차지하려는 도적일
뿐이다. 이에 도리어 현덕을 역신이라 하며 내 아들로 하여금 명주를
배반하고, 암주를 찾게 하려 하니 어찌 부끄럽지 않겠느냐!"

하고 말을 마치자, 벼루를 조조에게 집어 던졌다. 조조가 크게 노하여
무사를 꾸짖어 서서의 어미를 끌어내게 하고 저를 참하려 하였다.

---

6) 필묵[文房四寶] : 문방사우(文房四友)·문방사후(文房四侯). 종이·붓·먹·
벼루의 네 가지. [文房四譜]「管城侯毛元銳 筆也 卽墨侯石虛中 硯也 好時侯楮知
白 紙也 松滋侯易玄光 墨也」. [長生殿 製譜]「不免將文房四寶 擺設起來」.

정욱이 급히 조조를 만류하며,

"서서의 어머니는 승상을 거슬려서 죽고자 하는 것입니다. 승상께서 만약에 저를 죽인다면 이는 곧 불의의 이름을 얻게 되고, 또 서서 어미의 덕성을 이루게 하는 것입니다. 서서의 어미가 죽게 되면 서서는 필시 죽기로써 유비를 도와 원수를 갚으려 할 것입니다. 그러니 그 어미를 살려 두셔야 합니다. 그리고 서서로 하여금 몸과 마음으로 유비를 돕는다 하여도, 또한 힘을 다하진 못할 것입니다.

또 하나 서서의 어머니가 여기 있음을 알면, 제가 계책을 내어서 서서를 이곳에 오게 할 수 있을 것입니다. 그래서 서서로 하여금 승상을 돕게 하겠습니다."

하자 조조가 그러하다 여겨, 마침내 서서의 어미를 죽이지 않고 별실에 보내 저를 부양하게 하였다.

하루는 정욱이 문후를 드리러 가서 거짓으로 일찍이 서서와 의형제를 맺고 있었으니 어머님을 친 어머니처럼 대하겠다 하고 때때로 몰래 물건을 보냈는데, 그때마다 반드시 친필로 글을 써서 보냈다. 서서의 어머님 또한 글을 써서 답례를 하였다. 정욱이 서서의 어머님 필적을 얻게 되자, 그 필법을 모방하여 거짓 편지 한 통을 써서 심복에게 편지를 가지고 신야로 달려가게 하였다. 그리고는 단복의 거처로 찾아갔다. 군사가 서서에게 데려가니 비로소 어머님의 편지를 가지고 온 것을 알고 급히 불러들여 물었다.

편지를 가지고 온 사람이,

"저는 관아의 장졸인데 노인의 명을 받들어 편지를 가지고 왔습니다."

하였다. 편지의 사연은 이러하다.

근래에 너의 동생의 상을 당했으나 누구 한 사람 돌봐줄 사람이 없었다. 슬픔에 싸여 있는 중에 뜻밖에도 조승상이 거짓으로 사람을 시켜 허창에 데려다 놓고 네가 배반했다면서 나를 옥에 가두었다. 그러나 정욱 등이 구해주어 죽음을 면하였다. 만약에 네가 와서 항복한다면 나는 죽음을 면할 것이다. 편지가 도달하는 날에 구로지은을[7] 생각하여 밤을 도와 오면 효를 온전히 하는 것이다. 그런 후에 서서히 시골로 돌아가 농사지을 방책을 도모하면, 큰 화를 면할 수 있을 것이다. 나는 지금 목숨이 실 끝에 달려 있는 것 같으니, 오직 네 구원을 바랄 뿐이다. 다시 많은 말을 않는다.

서서가 편지를 보고 나서 눈물이 샘 솟듯하였다.
편지를 가지고 현덕에게 보이면서, 말하기를
"나는 본시 영천의 서서 사람으로 자는 원직이라 하옵는데, 어려운 일을 피하느라고 이름을 단복이라 고쳤습니다. 전에 유경승께서 현사를 받아들이신다 하여 특히 가서 저를 보았습니다. 일을 의논하면서 그가 겨우 무용지인임을 알게 되어, 편지를 남기고 떠났습니다.
한밤중에 사마수경선생의 정원에 이르러 그동안의 일을 이야기했더니, 수경이 저를 심히 질책하시면서 '주인을 알아보지 못한다.'고 하셨습니다. 그리고 '유예주께서 여기 계신데 어찌 그를 섬기지 않느냐?' 하셔서, 제가 미친 체하며 저자에서 노래를 불러 사군께서 들으시게 하였던 것인데, 다행히도 사군께서 버리지 않으시고 곧 중요한 책임을 맡기셨습니다! 이제 노모께서 조조의 간계로 허창에 감금당하여, 장차 해를 입게 되었습니다.
노모가 손수 편지를 써서 부르니 제가 가지 않을 수 없습니다. 제가

---

7) **구로지은(劬勞之恩)**: 낳아 기른 어버이의 은혜를 생각하는 마음. [詩經 小雅篇 蓼莪]「蓼蓼者莪 匪莪伊蒿 哀哀父母 **生我劬勞**」. [爾雅 釋詁]「**劬勞**病也」.

작은 힘이나마 보태서 사군을 보필하려 하지 않는 바가 아니나, 어머님께서 저들에게 잡혀 계시니 어쩔 수가 없습니다. 이제 당장 돌아가서 뒷날을 기약해야겠습니다."

한다.

현덕은 그 말을 듣고는 소리내어 울면서, 말하기를

"어미와 자식 사이는 하늘이 정해준 지친이니, 원직은 이 유비를 생각하지 마시고, 기다리고 계신 어머니를 뵈온 후에 혹시 다시 가르침을 주시오."

하였다.

서서는 곧 인사를 하고 길을 떠나려 하였다.

현덕이 말하기를,

"바라건대 하루 밤만 있다가 내일 떠나시지요."

하자, 손건이 현덕에게 은밀히 이르기를

"원직은 천하의 기재이고 오랫동안 신야에 있어, 우리 군의 중요한 허실을 다 알고 있습니다. 지금 만약 조조에게 보내게 되면, 필시 그러한 중요한 사항들로 우리가 위험해질 것입니다.

주공께서도 마땅히 저를 만류해서 일절 가게 놓아주어서는 안 됩니다. 조조는 원직이 가지 않으면 필시 그 어머니를 참할 것입니다. 원직이 어머니가 죽은 것을 알게 되면 반드시 어머니를 위해 원수를 갚을 것이오니, 그때 힘을 다해 조조를 공격하면 됩니다."

하자, 현덕이 대답하기를

"아니오. 사람을 시켜 어머니를 죽이라 하고, 내가 그 아들을 이용한다면 이는 인이 아니외다. 저를 머물게 하여 가지 못하게 하고, 자식과 어미의 길을 끊는 것은 의가 아니외다. 내 차라리 죽을지언정 인의에 어긋나는 일을 하지 않겠소이다."8)

하자, 여러 장수들이 다 감탄하였다.

현덕은 서서를 청하여 술을 마셨다.

서서가 말하기를,

"이제 어미가 저들에게 잡혀 있다는 소식을 들었으니, 비록 아름다운 술이라도9) 목으로 넘어가지 않습니다."

하거늘, 현덕이 대답하기를,

"공이 가신다는 말을 듣고 양쪽 손을 모두 잃은 것 같습니다. 비록 용의 간이나 봉황의 뇌수라 해도10) 또한 맛이 없습니다."

하자, 두 사람이 같이 눈물을 흘리며 앉아서 날이 밝기를 기다릴 따름이었다. 여러 장수들이 이미 성곽 밖에 술자리를 마련하였다. 현덕과 서서가 함께 말을 타고 성을 나와, 장정에11) 이르자 말에서 내려 하직 인사를 하였다.

현덕이 술잔을 들어 서서에게 이르기를,

"제가 복이 없고 인연이 없어 선생과 함께 있을 수는 없으나, 바라건대 선생은 새 주인을 잘 섬기고 공명을 이루십시오."

---

8) **인의에 어긋나는 일을······[不仁不義之事]**: 인도 의도 아닌 일, 곧 '인의에 어긋나는 일'을 뜻함. [論語 八佾]「人而**不仁** 如禮何 人而**不仁** 如樂何」. [易經 繫辭 下]「小人不恥**不仁**」. [易經 繫辭 下]「不畏**不義**」. [書經 太甲 上]「慈乃**不義**」.

9) **아름다운 술[金波玉液]**: '미주(美酒)'라 하면 금파주·옥액주를 이름. 본래 '금파'는 '달빛으로 금빛이 나는 물결'을 뜻함. [漢書 禮樂志 郊祀歌 天門]「月穆穆以**金波** 日華耀以宣明」. [梁元帝 屋名詩]「含情戲芳節 徐步待**金波**」.

10) **용의 간이나 봉황의 뇌수라 해도[龍肝鳳髓]**: 용의 간에 봉황의 뇌수. '아주 귀중한 음식'을 비유함. 「용간표태」(龍肝豹胎)·「용간봉담」(龍肝鳳膽) 등은 모두 '진귀한 음식'·'아주 진귀한 물건'에 비유되는 뜻으로 쓰임. [晋書 潘尼傳]「厥肴伊何 **龍肝豹胎**」.

11) **장정(長亭)**: 십리장정(十里長亭). 전송하고 이별하는 곳. 여행객들이 쉴 수 있도록 만든 정자로, 매 5리마다 단정(短亭)·매 10리마다 장정(長亭)을 설치하였음. [孔白六帖]「十里一**長亭** 五里一**短亭**」.

하자, 서서가 울면서 대답한다.

"제가 재주가 적고 지혜가 얕아 사군의 중요한 임무에 짐이 되었습니다. 이제 불행히도 도중에서 헤어지게 되는 것은 실로 늙은 어머니 때문입니다. 이제 노모의 일로 마음이 어지럽습니다. 이와 같이 하는 것은 무익할 뿐이니, 사군께서는 따로 높은 현사를 구해 보좌하게 하며 함께 대업을 도모하실 일이지, 하필 이와 같이 마음을 태우시나요. 조조가 아무리 핍박한다 해도 서서는 목숨이 다할 때까지, 저를 위해서는 계책을 내지 않을 것입니다."

하자, 현덕이 말하기를,

"선생께서 이대로 가시는 터에, 유비 또한 아주 먼 산에 가 숨어 지내려 합니다."

하자, 서서가 대답하기를

"제가 사군과 더불어 왕패지업을 같이 도모했던 까닭은 제 마음을 믿었기 때문입니다."

하였다.

현덕이 말하기를,

"천하의 훌륭한 선비라 해도 선생보다 나은 분이 없을 것이외다."

하자, 서서가 대답하기를

"저는 가죽나무처럼 쓸모없는 재목입니다.12) 어찌 감히 이 무거운 영예를 감당할 수 있겠습니까?"

---

12) 가죽나무처럼 쓸모없는 재목입니다[樗櫟庸材] : 저력지재(樗櫟之材). '아무 데도 쓸모없는 사람'으로 비유함. '저력'은 가죽나무로 쓸모가 없는 나무임. [隋書 李士謙傳]「邢子才云 豈有松柏後身可爲樗櫟」. [莊子 逍遙遊篇]「惠子謂莊子曰 吾有大樹 人謂之樗 其大本擁腫而不中繩墨 其小枝卷曲而不中規矩 立之塗 匠者不顧 今子之言大而無用 衆所同去也」.

하고, 이별에 임하여 또 여러 장수들에게 이르기를

"원컨대 제공들께서는 사군을 잘 섬기셔서, 써 이름을 역사에 남기시기 바랍니다.[13] 그리고 공업을 청사에 효시하셔서 처음은 있고 끝이 없는 이 서서를 본받지 마시기 바랍니다."

하자, 모든 장수들이 슬퍼하지 않는 이가 없었다.

현덕은 차마 헤어지지 못하고 한참을 바래다주고, 또다시 한참을 바래다 주겠다고 하였다.

서서가 말하기를

"사군께서 멀리까지 나와 환송하기를 바라지 않으니, 저는 이쯤에서 작별을 고해야겠습니다."

하자, 현덕은 말에 올라타며 서서의 손을 잡고

"선생과 이렇게 헤어져 각기 다른 곳에 있게 되니, 어느 날 다시 만나게 될 지 알 수 없구려!"

하고, 말이 끝나자 눈물을 비 오듯 흘린다. 서서 또한 눈물을 뿌리며 떠났다.

현덕은 수풀가에 말을 멈추고 서서가 탄 말과 노복이 총총히 사라져 가는 곳을 천천히 바라보았다.

그리고 울면서 말하기를,

"원직이 갔으니! 나는 장차 어찌할꼬?"

하며 눈물어린 눈으로 바라보는데, 문득 저편 나무숲이 서서의 모습을 막아 버렸다.

---

13) 써 이름을 역사에 남기시기 바랍니다[以圖名垂竹帛] : 이름이 역사에 길이 빛남. '죽백'은 옛날 종이가 없어 죽간(竹簡)이나 회백(繪帛)에 글씨를 쓴데서 온 말임. 「竹帛 : 書册·歷史」의 뜻으로 쓰임. [淮南子 本經訓]「著於竹帛 鏤於金石 可傳於人者 其粗也」. [後漢書 鄧禹傳]「垂功名于竹帛耳」.

현덕이 채찍을 들어 말하기를,

"내 저 나무들을 모두 베어버리고 싶다."

하자, 여러 장수들이 까닭을 물으니, 현덕이 대답하기를

"저 나무가 서원직을 볼 수 있는 나의 눈을 막기 때문이다."

하였다.

그러는 사이 문득 서서가 말을 박차며 오는 것이 보였다. 현덕이 '원직이 다시 돌아온다. 떠날 생각이 없는 게야?' 하고, 드디어 기뻐서 말을 박차며 앞으로 가 묻기를

"선생께서 이리 돌아오시니 필시 하실 말씀이 있으신가요."

하니, 서서가 말고삐를 잡으며 현덕에게 이르기를

"제가 사군을 떠나는 마음이 하도 산란하여14) 한 말씀 잊었습니다. 이 사이에 한 기이한 인재가 있으나, 다만 그는 양양성 밖 20리 융중(隆中)에 삽니다. 사군께서는 어찌하여 저를 구하지 않으십니까?"

하거늘, 현덕이 말하기를

"번거롭겠지만 원직께서 저를 위해 청해 와서 서로 만나게 해 주십시오."

하자, 서서가 대답하기를

"이 사람은 그렇게 불러서 쓸 인물이 아닙니다. 사군께서 직접 가셔서 저의 도움을 구하셔야 합니다. 만약에 이 사람을 얻기만 하면 주의 무왕이 여망을 얻은 것이나,15) 한의 유방이 장량을 얻은 것과 같습니

---

14) 마음이 하도 산란하여[心緒如麻] : 심회가 아주 복잡하다는 뜻으로, '마음의 회포가 삼나무 가닥처럼 복잡하게 꼬였음'의 비유임. [杜甫 寄杜位詩]「玉疊題詩心緒亂 何時更得曲江遊」. [白居易 百花亭晚望夜歸詩]「髮毛遇病雙如雪, 心緒逢秋一似灰」.

15) 무왕이 여망을 얻은 것이나……[無異周得呂望] : 여상(呂尙). 주(周)나라의 개국공신인 강자아(姜子牙) 태공망(太公望). 동해노수(東海老叟)라고도 부름.

다."16)

하거늘, 현덕이 말하기를

"이 사람이 선생과 비교하면 그 재덕이 어떻겠습니까?"

하자, 서서가 대답하기를

"이 사람과 저를 비교하는 것은 오히려 노마와 기린을 비유하거나,
한아와 난봉을 비유하는 것일 뿐입니다.17) 이 사람은 일찍이 자신을
관중과18) 악의에19) 비유하곤 했지만, 제가 저를 보기에는 관중과 악

주왕(紂王)의 폭정을 피해 위수(渭水)에서 낚시질을 하다가 서백(西伯 : 周文
王)을 만나게 되고, 뒤에 은나라를 멸망시키고 천하를 평정하여 제나라[齊相]
에 봉함을 받음. [說苑]「**呂望**年七十釣于渭渚 三日三夜魚無食者 望卽忿脫其衣
冠 上有異人者謂望曰 子姑復釣 必細其綸芳其餌 徐徐而投 無令魚驚 望如其言
初下得鮒 次得鯉 刺魚腹得素書 又曰 **呂望**封於齊」. [史記 齊太公世家]「西伯獵
果遇太公於渭水之陽 與語 大說曰 自吾先君太公曰 當有聖人適周 周以興 子眞是
邪 吾**太公望**子久矣 故號之曰**太公望** 載與俱歸 立爲師」.

16) 한의 유방이 장량을 얻은 것과 같습니다[漢得張良也] : 한의 유방이 장량을
얻음. 「장량」은 한의 창업의 공신인 장자방(張子房). 한 고조 유방의 모사(謀
士)가 되어 항우를 무찌르고 천하를 평정하는데 큰 공을 세움. 소하(蕭何) ·
한신(韓信) 등과 함께 창업 삼걸(三傑)의 한 사람임.

17) 노마와 기린 · 한아와 난봉을 비유하는 것일 뿐입니다[駑馬竝麒麟 · 寒鴉配鸞
鳳耳] : 절대로 '비교할 수 없는 상대임'을 뜻함. 「노마」는 느린 말(駑駘). [周
禮 夏官 馬質]「掌質馬馬量三物 一曰戎馬 二曰田馬 三曰**駑馬**」. 「한아」는 까마
귀임. [張均 岳陽晚景詩]「晚景**寒鴉**集 秋風旅雁歸」.

18) 관중(管仲) : 제(齊)나라의 정치가. 이름은 이오(夷吾), 자가 중(仲), 호를 경
(敬)이라 했음. 제환공(齊桓公)을 보좌하여 아홉 제후를 모으고 천거하여, 천
하를 바로 잡는 패자(霸者)가 되게 함. [中國人名]「齊 潁上人 少與鮑叔牙爲友
嘗曰……生我者父母 知我者鮑子也 尊周室 九合諸侯 一匡天下」.

19) 악의(樂毅) : 전국시대 연(燕)나라의 장군. 제(齊)의 70여 성을 빼앗아 창국
군(昌國君)에 봉해짐. 후에 제나라 전단(田單)의 반간계에 넘어가 죽게 되자,
조나라로 도마쳐 망저군(望諸君)이 되고 나중에는 연 · 조 두 나라의 객경(客
卿)이 되었음. [中國人名]「燕 羊後 賢而好兵 自魏使燕……下齊七十餘城 以功封
昌國 號昌國君……田單乃縱反間於王……燕趙二國 以爲客卿」.

의도 전혀 이 사람에게 미치지 못할 것입니다. 이 사람은 경천위지의 재주를[20] 가지고 있어, 천하를 덮을 만한 오직 한 사람입니다."

하였다.

현덕은 기뻐하며 말하기를

"이 사람의 이름을 알려주시오."

하니, 서서가 대답한다.

"이 사람은 낭야 사람으로 성은 제갈(諸葛)이고 이름은 량(亮)이며 자는 공명(孔明)입니다. 이에 한나라 사례교위 제갈풍의 후손입니다. 그의 아버지의 이름은 규(珪)이고 자는 자공(子貢)으로 태산군의 승(丞)이 되었으나 일찍 죽어, 량은 숙부 현(玄)을 따랐습니다.

현은 형주의 유경승과는 교유가 있어 그에게 가서 의지하였습니다. 그래서 양양에서 살다가 후에 숙부 현이 죽자 량은 동생 제갈균과 남양에서 농사를 지으며 살았는데, 일찍이 양보음을[21] 지어 즐겼답니다. 살고 있는 곳에 한 언덕이 있어 이름을 '와룡강'이라 하였는데, 이로 인해 스스로 호를 '와룡선생(臥龍先生)'이라 하였습니다. 이 사람은 절세의 기인이오니, 사군께서는 빨리 그 집에 가서 저를 만나보십시오. 만약에 이 사람이 와서 보좌하게 된다면, 천하가 평정되지 않는 것을 어찌 걱정하겠습니까?"

하자, 현덕이 묻기를

---

20) 경천위지의 재주[經天緯地之才]: 경천위지하는 재주. 온천하를 경륜하여 다스릴 만한 재주로 극히 큰 재주를 이름. 본래 '경'은 날금, '위'는 씨금을 가리킴. [文選 左思 魏都賦]「**天經地緯** 理有大歸」. [徐陵 爲貞陽侯與陳司空書]「後主**天經地緯** 義貫人靈」. [庚信 擬連珠]「**經天緯地之才** 拔山超海之力」.

21) 양보음(梁甫吟): 초나라 때의 노래로 일종의 장가(葬歌)임. 일설에는 거문고의 곡명(琴曲名)이라고도 하는데 제갈량의 작이라 전함. [三國志 蜀志 諸葛亮傳]「亮躬耕隴畝好爲**梁父吟**」. [集解]「漢樂府相和歌辭之楚曲調名 **梁父**」.

"옛날 수경선생께서 일찍이 나에게 '복룡과 봉추 두 사람 중에서 한 사람만 얻는다 해도 천하를 안정시킬 수 있다.' 하였는데, 이제 선생께서 말씀하신 바 봉추가 아니겠습니까?"

하자, 서서가 대답하기를

"봉추는 이에 양양의 방통을 이르는 것이고, 복룡은 곧 제갈공명을 이르는 것입니다."

하였다.

현덕은 뛸 듯이 기뻐하며,

"이제야 복룡과 봉추라고 하는 말 뜻을 알겠소이다. 어찌 이 큰 현인을 뵐 수 있겠습니까? 선생의 말씀이 아니었다면, 저는 눈을 뜨고 있으면서 장님일 뻔하였습니다!"

하였다.

후세 사람들이 서서가 말을 달려 와서, 제갈량을 천거한 것을 예찬한 시가 있다.

애닮다. 높은 선비를 다시 만날 수 없는 때에
떠나기 전 애틋한 심사 두 사람이 같았거니.
　痛恨高賢不再逢
　臨岐泣別兩情濃.

한 말이 마치 봄의 뇌성과도 같아
능히 남양의 와룡을 일으키었네.
　片言却似春雷震
　能使南陽起臥龍.

서서가 공명을 천거하고 다시 현덕과 헤어져 말채찍을 치며 갔다. 현덕은 서서의 말을 듣고서야 사마덕조의 말을 깨달았는데, 마치 취기에서 깨어난 듯도 하고 꿈에서 깬 것 같기도 했다. 군사들을 이끌고 신야로 돌아오자 곧, 후히 예물을 갖추고 관우·장비와 함께 남양으로 가서 공명을 청하려 하였다.

한편, 서서는 이미 현덕을 떠났으나 그 만류하던 정에 감읍하였기에, 공명이 산에서 나와 보좌하지 않을까 걱정이 되었다. 드디어 말을 타고 곧장 와룡강 아래 이르렀다. 초려에 들어가 공명을 뵈오려 하였다. 공명이 그가 온 뜻을 물었다.

서서가 말하기를,

"내가 본래 유예주를 섬기려 하였으나, 늙은 어머니가 조조에게 잡혀 편지를 보내어 오라고 부르니 다만 그곳을 버리고 갈 뿐입니다. 떠날 때에 공을 현덕에게 천거했습니다, 현덕이 곧 와서 뵈올 것이니 바라건대 공께서는 물리치지 마시오. 그리고 평생의 큰 재주로서 저를 도와주시면 다행한 일일 것이외다."

하니, 공명이 그 말을 듣고 불쾌한 낯빛으로

"그대는 나를 제사의 희생으로22) 바칠 생각이오?"

하며, 말이 끝나자 소매를 떨치고 들어갔다.

서서가 무안해서 물러나와 말에 올라 길을 재촉하여, 허창에 가서 노모를 뵈었다.

이에,

---

22) 그대는 나를 제사의 희생으로[祭之犧牲] : 뇌생(牢牲). 종묘 제사 때 제물로 쓰는 소·양·돼지 따위의 짐승. 색이 순수한 것을 희(犧)라 하고 아직 죽이지 않은 것을 생(牲)이라 함. [周禮 地官牧人]「凡祭祀共其犧牲 以授充人繫之」. [左傳]「五牲三犧」. [尉繚子]「野物不爲犧牲」.

친구에게 한 마디 부탁함은 주인을 사랑함이요
천 리나 떨어진 곳에 감은 어버이 생각 때문이다.

　囑友一言因愛主
　赴家千里爲思親.

일이 어떻게 되어가는지는 알 수가 없다. 하회를 보라.

제37회

사마휘는 다시 명사를 천거하고
유현덕은 (제갈량을 위해) 삼고초려하다.
　　司馬徽再薦名士
　　劉玄德三顧草廬.

　한편, 서서는 길을 재촉하여 허창에 이르렀다. 조조는 서서가 도착
한 줄 알고 순욱·정욱 등 일반 모사들에게 가서 저를 맞게 하였다.
서서가 상부에 들어가 절하고 조조를 뵈었다.
　조조가 묻기를,
　"공은 고명지사(高明之士)인데, 어찌 몸을 낮추어 유비를 섬기고 있
었는가?"
하거늘, 서서가 말하기를
　"제가 어려서 난을 피해 도망 다닐 때 강호를 떠돌다가 우연히 신야
현에 이르렀는데, 마침 현덕께서 후대해 주었습니다. 노모가 여기 계
셔서 다행히 보살펴 주시니 부끄럽고 감사함을 이길 수 없나이다."
하자, 조조가 또 말하기를
　"공이 지금 여기에 왔으니 아침 저녁으로 어머님의 뫼실 수 있을 것
이외다. 나 또한 가르침을 듣고자 하오."
하였다. 서서가 사례하고 나왔다. 급히 가서 어머님을 뵙고 당하에서
울며 인사를 올렸다.

어머니가 크게 놀라면서 말하기를,

"네가 어찌하여 여기에 왔느냐?"

하자, 서서가 말하기를

"그간 신야에서 유예주를 돕고 있었는데, 어머님의 편지를 받고 밤을 도와 여기에 왔습니다."

하였다.

어머니가 크게 노하며 손바닥으로 책상을 치면서, 말하기를

"못난 놈! 강호에 수년을 표박하며[1] 나는 네 학업에 진보가 있으리라 여겼는데, 어찌 그 반부함이 처음만도 못하느냐.[2] 네가 책을 읽었으니 모름지기 충과 효는 두 가지 다 할 수 없음을 알 것이다. 어찌 조조가 임금을 속이고 있는 도적임을 알지 못하느냐?

유현덕은 사해에 인의를 펼치고 있고, 하물며 그는 또한 한실의 종친이니 네가 그를 섬겼으면 주인을 잘 얻은 것이라. 한 조각 거짓 편지를 빙자하여 자세히 살피지 못하고, 명주를 버리고 암주를 찾아왔느냐. 그래서 스스로 악명을 얻으니 참으로 어리석구나! 내 무슨 낯으로 너를 만나겠느냐! 너는 조상을 욕되게 하였으니 쓸모없는 놈이 아니냐."

하였다.

서서는 어머니의 꾸지람을 듣고는 감히 쳐다보지 못하고 땅에 엎드려 절하였다. 어머니는 병풍 뒤로 들어가 버렸다.

얼마 안 되어 사람들이 달려 나와서, 말하기를

---

1) 표박[飄蕩] : 떠돌아 다니며 삶. [顧況 湖中詩]「丈夫飄蕩今如此 一曲長歌楚水西」. [杜甫 故著作郞鄭公虔詩]「他日訪江樓 念懷述飄蕩」.

2) 반부함이 처음만도 못하느냐[反不如初] : '도리어 처음만 같지 못함'의 뜻으로, '그대로 두는 것이 오히려 낫다'는 말.

"노부인께서 스스로 들보에 목을 매었습니다."

하거늘, 서서가 황급하게 들어가 구하려 하였으나 어머니는 이미 숨
이 끊어진 뒤였다.

후세 사람이 서서의 어머니를 예찬한 시가 있다.

어질도다 서서의 어머니여!
그 이름 천고에 남으리.
　賢哉徐母
　　流芳千古.

수절하면서도 훼절을 않으시고
집안을 지켜 오셨도다.
　守節無虧
　　於家有補.

자식을 여러 가지로 가르치고
내 몸 같이 돌보시니.
　敎子多方
　　處身自苦.

그 의가 높은 산과 같으시네
의로움은 폐부에서 나오는 것.
　氣若丘山
　　義出肺腑.

「예주」(현덕)를 찬미하고

위 무제(조조)를 꾸짖으시도다.

　讚美「豫州」

　毁觸「魏武」.

가마솥에3) 넣고 삶음도 두렵지 않고

도끼로4) 찍음인들 두려우랴.

　不畏鼎鑊

　不懼刀斧.

오직 후사를 잇지 못함이 두렵고

조상을 욕되게 함이 부끄럽도다.

　惟恐後嗣

　玷辱先祖.

복검과5) 동류되고

---

3) 가마솥[鼎鑊] : 옛 형구의 하나로 죄인을 끓여 죽이는 솥. [史記 廉頗傳]「臣
知欺大王罪當誅也 臣請就**鼎鑊**」. [後漢書 黨錮 李膺傳]「就殄元惡 退就**鼎鑊** 始生
之願也」.

4) 도끼[刀斧] : 칼과 도끼. 도부수(刀斧手). [中文辭典]「俗謂執行死刑之人也」.

5) 복검(伏劍) : 할복(割腹). 칼을 물고 죽은 왕릉(王陵)의 어머니. 왕릉은 유방
의 고향 선배이나 유방의 부하가 되기를 거부하고 있다가, 항우를 치게 되자
유방을 도왔다. 항우가 왕릉을 끌어들이기 위해 그의 어머니를 군중에 가두
었는데, 왕릉의 어머니는 어미 때문에 두 마음을 먹지 말라고 당부하고 칼을
물고 자살하였다. 이렇게 되자 왕릉은 유방을 도와 천하를 평정하였음. [中國
人名]「高祖起沛 陵以兵屬之 項羽得陵母置軍中 陵使至 羽使陵母招陵 母私送使
者泣曰 爲老妾語陵 善事漢王……乃**伏劍**死 以固勉陵」. [陸機 漢高祖 功臣頌]「旣

단기와6) 짝하리라.

　伏劍同流

　斷機堪伍.

살아서 이름이 나고

죽어서야 있을 곳 찾았구려.

　生得其名

　死得其所.

어진도다, 서서의 어머니여

그 이름 천고에 남으리!

　賢哉徐母

　流芳千古!

　서서는 어머니가 죽은 것을 보고 땅에 쓰러져 울며, 오랫동안 깨어
나지 못하였다. 조조는 사람을 시켜 예물을 보내 조문하고, 또 친히
가서 전례(奠禮)를 올렸다. 서서는 어머니를 허창의 남쪽 언덕배기에
장사지내고 상복을 입고 시묘를 하였다.

明且慈 引臣**伏劍**」.

6) **단기(斷機)** : 단기지계(斷機之誡). 맹자가 학업을 중단하고 돌아왔을 때, 어
머니가 짜던 베틀의 실을 끊어서 훈계하였다는 고사. ‘학문을 중도에 그만두
는 것은 짜던 베의 날을 끊는 것과 같다’는 뜻임. [劉向 列女傳]「孟子稍長就學
而歸 孟母方績 問曰 學何所至與 孟子曰 自若也 母以刀**斷其織**曰 子之廢學 若吾
斷斯織矣 孟子懼旦夕勤學」. [後漢書 列女傳]「樂羊子遠尋師學 一年來歸 妻乃引
刀趨機而言曰 此織一絲而累以至於寸 累寸 不已 遂成丈匹 今若**斷斯織**也 則捐失
成功 夫子積學 當日知其所亡 以就懿德 中道而歸 何異**斷斯織**乎 羊子感其言 複
還終業」.

무릇 조조가 하사한 물건을 일체 받지 않았다.

그때, 조조는 남쪽의 정벌을 논의하고 있었다.

순욱이 간하기를,

"날씨가 추운데 동병해서는 안 됩니다. 잠시 따뜻한 봄을 기다려 움직이는 것이 좋을 듯합니다."

하자, 조조가 순욱의 말에 따라 장하의 물로 못을 만들어, 그 못을 현무지(玄武池)라 하고 그곳에서 수군을 훈련시키며 남정을 준비하고 있었다.

한편, 현덕은 예물을 준비하고 융중에 가서 제갈량을 만나려 가고 있었다.

이때, 문득 사람이 와서 알리기를,

"문 밖에 한 선생이 찾아왔는데 아관박대를7) 하고, 도인의 풍모를 하고 있어 보통 사람이 아닌 듯한 분이 찾아왔습니다."

하였다.

현덕이 '이분이 공명이 아닐까?' 하고는 의관을 정제하고 맞으러 나갔다. 저를 보니 사마휘였다.

현덕이 크게 기뻐하며, 후당으로 청해 상좌에 앉게 하고 절하고 묻기를,

"제가 헤어진 뒤로 군무로 인해 바빠서 공을 다시 뵙지를 못하였는데, 지금 이렇게 와 주시니 뵙고 싶었던 마음에 크게 위로가 됩니다."

하니, 휘가 대답하기를

---

7) 아관박대(峨冠博帶) : 사대부의 의관으로 '높은 관과 넓은 띠'라는 뜻임. 「아관」. [韓愈 示兒詩] 「問客之所 **峨冠**請唐虞」. [漢書 雋不疑傳] 「褒衣**博帶** 盛服至門」.

"서원직이 여기 있다고 들었는데 한 번 만나 뵈러 왔소이다."

하거늘, 현덕이 말하기를

"근자에 조조가 그의 어머니를 잡고 있기 때문에, 어머니가 편지를 보내 불러서 허창으로 돌아갔습니다."

하였다.

사마휘가 말하기를,

"이는 조조의 계책일 것이외다! 내 평소에 듣기로는 서서의 어머님은 아주 현명한 분이라서, 비록 조조에게 잡혀 있다 해도 편지를 써서 아들을 부를 분이 아닙니다. 그 편지는 필시 거짓일 것입니다. 원직이 가지 않았으면 그 어머님은 생존해 계셨을 것이지만, 이제 저가 갔으니 틀림없이 죽었을 것이외다."

하자, 현덕이 놀라서 그 까닭을 물으니, 휘가 대답하기를

"서서의 어머님은 의기가 높으신 분이어서, 필시 그 아들을 보고 수치스러워 하셨을 것이외다."

한다.

현덕이 말하기를,

"원직이 떠나기 앞서 남양의 제갈량을 천거했는데, 그 사람은 어떤 분입니까?"

하자, 휘가 웃으면서 대답하기를

"원직이 가려 하였다면 그냥 갈 것이지, 어찌 또 남을 끌어내어 심혈을 토하게 하였는고?"

하거늘, 현덕이 묻기를

"선생께서는 어찌 그런 말씀을 하십니까?"

하자, 휘가 말하기를

"공명은 박릉의 최주평(崔州平)·영천의 석광원(石廣元)·여남의 맹공

위(孟公威)·서원직(徐元直) 네 사람과 더불어 가장 친한 친구였소. 이 네 사람이 같이 학문에 힘쓰고 있었는데, 오직 공명이 유독 큰 뜻과 방책을 들고 있었다오. 일찍이 무릎을 끌어안고 시를 길게 읊다가 네 사람을 보고 '그대들은 벼슬길에 나아가면 자사나 군수에 이를 것이 네' 하거늘, 여러 사람들이 '공명이 뜻하는 바는 무엇인가?' 하고 묻자, 공명은 다만 웃으면서 대답하지 않았다오.8) 늘 공명은 자기를 관중과 악의에 비하였지만 그 재능은 헤아릴 수가 없었소이다."

한다.

현덕이 묻기를,

"어찌하여 영천에는 현사가 많은가요?"

하자, 휘가 대답하기를

"옛날에 은도(殷馗)란 분이 있었는데 천문을 잘 보았다 합니다. 그가 늘 이르기를 '뭇별들이 영천지경에 모여 있으니 그 지역에는 반드시 현사가 많은 것이다.'라 하였답니다."

하였다.

그때, 운장이 곁에 있다가 묻기를,

"저도 관중과 악의에 대해 들었습니다. 이들은 전국시대 명인들로 서 그 공이 천하를 덮었다9) 합니다. 공명이 흔히 이 두 사람에 비유 되지만, 너무 지나친 것이 아닙니까?"

하니, 휘가 웃으면서 말하기를

---

8) 웃으면서 대답하지 않았다오[笑而不答] : 웃기만 하고 대답하지 않음. '묻는 내용은 알고 있으나 구태여 대답할 필요가 없음'을 뜻함. [李白 山中問答詩]「問余何意栖碧山 笑而不答 心自閑 桃花流水杳然去 別有天地非人間」.

9) 그 공이 천하를 덮었다[寰宇] : 환내(寰內). 전(轉)하여 '천하'를 뜻함. [穀梁 定 三]「寰內諸侯 (注) 天子穀內大夫 有采地者 謂之寰內諸侯」. [南史 梁簡六帝 紀論]「聲振寰宇 澤流遐裔」.

"내 보기에는 이 두 사람에게 비유하는 것은 부당하외다. 나는 다른 두 사람에게 공명을 비유하려 하오."

하거늘, 운장이 묻기를

"다른 두 사람이라면 누구를 말하십니까?"

하니, 사마휘가 대답하기를

"이는 주나라가 번성했던 8백 년 동안의 강자아(姜子牙)와 한이 성했던 4백 년 동안의 장자방(張子房)에게나 비유할까 하오."

하거늘, 여러 사람들이 다 경악하였다.

사마휘가 뜰에 내려서며 가고자 하였다. 현덕이 만류하였으나 휘는 문을 나서며 하늘을 보고 크게 웃으면서, '와룡이 비록 주인을 만났으나 때를 얻지는 못하였으니 애석하도다!' 하고, 말을 마치자 초연히 가 버렸다.

현덕이 탄식하며 말하기를,

"참으로 은거하는 현사로다!"

하였다.

다음 날 현덕은 관우·장비 그리고 종인들과 같이 융중으로 갔다. 멀리 바라보니, 산기슭에 몇 사람이 가래로 밭을 갈며 노래하고 있었다.

창천은 거개 같이 둥글고
육지는 바둑판 같도다.
　蒼天如圓蓋
　陸地似棋局.

세상 사람들 흑백으로 나뉘어
오가며 영욕을 다투네.

世人黑白分

往來爭榮辱.

영화로운 사람은 편안하나

욕된 자는 녹록하구나.

榮者自安安

辱者定碌碌.

남양에 은거하는 제갈량은

높은 베개 베고 잠을 자네.

南陽有隱居

高眠臥不足.

현덕이 노래를 듣고 말고삐를 당기며, 농부를 불러 묻기를

"이 노래는 누가 지었소?"

하니, 농부가 대답하기를,

"와룡선생이 지었다오."

하거늘, 현덕이 또 묻기를

"와룡선생이 어디에 사시오?"

하니, 농부가 대답하기를

"이 산의 남쪽에 한 언덕배기가 있는데 그곳에 와룡강이 있습니다. 와룡강 앞에 수풀이 듬성한 속 초려가 곧, 와룡선생의 거처이옵니다."

하였다.

현덕이 사례하고 말을 채쳐 앞으로 갔다. 몇 리 못 가서 멀리 와룡강이 보이는데, 과연 맑은 경치가 다른 곳과 달랐다.

후세 사람이 지은 고풍 한 편이 전하는데, 「단도와룡거처」(單道臥龍居處)이다. 그 시는 아래와 같다.

양양성 서문 밖 이십 리
한 언덕배기 냇가에 솟아 있네.
　襄陽城西二十里
　　一帶高岡枕流水.

언덕은 높고 굴곡져 운근으로 인도하고
흐르는 물 잔잔하여 석간수를 날리네.
　高岡屈曲壓雲根
　　流水潺湲飛石髓.

그 형세 마치 용이 돌 위에 서리어 있고
봉황새 소나무 그늘 속에 있는 듯하다.
　勢若困龍石上蟠
　　形如單鳳松陰裡.

반쯤 열린 사립문 굳게 닫힌 모려는
그 속엔 고인이 누워 일어나지 않도다.
　柴門半掩閉茅廬
　　中有高人臥不起.

대숲 우거져서 푸른 병풍을 두른 듯
사계절 들꽃 향기 울타리에 떨어지네.

修竹交加列翠屏

四時籬落野花馨.

상머리에 쌓인 것 모두가 신선의 책이고

찾는 손님 중엔 속된 무리 없구나.

牀頭堆積皆黃卷

座上往來無白丁.

창문 두드리는 잔나빈 계절의 과실을 드리고

문지기 늙은 학 밤에 글 읽는 소리 듣누나.

叩戶蒼猿時獻果

守門老鶴夜聽經.

주머니 속 명금은 고금을10) 감추었고

벽에는 칠성보검이 걸려 있도다.

囊裏名琴藏古錦

壁間寶劍挂七星.

초려 속의 제갈선생 혼자서만 유아하니

한가한 속에선 밭가는 일 부지런하다.

廬中先生獨幽雅

閒來親自勤耕稼.

---

10) **고금(古錦)** : 고금낭(古錦囊). 여기서는 '많은 시'의 뜻임. [唐書 李賀傳]「李賀每
旦日出 騎弱馬 從小奚奴 背**古錦囊** 遇所得 書投囊中 及暮歸 足成之」.

봄 하늘 우레소리에 꿈 깨어 일어나니

긴 휘파람 한 소리에 온 천하가 평안하리라.

專待春雷驚夢回

一聲長嘯安天下.

현덕이 장원에 들어와 말에서 내려 직접 문을 두드리니, 한 소동이 나와 묻는다.

현덕이 말하기를,

"한나라 좌장군 의성정후 예주목 황숙 유비가 선생을 뵈러 왔다고 여쭈어라."

하니, 소동이 말하기를

"나는 그 긴 이름을 다 기억할 수 없습니다."

하거늘, 현덕이 대답한다.

"넌 그러면 유비가 뵈러 왔다고 말하거라."

하니, 동자가 말하기를

"선생께서는 오늘 아침에 이미 출타하셨습니다."

한다.

현덕이 묻기를,

"어디에 가셨느냐?"

하니, 동자가 대답하기를

"가시는 곳이 일정하지 않습니다. 그래서 어디에 가셨는지 알 수가 없습니다."

하거늘, 현덕이 또 묻는다.

"언제쯤 돌아오시느냐?"

하니, 동자가 대답하기를

"돌아오시는 때 또한 정해져 있지 않습니다. 혹 사오 일, 혹은 10여 일이 될 때도 있습니다."

하거늘, 현덕이 탄식하여 마지않는다.

장비가 말하기를,

"오늘 만날 수 없을 것 같습니다. 돌아가시지요."

하거늘, 현덕이 대답하기를

"조금만 기다려 보자."

하니, 운장도 말하기를

"돌아가십시다. 다시 사람을 시켜 소식을 알고 오시지요."

하자, 현덕이 그 말을 따라 동자에게

"선생께서 돌아오시거든 유비가 내방했더라고 말하거라."

하였다.

마침내 말에 올라 몇 리를 가다가 말고삐를 당기고 융중의 경물(景物)을 보니, 과연 산은 높지는 않으나 수려하고 물이 깊지는 않으나 청정하며, 땅은 넓지 않으나 평탄하고 숲이 크지는 않으나 무성하여, 원숭이와 학이 서로 친하고 소나무와 대나무가 어울려 푸름을 이루고 있어서 볼수록 그 풍경이 싫증나지 않았다.

그때, 문득 한 사람이 보이는데 용모가 헌앙하고 풍채가 당당한 사람이 머리에 소요건(逍遙巾)을 쓰고 몸에는 검은 베도포를 입었으며, 청려장을 집고 산 속 좁은 길을 걸어온다.

현덕이 속으로 생각하기를,

"이 사람이 와룡선생임에 틀림없다!"

하고, 급히 말에서 내려 앞을 향해 예를 올리면서, 묻기를

"선생께서 와룡선생이 아니십니까?"

하니, 그 사람이 말하기를 대답하기를

"장군은 뉘시오?"

하거늘,

"유비올시다."

하니, 그 사람이 말하기를

"나는 공명이 아니라 공명은 나의 친구외다. 나는 박릉의 최주평입니다."

한다.

현덕이 또 말하기를,

"오래전부터 이름을 들었습니다. 다행히 뵙게 되어 반갑습니다. 원컨대 아무데나 앉아서 한 말씀 가르쳐 주십시오."

하니, 두 사람은 숲 속의 돌 위에 앉았다. 관우와 장비는 옆에 시립하였다.

주평이 묻기를,

"장군께서는 무슨 연고로 공명을 뵈려 하시는가요?"

하거늘, 현덕이 대답하기를

"지금 천하가 크게 어지러워 사방에서 요란한 구름이 일고 있습니다. 공명을 뵙고자 함은 나라를 안정되게 할 방책을 구하려는 것입니다."

하니, 주평이 웃으면서 말하기를

"공께서 난을 평정할 주인이 되려 한다면 비록 인심(仁心)이 있어야 하지만, 옛날부터 난을 다스리는 일은 무상(無常)합니다. 고조께서 백사를 죽이고 의를 일으켜 무도한 진을 정벌하셨으니, 이때부터 난(亂)이 치(治)로 들어갔습니다. 애제(哀帝)와 평제(平帝)에 이르기까지 2백여 년간 백성들이 편안한 지 오래입니다.

그러나 왕망(王莽)이 찬역을 하였으니 또 이로 말미암아 전란에 빠졌습니다. 광무제께서 나라를 중흥시켜 기업을 회복하셔서 다시 난에서 치로 들어간 것입니다. 그로부터 지금까지 약 2백 년이 되었는데 그동안 백성들이 평안한 지 오래 되었습니다. 그런 까닭에 지금 전쟁이 다시 사방에서 일어나고 있는 것입니다. 치에서 난으로 들어간 것이니 쉽게 정(定)해지지는 않을 것이외다.

장군께서 공명을 찾아가 혼돈된 나라를 바로잡고 조각 난 세상을 바로 세우고자 하나, 쉽게는 되지 않을 것이니 괜히 애만 쓰게 될까 걱정이외다. 내 어찌 '하늘의 뜻을 순종하는 이는 백성들을 편안하게 하고, 이를 거스르면 고생한다.'11)든가, '수(數)가 있는 곳에 도리도 빼앗지 못하고, 명(命)이 있는 곳엔 사람이 그것을 얻을 수 없다.' 하지 않았습니까?"

하거늘, 현덕이 대답하기를

"선생께서 말씀하신 것은 진실로 고견입니다마는, 저는 한 황실의 자손된 몸이니 마땅히 한실을 일으키는 것이 합당한 일이오나, 어찌 감히 수와 명에게 맡기겠습니까?"

하였다. 주평이 또 말한다.

"신야의 촌부가 천하의 일을 논하기에 부족하나, 마침 공이 물으시기에 망령되이 말했을 뿐입니다."

하거늘, 현덕이 말하기를

"어리석은 제가 선생께 가르침을 많이 받았습니다. 그런데 공명께서 어느 곳에 가셨는지 알려주지 않으셨나이다."

하니, 주평이 대답하기를

"나 또한 그를 찾는 중이외다. 정말 그가 어디에 갔는지는 나도 모

---

11) 하늘의 뜻을 순종하는 이는 백성들을 편안하게 하고, 이를 거스르면 고생한다 [順天者逸 逆天者勞] : 하늘의 뜻에 순응하면 편안하고 하늘을 거스르면 고생함. '하늘의 뜻에 순응해야 함'의 비유임. [管子 形勢]「順天者有其功」. [孟子 離婁篇 上]「天下有道 小德役大德 小賢役大賢 斯二者天也 順天者存 逆天者亡」.

릅니다."

하였다.

현덕이 또 묻기를,

"선생께서 저와 함께 현성으로 가시면 어떻겠습니까?"

하니, 주평이 말하기를

"어리석은 저는 본래 성질이 자못 한산을12) 즐기기 때문에, 공명에는 뜻을 두지 않은 지 오래입니다. 다른 날 다시 뵙게 되기를 바랍니다." 하고 말을 마치자 길게 읍하고 가버렸다. 현덕은 관우·장비와 같이 말에 올라 앞으로 나갔다.

장비가 말하기를,

"공명을 또한 만나지 못하였으면서, 도리어 이 썩은 선비를 만나서 한담으로 시간을 보냈소이다."

하자, 현덕이 대답하기를

"그 또한 은자의 말이네."

하였다.

세 사람이 신야에 이르러 며칠이 지나서, 현덕이 사람을 시켜 공명의 행방을 찾았다.

그랬더니 회보하기를,

"와룡선생은 벌써 돌아왔답니다."

하거늘, 현덕이 곧 말을 준비하라 일렀다.

그러자 장비가 말하기를,

"한 촌부를 위해 대형께서 반드시 가실 필요가 있습니까? 사람을 시켜 부르면 곧 올 것입니다."

---

12) 한산(閑散) : 한가롭고 자유로움. [高適 別劉小府詩]「又非耕種時 **閑散**多自任」. [韓愈 進學解]「投**閑**置**散** 乃分之宜」.

하거늘, 현덕이 대답하기를

"자네는 어찌 맹자의 가르침을 듣지 못했느냐? '현자를 만나고자 하면서 그 길로써 하지 않는 것은, 들어오기를 바라면서도 문을 닫고 있는 것과 같다'는[13] 말도 모르느냐. 공명은 당세의 대현이니 어찌 오라할 수 있나?"

하며 꾸짖었다. 그리고는 말에 올라서 공명을 다시 찾아갔다. 관우와 장비 또한 말을 타고 현덕을 따랐다.

마침 때가 겨울이라 날씨가 몹시 추웠다. 그리고 하늘에는 구름이 드리우더니, 몇 마장 못 가서 갑자기 추운 바람이 몰아치며 눈이 펄펄 내렸다. 산야가 마치 옥을 깎아 세운 듯하고 삼림은 마치 은장식을 해 놓은 듯했다.

장비가 말하기를,

"날씨가 무척 추울 때에는 용병을 않는 법입니다. 하물며 어찌하여 별 쓸모도 없는 사람을 만나러 멀리까지 가야 합니까? 신야로 돌아가서 눈보라를 피하는 것이 좋은 듯합니다."

하거늘, 현덕이 말하기를

"나는 진정 공명으로 하여금 나의 이 은근한 정을 알리고 싶네. 그러니까 아우님들은 추우면 먼저 돌아가게."

하니, 장비가 대답하기를

"죽기 또한 두려워 않는데 어찌 추위를 겁내겠습니까! 다만 형님께서 헛수고만 하실까 걱정되어서 그럽니다."

하거늘, 현덕이 말하기를

---

13) 들어오기를 바라면서도 문을 닫고 있는 것과 같다[欲其入閉門也] : 들어오기 바라면서도 문을 닫고 있는 것과 같다는 말로, '들어오지 못하게 하고 있음'의 비유임. [漢書 王莽傳]「閉門自守」. [老子 十五]「塞其兌閉其門」.

"잔말 말고 함께 가세나."

하였다.

띳집에 가까워지자 문득 길가 주막에서, 어떤 사람이 노래를 부르고 있었다.

현덕이 말을 세우고 들으니, 그가 하는 노래는 이러하다.

대장부 공명을 상기도 이루지 못하니

슬프다. 오랫동안 봄을 만나지 못했구려!

壯士功名尚未成

嗚呼久不遇陽春!

그대는 보지 못하였는가

동해의 늙은이14) 많은 고초를 끝내고

뒷 수레에 몸을 싣고 문왕과 돌아간 것을.

君不見

東海老叟辭荊榛

後車遂與文王親.

팔백의 제후들 약속은 하지 않았지만15)

맹진을 건널 때에 백어가 배에 뛰어든 것을.16)

---

14) **동해의 늙은이[東海老叟]**: 노옹(老翁). [後漢書 劉寵傳]「山陰縣有五六**老叟** 尨眉皓髮」. [白居易 天寶樂叟詩]「白頭**老叟**泣且言 祿山未亂入利園」.

15) **약속은 하지 않았지만[不期會]**: 약속을 하지 않았는데도 모두 모임. 즉, 여러 제후들이 은(殷)의 주(紂)를 정벌하기 위해, 약속을 하지 않았음에도 스스로 무왕에게 몰려든 일을 말함. 「기회」. [史記 項羽紀]「**期會**而 擊楚」. [六韜 犬韜 分合]「**期會**合戰」.

八百諸侯不期會

白魚入舟涉孟津.

목야 한 판 싸움에 적의 피 흐르더니

빛나는 무공이 무신 중에도 으뜸인 것을.

牧野一戰血流杵

鷹揚偉烈冠武臣.

또 그대는 보지 못하였는가

고양에서 술꾼이17) 일어나

망탕산 융준공께18) 장읍하던 것을.

又不見

高陽酒徒起草中

---

16) 맹진·백어(盟津·白魚):「백어입주」(白魚入舟). '백어'는 '뱅어'인데 이는
    적이 항복할 징조라 함. 주나라 무왕(武王)의 고사로 강을 건널 때에 백어가
    배로 뛰어들어 은나라가 항복한다는 조짐을 보였다는 데서 온 말임. [史記 周
    紀]「武王渡河 中流白魚躍入王舟中 武王俯取以祭」. [集解]「馬融日 魚者 介鱗之
    物 兵像也 白者 殷家之正色 言殷之兵衆與周之象也」.

17) 고양에서 술꾼이[高陽酒徒]: 고양의 술주정꾼. 역이기(酈食其)를 이름. 한
    고조 유방이 그가 훌륭하다는 말을 듣고 불러놓고는, 그를 떠보기 위해 발을
    씻으며 맞았는데 역이기는 읍만 하였다. 고조가 옷을 입고서 윗자리에 앉히
    고 사과하고, 그의 책략대로 진류(陳留)를 함락하고 싸우지 않고 제(齊)나라
    의 72개 성을 손에 넣게 되었다 함. [中文辭典]「漢 高陽人 爲里監門 沛公至高
    陽 食其獻計下陳留 號日 廣野君 常爲說客 說齊 憑軾下齊七十餘城」.

18) 망탕산 융준공(芒碭山 隆準公): 망탕산의 한 고조 유방(劉邦)을 가리킴. '융준'
    은 '크고 우뚝한 코[隆鼻]'를 가리키는데, 유방의 코가 유난히 크고 우뚝했다
    함. [論衡 骨相篇]「高祖爲人 隆準而龍顏 美鬚 左股有七十二黑子」. [杜甫 哀王孫
    詩]「高帝子 盡隆準 龍種自與常人殊」.

長揖芒碭「隆準公」.

왕패의 고명한 말이 듣는 사람을 놀라게 하니
발을 씻다 자리에 청해 그 위풍을 흠모하던 것을.
　高談王霸驚人耳
　輟洗延坐欽英風.

동쪽 제나라의 72성 단번에 함몰하니
아무도 그 업적을 계승할 이 없던 것을.
　東下齊城七十二
　天下無人能繼蹤.

이 두 사람의 공적 오히려 이렇거늘
지금에 뉘가 있어 영웅을 알아볼까?
　二人公蹟尚如此
　至今誰復識英雄.

노래가 끝나자, 또 한 사람이 탁자를 치면서 노래한다.

고황제 칼을 들어 세상을 평정하고
나라를 세운 지 4백 년이 되었구나.
　吾皇提劍淸寰海
　創業垂基四百載.

환제·영제 이었으나 화덕이 쇠진하매

간신과 적자들 권세를 희롱한다.

桓靈季業火德衰

奸臣賊子調鼎鼐.

업구렁이19) 날아들어 어좌 곁에 자리하고
또 요사스런 무지개가 옥당에 섰구나.

靑蛇飛下御座傍

又見妖虹降玉堂.

도적들 곳곳에서 개미떼 같이 모여들고
간웅들 수많은 무리 다 매처럼 날뛰네.

群盜四方如蟻聚

奸雄百輩皆鷹揚.

우리는 긴 휘파람 불며 손뼉이나 쳐볼까
답답한 마음에 주점에 들러 술을 마시네.

吾儕長嘯空拍手

悶來村店飮村酒.

내 한 몸 보전하며 온종일 편안하면 무엇해
그런 이름 천추에 전한다 한들 무엇 하리오.

獨善其身盡日安

何須千古名不朽.

두 사람이 노래가 끝나자 손뼉을 치며 크게 웃는다.

현덕이 묻기를,

"와룡선생이 그 중에 계시오?"

하고는, 말에서 내려 객점으로 들어갔다. 식탁을 마주하고 앉자 술을 마시는 두 사람이 보였다. 위에 앉은 사람은 얼굴이 희고 흰 수염이 길며, 아래 앉은 사람은 풍모가 기이하였다.

현덕이 읍하고 묻기를,

"두 분 중에 어느 분이 와룡선생이시오?"

하니, 수염이 긴 쪽이 묻기를

"공은 뉘시며, 와룡선생은 무엇 때문에 찾으시오?"

한다.

현덕이 정중히 말하기를,

"나는 유비올시다. 선생을 찾고자 함은 제세안민(濟世安民)의 방책을 구하려 합니다."

하니, 수염이 긴 자가 대답하기를

"우리들은 와룡이 아니고 다 와룡의 친구들이외다. 나는 영천의 석광원이고 이분은 여남의 맹공위이외다."

한다.

현덕이 기뻐하며 묻기를,

"제가 오래전부터 두 분의 이름을 듣고 있었는데, 다행히도 이렇게 뵙게 되었습니다. 지금 타고 가실 수 있는 말이 네 필이 있는데, 두 분이 와룡산장에 가셔서 이야기를 나누시면 어떻겠습니까?"

하자, 광원이 말하기를

"우리들은 다 산야에서 게으르게 사는 무리들입니다. 치국안민의 일을 생각해 본 일이 없으니, 저희들에게 물어도 소용없소이다! 명공께서는 말을 타고 와룡선생을 찾아가시구려."

한다.

현덕은 두 사람과 헤어져 말을 타고 와룡강으로 왔다.

장원 앞에서 말을 내려 문을 두드리며, 동자에게 묻기를

"선생께서 오늘 장원에 계시냐?"

하니, 동자가 말하기를

"지금 내당에서 책을 읽고 계십니다."

하거늘, 현덕이 기뻐하며 동자를 따라 들어갔다. 중문에 이르자 문에 큰 글씨로 한 구가 써 있는데 이르기를,

담백하니 써 뜻이 맑아지고
고요하니 멀리에까지 이른다.
　　淡泊以明志
　　寧靜而致遠.

라고 쓰여 있다.

현덕이 보고 있는데 문득 노래 소리가 들리거늘, 문설주에 기대서서 엿보니 초당 위에 한 젊은이가 화로를 무릎 사이에 끼고 노래하는데, 그 노래는 아래와 같다.

봉황새는 천 길을 나는도다 그 새는 오동이 아니면 깃을 치지 않는다네
선비 한 구석에 엎드려 있도다 주인이 아니면 섬기지 않는다네.
　　鳳翱翔於千仞兮 非梧不棲
　　士伏處於一方兮 非主不依.

즐겨 몸소 들에 나가 밭을 가는도다 나는 이 나의 초려를 사랑한
다네

금서를 즐기며 오만하게 사는도다 그러면서 때를 기다린다네.

  樂躬耕於隴畝兮 吾愛吾廬

  聊寄傲於琴書兮 以待天時.

현덕은 노래가 끝나기를 기다려 초당에 올라가 예를 하며,

"저는 오래전부터 선생을 흠모해 왔습니다만 인사를 드릴 기회가
없었습니다. 지난날 서원직의 천거를 받고서야 공경하는 마음으로 산
장에 왔습니다. 그러나 빈손으로 돌아갔습니다. 오늘은 눈바람을 무
릅쓰고 왔으나 모습을 뵙게 되어 실로 다행입니다!"

하자, 그 젊은이가 황망히 답례하며 말하기를

"장군께서는 유예주가 아니십니까. 가형은 만나보셨습니까?"

하거늘, 현덕이 의아해 하며 묻기를,

"선생이 또 와룡이 아니십니까?"

하니, 젊은이가 대답하기를

"저는 와룡선생의 아우 제갈균입니다. 저희는 삼형제인데 큰 형님
은 제갈근으로, 지금 강동의 손중모에게 가서 막빈으로 계시고 공명
은 둘째 형입니다."

하거늘, 현덕이 묻기를

"와룡선생께서 지금 집에 계십니까?"

하니, 균이 말하기를

"어제 최주평과 약속이 있다며 놀러 가셨습니다."

한다. 현덕이 다시 묻기를,

"어디로 가셨을까요?"

하자, 균이 대답하기를

"때로는 작은 배를 타고 강호에서 놀기도 하시고 산 속의 승방을 찾아가시기도 하며, 혹은 친구를 찾아 시골 마을에 가시기도 합니다. 때로는 부내에서 바둑을 즐기시기도 하여 오고 감을 헤아릴 수가 없으니 간 곳을 알 수가 없습니다."

한다.

현덕이 말하기를,

"제가 이토록 연분이 없습니다 그려, 두 번이나 대현을 찾아왔으나 뵙지를 못하다니!"

하자, 균이 말하기를

"잠깐 앉아 계시면 차를 대접하겠습니다."

한다.

장비가 말하기를,

"그 선생이 없다고 하니 형님께서는 말에 오르시지요."

하거늘, 현덕이 대답하기를

"내 이미 여기까지 왔으니 잠깐 이야기를 하고 가면 대수냐?"

하며, 제갈균에게 묻기를,

"와룡선생께서 도략에[20] 밝으셔서 늘 병서를 보신다고 들었는데 그것에 대해 들어볼 수 있는지요?"

하니, 균이 말하기를

"알지 못하는 일입니다."

---

20) **도략(韜略)** : 육도삼략(六韜 三略). 중국의 병법서의 고전. '육도'는 태공망이 지었다는 문도·무도·용도·호도·표도·견도 등 60편이고, '삼략'은 상·중·하 3권으로 되어 있다 함. [耶律楚材 送王君王西征詩]「五車書史豈勞力 六韜三略 無不通」. [丁鶴年 客懷詩]「文章非豹隱 韜略豈鷹揚」.

하거늘, 장비가 권유한다.

"저에게 묻는 것이 심한 일 아니우! 눈바람이 몰아치는데 일찍 돌아
가야 합니다."

하거늘, 현덕이 꾸짖어 말렸다.

균이 말하기를

"가형이 계시지 않은데 감히 오래 머무르게 할 수도 없으니, 금명간
가형이 돌아오면 인사를 올리라 하겠습니다."

하거늘, 현덕이 대답하기를

"어찌 감히 선생께서 찾아주시기를 바라겠습니까? 며칠 후에 제가
다시 오리다. 원컨대 지필을 빌려주시면, 편지를 써 놓고 갈 터이니
가형께 전해주시구려. 편지로써 저의 간곡한 뜻이나 전할까 합니다."

하자, 균이 지필묵을 내어 놓는다.

현덕은 언붓을 깨물어 풀고 종이를 펼쳐 쓰기를,

저는 오래전부터 고명을 듣고 두 번을 뵈오려 하였습니다. 그러
나 뵙지 못하고 돌아가게 되어, 그 섭섭함을 이루 말할 길이 없습니
다. 제가 한조의 후손이란[21] 자리를 몰래 훔치고 외람되게도 명성
과 작위를 받고 있습니다. 엎드려 살펴건대, 조정은 대권을 잃고 기
강이 무너져 군웅들이 나라를 어지럽히며, 간당들은 임금을 속이고
있어서 저는 간담이 함께 찢어지는 듯합니다. 나는 비록 나라를 건
질 정성으로 일을 하고 있으나 실로 경륜지책이 없습니다.

바라건대 선생의 백성을 사랑하는 인자(仁慈)와 임금께 향한 충
의·여망과 같은 큰 재주와[22] 자방과 같은 넓은 책략을[23] 개연히

---

21) 후손[苗裔] : 대가 오래된 자손. 「묘서」(苗緖). [史記 項羽記續]「羽豈其**苗裔**邪」.
　　[史記 高祖功臣候者年表]「國以永寧 爰及**苗裔**」.

펴주시면, 천하와 사직에도 이만한 다행이 없을 것입니다. 먼저 이렇게 생각을 알리고, 다시 목욕재개하고 와서 용안을 뵈옵고 비루한 생각을 말씀드리려 하옵니다.

선생께서 헤아려 주시옵소서.

현덕이 쓰기를 다하고 나서, 제갈균에게 편지를 전하고 인사를 하고 문을 나섰다. 균이 나와 전송하자 현덕은 두 번 세 번 은근한 석별의 뜻을 토하였다.

막 말을 하고 떠나려 하는데, 문득 동자가 울타리 밖에서 손을 흔들며, 말하기를

"노선생님께서 오십니다."

하거늘, 현덕이 저를 보니, 작은 다리 서쪽에서 한 사람이 털모자를 쓰고 여우 털 갖옷을 몸에 두르고 오는 것이 보였다.

그는 나귀를 타고 한 청의(靑衣) 소동이 그의 뒤를 따르고 있는데, 호로주(葫蘆酒) 한 병을 가지고 눈을 밟으며 오고 있었다.

작은 다리로 돌아오며 시 한 수를 읊는데, 그 시의 내용은 다음과

---

22) **여망과 같은 큰 재주[呂望之大才]** : 태공망 여상의 큰 재주. 주왕(紂王)의 폭정을 피해 위수(渭水)에서 낚시질을 하다가 서백(西伯 : 周文王)을 만나게 되고, 뒤에 은나라를 멸망시키고 천하를 평정하여 제 나라(齊相)에 봉함을 받음. [說苑]「**呂望**年七十釣于渭渚 三日三夜魚無食者 望卽忿脫其衣冠 上有異人者謂望曰 子姑復釣 必細其綸芳其餌 徐徐而投 無令魚驚 望如其言 初下得鮒 次得鯉 刺魚腹得素書 又曰 **呂望**封於齊」. [史記 齊太公世家]「西伯獵 果遇太公於渭水之陽 與語 大說曰 自吾先君太公曰 當有聖人適周 周以興 子眞是邪 吾**太公望**子久矣 故號之曰太公望 載與俱歸 立爲師」.

23) **자방과 같은 넓은 책략[子房之鴻略]** : 장자방의 큰 책략. 한 고조 유방의 모사(謀士)가 되어 항우를 무찌르고 천하를 평정하는데 큰 공을 세움. [史記 高祖紀]「高祖曰 夫**運籌策帷幄之中** 決勝於千里之外 吾不如子房 鎭國家撫百姓 給饋饟不絶糧道 吾不如蕭何 連百萬之軍 戰必勝攻必取 吾不如韓信」.

같다.

간 밤 북풍이 세차더니
멀리 하늘엔 두터운 구름.
　一夜北風寒
　萬里形雲厚.

장공엔 눈발이 흩날리더니
옛 강산이 새롭네.
　長空雪亂飄
　改盡江山舊.

우러러 하늘을 보니
마치 옥룡이 다투는 듯.
　仰面觀太虛
　疑是玉龍鬪.

은비늘이 분분히 날려
우주를 뒤덮네.
　紛紛鱗甲飛
　頃刻遍宇宙.

나귀를 타고 작은 다릴 건너면서
홀로 매화꽃 시든 것을 한탄한다네.
　騎驢過小橋
　獨嘆梅花瘦.

현덕이 노래를 듣고,

"이가 곧 와룡선생일시 분명하구나!"

하고, 곧 말에서 급히 내려 예를 하며 말하기를,

"선생께서 추위를 무릅쓰고 다니시기 쉽지 않을 터인데, 저희들이 기다린 지 오래입니다!"

하니, 그 사람이 황망히 나귀에서 내려 답례를 하였다.

제갈균이 뒤에서 말하기를,

"이는 와룡 가형이 아니고 집안 형님이신 악부24) 황승언(黃承彦)입니다."

한다.

현덕이 말하기를,

"방금 읊으신 싯구는 지극히 그 뜻이 오묘합니다."

하자, 승언이 대답하기를

"늙은이가 사위가 있는데 그 집에 있는 양보음을 보고, 그 시를 기억했습니다. 마침 작은 다리를 지나다가, 우연히 울타리 사이에 떨어진 매화를 보고 감회가 일어 그것을 읊은 것이외다. 기대하지 않았는데 존객께서 들으셨습니다 그려."

한다.

현덕이 묻기를,

"그래 서랑을 어디서 보셨습니까?"

하니, 승언이 대답하기를

"나도 그를 보러 왔습니다."

한다.

---

24) 집안 형님이신 악부(岳父) : 장인. 악장(岳丈). [中文辭典]「世人稱妻父曰岳父 曰丈人 又轉爲岳丈」. [琵琶記 散髮歸林]「女壻要同歸 岳丈意如何」.

현덕이 그 말을 듣고 황승언과 작별하고 말에 올라 돌아왔다. 바로 그때 눈바람이 또 크게 일어 와룡강을 돌아다보며, 울적한 심사를 가누지 못했다.

후세 사람이 지은 단구의 시가 있는데, 「현덕이 눈보라 속에서 공명을 방문하다」(玄德風雪訪孔明)인데, 그 시는 이러하다.

눈보라 몰아치던 날 어진 이를 보러 갔더니
만나지도 못하고 돌아오는 심사 애닯구나.
　一天風雪訪賢良
　不遇空回意感傷.

얼어붙은 돌다리 미끄러운 산석들
추위는 말안장을 파고드는데 갈 길은 멀구나.
　凍合溪橋山石滑
　寒侵鞍馬路途長.

머리 위로는 펄펄 배꽃 흩날리고
떨어지는 버들개지25) 얼굴에 지는구나.
　當頭片片梨花落
　撲面紛紛柳絮狂.

말채찍 멈추고 멀리 바라다 보이는 곳

---

25) 버들개지[柳絮]: 「홍서」(紅絮). 붉은 빛깔의 버들개지. [臆乘]「柳花與柳絮
迥然不同 生於葉閒 成穗作鵝花也」. [太平御覽]「詩云……揷以翟尾 垂以紅絮 朱綬
之象也」.

그곳엔 빛나는 은덩이 쌓인 와룡언덕이여!

回首停鞭遙望處

爛銀堆滿臥龍岡.

현덕이 신야에 돌아온 후에 세월이 빨리도 지나,26) 또 새 봄이 되었다. 이에 유비는 점장이에게 점을 쳐 좋은 날을 가려27) 삼일 간 재계하고 목욕한 후 깨끗한 옷으로 갈아입고, 다시 와룡언덕으로 공명을 찾아나섰다. 관우와 장비는 기뻐하지 않으며, 마침내 일제히 들어가 현덕에게 간하였다.

이에,

뜻이 높은 선비도 영웅의 뜻을 심복치 못하며
절개를 꺾는 것 오히려 호걸의 의심 자아내리.

高賢未服英雄志

屈節偏生傑士疑.

그 말이 어떤 것이었는지 알 수가 없다. 하회를 보라.

---

26) 세월이 빨리도 지나[光陰荏苒] : 세월이 덧없이 지나감. [文選 張茂先勵志詩] 「日欺月欺 荏苒代謝 (注) 濟日 荏苒猶漸進也」. [文選 潘岳 悼亡詩]「荏苒冬春謝 寒暑忽流易」.

27) 점을 쳐 좋은 날을 가려[渫蓍] : 서죽(筮竹). 톱풀. 뺑쑥이라고도 하는 엉거식과에 딸린 다년초인데 잎과 줄기는 먹거나 약재로 쓰임. 서죽(筮竹)·시초(蓍草)라 하여 점 치는데 쓰였음. [劉禹錫 和蘇十郎中閒居時嚴常侍等同過訪詩]「菱花照後容雖改 蓍草占來命已通」.

제38회

공명은 융중에서 삼분책을 결정하고
손권은 장강 싸움에서 아버지의 원수를 갚다.
　定三分隆中決策
　戰長江孫氏報讎.

　한편, 현덕은 공명을 두 번 방문하였으나 만나지 못하고, 다시 그를 만나러 가고자 하였다.

　관공이 말하기를,

　"형님께서 두 번씩이나 직접 만나러 갔으니, 그 예가 너무 지나치신 것입니다. 제 생각에는 제갈량이 허명만 있고 실력이 없는 것 같습니다. 그러니까 피하여 감히 나타나지 못하는 것입니다. 형님께서는 어찌 그렇게 그 사람에게 빠지십니까. 너무 심하신 것 아닙니까!"

하자, 현덕이 대답하기를

　"그렇지 않으이. 옛날 제환공(齊桓公)은 동곽야인을 만나보기 위하여 다섯 번씩이나 갔다가 겨우 만났는데,1) 하물며 내가 대현인을 보고자 함에랴!"

---

　1) 제환공은 동곽야인을 만나보기 위하여 다섯 번씩이나 갔다가 겨우 만났는데 [東郭野人 五反而方得一面] : 제의 환공이 야인(野人)을 만나려 세 번 찾아갔다가 만나지 못하자 좌우가 다시는 가지 말라고 권하였으나, 다섯 번째 찾아가서야 겨우 만났다는 이야기. [中國人名]「漢 齊人 田榮叛項羽 劫齊士不與者死 先生在劫中 榮敗醜之 入山隱居 後辭通言於齊相曹參 參引爲上賓」.

하자, 장비가 나서서 말하기를

"형님께서 잘못 생각하시는 게요. 그런 촌놈을 어찌 대현이라 합니까? 이번에 형님께서 또 가셨는데 저가 오지 않을 것 같으면, 제가 밧줄로 묶어서라도 끌고 오겠습니다!"

하거늘, 현덕이 꾸짖으며

"자네가 어찌하여 주의 문왕이 강자아를 찾아갔던 일을2) 듣지 못하였나? 문왕 또한 이와 같이 현인을 공경하였다. 자네 어찌 그토록 무례하냐! 이번에는 자네는 가지 말게. 내 운장만 데리고 가겠네."

하니, 장비가 말하기를

"두 분 형님께서 다 가시는데 제가 어찌 떨어지겠습니까?"

하자, 현덕이 대답하기를

"자네가 만일 같이 간다면 예를 잃으면 절대 안 되네."

하자, 장비가 그대로 하겠다고 약속하였다.

이에 세 사람이 말을 타고 종자들을 데리고 융중으로 갔다. 제갈량이 거처하는 초려의 반리 밖에서 현덕은 급히 말에서 내려 걸어가는데, 제갈균과 마주쳤다.

현덕이 황망히 인사를 하며 묻기를,

"형님께서 장원에 계십니까?"

---

2) 문왕 · 강자아 : 원문에는 '汝豈不聞周文王謁姜子牙之事乎?'로 되어 있음. 주(周)나라의 개국공신인 강자아(姜子牙) 태공망(太公望). 동해노수(東海老叟)라고도 부름. 주왕(紂王)의 폭정을 피해 위수(渭水)에서 낚시질을 하다가 서백(西伯 : 周文王)을 만나게 되고, 뒤에 은나라를 멸망시키고 천하를 평정하여 제 나라(齊相)에 봉함을 받음. [說苑]「呂望年七十釣于渭渚 三日三夜魚無食者 望卽忿脫其衣冠 上有異人者謂望曰 子姑復釣 必細其綸芳其餌 徐徐而投 無令魚驚 望如其言 初下得鮒 次得鯉 刺魚腹得素書 又曰 呂望封於齊」. [史記 齊太公世家]「西伯獵 果遇太公於渭水之陽 與語 大說曰 自吾先君太公曰 當有聖人適周 周以興 子眞是邪 吾太公望子久矣 故號之曰太公望 載與俱歸 立爲師」.

하자, 균이 말하기를,

"어제 밤에서야 겨우 돌아오셨습니다. 장군께서 오늘은 만나실 수 있을 것입니다."

하고 말을 끝내자 초연히 가버렸다.

현덕이 말하기를,

"이번에는 요행히도 선생을 뵐 수 있겠구나!"

하니, 장비가 대답하기를

"저 놈이 저렇게 무례하다니! 빨리 우리들을 인도하여 장원까지 가도 될 터인데, 어찌 저렇게 가버린답니까!"

하고, 화를 내었다.

현덕이 대답하기를,

"저도 저의 일이 있는 게 아니냐. 어찌 억지로 할 수 있겠느냐?"

하며 장비를 타이르고 세 사람이 장원에 와서 문을 두드리니, 동자가 문을 열고 나와 묻는다. 현덕이 말하기를

"수고스럽지만 들어가 유비가 선생을 뵈러 왔다고 전하거라."

하니, 동자가 말하기를,

"오늘 선생께서 비록 계시기는 하나, 지금 초당에서 낮잠을 자고 계셔서 깨지 않으셨습니다."

하거늘, 현덕이 대답하기를

"그렇다면 여쭐 것 없다."

하고, 관우와 장비에게 문 밖에서 기다리라 하고 현덕이 천천히 들어가니, 선생이 초당의 궤석에 누워 있었다. 현덕은 뜰아래에서 읍하고 섰다.

그러나 한참을 지나도 선생은 깨지 않았다. 관우와 장비도 밖에 서서 오래 되었으나 동정이 없자 들어가 보니, 현덕이 오히려 시립하고

서 있는 게 아닌가.

장비가 크게 노하여 운장에게 이르기를,

"저 선생이란 놈이 어찌 그리 오만합니까! 우리 형님께서 뜰아래 시립하고 있는 것을 보고도, 저가 누워 자면서 일어나지 않다니요! 내가서 집 뒤에 불을 질러서 저가 일어나는가 안 일어나는가 보겠소!"
하거늘, 운장이 재삼 가만히 있으라고 일렀다.

현덕은 두 사람에게 문 밖에서 기다리게 하고는 당상을 보고 있었다. 선생이 몸을 뒤채 일어날 듯하더니, 다시 또 벽 쪽을 보고 잠에 빠져 버리는 것이 아닌가?

동자가 아뢰려 하자, 현덕이 말하기를

"놀라시게 하지 말거라."
하고, 또 서서 한 시간쯤 지나서야 공명이 겨우 깨어 시를★ 읊는다.

대몽은 누가 먼저 깨는가
평생을 내 스스로 아노라.
　大夢誰先覺
　平生我自知.

초당에 봄잠이 족하니
창 밖에는 해가 길구나.
　草堂春睡足
　窓外日遲遲.

★ 제갈량(諸葛亮)의 「대몽수선각」(大夢誰先覺). [제갈량집]에는 없으며 시의
　 제목은 첫 구절을 따서 제목으로 붙인 듯함.

공명이 읊기를 마치고 몸을 뒤척이며,

동자에게 묻기를,

"누가 오셨느냐?"

한다.

동자가 대답하기를,

"유황숙께서 여기에 계신데, 여러 시간 서서 기다리고 계십니다."

하자, 공명이 일어나 말하기를

"왜 빨리 말하지 않았느냐. 옷 좀 갈아입어야겠다."

하고는 후당으로 들어갔다. 또 반 시간 쯤 지나서 겨우 의관을 정제하고 나와 맞았다.

현덕이 공명을 보니 신장은 8척이고 얼굴이 마치 관옥과 같고 머리에는 윤건3)을 쓰고 몸에는 학창의4)를 두르고 있어, 그 표표함이 마치 신선의 기개가 있어 보였다.

현덕이 뜰아래서 절하며,

"한실의 후손으로 탁군에 사는 어리석은 사내가 오래전부터 선생의 대명(大名)을 천둥처럼 들었습니다. 지난 번에 두 차례 뵈려고 왔었으나, 한 번도 뵙지 못했습니다. 편지로써 저의 이름을 남겼는데 보셨는지요?"

하니, 공명이 대답하기를

"남양에 사는 야인이 성품이 게을러서, 여러 차례 장군을 오시게 해

---

3) 윤건(綸巾) : 비단으로 만든 두건으로 대개 은자들이 썼음. [正字通 服飾部] 「綸巾 巾名 世傳孔明軍中嘗服之 俗作綗」. [陳與義]「涼氣入綸巾」.

4) 학창의(鶴氅衣) : 학의 털로 만든 웃옷. 「학창구」(鶴氅裘). [晉書 王恭傳]「王恭 字孝伯 大原晉陽人……嘗被鶴氅裘 涉雪而行 孟昶窺見曰 神仙中人也」. [晋書 謝萬傳]「萬著白綸巾 鶴氅裘 履版而前 旣見與帝 共談終日」.

서 참으로 부끄럽습니다."

하였다. 두 사람이 인사가 끝나자 주인과 손님이 나뉘어 앉았다.

동자가 차를 가져와서 차를 마시고 나자, 공명이 말하기를

"어제 남기신 편지를 보고 족히 장군의 우국·우민의 마음을 볼 수 있었습니다. 그러나 저는 나이 어리고 재주가 없어서 하문하신 바를 그릇되게 할까 걱정됩니다."

하거늘, 현덕이 대답하기를

"사마덕조와 서원직의 말이 어찌 허담이겠습니까? 바라건대 선생께서 저의 뜻을 버리지 마시고 가르침을 주십시오."

하니, 공명이 묻기를

"덕조나 원직은 세상의 고사(高士)이나, 저는 한낱 촌부입니다. 어찌 감히 천하의 일을 말하겠습니까? 두 분께서 저를 잘못 말씀 올린 것입니다. 장군께서 어찌하여 미옥을 버리시고 완석을 찾으십니까?"5)
한다.

현덕이 대답하기를,

"장부가 경세의 재주를 가지고 있으면서, 어찌 산림 속에서 헛되이 늙어가시려 합니까? 바라건대 선생께서는 천하의 백성들을 생각하셔서, 이 유비의 우둔함을 가르쳐 주십시오."

하니, 공명이 웃으면서 말하기를

"원컨대 장군의 포부를 듣고 싶습니다."

---

5) 미옥을 버리시고 완석을 찾으십니까?[奈何舍美玉 而求頑石乎?] : 아름다운 옥을 버리고 돌멩이를 구하느냐? '훌륭한 인물들을 버리고 나와 같은 사람과 얘기를 하려 하느냐'는 뜻. 「미옥」. [山海經 北山經]「西流注于浮水 其中多美玉」. 「완석」. [書齋夜話]「有名何必鐫頑石 路上行人口似碑」. 「舍心腹而顧手足」. '핵심을 제쳐두고 지엽적인 사실만을 중요시 함'의 비유임. [後漢書 隗囂傳]「當從天水伐蜀 因化欲以潰其心腹」. [三國志 蜀志 法正傳]「已入心腹」.

하거늘, 현덕은 사람들을 물리고 한 걸음 다가앉으며

"한나라의 왕실이 기울고 퇴락하여 간신들이 왕명을 도둑질하고 있습니다. 그리고 저는 역량이 모자라 대의를 천하에 펴고자 하나, 지혜와 술수가 얕고 짧아 이룩한 것이 없습니다. 오직 선생께서 저의 우둔함을 열어주시고 액을 덜어 주신다면 진실로 만행일 것입니다!"

하니, 공명이 대답하기를

"동탁이 모반한 뒤로부터 천하의 호걸들이 서로 일어났소이다. 조조의 세력이 원소에게는 미치지 못하나, 결국은 원소를 이겼소이다. 이는 다만 천시일 뿐만 아니라 또한 사람의 지혜에 의한 것입니다. 지금 조조는 이미 백만 대군을 거느려 천자를 끼고 제후들을 호령하고 있으니,[6] 진실로 그와는 더불어 싸우지 못 할 것입니다. 손권은 강동에 웅거하고 있는 지 이제 삼대가 지났으며 지세가 험하고 백성들이 따르고 있으니, 그로 원군을 삼아 쓸 수는 있으되 도모할 수는 없습니다. 형주는 북으로는 한수(漢水)와 면수(沔水)를 끼고[7] 남으로는 남해에 다다르고 동쪽으로는 오회(吳會)에 연하고 있고 서쪽으로는 파촉(巴蜀)으로 통하고 있으니 이는 용무의 땅이어서[8] 그 주인이 아니고

---

6) 천자를 끼고 제후들을 호령하고 있으니[挾天子以令諸侯] : 조조가 천자를 빙자하여 제후들을 호령했던 일. [三國志 蜀志 諸葛亮傳]「挾天子 以令諸侯」.

7) 한수와 면수를 끼고[漢沔利盡南海] : 면수(沔水)가 장강(長江)으로 흘러들어가는 어귀. [書經 夏書篇 禹貢]「西傾 因桓是來 浮于潛 逾于沔 入于渭 亂于河」. [水經 沔水]「沔水又東南出武都 沮縣東狼谷中」.

8) 이는 용무의 땅이어서[此用武之地] : 적을 제어하기에 좋은 지대. 장사권지진(長蛇捲之陣)은 장사진(長蛇陣)의 변형. 한 줄로 길게 벌인 군진(軍陣)의 하나. 본래는 '많은 사람들이 줄을 지어 길게 늘어선 것'을 이르는 말. [孫子兵法 九地篇 第十一]「故善用兵者 譬如率然 率然者 常山之蛇也 擊其首 則尾至 擊其尾 則首至 擊其中 則首尾俱至」. [庾臣 賦]「常山之陣 長蛇奔穴」. 장사진이 말듯이 변하면 '적을 포위하는데 유리한 진'이 됨. 그러므로 「장사권지진」이라고 말

는 지킬 수 없는 것입니다. 이는 하늘이 장군께 주신 것이라 생각되는데, 장군께서는 어찌 이를 버리려 하시는 게요? 익주는 지형이 험한 요새요 게다가 기름진 땅이 천리나 펼쳐져 있으니, 하늘이 준 나라요 고조께서 이로 인해 제업(帝業)을 이루신 것입니다.

유장이 암약해서 백성들은 많고 나라는 부유하나 백성을 긍휼이 여기는 마음이 없고, 지능이 있는 선비들은 영명한 군주를 생각하고 있습니다. 장군께서는 이미 한실의 종친으로서 신의가 널리 알려져 있어 영웅들을 따르게 하며, 어진이 생각하기를 목마른 것 같이 하고 계십니다. 만약에 형주와 익주를 차지하여 그 험함을 지키고 서쪽의 융족(戎族)들과 화친을 맺고 남의 이월을9) 어루만지고, 밖으로 손권 등과 결의를 맺고 안으로는 다스리는 이치를 닦아 천하의 변화를 기다리면서, 곧 한 장군에게 형주의 병사들을 이끌고 완(宛)·낙(洛)으로 향하게 하시고 장군께서는 몸소 익주의 군사들을 이끌고 진천(秦川)으로 향하신다면 백성들은 단사호장이10) 없어도, 장군을 환영하지 않겠습니까? 진실로 이와 같이 하신다면 대업을 이루실 수 있을 것이며 한실을 중흥시킬 수 있을 것입니다. 이는 제가 장군의 모사가 되려는 이유입니다. 오직 장군께서는 이를 도모해야 합니다."

하고 말을 마치자, 소동에게 그림 한 축을 내오라 하더니 중당에 걸고

하는 것임.

9) **이월(彝越)** : 이족(彝族)과 월남인(越南人)들의 취락지.

10) **단사호장(簞食壺漿)** : 거친 음식. 「단사표음」(簞食瓢飲). 도시락의 밥과 호리병에 든 장을 먹는다는 뜻으로 '넉넉지 못한 사람의 거친 음식'의 비유임. [孟子 梁惠王篇 下]「**簞食壺漿** 以迎王師 豈有他哉」. [孟子 滕文公篇 下]「其小人**簞食壺漿**」. 「단사표음」(簞食瓢飲)은 청빈한 생활에 만족함을 뜻함. 본래 「簞瓢」는 도시락과 표주박임. [論語 雍也篇]「子曰 賢哉回也 **一簞食 一瓢飲** 在陋巷 人不堪其憂 回也不改其樂 賢哉回也」. 「단표」(簞瓢). [中文辭典]「安貧守儉之辭 **簞食瓢飲**之省略語」.

가리키며, 현덕에게 말하기를

"이 지도는 서천의 54주의 지도입니다. 장군께서 패업을 이루자 하신다면, 북은 천시를 차지한 조조에게 양보하고, 남은 지리적인 이점을 점령한 손권에게 양여하고 장군께서는 인화를 차지하셔야 합니다.11) 먼저 형주를 취하여 본거지로 삼으시고 후에 곧 서천을 취하여 나라의 기틀을 마련하셔서 정족지세를12) 이루시고, 뒤에 중원을 도모하시면 될 것입니다."

하였다.

현덕이 그 말을 듣고 자리에서 일어나 손을 맞잡고,

"선생의 말씀으로 풀숲처럼 얽혀있던 마음이 확 열려서, 저로 하여금 안개와 구름들을 헤치고 푸른 하늘을 보는 것 같습니다. 형주의 유표와 익주의 유장은 다 한실의 종친이니, 제가 어찌 그곳을 빼앗을까요?"

하니, 공명이 말하기를,

"제가 밤에 천문을 보니 유표는 오래지 않아 세상을 떠날 것이고, 유장은 패업을 세울 수 있는 인물이 아닙니다. 오랜 후에는 반드시 장군에게 돌아올 것입니다."

하였다.

유비는 그 말을 듣고 머리를 조아려 예를 표하였다.13)

---

11) 천시·지리·인화(天時·地利·人和) : 위(魏)의 조조는 때를 잘 만나고 오(吳)의 손권은 지리적으로 장강(長江)이 있으나, 촉(蜀)의 현덕은 인간적인 유대(人物)가 있으니 이를 잘 이용해야 한다는 뜻임. [孟子 公孫丑篇 下]「天時不如地利 地利不如人和」. [荀子 議兵篇]「上得天時 下得地利」.

12) 정족지세(鼎足之勢) : 솥의 세 다리 모양으로 서로 버티고 있는 형국. 옛날 솥은 발이 세 개여서 비유한 것임. [史記 淮陰侯傳]「莫若兩利 而俱存之三分天下 鼎足而居」.

이것은 공명이 초려를 나오기 전에 한 이야기로써, 이미 삼분천하를 말하는 것이니 진실로 만고에 누구도 미치지 못할 놀랄 일이 아닌가! 후세 사람이 제갈량을 예찬한 시가 있다.

「유예주」 그때는 곤궁한 신세를 한탄하더니
남양의 와룡이 있으니 어찌 다행이 아닌가.
　「豫州」當日歎孤窮
　何幸南陽有臥龍!

천하가 삼분할 줄을 어찌 미리 알았는고
선생은 웃으면서 지도를 가리키네.
　欲識他年分鼎處
　先生笑指畫圖中.

현덕이 공명에게 청하기를,
"제가 비록 이름이 드러나지 못하고 덕이 천박하나, 선생께서 저의 비천함을 보지 마시고 산에서 나와 도와주셨으면 합니다. 저는 마땅히 선생의 가르침을 듣겠습니다."
하니, 공명이 대답하기를,
"저는 오래전부터 밭 갈고 호미질하는 것을 즐거움으로 생각하며 살고 있습니다. 세상에 적응하지 못할 것이어서 말을 받들지 못하겠습니다."

---

13) 머리를 조아려 예를 표하였다[頓首拜謝] : 머리를 조아려 절하며 고마워함. 「돈수재배」(頓首再拜). 「周禮 注」「稽首 拜頭至地也 頓首 拜頭叩地也」. [疏]「稽首頓首 俱頭至地 但稽首至地多時 頓首至地卽擧 故以叩地言之 謂若以首叩物然」.

하거늘, 현덕이 울며 묻기를

"선생께서 나오지 않으시면 백성들은 어찌 됩니까?"

하고 말을 마치자, 눈물이 소매를 적시고 옷자락을 적신다.

공명이 그 뜻이 성실한 것을 알고,

"장군께서 이미 저를 버리지 않으시니, 원컨대 작은 힘이나마 다하겠습니다."[14]

하였다. 현덕이 크게 기뻐하며 관우와 장비를 들이게 하여, 절하며 금백 등 예물을 드리게 하였다.

그러나 공명은 극구 사양하며 받지 않았다.

현덕이 말하기를,

"이것은 대현을 초빙하는 예가 아닙니다. 단지 유비 마음의 표현일 뿐입니다."

하자, 그제서야 공명은 예물을 받았다. 이에 현덕 등 일행이 장원에서 하룻밤을 지냈다. 다음 날 제갈균이 돌아왔다.

공명이 부탁하기를,

"나는 유황숙의 삼고지은[15]을 받고 나가지 않을 수 없다. 그러니

---

14) 작은 힘이나마 다하겠습니다[犬馬之勞]: 아주 작은 힘을 보탬. 남에게 '자기가 바치는 노력'을 아주 겸손하게 일컫는 말. '견마'는 개나 말과 같이 천하고 보잘 것 없다는 뜻으로 '자기'를 아주 낮추어 일컫는 말임. 「犬馬心」 .[史記 三王世家]「臣竊不勝犬馬心」. [漢書 汲黯傳]「常有犬馬之心」.

15) 삼고지은(三顧之恩): 세 번씩이나 찾아준 은혜. 「삼고초려」(三顧草廬)에서 온 말인데, 유비가 제갈량의 초려를 세 번씩이나 찾아가서 그를 초빙하여 군사(軍師)로 삼았던 일. '인재를 얻기 위한 끈질긴 노력'을 일컫는 말. [三國志 蜀志 諸葛亮傳]「亮字孔明 瑯琊陽都人也 躬耕隴畝 每自比於管仲樂毅 先主屯新野…… 由是先主遂詣亮 凡三往乃見 建興五年 上疏(卽前出師表)曰 臣本布衣 躬耕於南陽 先帝不以臣卑鄙 猥自枉屈 三顧臣於草廬之中」. [故事成語考 文臣]「孔明有王佐之才 嘗隱草廬之中 先王慕其芳名 乃三顧其廬」.

너는 이곳에서 농사를 지으며 밭들을 묵히지 말아라. 내가 공을 이룰 때까지 기다리면, 곧 다시 돌아오겠다."
하였다.

후세 사람이 이를 감탄한 시가 있다.

몸은 나가지도 않았는데 벌써 돌아올 일 생각하니
공을 이룬 날에 응당 생각나리라, 갈 때의 그 말을.
身未升騰思退步
功成應憶去時言.

선주의 간곡한 당부 때문에
가을바람에 오장원에서 별이 지네.
只因先主丁寧後
星落秋風五丈原.

또 고풍(古風)의 시 한 편이 있다.

고황제 손에 들린 날카로운 삼척검
망탕의 백사가16) 밤에 피를 흘렸다.
高皇手提三尺雪

---

16) 망탕의 백사[芒湯白蛇] : 한 고조가 된 유방(劉邦)이 망탕산에 있을 때, 길을 막는 백사를 죽이고 나라를 세운 일. [中國地名]「在江蘇碭山縣東南 接河南永城縣界 與碭山相去八里 漢高祖微時 甞亡匿芒碭山中 有有皇藏峪 卽高祖所匿處」. [史記 高祖紀]「高祖醉行澤中 前有大蛇當徑 乃拔劍斬之 一老嫗夜哭其處曰 吾子白帝子也 化爲蛇當道 今爲赤帝子斬之」.

芒碭白蛇夜流血.

진을 평정하고 초를 멸해 함양에 입성하여
이백 년 전의 종사가 하마 끊어졌네.
　平秦滅楚入咸陽
　二百年前幾斷絶

장하도다! 광무제께서 낙양에서 일어났으나
환제와 영제 때 쇠하여 무너졌구나.
　大哉光武興洛陽
　傳至桓靈又崩裂.

헌제께서 천도하여 허창으로 나오시니
사해의 영웅들 여기저기서 일어나네.
　獻帝遷都幸許昌
　紛紛四海生豪傑.

조조는 천시를 얻어 전권을 휘두르고
강동에선 손권이 나라를 열었구나.
　曹操專權得天時
　江東孫氏開鴻業.

고단한 현덕은 이리저리 뛰어다니다가
신야에서 겨우 몸을 부쳐 백성을 걱정하네.
　孤窮玄德走天下

獨居新野愁民危.

남양에 누운 와룡 큰 뜻 품고 있더니만
뱃속에는 웅병맹장이 다 들어 있네.
　南陽臥龍有大志
　腹內雄兵分正奇.

서서가 길 떠나며 이르던 말 잊지 않고
삼고초려에 마음이 서로 통했구나.
　只因徐庶臨行語
　茅廬三顧心相知.

와룡선생 그때 나이 39세의 한창이니
금서를 수습하고 와룡강을 떠나누나.
　先生爾時年三九
　收拾琴書離隴畝.

먼저 형주를 얻은 다음 서천을 손에 넣어
크게 경륜을 펴서 천수를 도왔도다.
　先取荊州後取川
　大展經綸補天手.

그의 웅변 놀랍도다 바람인 듯 뇌성인 듯
가슴 속 품은 이야기 별자리를17) 바꾸누나.
　縱橫舌上鼓風雷

談笑胸中換星斗.

용이 뛰고 호랑이가 보는 듯[18]해 천하를 안돈하고
만고의 역사에 그 이름 길이 남으리라.
　龍驤虎視安乾坤
　萬古千秋名不朽.

　현덕 등 세 사람이 제갈균과 헤어져 공명과 함께 신야로 돌아왔다.
현덕은 공명을 스승같이 대우하고 식사와 잠자리를 같이하며, 온종일
천하의 일을 논하였다.

　공명이 말하기를,

"조조가 기주의 현무지에서 수군을 훈련시키고 있으니, 이는 필시
강남을 침략하려는 생각이 있는 것입니다. 은밀히 사람을 시켜 강을
건너게 하여 그 허실을 탐지하는 것이 좋을 듯합니다."

하자, 현덕이 그의 말대로 사람을 시켜 강동의 일을 탐청하게 하였다.

　한편, 손권은 손책이 죽고 나서부터 강동에 웅거하면서 부형의 기
업을 계승하여 널리 어진 선비 등을 받아들이고, 오회에 빈관을 열어
놓고 고옹과 장굉에게 사방에서 모여드는 빈객을 영접하게 하였다.
몇 년 이래로 너 나 할 것 없이 천거해 왔다.

---

17) **별자리[星斗]** : 별·북두와 남두에 있는 모든 별. [晋書 元帝紀論]「馳章獻號
　高蓋成陰 **星斗**呈祥 金陵表慶」. [方千 送人遊日本國詩]「波濤含左界 **星斗**定東維」.
18) **용이 뛰고 호랑이가 보는 듯[龍驤虎視]** : 용처럼 날뛰고 범 같은 눈초리로
　쏘아본다는 뜻으로, '기개가 높고 위엄에 찬 태도'의 비유. [三國志 蜀志 諸葛
　亮傳]「亮之素志 進欲**龍讓虎視** 苞括四海」.

그때에 초빙된 인물을 보면, 회계 감택(闞澤)의 자는 덕윤(德潤)이고, 팽성 엄준(嚴畯)의 자는 만재(曼才)이다. 또 패현 설종(薛綜)의 자는 경문(敬文), 여양 정병(程秉)의 자는 덕추(德樞)이며, 오군 주환(朱桓)의 자는 휴목(休穆)이다. 또 육적(陸績)은 자를 공기(公紀)라 했으며, 오인 장온(張溫)의 자는 혜서(惠恕), 오상 낙통(駱統)의 자는 공서(公緒)라. 이 사람들이 모두 강동에 이르자 손권은 심히 공경하며 예를 후히 해서 대접하였다. 그는 또 명장 여러 사람을 얻었는데, 여양 여몽(呂蒙)의 자는 자명(子明)이고, 오군 육손(陸遜)의 자는 백언(伯言)이다. 낭야 서성(徐盛)의 자는 문향(文嚮)이고, 동군 반장(潘璋)의 자는 문규(文珪), 여강 정봉(丁奉)의 자는 승연(承淵)이라 하였다. 이들 문무 여러 사람들이 함께 손권을 보좌하게 되었다. 이로 인해 강동엔 인재가 많다고 알려졌다.

건안 7년 조조는 원소를 파하고 사신을 강동에 보내, 손권에게 아들을 조정에 보내 임금님을 모시게 하라 하였다. 그러나 손권은 이를 결정하지 못하고 있었다. 오태부인이 주유와 장소 등을 불러 이를 상의하였다.

장소가 말하기를,

"조조가 주공의 아들을 입조케 하려는 것은 제후를 견제하려는 것입니다. 만약 명령대로 가지 않으면 군사들을 일으켜 강동으로 내려올 것이니, 그 형세가 필시 위태로울까 걱정됩니다."

하자, 주유가 대답하기를

"장군께서는 부형의 기업을 이어서 지금 6군의 군사들이 있고 정병에 군량까지 넉넉하며, 장수와 군사들이 기다리고 있으나 어느 누가 인질을 보내라고 핍박하겠습니까? 인질을 한 사람이라도 들여보내면 어쩔 수 없이 조조와 화의하게 되는 것이니, 저의 명이라면 어쩔 수 없이 가야 할 것입니다. 이와 같으면 다른 사람의 부림을 당하는 것이니, 사람을 보내지 말고 천천히 그 변화를 보다가 새 양책을 쓰심이 좋겠습니다."

하였다.

오태부인이 말하기를,

"공근의 말이 옳은 것 같소."

하였다. 손권은 마침내 그 말을 좇아 사자를 후히 대접하고 아들을 보내지 않았다.

이 일로 인하여 조조는 강남을 정벌할 생각을 갖게 되었다. 다만 그 때는 북방이 평정되지 못했던 때여서 남정을 할 겨를이 없었다. 건안 8년 11월 손권은 군사들을 이끌고 황조의 정벌에 나서서 대강에서 싸워 황조의 군사들을 패퇴시켰다.

손권의 부장 능조가 날쌘 배[輕舟]를 타고 먼저 하구로 짓쳐 들어가니, 황조의 부장 감녕이 화살 한 대로 저를 죽였다. 능조의 아들 능통(凌統)은 그때 나이 15살이었는데 힘을 다해 가서 아버지의 시신을 구해 돌아왔다. 손권은 전세가 불리해지자 군사들을 수습하여 동오로 돌아왔다.

한편, 손권의 동생 손익(孫翊)은 단양태수가 되었는데 그는 성질이 강퍅하고 술을 좋아 하였다. 그래서 술을 마시고 나면 늘상 사졸들을 끌어다 때렸다. 단양의 독장 규람(嬀覽)과 군승 대원(戴員) 두 사람은 늘 손익을 죽이려는 마음을 가지고 있었다. 이에 손익의 종인 변홍(邊洪)을 심복으로 삼고 함께 손익을 죽이기로 하였다. 그때 여러 장수들과 현령들이 다 단양에 모였다. 손익은 잔치를 베풀어 저들을 대접하였다. 그의 처 서씨는 미인이면서도 지혜가 있고 또 역리도 잘 알았다. 이 날 점괘가 크게 나쁘자 손익에게 나가 손님을 맞지 말라 하였다. 손익은 그에 따르지 않고 마침내 여러 사람들과 어울렸다. 늦게서야 잔치를 파하자 변홍이 칼을 들고 문 밖에 나가 곧 칼을 뽑아 손익을 찔러 죽였다. 규람과 대원이 죄를 변홍에게 씌워 저자거리에서 저를 참수하였다. 두 사람은 수레를 타고 손익의 재산과 시첩들을 잡아갔다.

규람은 서씨의 미모를 보고,

"내가 당신 남편의 원수를 갚아 줄 터이니 나를 따르라. 그렇지 않으면 죽이리라."

하자, 서씨가 대답하기를,

"남편이 죽은 지 얼마 되지 않았으니, 차마 곧 따를 수 없습니다. 그믐이 될 때까지 기다려 제사를 지내고 상복을 벗은 후에 가까이 하여도 늦지 않을 것입니다."

하자, 규람이 그 말을 따르기로 했다.

서씨는 이내 몰래 손익의 심복 장수 손고(孫高)와 부영(傅嬰) 두 사람을 부중으로 불러 올며, 말하기를

"남편이 살아계실 때에 늘 두 분의 충의를 말씀했소이다. 이제 규람과 대원 두 도적들이 모의하여 남편을 죽이고 그 죄를 변홍에게 씌우고, 그것도 모자라 우리 집의 가산과 동비들을 나누어 가졌습니다.

규람은 또 저를 강제로 범하고자 하므로, 어쩔 수 없이 거짓으로 이를 허락하여서 저의 마음을 안심시켰습니다. 두 분께서는 사람을 시켜 밤을 도와 오후에게 이 사실을 알리시고, 한편으로는 비밀히 두 도적놈을 없앨 계책을 마련하여 이 원수를 갚아 주세요. 그렇게 된다면 저는 결코 잊지 않을 것입니다!"

하고, 말이 끝나자 두 번 절하였다.

손고와 부영은 다 같이 울며 말하기를,

"우리들은 평소에 부군의 은혜를 입고 감격해 왔습니다. 오늘날까지 죽지 않은 것은 실로 다시 원수를 갚으려는 계책을 생각하고 있기 때문입니다. 부인께서 명하신 바에 힘을 다하겠습니다!"

하였다. 이에 몰래 심복을 사자로 삼아 손권에게 보냈다.

그믐이 되자 서씨는 먼저 손고와 부영 두 사람을 밀실의 장막 뒤에 매복하게 하고 단상에 제사상을 차려 놓았다. 제사가 끝나자 곧 상복을 벗고 목욕하고 단장을 한 후 웃으면서 태연하게 말하였다. 규람은 그 소식을 듣고 심히 기뻐하였다. 밤이 되자 서씨가 시첩을 보내 규람을 부중에 들게 하였다. 그리고 방안에 술상을 차려놓고 술이 취하자 서씨는 규람을 데리고 밀실로 들어갔다. 규람은 기뻐하며 취한 채 침실로 들어갔다.

서씨가 큰 소리로 부르기를,

"손고와 부영 장군은 어디 있는가!"

하니, 두 사람이 곧 장막에서 칼을 가지고 뛰어 나왔다. 규람이 손으로 막았으나 미치지 못하고, 부영의 한 칼을 맞고 땅에 쓰러졌다. 손고가 다시 한 번 칼로 내리쳐 그 자리에서 죽여 버렸다. 서씨는 다시 대원을 술자리에 청했다. 대원이 부중에 들오자 당중에서 손고와 부영 두 장수에 의해 죽었다.

한편으로는 사람을 시켜 두 도적들의 가솔들과 여당들을 죽였다. 서씨는 마침내 소복을 다시 입고, 규람과 대원의 수급을 손영의 영전에 드려 제사지냈다. 하루가 못 되어 손권이 직접 군마를 이끌고 단양에 이르러 서씨가 규람과 대원 두 장수를 죽인 것을 보고는, 손고와 부영을 봉하여 아문장(牙門將)을 삼고 단양을 지키게 하였다. 그리고 서씨는 귀가하여 어버이를 부양하게 하였다. 강동 사람들은 서씨의 덕을 칭송하지 않는 사람이 없었다.

후세 사람이 그녀를 예찬한 시가 있다.

재능과 절개를 겸한 이 세상에 없으리
간당의 무리가 한꺼번에 죽음을 재촉했네.
才節雙全世所無
姦回一旦受摧鋤.

용신은 적들과 함께 충신을 죽였으니
동오의 여장부를 따를 이 없어라.
庸臣從賊忠臣死
不及東吳女丈夫.

한편, 동오의 각 처의 산적들은 다 토벌되고 장강 중에는 전선이 7천여 척 있었다. 손권은 주유를 대도독에 임명하고 강동의 수륙 군마들을 이끌게 하였다.

건안 12년 10월 겨울에 손권의 어머니 오태부인께서 병환이 위중하여 주유와 장소를 불렀다.

저들이 이르자 말하기를,

"나는 본래 오나라 사람으로 어려서 부모를 잃고 동생 오경(吳景)과 월나라로 가서 살았소이다. 후에 손씨에게 시집가서 네 아들을 낳았소. 큰 아들 손책은 낳을 때에 꿈에 달을 품는 꿈을 꾸었고 뒤에 둘째 손권을 낳을 때에도 또 꿈에 해가 품에 들어오는 꿈을 꾸었는데, 복술인이 이르기를 '꿈에 해와 달을 품는 것은 그 자식들이 귀하게 된다'는 징후라 하였으나 불행히도 손책은 일찍 죽었으니, 이제 바야흐로 강동의 기업을 손권에게 부탁하오. 바라건대 공들이 같은 마음으로 저를 도와주기 바라오이다. 그렇게만 된다면 죽어서도 그 뜻을 잊지 않으리다."

하고, 또 손권에게 이르기를

"너는 자포(子布)와 공근(公謹)을 사부의 예로 섬기며 모든 일에 태만하지 말아야 한다. 내 아우와 같이 네 아버지께 시집와서 살았으니 이는 곧 너의 어미라. 내 죽은 뒤에 내 여동생 또한 나처럼 섬겨야 한다. 너의 누이 또한 마땅히 은혜로써 기르매, 좋은 남편을 얻어 시집가게 하라."

부탁을 하고 숨을 거두니 손권은 슬퍼 울며 지냈다. 장례의 모든 절차는 굳이 말하지 않겠다.

다음 해 봄이 되자, 손권은 황조를 토벌할 일을 여러 사람들과 의논하였다.

장소가 말하기를,

"상을 당한지 1년이 못 되었는데 동병하는 것은 안 됩니다."

하자, 주유가 대답하기를

"원수를 갚아 원한을 푼다는데 어찌 3년 상이 끝나기를 기다린단 말이오?"

하거늘, 손권은 미적거리며 결정을 하지 못하였다.

마침 그때 평북도위 여몽이 들어와 손권에게 고하기를,

"제가 용추수구(龍湫水口)를 지키고 있는데, 문득 황조의 부장 감녕이 항복해 왔습니다. 그래서 제가 물었더니 그는 자가 흥패(興霸)이고 파군의 임강 사람으로, 자못 사서에 통달하였고 기력이 있고 유협(游俠)하기를 좋아하여, 일찍이 무리들을 불러 모아 강호를 횡행했답니다.

그는 허리에 구리방울을 달고 다녔기 때문에, 사람들이 그 소리만 들으면 다 저를 피했다고 합니다. 그는 또 일찍이 서천금(西川錦)에서 돛배를 만들어 놓았기 때문에, 그때 사람들은 그를 '금범적(錦帆賊)'이라고 불렀다고 합니다. 그러다가 전날의 그릇됨을 후회하고 고쳐 착한 일을 하고자 무리를 이끌고 유표의 수하로 들어갔답니다. 그는 유표가 일을 이룩할 사람이 못되는 것을 보고 동오를 바라고 오다가, 강어귀에 주둔해 있던 황조에게 붙들렸다고 합니다.

앞서 동오에서 황조를 쳤을 때 그는 감녕의 힘을 빌어 하구를 찾았지만, 감녕을 심히 박대했답니다. 도독인 소비(蘇飛)가 누차 황조에게 감녕을 천거하자, 황조가 말하기를 '감녕이란 자는 강가에서 겁탈을 일삼던 도적인데 어찌 중용하겠는가?' 하고 들이지 않아 감녕은 이 일로 한을 품었답니다.

소비가 그 뜻을 알고 이에 술자리에 감녕을 초청하여, 말하기를 '내 공을 여러 차례 천거했지만 주공께서 쓰시지 않으니 어쩌겠소. 시간은 덧없이 지나니 인생이란 얼마나 가겠소.[19] 마땅히 스스로 앞일을 계획하시구려. 내가 지금 공을 주현(邾縣)의 장으로 추천하였으니 이로부터 거취를 정하도록 하시구려.'라고 했답니다.

그때부터 감녕은 이 하구를 지나 강동으로 투항하려 하였으나, 강동에서 황조를 구하기 위해 능조를 죽인 일로 하여, 원한을 품고 있을까 두려워하고 있었답니다. 그래서 내가 주공께서 현사를 널리 구하고 있으며 옛날에 있었던 일은 문제 삼지 않는다고 자세히 말하고, 또한 '각 사람이 저마다 주군을 위해서 한 일이니 어찌 이를 문제 삼겠는가?' 라고 하니, 감녕이 흔쾌히 무리를 이끌고 강을 건너와 주공을 뵙고자 합니다. 원컨대 가부를 정해 주시기 바랍니다."
한다.

---

19) 시간은 덧없이 지나니 인생이란 얼마나 가겠소 : 원문에는 '**日月逾邁 人生幾何**'로 되어 있음. [書經 周書 秦誓]「我心之憂 **日月逾邁** 若弗云來」.

손권이 크게 기뻐하며 말하기를,

"나는 흥패를 얻었으니 황조를 깨뜨림은 틀림없다."

하고, 드디어 여몽에게 명하여 감녕을 불러오게 했다.

참배가 끝나자 손권이 말하기를,

"흥패께서 여기에 왔으니 내 마음이 크게 기쁘오. 어찌 지난 일을 혐의로 삼겠소이까? 마음 쓰지 마십시오. 그리고 나에게 황조를 파할 수 있는 계책을 말해주기 바라오."

하자, 감녕이 대답하기를,

"지금 한조는 날로 위기에 빠져가고 있습니다. 조조는 끝내는 왕위를 찬탈하려 할 것입니다. 남형(南荊)은 조조가 반드시 얻어야 할 곳입니다. 그러나 유표는 앞일을 염려하지 않고 있으며, 그 아들 또한 옹렬하여 기업이 이어지지 못할 것입니다. 명공께서는 속히 저를 도모해야 합니다. 만약에 늦어지면 조조가 먼저 도모하려 할 것입니다. 그러니 지금 먼저 도모해야 합니다.

황조는 지금 나이가 들어 혼미해져 재물과 돈을 모으는데 빠져서, 벼슬아치들과 백성을 침탈하고 있어서 인심이 다 원망에 하고 있습니다. 무기는 손질하지 않고 군율 또한 엉망입니다. 명공께서 만약에 저를 공격하시면 틀림없이 파할 수 있습니다. 또 황조의 군사들을 파하고, 서쪽의 초관(楚關)에 웅거하고 있는 파와 촉을 도모하신다면, 패업을[20] 이루실 수 있을 것입니다."

하자, 손권이 말하기를

"이는 금과옥조와[21] 같은 말씀이외다."

---

20) 패업(霸業) : 패도로 천하를 다스리는 일. [史記]「晋文公初立 欲修霸業」.
21) 금과옥조[金玉之論] : 아주 중요한 논의. [左氏 襄 五]「無藏金玉」.「금옥군자」(金玉君子)는 '지절(志節)이 있는 사람'의 뜻임. [宋史 傳堯愈傳]「堯愈字欽

하며, 찬탄하였다.

드디어 주유를 대도독으로 삼고 수륙군병을 통솔하라 명하였다. 여몽을 전부 선봉으로 하고 동습과 감녕을 부장으로 삼았으며, 자신은 대군 10만을 거느리고 황조의 정벌에 나섰다. 세작들이 이를 탐지하여 강하에 보냈다. 황조는 급히 여러 장수들과 의논한 끝에 소비에게 영을 내려 대장을 삼고 진취(陳就)·등용(鄧龍) 등을 선봉을 삼아, 강하의 군사들을 다 일으켜서 적을 맞았다.

진취와 등용에게 각각 한 부대의 전선을 이끌고 면구(沔口)를 막게 하고, 전선에 각각 강한 화살과 쇠뇌 천여 개를 벌여 놓고 큰 밧줄로 전선들을 수면 위에 묶어 놓았다. 동오의 병사들이 이르자 전선 위에서 북소리를 울리며, 활과 쇠뇌들을 일제히 쏘아댔다. 동오의 군사들이 감히 나아가지 못하고 몇 리나 뒤로 물러났다.

감녕이 동습에게 말하기를,

"일이 이미 이 지경에 이르렀으니 어쩔 수 없이 진격해야 하외다."

하고, 이에 작은 배 백여 척을 뽑아, 배마다 정병 50인씩 태우고 그 중에서 20명은 노를 젓게 하고 30인은 갑옷을 입고 손에 강한 칼을 들고, 시석을 피하지 않고 곧장 전선 곁으로 가서 큰 밧줄들을 끊어 버리니 전선들이 흩어졌다. 감녕은 전선 위로 뛰어 올라가 등용을 찍어 죽였다. 그러자 진취는 배를 버리고 달아나 버렸다. 여몽이 그를 보고 작은 배로 뛰어내려 직접 노를 저어 들어가 전선에 불을 질렀다.

진취가 급히 언덕 위로 오르려 하자, 여몽이 바로 뒤까지 쫓아가 한 칼에 가슴을 찔러 넘어뜨렸다. 그때 소비가 군사들을 이끌고 언덕에 올라와서 접응하려 하자, 동오의 여러 장수들이 일제히 언덕에 올라

之……始終不變 **金玉君子也**」.

와서 그 형세를 당할 수 없게 되었다. 그리하여 황조의 군사들은 크게 패하였다.

소비가 낭패하여 달아나다가 동오의 대장 반장과 맞닥뜨려 서로 어우러져 싸웠으나, 몇 합이 못 되어 반장의 군사들에게 사로잡혀 곧장 배에 있던 손권에게 보였다. 손권은 좌우에게 명하여 함거(檻車)에 가두게 하고, 황조가 사로잡히기를 기다렸다가 같이 죽이라 하였다. 삼군을 재촉하여 밤낮을 가리지 않고 하구를 공격했다.

이에,

다만 금범적을 쓰지 않았더니
마침내 대삭선이 깨어졌구나.
只因不用錦帆賊
至令衝開大索船.

황조와의 승부가 어찌 되었는지는 알 수가 없다. 하회를 보라.

제39회

유기는 형주성에서 세 번 계책을 구하고
공명은 박망파에서 처음으로 군사를 쓰다.
　荊州城公子三求計
　博望坡軍師初用兵.

　한편, 손권이 여러 군사들에게 하구(夏口)의 공격을 독려하였다. 황조의 군사들은 패하고 장수들은 죽어 끝내 지켜내지 못할 것을 알고, 마침내 강하를 버리고 형주를 바라고 달아났다. 감녕은 황조가 필시 형주로 달아날 것을 알고, 동문 밖에 복병을 두고 기다리고 있었다. 황조가 수십 기만을 거느리고 동문을 빠져나와 한참 도망가고 있을 때에, 큰 함성이 일어나며 감녕이 막고 나섰다.

　황조는 말 위에서, 감녕에게 말하기를

　"내 지난 날 너를 가볍게 대한 적이 없는데, 지금 어찌하여 서로 핍박하느냐?"

하니, 감녕이 꾸짖기를

　"내 지난 날 강하에 있을 때에 많은 공을 세웠거늘, 너는 한낱 강적(江賊)을 대하듯 하더니 이제 오히려 무슨 말이 있느냐?"

하였다.

　황조는 이 고비를 넘기 어렵다는 것을 알아차리고, 말을 돌려 달아나기 시작하였다. 감녕이 군사들을 헤치고 나와 곧장 급히 뒤를 쫓았다. 그런데 후면에서 함성이 일더니, 또 여러 기의 군사들이 급히 달려 왔다. 감영이 저를 보니 정보였다. 감영은 정보가 공을 차지하려 왔을까 걱정하며 급히 활에 화살을 먹여 뒤에서 황조를 쏘니, 황조가 화살을 맞고 몸을 뒤채며 말에서 떨어졌다. 감영이 그 목을 베어 가지고 말을 돌려 정보와 군사들을 합친 다음에, 돌아와 손권을 뵙고 황조의 수급을 바쳤다.

손권은 나무로 관을 짜서 보관하고, 강동에 돌아가면 돌아가신 아버님 영전에 제사를 올리기로 하고 삼군을 중상하였다. 감녕은 승진하여 교위가 되었다. 의논 끝에 군사를 나누어 강하를 지키기로 하였다.

그때 장소가 말하기를,

"동떨어진 성은 지킬 수가 없는 것입니다.[1] 강동으로 돌아가는 것이 좋을 듯합니다. 유표는 우리가 황조를 파한 줄 알고 필시 원수를 갚으려 할 것입니다. 우리들이 쉬다가 멀리서 오는 적을 맞게 되면, 반드시 유표를 이길 수 있을 겝니다. 그가 패하면 그 후에 승세를 타고 적들을 공격하면, 형양을 빼앗을 수 있을 것입니다."

하자, 손권은 그의 말대로 강하를 버리고, 군사를 돌려 강동으로 돌아왔다.

소비는 함거 안에 갇혀 있었는데, 은밀히 사람을 시켜 감녕에게 구해주기를 청하였다.

감녕이 말하기를,

"소비가 말하지 않는다 한들 내가 어찌 저를 잊겠는가?"

하고, 대군이 오회에 이르자 손권은 소비를 효수하라 명하고, 황조의

---

1) 동떨어진 성은 지킬 수가 없는 것입니다[孤城不可守] : '혼자서는 적을 막아낼 수 없음'의 비유. 「고성」. [唐書 張巡傳]「巡西向拜曰 孤城備竭 弗能全」. [杜甫 送遠詩]「親朋盡一哭 鞍馬去孤城」.

수급과 같이 영전에 바쳐 제사를 드리라 하였다.

　감녕이 이에 들어가 손권을 뵙고 머리를 조아리고 울며, 말하기를

　"제가 지난 날 만약 소비가 아니었다면, 뼈가 구덩이 속에 묻혔을 것입니다. 그랬다면 무슨 방법으로 장군님의 휘하에 있겠습니까? 지금 소비의 죄는 마땅히 목을 베어야 하나, 전날의 은정을 생각해서 원컨대 관작을 내놓고 소비의 죄를 속죄하겠나이다."

하니, 손권이 말하기를

　"너는 이미 군은이 있으니 내 자네를 위해 저를 사면하리라. 단 저가 만약에 도망간다면 어찌하겠느냐?"

하자, 감녕이 말하기를

　"소비가 죽음을 면한다면, 그 고마움을 비길 데가 없을 터인데[2] 어찌 도망가겠습니까? 만약에 소비가 도망간다면 제 수급을 바치겠습니다."

하니, 손권은 소비를 사면하고 황조의 수급을 바쳐 제사를 지냈다. 제사가 끝나고 곧 연회를 베풀어 문무관의 공훈을 축하하였다.

　술을 마시는 중에 문득 좌중의 한 사람이 큰 소리로 울며 일어나 칼을 빼어 들고 나서며, 곧장 감녕을 죽이려 하였다. 감녕이 황망하여 앉아 있던 의자를 들고 막았다. 손권이 놀라서 그 사람을 보니 능통이었다. 감녕이 강하에 있을 때에 그의 부친 능조를 쏘아 죽였는데, 오늘 서로 보게 된 것이다. 그런 까닭에 아비의 원수를 갚으려 한 것이다.

　손권이 급히 앉도록 하고, 능통에게 이르기를

　"흥패가 공의 아버지를 쏘아 죽인 것은 그때 저가 다른 주인을 모시

---

2) 그 고마움을 비길 데가 없을 터인데[感恩無地] : 은혜에 감사하는 마음이 끝이 없음. [潘岳 關中詩]「觀逐虎奮感恩輸力」. [海錄碎事 報德門 萬感恩]「唯言 千感恩 萬感恩」.

고 있을 때이니, 힘을 다하지 않을 수 없었을 것이네. 그러나 지금 한 집 식구가 되었으니, 어찌 다시 구원을 들어 원수를 갚으려 하는가? 모든 일들은 다 내 얼굴을 보아 참게."

하니, 능통이 머리를 두드리고, 크게 울며 말하기를

"불공대천의 원수를3) 어찌 갚지 않으리오!"

하고, 나온다. 손권과 여러 사람들이 권하자, 능통은 노여운 눈으로 감녕을 쳐다보았다.

손권은 그날로 감녕에게 군사 5천과 전선 백 척을 주며 가서 하구를 지키게 함으로써 능통을 피하게 해주었다. 감녕이 절하고(拜謝) 병사들을 이끌고 하구로 갔다.

손권은 또 능통에게 벼슬을 더하여 승렬도위로 삼았다. 능통은 원한을 머금은 채 그만 둘 수밖에 없었다. 동오는 이로부터 널리 전선을 만들고 군사들을 나누어 강안을 지키게 하였다. 또 손정에게 명하여 한 부대를 이끌고 오회를 지키게 하였다. 손권은 직접 대군을 거느리고 시상(柴桑)에 주둔하였다. 주유는 매일 매일 번양호(鄱陽湖)에서 수군을 훈련하면서 적의 공격에 대비하였다.

이야기는 두 갈래로 나뉜다.

한편, 현덕은 사람을 시켜 강동의 소식을 정탐하였다.

회보가 오기를,

"동오가 황조를 공격해 죽이고, 현재 시상에 주둔하고 있습니다."

하였다. 현덕은 곧 공명과 의논하였다.

---

3) 불공대천의 원수[不共戴天之讐] : 같은 하늘 밑에서 살 수 없는 원수.「불공대천지수」(不共戴天之讐).「불구대천지수(不俱戴天之讐)」.[禮記 曲禮篇 上]「父之讐 弗與共戴天 兄弟之讐 不反兵 交遊之讐 不同國」.

이야기하고 있는 중에, 문득 유표가 사람을 보내 현덕에게 형주로 와서 의논할 것을 청하였다.

공명이 말하기를,

"이는 필시 강동의 황조가 패망한 것을 보고, 주공을 청하여 원수를 갚을 계책을 의논하려는 것일 것입니다. 제가 주공과 함께 가서 기회를 보아가면서 의논하면 양책이 있을 것입니다."

하자, 현덕도 그 말을 따라 운장을 신야에 남겨 두고, 장비에게 5백 인마를 데리고 뒤따르게 하고 형주로 갔다.

현덕이 말 위에서 공명에게 이르기를,

"이제 경승을 뵈면 무엇이라고 대답하렵니까?"

하니, 공명이 말하기를,

"마땅히 먼저 양양의 일을 사죄해야 합니다. 저가 만약에 주공에게 강동을 정벌하러 가라 하거든 절대 허락해서는 안 됩니다. 다만 신야에 돌아가서 군마를 정돈해야 한다 하십시오."

하였다.

유비가 그의 말대로 하기로 하고 형주의 관역에 여장을 풀었다. 장비를 성 밖에 주둔시키고 현덕은 공명과 같이 성에 들어가 유표를 만났다. 인사가 끝나자 현덕이 계하에서 죄를 청하였다.

유표가 말하기를,

"내 이제 아우님이 피해를 입은 줄 다 알고 있습니다. 그때, 곧바로 채모를 참하여 아우님께 드리려 하였으나 여러 장수들이 참수를 면하게 해달라기에 저를 용서한 것인데, 아우님께서 다행히도 그것을 죄로 보지 말라 하니 다행이외다."

한다.

현덕이 대답하기를,

"채 장군의 일이 아니라 아랫사람들이 한 일인 것입니다."

하니, 유표가 다시 말하기를

"지금 강동을 지키기 어렵게 되었습니다. 황조가 죽은 까닭으로 아우님을 청해 그 원수 갚는 일을 함께 의논하려는 것이외다."

하거늘, 현덕이 묻기를

"황조는 성격이 강포하고 사람을 쓸 줄 모릅니다. 그래서 화를 자초한 감이 없지 않습니다. 지금 병사들을 일으켜 남정을 한다면, 혹여 조조가 북쪽을 치고 오면 그때는 어찌 하시렵니까?"

하니, 유표가 대답하기를

"나는 지금 나이가 들고 병이 많아 사리대로 일을 처리하지 못합니다. 아우님께서 와서 나를 좀 도와주시구려. 내가 죽은 후에 아우님께서 형주를 맡게 되실 게요."

하였다.

현덕이 다시 묻기를,

"형님, 어찌 그런 말씀을 하십니까? 제가 어찌 감히 이런 중임을 맡을 수 있겠습니까?"

하니, 공명이 현덕에게 눈짓을 하였다.

현덕이 말하기를,

"서서히 양책을 생각해 보겠습니다."

하며, 인사를 하고 나와서 공명과 함께 역관으로 돌아왔다.

공명이 묻기를

"경승이 형주를 주공에게 맡기려 하는데, 어찌하여 그것을 사양했습니까?"

하자, 현덕이 대답하기를

"경승이 나를 잘 대접하고 은예(恩禮)로서 대하는데, 어찌 차마 그의 위험을 틈타서 빼앗겠소이까?"

하였다.

공명이 탄식하며 말하기를,

"참으로 인자하신 군주님이십니다!"

하였다.

막 의논을 하고 있는데, 문득 유표의 아들 유기가 와서 뵙기를 청한
다고 한다. 현덕이 유기를 맞아들였다.

그가 울며 절하고 말하기를,

"계모께서 저를 미워하여 목숨이 조석에 달렸으니, 숙부께서 불쌍
히 여겨 저를 좀 구해주십시오."

하였다.

현덕이 묻기를,

"이는 조카님 집안의 일일 뿐 어찌 나에게 묻는가?"

하니, 공명이 미소를 짓는다. 현덕은 공명에게 저를 구할 계책을 묻
는다.

공명이 대답하기를,

"이는 집안일이라 저는 감히 돕지 못하겠나이다."

하였다.

조금 있다가 현덕이 유기를 배웅하려고 나가며, 그의 귀에 대고 속
말로

"내일 내가 공명으로 하여금 조카를 찾아보게 할 터이니, 그때 이렇
게 하시게. 저는 묘한 계책을 많이 내는 사람이네."

하자, 유기는 사례하며 떠났다.

다음 날 현덕은 복통을 핑계대고 공명을 대신 유기에게 보냈다. 공
명은 이를 승낙하고 그의 집에 이르자 말에서 내려 들어가 유기를 만

났다. 유기는 공명을 맞이하여 후당으로 들어갔다.

차가 나오자 유기가 말하기를,

"저는 계모의 미움을 사고 있는데, 선생께서 한 말씀 해주시면 고맙겠습니다."

하거늘, 공명이 대답하기를

"저는 과객으로 여기 얹혀 있는데, 어찌 감히 골육간의 일을 누설하여 해가 되게 하겠습니까."

하고 말을 마치자, 몸을 일으켜 하직인사를 하였다.

유기가 말하기를,

"더 말씀을 하지 않으셔도 되겠지만, 어찌 그리 빨리 가려 하십니까."

하며 만류하고, 공명을 밀실로 모셔서 함께 술을 하였다.

술을 마시면서 유기가 또 말하기를,

"계모가 나를 미워하니 선생께서 나를 구해줄 말씀을 한 마디만 해주시지요."

하거늘, 공명이 대답하기를

"제가 감히 말씀드릴 일이 아닌가 합니다."

하고, 공명이 인사를 하려 하는데, 유기가 말하기를

"선생께서 말씀해주지 않으시면 그만이지, 어찌 가시려고만 하십니까?"

한다.

그제서야 공명이 다시 앉았다.

유기가 말하기를,

"저에게 헌 책이 하나 있는데 선생께서 한번 보아주시지요."

하면서, 공명을 작은 다락 안쪽으로 이끌었다.

공명이 묻기를,

"책이 어디 있습니까?"

하니, 유기가 절하며 울면서

"계모께서 나를 미워하니, 저의 목숨이 조석에 달려있습니다. 그런데 선생께서는 저를 구해줄 한 마디 말씀도 해주시지 않는구려?"

하거늘, 공명이 정색을 하고 일어나 곧 다락 아래로 내려가려 하였으나 다락의 사다리가 이미 치워져 있었다.

유기가 또 말하기를,

"제게 좋은 계책을 가르쳐 주십사 하였으나 선생께서는 누설될까 염려하여 말씀을 않으시니, 오늘 여기는 위로는 하늘에 오를 수 없고 아래로는 땅에 내리실 수 없습니다. 선생의 입에서 나온 말씀은 저의 귀에만 들어오게 되는 것입니다. 가히 가르침을 주실 수 있지 않겠습니까?"

하였다.

공명이 묻기를,

"'소원한 사람은 남의 가까운 사이를 이간질하지 못한다' 하였는데, 제가 어찌 공자를 위해서 말을 하겠습니까?"

하거늘, 유기가 대답한다.

"선생께서는 끝내 제가 불행해지더라도 가르쳐 주실 수 없다는 말씀이구려! 저의 목숨은 보전할 수 없으니 선생 앞에서 죽겠습니다."

하고는, 이내 칼을 빼어 자신의 목을 찌르려 하였다.

공명이 막으면서 말하기를,

"이내 좋은 계책을 발견했습니다."

하니, 유기가 절하며 말하기를

"그러면 가르침을 주시겠습니까?"

한다.

공명이 말하기를,

"공자께서는 어찌하여 신생과 중이의 일을4) 듣지 않으셨습니까? 신생은 안에 있다가 죽었고 중이는 밖에 있어 무사했습니다. 이제 황조는 죽었고 강하는 지킬 사람이 부족한 처지입니다. 공자께서는 어찌 말씀을 드리지 않으십니까? 강하에 군사들을 주둔시키고 지킴으로써 화를 피할 수 있는데도 말씀입니다."

하니, 유기가 가르침에 절하며 감사해 했다. 그리고는 사람을 시켜 사다리를 가져오게 하여 공명을 내려가게 하였다.

다음 날 유기가 아버지께 말씀드려 강하를 지키러 가겠다 하니, 유표가 결단을 내리지 못하고 현덕과 같이 의논하였다.

현덕이 말하기를,

"강하는 요지입니다. 그러므로 타인에게 지키게 하면 안 됩니다. 진정 공자께서 가서 지키시는 게 좋습니다. 그러면 동남의 일은 형님 부자 분께서 맡고, 서쪽의 일은 제가 지키겠습니다."

하니, 유표가 대답하기를

"최근에 들으니 조조가 업군에다 현무지를 만들어 수군을 조련하고 있다 합니다. 필시 남쪽에 뜻을 두고 있을 것이니 방비하지 않을 수 없을 것이외다."

하거늘, 현덕이 말하기를

---

4) 신생과 중이의 일[申生·重耳之事] : 신생과 중이는 모두 전국시대 진(晉) 헌공(獻公)의 아들임. 헌공이 여희(驪姬)의 아들인 해제(奚齊)를 태자로 삼으려 하였다. 여희는 여러 차례 참소해서 죄에 빠뜨렸는데, 신생은 달아나지 않고 있다가 결국은 자살하였다. 중이는 국외로 도망했다가 돌아와서 진의 문공(文公)이 되어 오패(五覇)의 하나로 일컬어졌음. [中文辭典]「春秋 晉獻公之太子 獻公寵驪姬 欲立姬子奚齊 使**申生**居曲沃 驪妃復進讒 公將殺之 公子**重耳**勸之行 **申生**曰 不可 君謂我欲弑君也 天下豈有無父子之國哉 吾何行如之 乃自殺」.

"저는 이미 그 일을 알고 있습니다. 형님께서 너무 염려하지 마시지요."

하고, 마침내 하직하고 신야성에 돌아왔다.

유표는 유기에게 병사 3천을 이끌고 가서 강하를 잘 지키게 하였다.

한편, 조조는 삼공(三公)의 직제(職制)를 파하고 자신이 승상으로서 삼공을 겸하고, 모개를 동조연·최염을 서조연·사마의를 문학연으로5) 삼았다. 사마의의 자는 중달(仲達)로 하내의 온(溫) 사람이다. 영천태수 사마준(司馬雋)의 손자이고 경조윤은 사마방(司馬防)의 아들이며, 주부 사마랑(司馬朗)의 동생이다. 이로써 문관을 크게 정비하자, 무장들을 모아놓고 남정을 의논하였다.

하후돈이 나서며 말하기를,

"근자에 들으니 유비는 신야에 있으면서 매일 사졸들을 조련하고 있다 하니, 이는 필시 후환이 될 터이니 이참에 토벌하는 것이 좋을 듯합니다."

하자, 조조는 즉시 하후돈에게 명하여 도독을 삼고 우금·이전·하후란·한호 등을 부장으로 삼아 10만 병사를 통솔하고 곧장 박망성(博望城)으로 나아가서 신야를 엿보게 하였다.

순욱이 간하기를,

"유비는 당세의 영웅입니다. 이제 또, 제갈량이란 군사를 두고 있으니 가볍게 여길 적이 아닙니다."

하거늘, 하후돈이 말하기를

---

5) 동조연·서조연·문학연(東曹掾·西曹掾·文學掾) : '연'은 연사(掾史)로 공부(公府)의 속관임. '서조'는 부중의 관리임면·'동조'는 지방 관리의 임면·'문학연'은 교관(敎官)의 임무를 각각 담당하였음. 「연사」. [史記 張湯傳]「必引正監掾史賢者」. [後漢書 百官志]「郡國皆置諸曹掾史」.

"유비는 쥐새끼일 뿐입니다. 내가 반드시 저를 생포하겠습니다."

하였다.

이때, 서서가 앞으로 나오며 말하기를,

"장군께서는 유현덕을 경시해서는 안 됩니다. 지금 현덕은 제갈량의 도움을 받고 있습니다. 그것은 마치 호랑이에게 날개가 난 격입니다."6)

하였다.

조조가 묻기를,

"제갈량이란 도대체 어떤 인물이오?"

하자, 서서가 말하기를

"량의 자는 공명이며 도호(道號)는 와룡선생이라 합니다. 경천위지의 재주와7) 귀신같은 계략을8) 쓰고 있어 당세의 기사(奇士)이니, 결코 경시해서는 아니 될 것입니다."

하자, 조조가 묻기를

"공과 비교해 보면 어떻소?"

하거늘, 서서가 말하기를

"제가 어찌 감히 량과 비교가 되겠습니까! 제가 반딧불과 같은 정도라면 량은 밝은 달빛과도 같습니다."

하였다.

---

6) 마치 호랑이에게 날개가 난 격입니다[如虎生翼]: 호랑이에게 날개가 난 것과 같음. '더 좋은 여건을 만들어 줌'에 비유하는 말임. [逸周書 寤儆]「無**爲虎傅翼** 將飛入宮 押人而食」.

7) 경천위지의 재주[經天緯地之才]: 온 천하를 경륜하여 다스릴 만한 재주. 본래 '경'은 날금, '위'는 씨금을 가리킴. [文選 左思 魏都賦]「**天經地緯** 理有大歸」. [徐陵 爲貞陽侯與陳司空書]「後主**天經地緯** 義貫人靈」. [庾信 文]「**經天緯地才**」.

8) 귀신같은 계략[出鬼入神之計]: 귀신을 능가할 만한 계책. [論衡]「**鬼**歸也 **神**伸也」. [禮記 禮運篇 鄭注]「**鬼**者 精魂所歸 **神**者 謂祖廟山川五祀之屬」. [中庸章句]「程子曰 **鬼神**天地之功用 而造化之迹也 張子曰 **鬼神**者 二氣之良能也」.

하후돈이 대답하기를,

"원직의 말은 잘못 되었습니다. 내 보기에 제갈량은 한낱 초개에9) 지나지 않습니다. 뭐가 두려울 것이 있습니까! 내가 만약에 한 번 싸움에서 유비를 생포하고 제갈량을 잡지 못한다면, 저의 목을 승상께 바치겠습니다."

하자, 조조가 말하기를

"그대는 속히 승전보로써 나의 마음을 위로하라."

하자, 하후돈이 분연히 일어나 조조에게 인사를 하고 군사들을 이끌고 전선으로 향했다.

한편, 현덕은 공명을 만난 뒤로부터 스승의 예로써 저를 대하였다. 관우와 장비는 마음 내켜하지 않았다.

그리고 말하기를,

"공명은 형님보다 나이도 어린데다가 무슨 재능이 그리 많다고, 형님께서 대우를 그토록 정중하게 하는지! 또, 그의 진면목을 실전에서 보지도 않지 않습니까!"

하였다.

현덕이 대답하기를,

"내가 공명을 얻은 것은 마치 고기가 물을 만난 것과 같으니,10) 아우님들은 다시는 쓸 데 없는 말일랑 말게나."

---

9) **초개**(草芥) : 보잘것없는 것. [孟子 離婁篇]「視天下說而歸已 猶**草芥**也」. [文選 夏候湛 東方朔畫像讚]「視儔列如 **草芥**」.

10) **마치 고기가 물을 만난 것과 같으니** : 원문에는 '猶魚之得水也'로 되어 있음. 「수어지교」(水魚之交)는 '아주 친근한 사이'란 뜻임. [三國志 蜀志 諸葛亮傳]「先主與諸葛亮計事善之 情好日密……孤之有孔明 **猶魚之水** 願勿復言」. [貞觀政要]「君臣相遇 **有同魚水** 則海內可安」.

하자, 관우와 장비는 그런 말을 듣고서는 다시 말을 못하고 물러갔다.

하루는 어떤 사람이 귀가 검은 소의 꼬리를[11] 보내오니, 현덕이 꼬리를 가지고 직접 모자를 만들었다.

공명이 보고 들어가 정색을 하며 말하기를,

"명공께서는 다시 큰 뜻을 품지 않고 어찌 이런 일을 하시고 계십니까?"

하니,

현덕이 모자를 땅에 던지며 대답하기를

"내 무료하여 잠시 이로써 근심을 잊으려한 것 뿐이외다."

하니, 공명이 묻기를

"명공께서는 스스로 조조와 비교해서 어떻습니까?"

하거늘, 현덕이 말하기를

"조조만 못합니다."

하였다.

공명이 또 묻기를,

"명공의 군사들은 수천 명에 지나지 않습니다. 만일 조조의 군사들이 오면 어떻게 저들을 막으려 하십니까?"

하거늘, 현덕이 말하기를

"내 진정 이 일 때문에 걱정입니다. 좋은 계략이 없군요."

하매, 공명이 대답하기를

"빨리 민병을 모집해야 합니다. 그러면 제가 저들을 가르쳐서 적을 막을 수 있습니다."

하였다.

현덕은 신야의 백성들을 모집하여 3천여 명을 얻었다. 공명은 아침

---

11) 검은 소의 꼬리[犛牛]: 이우(犛牛·犁牛). 얼룩소. [論語 雍也篇]「犁牛之子 騂且角」. [山海經 東山經 郭注]「犛牛 牛似虎文者」.

저녁으로 진법을 가르쳤다.

어느 날 조조가 보낸 하후돈이 10만 군사를 이끌고 신야로 오고 있다는 보고가 왔다.

장비는 이를 듣고 운장에게 말하기를,

"공명이 나가서 적과 맞서면 되겠네요!"

하였다.

그러는 중에 현덕이 두 사람을 불러들였다. 그리고는 그들에게 이르기를,

"하후돈이 군사들을 이끌고 온다하니 어찌 적을 막으면 좋겠느냐?"

하니, 장비가 대답하기를

"형님께서는 왜 '물'에게 가라하지 않습니까?"

하였다.

이에 현덕이 말하기를

"지혜는 공명에게 얻을 터이지만, 용감한 두 아우가 어찌 그런 말을 하느냐?"

하니, 관우와 장비가 나갔다. 현덕이 공명을 청하여 의논하였다.

공명이 대답하기를,

"관우·장비 두 분께서 제 호령을 듣지 않을까 걱정입니다. 주공께서 만약에 저를 싸움에 데리고 가시고자 하신다면, 검인을[12] 맡겨주시기 바랍니다."

하니, 현덕이 곧 검인을 공명에게 주었다. 공명은 드디어 여러 장수들을 모아놓고 명을 내렸다.

장비가 관우에게 이르기를,

---

12) **검인(劍印)** : 주장(主將)의 검과 인.

"이제 명을 들으러 가시지요. 그가 어떻게 조정하나 봅시다."

하였다.

공명이 말하기를,

"박망산의 왼쪽에는 산이 있는데 이름은 예산(豫山)이라 하고, 오른쪽에는 숲이 있는데 안림(安林)이라 하오. 여기에 군사와 말을 매복시킬 수 있소. 운장은 1천의 군사들을 데려다가 예산에 매복하고, 조조의 군사가 이를 때까지 기다리시오. 적병이 지나도 그대로 두고 있으면 적의 치중(輜重)과 양초 등이 바로 뒤따를 것이니, 남쪽에 불길이 오르는 것을 보고 병사들을 출격시켜서 양초들을 불태워 버리시오.

익덕은 1천 군사들을 이끌고 안림의 뒤쪽 산골짜기에 매복하였다가 남쪽에 불길이 오르는 것을 보면, 곧 나가서 박망성을 향해 양초를 쌓아둔 곳에 불을 지르시오. 관평과 유봉은 각각 5백의 군사들을 이끌고 불지를 물건들을 준비하고 박망파의 뒤 양쪽에서 기다리다가, 조조의 군사들이 오면 곧 불을 지르시오."

하였다. 번성 조운에게 돌아오라고 명하여 선봉을 삼고, 이기고자 말고 다만 지라고 명하고,

"주공께서 한 떼의 군사들을 이끌고 뒤에서 지원을 하십시오. 각각 명에 따라 계책을 행하되 실수가 있어서는 아니 됩니다."

한다.

그러자 운장이 말하기를,

"우리들은 모두 적을 맞으러 나가는데, 군사(軍師)는 무슨 일을 할 것인지 미심쩍습니다."

하니, 공명이 대답하기를

"나는 앉아서 성을 지킬 것이오."

한다.

장비가 웃으면서 말하기를,

"우리들은 모두 죽으러 가는데 군사께서는 집에 앉아 있겠다. 좋겠수다!"

하니, 공명이 대답하기를

"칼과 인이 여기 있소이다. 명령을 어기는 자는 참할 것이오!"

한다.

현덕이 말하기를,

"어찌 '장막 안에서 운용하여 천 리 밖에서 전쟁의 승패를 결정한다.'는13) 말을 듣지 못했느냐! 두 아우는 명을 어기지 말게."

하자, 장비가 냉소하며 나갔다.

운장이 말하기를,

"우리들은 저의 계책이 제대로 들어맞는지 보세. 그랬다가 들어맞지 않으면 저에게 물어보세."

하며 나갔다.

여러 장수들이 다 공명의 도략을 알지 못하였으나, 명을 들은 상태이니 모두 의혹을 떨쳐버리지 못하였다.

공명이 현덕에게 말하기를,

"주공께서는 오늘 곧 군사들을 이끌고 나가서 박망파 아래에 진을 치고 계십시오. 그랬다가 내일 저녁 무렵에 적군이 이르면 주공께서 먼저 영채를 버리고 달아나오. 단지 불길이 이는 것을 보면 곧 군사들을

---

13) 장막 안에서 운용하여 천 리 밖에서 전쟁의 승패를 결정한다[運籌帷幄之中] : 유방이 장량을 칭찬한 말임. [史記]에는 「運籌策帷偓之中」으로, [淮南子]에는 「運籌於廟堂之上」으로 되어 있음. [史記 高祖紀] 「夫運籌策帷幄之中 決勝於千里之外 吾不如子房」. [三國志 魏志 武帝紀] 「運籌演謀」. 본래 「유악」(帷幄)은 '군의 장막·작전계획을 짜는 곳'의 의미임. [史記 太史公自序] 「軍籌帷幄之中 制勝於無形」.

돌려 엄살하십시오. 저는 미축·미방 두 사람과 같이 5백의 군사로서 현을 지키겠습니다. 손건과 간옹에게 명하여 잔치를 준비하게 하고, 공로부(功勞簿)를 준비시키겠습니다.”

한다.

그러나 군사들이 모두 떠나자 현덕 또한 의혹이 가시지 않았다.

한편, 하후돈과 우금 등은 병사들을 이끌고 박망파에 이르자 반으로 나누어, 절반으로 전대를 삼고 나머지는 다 군량을 실은 수레를 보호하게 하였다. 때는 마침 가을이라 가을바람이 선들선들 불었다. 인마가 길을 재촉하고 있는데, 전면에서 먼지가 갑자기 이는 것이 보였다.

하후돈이 곧 인마를 벌여 놓고, 길을 안내하는 사람에게 묻기를

“여기가 어디쯤인가?”

하니, 그가 대답하기를

“앞쪽은 박망파이고 뒤쪽은 나천(羅川) 어귀입니다.”

한다.

하후돈이 우금과 이전에게 명하여 진을 펴게 하고 자신이 직접 말을 타고 앞에 나섰다. 군마가 오는 곳을 바라보다가 하후돈이 갑자기 크게 웃었다.

장수들이 묻기를,

“장군께서는 어찌하여 웃으십니까?”

하니,

“내가 웃는 것은 서원직이 승상의 앞에서 제갈량을 천인처럼 과장하더니, 지금 저의 용병을 보니 저런 군마로써 전부를 삼아 우리와 대적하려 하다니, 마치 개가 양 떼를 몰고 호랑이와 싸우는 것과 같은

것이 아니오. 내 승상 앞에서 과장된 말로 유비와 제갈량을 사로잡는
다 했는데, 이제 반드시 내 말대로 될 것이외다."

하였다. 그리고는 말을 몰아 앞으로 나갔다.

조운이 말을 몰아 나오자, 하후돈이 꾸짖기를

"너희들이 유비를 따르는 것이 마치, 유명을 달리한 외로운 영혼들
이 귀신을 따르는 것 같구나!"

하자,14) 조운이 노하여 말을 몰고 나와 싸운다.

그러나 두 말이 어울려 수합이 못 되어 조운이 거짓 패하여 달아났
다. 하후돈이 뒤를 쫓아 급히 추적하였다. 조운이 십여 리쯤 달아나다
가 말을 돌려 싸우다가, 몇 합이 못 되어 또 달아났다.

한호가 말에 박차를 가하며, 앞에 나가서 간하기를

"조운이 우리를 유혹하고 있으니 적이 매복하였을까 두렵습니다."

한다.

하후돈이 대답하기를,

"적군이 이와 같은 정도라면 비록 열 번을 매복한다 해도 내가 어찌
두려워하겠느냐!"

하며, 한호의 말을 듣지 않고 곧장 급히 쫓아 박망파에 이르렀다. 갑
자기 함성소리가 나더니 현덕이 군사들을 이끌고 충돌해 왔다.

하후돈은 현덕을 보고, 웃으면서 말하기를

"이것이 바로 매복병이냐! 내 오늘 저녁 신야에 이르지 못하면, 맹

---

14) 유명을 달리한 외로운 영혼들이 귀신을 따르는 것 같구나[孤魂隨鬼] : 외로운
혼령들이 귀신을 따르는 듯하다는 말로, '너희들이 유비를 따라다니는 것이,
마치 갈 곳 없는 영혼들이 귀신을 따라 다니는 것 같다'는 뜻임. [文選 曹植
贈白馬璙詩]「孤魂翔故域」. [柳宗元 祭外甥崔騈文]「孤魂冥冥 何託何逝 嗚呼哀
哉」.

세코 군사를 파하지 않겠다!"

하였다. 그러고는 군사들을 재촉하여 앞으로 나갔다.

현덕과 조운은 뒤로 물러나 급히 달아났다. 시간이 벌써 저녁 때가 되고 저녁 안개가 짙게 퍼졌다. 그러자 달빛마저 없고 한낮에 일어난 바람이 밤이 되자 더욱 거세졌다. 하후돈이 뒤돌아보며 군사들을 재촉하여 급히 짓쳐 나갔다. 우금과 이전이 좁은 곳에 이르자 양편이 모두 갈대숲이었다.

이전이 우금에게 묻기를,

"적을 업신여기는 자는 반드시 패한다 하였습니다. 남쪽은 길이 좁고 산과 개천이 접하고 수목이 우거져 있으니, 저들이 화공을 펴면 어찌합니까?"

하자, 우금이 대답하기를

"자네의 말이 옳소. 내 당장 앞으로가 도독에게 말하리다. 자네는 후군을 나오지 못하게 하오."

하였다.

이전이 급히 말고삐를 당겨 말을 돌리며, 큰 소리로

"후군들은 천천히 나와라!"

하자, 인마가 달려오다가 멈추기가 쉽지 않았다.

우금이 말을 급히 몰아가며,

"전군 도독은 멈추시오."

라고 크게 소리쳤으나, 하후돈은 그때 달리다가 우금이 바삐 뒤쫓아 온 것을 보고 무슨 일이냐고 물었다.

우금이 대답하기를,

"남쪽은 길이 좁고 산천이 협소하며 나무가 우거져 화공을 할 수 있소."

하니, 하후돈이 그제야 깨닫고 곧 말을 돌려 군마를 나아가지 말라고 명했다. 말이 끝나기도 전에 뒤에서 큰 함성이 들리더니, 한 줄기 불길이 타오르는 것이 보였다. 그 불길은 삽시간에 사방으로 번져 온통 불길이 되었다. 마침 바람이 크게 일어 불길이 맹렬해졌다. 조조의 인마가 모두 서로 짓밟아 죽은 자는 그 수를 알 수조차 없었다. 조운이 군사를 돌려 짓쳐 나가자, 하후돈은 불길을 뚫고 달아났다.

이때, 이전은 앞에 나갔던 군사들의 세가 이롭지 못한 것을 보고, 급히 군사들을 박망파로 돌리려 하는데 불길 속에서 한 떼의 군사들이 나서서 막는다. 그 군사들 앞에 선 장수는 관운장이었다. 이전은 급히 혼란을 틈타 말을 몰아 길을 뚫고 달아났다. 우금은 양초를 실은 수레가 모두 불에 휩싸인 것을 보고, 곧 좁은 길로 급히 도망갔다.

하후란과 한호가 양초를 구하러 왔으나 그때 마침 장비와 맞닥뜨렸다. 싸움이 몇 합 못 되어 장비가 휘두른 창에 하후란이 말에서 떨어졌다. 그 사이 한호는 길을 뚫고 달아났다. 서로 짓쳐 싸우다가 날이 밝자 겨우 군사들을 수습하였다. 죽은 시체들은 들판 여기저기에 널부러져 있고, 피는 흘러 내를 이루었다.

후세 사람의 시가 있다.

박망파에서 서로 버티다가 큰 화공이 있으니
지휘한 일 담소 중에 뜻과 같이 되었네.
　博望相持用火攻
　指揮如意笑談中.

이 작전에 조조의 간담 놀라 떨어지니
초려에서 나온 후 처음 세운 공이었다!
　直須驚破曹公膽

初出茅廬第一功!

하후돈이 남은 군사들을 수습하여 허창으로 돌아갔다.

한편, 공명도 군사들을 수습하여 돌아왔다.

관우와 장비 두 사람이, 서로 말하기를

"공명은 진짜 영걸이구나!"

하고 승리를 말하며 돌아가는데, 미축과 미방이 군사들을 이끌고 한 작은 수레를 호위하고 오기에 보니 수레에는 한 사람이 단정하게 앉아 있었다. 공명이었다.

관우와 장비가 말에서 내려 그 앞에서 엎드려 절하였다. 얼마 있자 현덕·조운·유봉·관평 등이 다 이르러 군사들을 한 곳에 모으고, 노획한 양초와 치중들을 병사들에게 나누어 주었다. 그리고 군사들은 신야로 돌아왔다.

신야의 백성들이 길을 막으며 말하기를,

"내 평생에 온전하게 살게 됨은 다 사군께서 어지신 때문입니다!"

하며 인사를 하였다.

공명이 현에 돌아와서, 현덕에게 말하기를

"하후돈이 비록 패배하고 갔지만, 조조는 필시 대군을 이끌고서 올 것입니다."

하거늘, 유비가 묻기를

"그렇다면 어찌하면 좋겠소?"

한다.

공명이 말하기를,

"저에게 한 계책이 있으니 조조와 맞설 수 있을 것입니다."

이에,

싸움에 이기고도 전마는 쉴 새가 없구나
병란을 피하려면 공명의 계책이 필요해.

　破敵未堪息戰馬

　避兵又必賴良謀.

공명의 계책이 어떤 것인지 알 수 없다. 하회를 보라.

제40회

채부인은 형주를 조조에게 바치고
제갈량은 신야를 불태우다.
　蔡夫人議獻荊州
　諸葛亮火燒新野.

한편, 현덕은 공명에게 조조에게 대항할 계책을 물었다.

공명이 말하기를,

"신야는 작은 현이어서, 오래 있을 곳은 아닙니다. 근자에 유경승이
병을 얻어 위독하다 들었습니다. 이 기회를 타서 그 형주를 취하여
안전한 땅으로 삼아야, 조조를 막을 수 있습니다."

하였다.

현덕이 대답하기를,

"공의 말이 백 번 옳습니다. 그러나 나는 유경승의 은혜를 저버릴
수 없는데, 어찌하여 그곳을 도모합니까!"

하자, 공명이 묻기를

"지금 만약 그곳을 얻지 못하면 후회해도 무슨 소용이 있겠습니까?"

하자, 현덕은 말하기를

"내 차라리 죽는다 해도 차마 의리를 저버리는 일은[1] 할 수가 없소

---

1) 차마 의리를 저버리는 일은[不忍作負義之事] : '의가 아닌 일은 할 수 없음'
　의 뜻임. 「불인지심」(不忍之心). [孟子 公孫丑篇 上]「人皆有**不忍之心**」.

이다."

하거늘, 공명이 대답하기를

"이 문제는 다시 더 의논하시지요."

하였다.

한편, 하후돈이 패하여 허창으로 돌아가 자신의 몸을 묶고, 바닥에
엎드려 조조에게 죄를 청하였다. 그러나 조조는 그를 풀어 주었다.

하후돈이 말하기를,

"저는 제갈량의 거짓 계책에 말려, 그의 화공에 우리 군이 크게 패
하였습니다."

하자, 조조가 묻기를

"자네는 어려서부터 용병이었는데, 어찌 좁은 곳에서는 화공에 대
비한 계책을 몰랐는가?"

한다.

하후돈이 말하기를,

"이전과 우금이 일찍이 이 일에 관해 말했는데, 후회막급입니다!"

하자,2) 조조는 이에 두 사람에게 상을 내렸다.

이에 하후돈이 다시 말하기를,

"유비가 이렇게 창궐하니3) 진실로 걱정입니다. 저를 빨리 제거하

---

2) **후회막급입니다[後悔何及]**: 후회한들 어찌 미치겠는가? 「후회」(後悔). [漢
書]「官成名立 如此不去 懼有後悔」. [詩經 召南篇 江有氾]「不我以 其後也悔」.
[史記 張儀傳]「懷手後悔 赦張儀 厚禮之如故」.

3) **창궐(猖獗)**: 불순한 세력이 맹렬히 퍼짐. [字彙]「獗賊勢猖獗」. [三國志 蜀志
諸葛亮傳]「漢昭烈 謂諸葛亮曰 孤智術浅短 遂用猖獗」. 「창광」(猖狂). 사람이
멋대로 날뛰어 억누를 수 없음. [莊子 山木篇]「不知義所之所適 不知禮之所將
猖狂妄行 乃蹈乎大方」.

지 않을 수 없습니다."

하니, 조조가 대답하기를

"내게 근심이 되는 것은 유비와 손권일 뿐이다. 나머지 인물들은 다 개의할 것이 못 된다. 지금 당장에 이 틈을 타서 강남을 평정해야겠다."

하고는, 곧 50만 대군을 일으켜 조인과 조홍을 명하여 제 1대로 삼고 장료와 장합을 제 2대로, 하우연과 하후돈을 제 3대로 삼았다.

그리고 우금과 이전을 제 4대로 삼고 조조 자신은 여러 장수들을 이끄는 제 5대를 맡았다. 각 대마다 군사 10만씩을 이끌었다. 또 허저를 절충장군으로 삼아 병사 3천을 이끌고 선봉에 서게 하였다. 건안 13년 가을 7월 병오(丙午)에 출전하기로 날이 정해졌다.

태중대부 공융이 간하기를,

"유비와 유표는 다 황실의 종친으로 함부로 칠 수는 없습니다. 손권이 6군을 거느리고 있고 또, 큰 강은 험준하여 이 또한 쉽게 취하기 어렵습니다. 승상께서 지금 명목 없는 군사들을 일으키고 있으니 천하의 신망을 잃을까 걱정됩니다."

하자, 조조가 노해서 말하기를

"유비와 유표 그리고 손권은 다 역신들이다. 어찌 토벌을 하지 말라 하느냐!"

하고, 도리어 공융을 꾸짖어 물리친 뒤에

"이제 이 일로 다시 간하는 자는 반드시 참하리라."

하였다.

공융은 상부에서 나오면서, 하늘을 보고 탄식하기를

"이로써 어질지 못한 이가 어진 이를 치기에 이르렀으니,4) 어찌 패

---

4) 어질지 못한 이가 어진 이를 치기에 이르렀으니 : 원문에는 '以至不仁伐至仁 安得不敗乎!'로 되어 있음. [孟子 盡心篇 下]「仁人無敵於天下 以至仁伐至不仁

하지 않겠는가!"

하였다.

이때, 어사대부 치여(郗慮)의 집에 과객으로 있는 이가 이 말을 듣고
치여에게 알렸다. 그는 일찍이 공융에게 멸시를 받아서 마음속으로
원망하고 있었는데, 이 이야기를 듣고 조조에게 가서 고해 바쳤다.

또 덧붙여 말하기를,

"공융은 평소에도 늘 승상을 멸시해 왔고 또 예형과도 친했습니다.
예형이 공융에게 말하기를 '중니는5) 죽지 않았소이다.' 하자, 공융이
예형을 칭찬하여 말하기를 '안회가6) 다시 살아나셨소이다.' 하였습니
다. 과거 예형이 승상을 욕했던 말은 공융이 시켜서 한 것이랍니다."
하자, 조조가 크게 노하여, 마침내 정위(廷尉)에게 명을 내려 공융을
잡아들이게 했다.

공융은 두 아들이 있었는데 나이가 아직 어렸다. 그때 마침 그들은
집에서 바둑을 두고 있었다.

좌우 사람이 급히 고하기를,

"아버지께서 정위에게 잡혀가셨는데, 장차 참형을 당하실 것이랍니
다. 두 분께서는 어찌 빨리 피하지 않으십니까?"
하니, 두 아들이 말하기를

而何其血之流杵也」.

5) 중니(仲尼) : 공자의 자(字)임. [史記 孔子世家]「禱於尼丘得孔子……生而首上
坪頂 故因名曰丘云 字仲尼」. 「중니불위이심자」(仲尼不爲已甚者)는 '공자 같은
성인은 자기의 본분 이외에는 추호도 바라는 것이 없다'는 말임. [孟子 離婁篇
下]「孟子曰 **仲尼不爲已甚者**」.

6) 안회(顔回) : 공자의 제자 안자(顔子). 공자의 제자 중에서 가장 어질어서
공자가 사랑하던 수제자임. [中國人名]「春秋 魯 無鯀子 字子淵 孔子弟子 天資
明睿 貧而好學 列孔門德行科 於弟子中最賢 孔子稱其不遷怒 不貳過 年二十九
髮盡白 三十二卒 孔子哭之慟 後世稱爲復聖」.

"온통 둥지가 뒤집히는데 알이 온전하겠는가?"7)

하고 말이 끝나기도 전에 정위가 들이닥쳐, 공융의 가솔들을 모두 잡아 가두고 그의 두 아들도 다 참형시켰다.

그리고는 공융의 시신을 저자에 내어다 놓고 호령하였다. 이때, 경조의 지습(脂習)이 땅에 엎드려 통곡하였다.

조조가 이 일을 듣고는 크게 노하여 저를 죽이려 하자, 순욱이 말하기를

"혹자는 지습이 공융에게 간하기를 '공은 강직함이 너무 지나쳐서 화를 불러온 것이오.' 하였다는 말을 들었는데, 지금 공융이 죽은 후에 와서 울었다면 이는 의인입니다. 죽여서는 안 됩니다."

하자, 조조는 그를 죽이지 않았다.

지습은 공융부자의 시신을 수습하여 장사를 지내 주었다.

후세 사람들 중에 공융을 예찬한 시가 있다.

　　공융은 북해에 살았는데
　　호기가 무지개를 꿰뚫었다오.
　　　孔融居北海
　　　豪氣貫長虹.

　　당상에는 늘 손님이 가득하고

---

7) 온통 둥지가 뒤집히는데 알이 온전하겠는가? : '근본이 무너지는데 그 무엇이 안전하겠는가?'의 뜻임. 원문에는 '破巢之下 安有完卵乎?'로 되어 있음. 「복소파란」(覆巢破卵)은 '둥지가 엎어지면 알도 깨짐'의 뜻임. [世說新語 言語] 「孔融被收 中外惶怖 時融兒大者九歲 小者八歲……兒徐進曰 大人豈見 覆巢之下 復有完卵乎 尋亦收至」. [三國志 魏志 陸凱傳] 「有覆巢破卵之憂」.

술동이에는 술이 비지 않았다오.

　坐上客長滿

　樽中酒不空.

문장으로 세속 사람들 놀라게 하고
담소로 왕공들을 업신여겨 깔보았네.

　文章驚世俗

　談笑侮王公.

사가들 붓 끝은 그의 충직함 보상하여
태중이라 하였다네.

　史筆褒忠直

　存宜紀「太中」.

　조조는 공융이 죽은 후에 다섯 대의 군마를 차례로 일으켰고, 순욱에게는 남아서 허창을 지키게 하였다.

　한편, 형주의 유표는 병이 깊어지자, 사람을 시켜 현덕을 청하여 뒷일을 부탁하려 하였다. 현덕은 관우와 장비를 데리고 형주에 가서 유표를 뵈었다.

　유표가 말하기를,

　"내 병은 이제 뼛속까지 들어8) 머지않아 죽을 것이외다. 특히 아우

---

8) 내 병은 이제 뼛속까지 들어[膏肓] : 염통과 가로막의 사이란 뜻이지만 '고치기 어려운 병'의 비유임. 「고황지질」(膏肓之疾)·「천석고황」(泉石膏肓). [晉書 樂廣傳]「此腎胸中 當必無膏肓之疾」. [唐書 田游巖傳]「臣所謂泉石膏肓 烟霞痼

님께 뒷일을 부탁합니다. 내 아들은 재주가 없어 아비의 업을 계승하지 못할까 두렵소이다. 내가 죽은 후에 아우님께서 형주를 이끌어 주시구려."

한다.

현덕이 울며 대답하기를,

"저는 마땅히 힘을 다해서 조카들을 보필할 것입니다. 어찌 감히 다른 뜻이 있겠습니까?"

하고 말하고 있는 중에, 종인이 들어와 조조가 대병을 이끌고 이르렀다고 보고한다.

현덕은 급히 유표와 헤어져 밤을 도와 신야로 돌아왔다. 유표는 병석에서 이 소식을 듣고 크게 놀라서 유서 쓰는 일을 의논하고 있었다. 현덕에게 적자 유기를 보좌하게 하고 그를 형주의 주인으로 삼으려 하였다.

채부인이 그 소식을 듣고 크게 노하여 곧 내문을 닫아걸고, 채모와 장윤 두 사람은 외문을 굳게 지키게 하였다. 그때 유기는 강하에 있으면서 아버지의 병세가 위중함을 알고, 형주에 와서 병문안을 하려고 외문에 도착하였다.

채모가 막으면서 말하기를,

"공자께서는 부명을 받들어 강하를 지키고 있사온데, 그 임무는 실로 막중한 것입니다. 지금 그곳을 떠나시면 지키기 어렵습니다. 게다가 동오가 쳐들어오기라도 한다면 어찌하시려 하십니까? 만약 입궁하셔서 주공을 뵙는다면 필시 크게 노여워하실 것입니다. 그것은 병세를 더욱 악화시킬 것인데, 이는 효가 아니오니다. 속히 돌아가시옵소서."

疾者」.

하자, 유기는 문밖에 서서 크게 통곡하고는 말에 올라 강하로 돌아갔
다. 유표는 병세가 위독한데 유기가 오지 않자 기다리다가 8월 무신
에 이르러, 큰 소리를 몇 번 지르고는 죽었다.

후세 사람이 유표를 한탄한 시가 있다.

옛날 들으니 원씨가 하북에 살았고
또 보니 유표는 한양을 손에 넣고 있었네.
昔聞袁氏居河朔
又見劉君霸漢陽.

암탉이 새벽에 홰를 치며 울더니
애닯구나. 머지않아 다 멸망하였네.
總爲牝晨致家累
可憐不久盡銷亡.

유표가 죽자 채부인과 채모·장윤이 의논하여 거짓 유언을 써서,
둘째 아들 유종을 형주의 주인으로 삼고 그 후에 상을 치르게 하였다.
그때, 유종은 나이 겨우 14살이었으나 자못 총명하였다.

이에 유종이 여러 사람들을 모아놓고, 말하기를

"내 아버님께서 세상을 떠나셨고, 형님은 강하에 있으며 숙부께서
는 신야에 계시는데 그대들이 나를 주인으로 세웠으니, 혹시 형과 숙
부가 병사들을 일으켜 죄를 물으러 오신다면 어찌 설명해야겠소?"
하니, 여러 관리들이 대답을 못하고 있었다.

그때, 막관(幕官) 이규(李珪)가 대답하기를,

"공자님의 말씀이 옳습니다. 지금 급히 부고를 써서 강하로 보내야

합니다. 공자님의 형님을 불러 형주의 주인으로 삼으시고, 현덕을 오게 해서 같이 일을 처리해야 합니다. 북쪽에서는 조조가 적이 되고 남쪽에서는 손권이 버티고 있으니, 이렇게 하는 것이 안전한 계책입니다."

하였다.

그러자 채모가 노하여 꾸짖으며, 말하기를

"네가 어떤 놈이기에 감히 어지러운 말을 지껄여 주공의 유언에 반역하려 하느냐!"

하니, 이규가 크게 꾸짖어 말하기를

"너는 안팎으로 붕당을 만들어 거짓 유언을 빌어 장자를 폐하고 차자를 옹립하여 형(荊)·양(襄)의 9군을 채씨의 손아귀에 넣으려 하는구나. 만약에 영혼이 있다면 마땅히 너를 죽이실 것이다."

하거늘, 채모가 크게 노해 좌우에게 명하여 끌어내서 참하게 하였다. 이규는 죽으면서도 크게 꾸짖기를 그치지 않았다. 이에 채모는 마침내 유종을 주인으로 옹립하고 채씨 일족이 형주의 병권을 나눠가졌다.

그리고 치중 등의(鄧義)와 별가 유선(劉先) 등에게 형주를 지키게 하였다. 채부인은 유종과 함께 양양으로 가서 머무르면서 유기와 유비를 막았다. 그리고 유표의 영구를 양양성 동쪽 한양의 언덕배기에 장사 지냈는데, 끝내 유기와 현덕에게는 부고를 보내지 않았다.

유종은 양양에 이르러 잠시 말을 쉬게 하고 있는데, 문득 조조가 대군을 이끌고 오고 있다는 소식이 왔다. 유종은 크게 놀라 괴월과 채모 등을 불러 의논하였다.

그때, 동조연 부손(傅巽)이 나오면서, 말하기를

"조조가 군사들을 이끌고 오는 것만이 특히 걱정할 바가 아닙니다. 이제 큰 아드님께서 강하에 있고 현덕이 신야에 있는데도, 우리는 다

상을 알리지도 않고 있소이다. 만약에 저들이 병사를 일으켜 죄를 묻는다면, 형양은 위태해질 것입니다. 저에게 한 계책이 있으니 만약 이 계책대로만 하신다면, 형양의 병사들이 편안하기가 태산과 같을 것이고, 또 주공의 관직도 보전할 수가 있소이다."

하였다.

유종이 묻기를,

"계책이란 게 어떤 것이오?"

하자, 부손이 대답한다.

"형양의 9군을 조조에게 드리면, 그는 필시 주공을 극진히 대우[重待]할 것이외다."

하자, 유종이 꾸짖으면서 말하기를

"그걸 말이라고 하시오! 내가 선친의 기업을 받고 아직 자리가 잡히지 않았는데, 어찌 그리 급히 다른 사람에게 주란 것이오?"

하였다.

괴월이 나서며 말하기를

"부공제의 말이 옳습니다. 무릇 거스르는 것과 순종하는 것은 대세에 따라야 하는 것이고, 강약 또한 형편이 정하는 것입니다.9) 지금 조조는 남쪽과 북쪽 모두를 정벌하며 조정을 명분으로 내세우고 있으니, 주공께서 이를 거역한다면 이는 명분에 따르지 않는 것입니다.

또 주공께서는 새로이 위에 오르셨으니, 밖으로는 편안하지 못한 것이 걱정이고 안으로는 반란이 일어날까 걱정입니다. 형양의 백성들은 조조의 군사들이 이르렀다는 소식을 들으면 싸우기도 전에 간담이

---

9) 무릇 거스르는 것과 순종하는 것은…… : 원문에는 '夫逆順有大體 强弱有定勢'로 되어 있음. [管子 版法解 下]「人有逆順 事有稱量」. [강약](强弱). [戰國策 齊策]「由此觀之 則强弱大小之禍 可見前事矣」.[六韜 龍韜 兵徵]「知敵人之强弱」.

먼저 얼어붙게 될 것이니, 어찌 그들을 맞아 싸우겠습니까?"
하였다.

유종이 대답하기를

"그대의 좋은 말을 내가 따르지 않으려는 것이 아니라, 다만 선군의 기업을 하루아침에 저들에게 내어준다면 천하의 웃음거리가 되는 것이 두려울 뿐이외다."
하였다.

말이 끝나기도 전에 한 사람이 앙연히 앞으로 나서면서, 말하기를

"부공제와 괴이도의 말이 최선입니다. 어찌해 그 말을 따르지 않습니까?"
한다.

여러 사람들이 저를 보니, 그는 산양 고평(高平) 사람으로 성은 왕(王)이고 이름은 찬(粲)이라 하며 자는 중선(仲宣)이었다. 찬은 외모가 병약해 보이고 키가 아주 작았다.

그가 어렸을 때 중랑 채옹을 찾아간 적이 있었다. 그때, 채옹과 훌륭한 인물들이 자리에 가득했는데, 찬이 왔다는 소리를 듣고는 신발을 거꾸로 신고 나와 맞았다.

빈객들이 다 놀라며 묻기를,

"채중랑께서 어찌 그리 이 몸집이 작은 사람을 공경하십니까?"
하거늘, 채옹이 대답하기를

"이 아이는 아주 기이한 재주를 가졌는데, 나는 그것을 따를 수 없습니다."
하였다. 왕찬은 널리 알고 들은 것을 잘 기억하여 누구도 따를 수 없었다.

일찍이 길가에 비문을 한 번 보고 지나쳤는데 곧 그 비문을 외우고,

사람들이 바둑 두는 것을 보고 있다가 바둑판이 흐트러지자 왕찬이 다시 배열하였는데, 하나도 틀리지 않았다.

또 계산을 아주 잘했으며 글이 아주 절묘해서 이름을 날렸다. 나이 17살에 조정에서 황문시랑을 제수받았으나 나가지 않았다. 후에 난리를 피하기 위하여 형양에 이르렀다가 유표의 상빈이 되었다.

그날 유종에게 말하기를,

"장군께서 스스로 생각하기에 조조와 견주어 어떻습니까?"

하니, 유종이 대답하기를

"조조만 못하지요."

하니, 왕찬이 말하기를

"조조는 강한 병사와 용맹한 장수를 가지고 있으며 지혜가 높고 꾀가 많은 사람입니다. 여포를 하비에서 사로잡았으며 원소를 관도에서 꺾었고, 유비를 농우에서 쫓아냈는가 하면 오환을 백랑(白狼)에서 깨뜨렸습니다. 조조에게 섬멸되고 소탕된 자는 이루 헤아릴 수 없습니다. 지금 대군을 데리고 남하하여 형양에 이르렀으니, 우리의 형편으론 조조에게 대항할 수가 없습니다. 부손과 괴월 두 사람의 계책이 제일 좋은 방책입니다. 장군께서 지체하여 의심을 받으시면 안 됩니다. 살아나신다 해도 후회하게 될 것입니다."

하였다.

유종이 대답하기를

"선생의 견해가 백 번 옳습니다. 다만 어머님께 여쭌 뒤에 알리겠소."

하자, 채부인이 병풍 뒤에서 나오며 유종에게 말하기를,

"이미 중선·공제·이도 세 분의 의견이 같으니, 굳이 나에게 아뢸 것이 뭐 있습니까?"

하였다.

이에 유종이 뜻을 결정하고 곧 항복 문서를 쓰게 하여, 송충(宋忠)에게 몰래 조조의 군영에 가서 바치도록 명했다.

송충이 명을 받들고 곧 성에 이르러 조조를 만나 항복 문서를 바쳤다. 조조가 기뻐하며 송충에게 상을 내리고 유종이 성 밖에까지 나와서 영접하며, 저를 영구히 형주의 주인으로 삼겠다고 일렀다.

송충은 조조에게 배사하고 형양을 향해 돌아오는 길이었다. 막 강을 건너려 하는데 문득 한 무리가 말을 타고 오고 있었다. 송충이 저를 보니 관운장이었다. 송충이 마주치지 않으려했지만, 운장이 불러서 붙들고 형주의 일을 자세히 물었다. 송충이 처음에는 속이려 하였으나, 운장의 질문을 피하지 못해 전후의 사정을 말하게 되었다. 운장이 크게 놀라 송충을 잡아 신야에 이르러 현덕을 만나게 하였다. 그리고는 유비에게 자세히 알리니, 현덕이 듣고 노해 통곡하였다.

장비가 말하기를,

"일이 이미 이렇게 되었으니 먼저 송충을 참하고, 병사들을 일으켜 양양을 빼앗고 채씨 일족과 유종을 죽인 후에 조조와 싸웁시다."

하였다.

현덕이 대답하기를

"자네는 입을 닫고 있게나. 내 짐작이 가는 일이 있네."

하고는, 송충을 꾸짖으며 말하기를

"네가 사람들이 일을 꾸미는 줄 알고 있으면서 어찌해서 일찍 와서 알리지 않았느냐. 지금 비록 너를 참한다고 해도 이익 될 바가 없으니 속히 가거라."

하고 말하니, 송충이 배사하며 머리를 감싸고 쥐새끼처럼10) 가버렸다.

---

10) 머리를 감싸고 쥐새끼처럼[抱頭鼠竄] : '숨을 죽이고 꼼짝도 못함'을 형용하는 말임. 원문에는 '抱頭鼠竄'으로 되어 있음. [漢書 蒯通傳]「常山王**奉頭鼠竄** 以歸

현덕이 걱정하고 있는 차에, 문득 유기가 이적을 보내왔다고 알려왔다. 현덕은 이적이 지난날 자기를 구해 준 은혜를 생각하며, 뜰아래 내려가서 맞아들였다. 그리고는 재삼 재사 감사하였다.

이적이 말하기를,

"큰 아드님께서 강하에 있으면서, 이미 형주에 변고가 일어난 사실을 알고 있습니다. 채부인과 채모 등이 의논하여 부고를 하지도 않았으니, 필경 유종을 주인으로 삼을 겁니다. 공자가 사람을 시켜 양양에 가 탐문하였는데, 돌아온 이야기가 모두 사실이랍니다. 사군께서 알지 못하고 계실까 걱정되어 저에게 부고를 가지고 가서 말씀드리라 하였습니다. 사군께서 휘하의 장병들을 다 일으키셔서 구하러 가시고자 한다면, 함께 양양으로 가서 죄를 묻겠다 하셨습니다."

하였다.

현덕이 유기의 편지를 읽고 나서, 이적에게 이르기를

"기백(機伯)은 다만 유종이 참람하게 세워진 것만 아셨지, 유종이 형양의 9군을 조조에게 바친 것은 모르시오 그려!"

하니, 이적이 크게 놀라 말하기를

"사군께서 이것을 어찌 아셨습니까?"

하매, 현덕이 송충의 일을 자세하게 말해 주었다.

이적이 말하기를,

"만약 그렇다면 사군께서 조상하겠다는 명목으로, 양양에 가셔서 유종을 출병하게 하신다면 쉽게 그를 생포할 수 있지 않겠습니까? 그 일당을 모두 죽이면 형주는 사군의 것이 될 것입니다."

하였다.

漢王」. [遼史 韓匡傳]「棄我師旅 挺身鼠竄」. [中文辭典]「急逃之意」.

공명이 옆에서 말하기를,

"기백의 말이 옳소이다. 주공께서는 그 말대로 하시지요."

하고 권하였으나, 현덕이 눈물을 흘리며 대답하기를

"형님께서 나에게 자식들을 부탁하였는데, 지금 내가 그 자식을 잡고 그 땅을 빼앗는다면 다른 날 죽어 구천에[11] 가서라도 무슨 얼굴로 형님을 뵈올 수 있겠소이까?"

하였다.

공명이 묻기를,

"이 일을 하지 않으시면 지금 조조의 군사들이 벌써 완성에 왔는데, 어찌 적들을 막아내시렵니까?"

하자, 현덕이 말하기를

"번성에 가서 저들을 피하는 것이 좋겠소이다."

하였다.

한참 이렇게 논의를 하고 있는데, 탐마가 와서 조조가 이미 박망에 도착했다고 아뢴다. 현덕은 황망하여 이적에게 돌아가 강하의 군대를 정돈하라고 당부하고, 한편으로는 공명과 적을 막을 계책을 의논하였다.

공명이 말하기를,

"주군께서는 마음을 편히 가지십시오. 저번에는 한 줌의 불로 하후돈의 군사 태반을 태워버렸습니다. 이번에 조조의 군사들이 또 왔으니, 반드시 저들에게 다시 한 번 계책을 써서, 보여주겠습니다. 그러나 우리가 이대로 신야에 있을 수 없으니 번성으로 가시지요."

하고, 곧 사람을 시켜 사대문에 긴 방을 써서 백성들에게

---

11) 구천(九泉) : 저승. 땅 속. [阮瑀 七哀詩]「冥冥**九泉**室 漫漫長夜臺」.「명도」(冥途). 죽은 사람이 가는 곳. 명토(冥土). [太平廣記]「**冥途**小吏」.

"오늘 우리는 번성으로 갈 테니 남녀노유를 가릴 것 없이 가고자 하는 자는 곧 따라나서라. 잠시 피할 것이니 잘못되는 일이 없도록 하라." 고 알렸다. 손건에게는 강변으로 가서 배를 대게 하여 백성들을 구제하라 하고, 미축에게 관가의 가솔들을 번성에 이를 때까지 호송하게 하였다.

한편으로는 여러 장수들에게 명령을 전달하였는데, 먼저 관우에게 알렸다.

"1천의 군사들을 이끌고 백하(白河)의 상류에 매복하되, 각각 포대를 가지고 가서 가능한 한 모래와 흙을 담아 백하의 물을 막았다가 내일 삼경 이후에 하류에서 함성과 말의 울음소리가 들리면, 급히 포대를 치워서 물을 터뜨리고 곧 물을 따라 짓쳐 오며 접응하라." 고 일렀다.

또 장비에게는 말하기를,

"1천의 군사들을 이끌고 박릉 입구에 매복하고 있다가 물이 최고조에 이르면 조조의 군사들이 빠질 것을 피하여, 반드시 여기로 도망쳐 오면 승세를 타서 짓쳐 오면서 내응하라." 하였다.

또 조운을 불러서 이르기를,

"군사 3천을 이끌고 네 대로 나눠, 직접 1대를 이끌고 동문 밖에 매복하고, 나머지 3대는 각각 서문·남문·북문에 매복하되 먼저 성내의 지붕 위에 유황과 염초 등 인화 물질을 쌓아 두어라. 조조의 군사들이 입성하면 필시 민가에 들어가 쉴 것이다. 내일 황혼 후면 반드시 큰 바람이 불 것이니, 바람이 일거든 곧 서·남·북문의 매복한 군사들은 화살에 불을 붙여 성 안으로 쏘게 하라.

성중에서 불길이 크게 치솟기를 기다려 성 밖에서 함성을 지르며 위세를 과시하다가 동문을 열어 놓아 저들이 달아나면, 너희는 곧 동문 밖에서 저들을 시살하라. 날이 밝거든 관우와 장비는 군사들을 수습하여 번성으로 돌아가라."

하였다.

그리고 다시 미방과 유봉 두 사람에게는,

"군사 2천을 이끌고 반은 붉은 기를, 반은 푸른 기를 들게 하고, 신야성 북 30리 작미파(鵲尾坡)에 가서 주둔하고 있다가, 조조의 군사들이 보이거든 붉은 기를 든 군사들은 왼쪽으로 달아나게 하고, 푸른 기를 든 군사들은 오른쪽으로 달아나게 하라. 저들이 의심을 품어 감히 추격하지 못할 것이다. 너희 두 사람은 나뉘어 앞에 매복하고 있어라. 그랬다가 성 안에서 불길이 솟는 것이 보이면, 곧 패병들을 쫓아가 시살하라. 그런 뒤에 백하의 상류로 와서 접응하라."

하였다.

공명이 각기 나누어 보내고 나서, 이에 현덕과 함께 높은 언덕에 올라가 바라보며 승첩의 소식을 기다렸다.

한편, 조인과 조홍은 10만의 군사들을 이끌고 전대가 되었고, 그 앞에도 이미 허저가 3천의 철갑군을 이끌고 길을 터서 호호탕탕하게 신야로 짓쳐 왔다. 이날 오시쯤 하여 작미파에 이르니 언덕 앞에 한 떼의 인마가 보이는데 다 청기와 홍기를 들었다. 허저가 군사들을 재촉하여 앞으로 나갔다. 유봉과 미방은 4대로 나뉘자 청·홍기는 각기 좌우로 돌아갔다.

허저가 말을 세우고 말하기를,

"나가지 말거라. 앞에 필시 매복이 있을 것이니 우리는 이곳에서 기다리자."

하였다. 허저는 혼자 말을 타고 나는 듯이 전대의 조인에게 전했다.

조인이 대답하기를,

"이는 의병일 것이오. 필시 매복이 없을 것이니 속히 진병해야 하오. 내가 군사들을 독려해 오리다."

하였다.

허저가 다시 언덕 앞으로 돌아와서 병사들을 이끌고 짓쳐 들어갔다. 숲속으로 추격해 들어가도 한 사람도 볼 수가 없고 시간은 벌써 해가 서쪽으로 넘어갔다. 허저가 막 전진하려 할 때에 산 위에서 큰 소리가 들려왔다. 머리를 들고 보니 산 꼭대기에 한 떼의 깃발이 보이는데, 깃발 사이에 두 개의 산개(傘蓋)가 보였다.

왼쪽에는 현덕이 또 다른 쪽에는 공명, 두 사람이 마주 앉아 술을 마시고 있는 게 아닌가! 허저가 크게 노하여 군사들을 이끌고 산 위로 올라가는 길을 찾았다. 산 위에 이르니 나무와 돌덩이가 굴러 내려와 전진할 수가 없었다. 또 산의 뒤쪽에서 함성이 크게 일었다. 허저는 길을 찾아 시살하려 하였으나 날이 이미 저물었다.

조인이 병사들을 이끌고 도착하여 신야성을 빼앗기 위해 말들을 쉬게 하였다. 군사들이 성 아래에 이르렀을 때에 4대문이 모두 열려 있는 것이 보였다. 조조의 군사들이 일제히 돌입하였으나 막는 것이 전혀 없었다. 성중에는 또한 사람 한 명 보이지 않았다. 성은 텅 비어 있었다.

조홍이 말하기를

"이는 세가 어려울 때 쓰는 계책일 것이다. 그러므로 백성들이 모두 쥐새끼처럼 도망간 것이다. 우리는 이 성에서 편안히 쉴 수 있을 것이니, 내일 날이 밝거든 진격하겠다."

하였다.

그러나 이때 각 군사들은 달리느라 힘들었고, 모두가 굶주렸으므로 민가에 들어가 밥을 지었다. 조인과 조홍은 관아에 들어가 편히 쉬었다. 그때는 초경이 이미 지난 후였는데 바람이 미친 듯이 불었다. 문을 지키는 군사들이 불길이 일어나고 있다고 알려 왔다.

조인이 말하기를,

"이는 필시 군사들이 밥을 짓다가 조심하지 않아 불을 낸 것이니, 불이 번져 나가더라도 놀랄 것 없다."

라고, 말하였다.

그러나 말이 끝나기도 전에 여러 번 계속해서 보고가 들어왔다. 서·남·북문 세 곳에서 불길이 치솟았다. 조인은 급히 명을 내려 장수들을 모두 말에 오르게 한 때는, 이미 성 안에 불길이 가득해 위아래 없이 온통 불바다였다. 이날 밤의 불은 전번 박망파 때보다 더했다.

후세 사람이 이를 한탄한 시가 있다.

간웅 조조는 중원을 지키다가
9월에 남정하여 한천에 이르렀네.

　　妖雄曹操守中原

　　九月南征到漢川.

풍백이12) 노하여 신야현에 이르시니
축융께서13) 내려오사 하늘을 태우시다.

---

12) 풍백(風伯) : 바람을 다스리는 신. 풍백우사(風伯雨師). [史記 封禪書]「辰星
　　二十八宿 風伯雨師」. [搜神紀]「風伯雨師星也 風伯者 箕星也 雨師者畢星也」.
13) 축융(祝融) : 불을 맡은 신[火神]. 여름(남쪽 바다)을 맡은 신. [禮記 月令篇]

風伯怒臨新野縣

祝融飛下燄摩天.

　조인은 장수들을 이끌고 연기와 불길을 무릅쓰고 길을 찾아 달아났다. 동문 쪽에 불길이 없다는 말을 듣고 황급하게 동문으로 나갔다. 군사들이 서로 밟혀 죽은 자가 무수하였다.

　조인 등이 겨우 불길에서 벗어나자 뒤에서 함성이 일어나며, 조운이 군사들을 이끌고 급히 쫓아와 혼전에 빠졌으나, 패군들은 살기 위해 도망가느라고 누구 하나 몸을 돌려 싸우는 자가 없었다. 그러는 중에 미방이 군사들을 이끌고 도착하여 한바탕 충살하였다.

　조인은 대패하고 겨우 길을 뚫어 달아나고, 유봉이 또 일군을 이끌고 길을 막고 시살하였다. 4경쯤 되어서는 인마가 모두 지쳤고, 군사들 태반이 머리가 타고 이마를 데었다. 달아나 백하 강변에 이르니 강물이 그리 깊지 않아 다행이었다. 인마가 모두 백하의 물을 마셨는데 사람들이 왁자하고 떠들썩하고 말들이 모두 울어댔다.

　한편, 운장은 상류에서 포대로 강물을 막고 있다가, 황혼 무렵이 되자 시끄러운 소리가 들렸다. 그때, 급히 군사들에게 명을 내려 일제히 포대를 치워 물길을 트게 하였다. 물길이 도도해져 하류로 흘러 내려갔다. 조조 군사들은 인마가 모두 물에 빠져, 죽은 자가 아주 많았다.

　조인은 여러 장수들을 이끌고 물결이 약한 곳을 찾아 달아났다. 길이 박릉파 입구에 이르자 함성이 크게 일더니, 한 무리의 군사들이 길을 막고 나선다. 장비였다.

　그는 큰 소리로 외치기를,

　「孟夏之月 其神祝融」. [左氏昭 二十九]「火正日 祝融」.

"조적(曹賊)들은 빨리 나와 목숨을 내놓아라!"

하자, 조조의 군사들이 크게 놀라 혼란에 빠졌다.

이에,

성 안에서 홍염을 뚫고 겨우 나왔더니

강가에선 또한 흑풍을14) 만났구나.

城內纔看紅燄吐

水邊又遇黑風來.

조인의 목숨은 어찌 되었을까? 하회를 보라.

---

14) 흑풍(黑風) : 폭풍·광풍. 「흑풍백우」(黑風白雨). '흑풍'은 세차게 불어 먼지
가 휩쓸려 일어나는 바람이고, '백우'는 소낙비를 이름. [李賀 詩]「**黑風**吹山作
平地」. [蘇軾 望湖樓詩]「**白雨**跳珠亂入船」.

제41회

유현덕은 백성들을 이끌고 강을 건너고
조자룡은 필마단기로 주인을 구하다.
　劉玄德攜民渡江
　趙子龍單騎救主.

　이때, 장비는 관공이 터놓은 상류의 물과 함께, 군사들을 이끌고 하
류 쪽으로 짓쳐 내려오다가 조인의 길을 끊고 혼전하였다. 문득 허저
를 만나 곧 그와 함께 싸웠다. 허저는 싸울 의사가 없어 길을 열고
도망쳤다. 장비는 급히 쫓아 가다가 현덕·공명의 일행이 백하의 연
안을 따라 상류로 오르는 것과 만났다. 유봉·미방은 이미 배를 준비
하고 기다리고 있어서 강을 건너서 모두 번성을 바라고 갔다.
　이때, 공명은 여러 장수들에게 배와 뗏목들에 불을 질러 태우게 하
였다.

　한편, 조인은 잔군을 수습하여 신야로 가서 주둔하였다. 조홍을 시
켜 가서 조조를 만나뵙게 하고는, 실패한 내용을 구체적으로 말씀드
리게 하였다.
　조조는 크게 노하여,
　"제갈량이란 시골 놈이 어찌 감히 이럴 수 있단 말이냐!"
하고, 삼군을 재촉하여 산과 들을 메우듯이 신야에 이르러 영채를 세

우게 하였다.

그리고 영을 전해 군사들에게 산을 수색하게 하고, 한편으로는 백하를 메우게 했다. 그리고는 대군을 8대로 나누어 일제히 가서 번성을 취하려 하였다.

유엽이 말하기를,

"승상께서 처음 양양에 이르렀을 때에는 반드시 먼저 민심을 사게 하였습니다. 지금 유비는 신야의 백성들을 다 옮겨 번성으로 들어갔습니다. 만약에 우리의 군사들이 이대로 간다면 두 현은 가루가 될 것입니다. 먼저 사람을 시켜 유비에게 항복을 권하는 것이 좋을 듯합니다. 그래도 유비가 항복하지 않으면 우리들의 애민지심을[1] 보여주고, 항복해 온다면 형주의 땅은 싸우지 않고도 얻을 수 있을 것입니다."
하였다.

조조가 그 말에 따라 묻기를,

"누구를 사신으로 보낼꼬?"
하니, 유엽이 묻기를

"서서와 유비는 관계가 아주 두터운 사이입니다. 지금 군중에 있는데 어찌 그에게 가라고 하지 않으십니까?"
하거늘, 조조가 말하기를

"저가 갔다가 돌아오지 않을까 걱정되기 때문이외다."
하니, 유엽이 또 말하기를

"저가 만약 돌아오지 않는다면 사람들의 웃음거리가 될 것이니, 승상께서는 의심하지 마십시오."
하였다.

---

1) 애민지심(愛民之心) : 백성을 사랑하는 마음. [筍子 不苟]「下則能愛民」. [老子 十]「愛民治國 能無爲乎」.

조조가 이내 서서를 불러 그가 오자,

"내 지금 번성을 짓밟고자 하는데, 어찌 백성들의 목숨이 아깝지 않 겠소. 공이 유비에게 가서 그가 항복해 오면 죄를 면하고 벼슬을 줄 것이나, 만약에 다시 고집을 부린다면 군민을 옥석 간에 모두 다 죽을 것이라 하시오.[2] 그래서 특히 공에게 갔다 오게 하는 것이니, 원컨대 서로가 약속을 저버리지 마시게."

하였다.

서서가 명을 받고 떠났다. 번성에 이르러 현덕과 공명을 만나 함께 지난날의 정을 나누었다.

서서가 권하며 말하기를,

"조조가 나를 사신으로 보내, 사군께 항복을 권하는 것은 민심을 사 려는 것입니다. 이제 저가 군사들을 8대로 나누어 백하를 메우고 진 격하려 합니다. 그리되면 번성을 지킬 수 없게 될 것입니다. 마땅히 계책을 세우십시오."

하니 현덕이 서서에게 남아 있으라 하자,

서서가 사례하며 묻기를,

"제가 만약에 돌아가지 않으면 뭇 사람들의 웃음거리가 될까 두렵 습니다. 어머님께서 이미 돌아가셨으니 그 한은 죽을 때까지 잊지 않 을 것입니다. 몸은 비록 저에게 있지만 맹세코 단 한 가지도 계책을 내지 않을 것이외다. 공은 와룡의 보좌를 받고 있으니 어찌 대업을 이루지 못하겠습니까? 저는 돌아가겠습니다."

---

2) 옥석 간에 모두 다 죽을 것이라 하시오[玉石俱焚] : 옥석동쇄(玉石同碎). 옥 이나 돌의 구분 없이 다 타버림. '옳은 사람이나 그른 사람이나 구별 없이 모 두 재앙을 받음'의 비유. [書經 夏書篇 胤征]「火炎崑岡 玉石俱焚 天吏逸德 烈于 猛火」. [警世通言 第十二卷]「玉石俱焚 已付之於命了」.

하자, 현덕이 더 이상 만류할 수가 없었다.

　서서가 돌아가서 조조를 보고, 현덕이 항복할 뜻이 없는 것 같다고 말하였다. 조조가 크게 노하며 그 날로 진병하였다.

　현덕이 공명에게 계책을 묻자, 공명이 대답하기를

"속히 번성을 버리고 양양으로 가서 쉬세요."

하거늘, 현덕이 묻기를

"백성들이 우리를 따른 지 오래 되었는데, 어찌 차마 저들을 버릴 수 있소이까?"

하니, 공명이 다시 말하기를

"사람을 시켜 백성들에게 알려 원하는 사람은 같이 가게 하고, 그렇지 않은 백성들은 남아 있게 하시지요."

하였다.

　그리고는 먼저 운장을 시켜 강가에 가서 배를 준비하게 하고, 손건과 간옹에게 성루에 가서, 말하게 하기를

"지금 조조의 군사들이 곧 올 터인데 성에서 오래 버틸 수가 없다. 백성들 중에 원하는 자들은 따라나서라. 곧 강을 건너야 한다."

하였다.

　두 현의 백성들이 일제히 통곡하면서,

"우리는 비록 죽는다 해도 사군을 따라 가겠습니다."

하며, 그날로 울면서 길을 떠났다. 노인을 부축하고 어린이의 손을 잡고 남부여대하여 넘실거리는 강을 건너니, 양안에는 울음소리가 끊이지 않았다.

　현덕은 배 위에서 이를 바라보고, 크게 울면서

"나 한 사람을 위해 백성들로 하여금 이렇게 큰 난을 겪게 하니, 내 살아 무엇하겠는가!"

하고, 강에 뛰어들려 하는 것을 좌우에서 말리니, 이 이야기를 들은 백성들이 통곡하지 않는 자가 없었다.

배가 남쪽 연안에 이르자 백성들을 돌아보니, 강을 건너지 못한 백성들이 남쪽을 바라보며 울고 있었다. 현덕이 영을 내려 운장이 급히 배를 가지고 건너가서 그들을 건네어 주라 하고, 비로소 말에 올랐다.

일행이 양양의 동문에 이르니, 성 위에 깃발이 여기 저기 꽂혀 있는 게 보이고 참호 주변에는 뾰족한 말뚝들이 촘촘히 꽂혀 있었다.

현덕이 말고삐를 채며, 큰 소리로

"유종, 조카야! 나는 단지 백성들을 구하러 왔으며 다른 생각은 없다. 빨리 문을 열어라."

하자, 유종은 현덕이 왔다는 것을 듣고는 두려워 나오지 않았다.

채모와 장윤이 곧장 누각에 올라가, 군사들에게 성 아래로 어지럽게 활을 쏘게 하였다. 성 밖의 백성들은 다 망루를 바라보며 울었다.

성중에서 문득 한 장수가 수백 인을 이끌고 누각 위에 올라서, 큰 소리로 말하기를

"나라를 팔아먹은 도독 채모·장윤아! 유사군께서는 인덕의 사람으로 지금 백성들을 구제하기 위해 왔으니 투항하여라. 어찌 서로 싸우는가!"

하였다.

여러 사람들의 저를 보니 신장이 8척이고 얼굴이 대추같이 붉은데 의양사람이었다. 성은 위(魏)요 이름은 연(延)이라 하고 자는 문장(文長)이었다.

그때, 문장이 윤도(輪刀)를 빼어 성을 지키는 장수를 죽이고, 성문을 열고 적교(弔橋)를 내리며, 크게 부르짖기를

"유황숙은 속히 병사들을 거느리고 입성해서 함께 나라를 팔아먹은

도둑놈을 죽입시다!"

하거늘, 장비가 곧 말을 몰고 들어가려 하자, 현덕이 말하기를

"절대 백성들을 놀라게 하지 말게!"

하였다. 위연이 현덕에게 군사들을 이끌고 들어오라고 불렀다.

그때, 성 안에서 한 장수가 말을 달려 군사들을 이끌고 나오며, 큰 소리로 외치기를

"위연아! 이 이름 없는 졸개야, 어찌 감히 혼란을 일으키느냐! 나는 대장 문빙이다. 알아보겠느냐?"

하였다.

위연이 크게 노하여 창을 꼬나들고 말을 몰아 곧 교전을 한다. 두 편의 병사들이 성 주변에서 혼전을 하고 있는데, 그 소리가 땅을 울렸다.

현덕이 간절히 말하기를,

"나는 백성들을 보호하러 왔으나, 도리어 백성들을 해치게 되었소! 나는 양양에 입성하지 않겠소!"

하였다.

공명이 대답하기를,

"강릉은 형주의 요지입니다. 먼저 강릉을 취해 본거를 삼지 않으면 안 됩니다."

하거늘, 현덕이 말하기를

"바로 내 마음과 같소이다."

하였다.

이에 백성들을 이끌고 양양의 큰 길을 떠나 강릉으로 달아났다. 양양성 안의 백성도 많은 사람들이 어지러운 틈을 타고 성을 빠져나와 현덕을 따랐다. 위연과 문빙은 싸움이 사시부터 미시까지에 이르

자, 수하의 병사들을 다 잃었다. 그러자 위연은 말머리를 돌려 도망가 현덕을 찾았으나 찾을 수 없게 되자, 장사 태수 한현(韓玄)에게 갔다.

한편, 현덕도 군민 10여만 명과 크고 작은 수레 수천 대, 그리고 어깨에 짐을 걸머지고 가는 사람과 등에 보따리를 진 자들과 함께 가니3) 그 수를 헤아릴 수 없었다. 가는 길에 유표의 묘를 지나게 되자, 현덕은 여러 장수들을 데리고 묘 앞에서 절을 하고 울면서,

"못난 아우 유비가 덕과 재주가 없어서 거듭 부탁하신 바를 저버렸사오니 그 죄는 저에게 있고 백성들에게는 전혀 없사오니, 바라건대 형님의 영령께서는 형양의 백성들을 구해 주옵소서!"

하고, 슬퍼하는 모습에, 군사들과 백성들 모두 눈물을 흘렸다.

문득 초마가 와서 아뢰기를,

"조조의 대군이 이미 번성에 주둔하고 사람들을 시켜, 배와 뗏목을 수습하여 오늘로 강을 건너 급히 쫓아오고 있습니다."

한다.

여러 장수들이 말하기를,

"강릉은 요지입니다. 마땅히 지켜야 합니다. 지금 수만의 백성들과 같이 가면 하루에 십여 리 밖에 못갑니다. 이렇게 간다면 어느 때에 강릉에 이르겠습니까? 또 조조의 군사들이 이르면 어떻게 적을 막아 내겠습니까? 잠깐 백성들을 버리고 먼저 가는 것이 우선입니다."

하자, 현덕이 울면서 대답하기를

"큰 일을 하는 것은 반드시 사람이 근본이 되는 것이외다.4) 지금

---

3) 어깨에 짐을 걸머지고 가는 사람과 등에 보따리를 진 자들과 함께 가니[挑擔背包] : 짐을 메거나 지거나 함. 「도담태재」(挑擔駄載)는 '짐을 메거나 지거나 말 또는 수레에 실음'의 뜻임. [明律 戶律 課程]「挑擔駄載者 杖八十 徒二年」.

4) 반드시 사람이 근본이 되는 것이외다[以人爲本] : '모든 일에 있어서 근본이

백성들이 나에게 와서 있는데, 어찌 저들을 버리겠소이까?"
한다.

백성들이 현덕의 이 말을 듣고는 눈물을 흘리지 않는 이가 없었다.
후세 사람이 이를 예찬한 시가 있다.

난에 임해서도 마음속엔 오직 백성들만 있으니
배에 올라 눈물을 뿌리매 삼군들이 다 감동하도다.
　臨難仁心存百姓
　登舟揮淚動三軍.

지금도 양강 어귀에서 조상하면
그때의 노인들 잊지 않고 사군을 생각하네.
　至今憑弔襄江口
　父老猶然憶使君.

한편, 현덕은 백성들을 이끌고 천천히 행군하였다.
공명이 말하기를

"추격병들이 머지않아 곧 이를 것이니, 운장을 보내 강하에 가서 공
자 유기에게 구원을 청하게 하고 저에게 속히 기병하여 배를 타고 강
릉에서 보자 하시지요."

하거늘, 현덕이 그의 말에 따라 곧 편지를 써서 운장과 손건에게 5백
의 군사들을 이끌고 강하에 가서 구원을 청하게 하고, 장비에게는 퇴

되는 것은 사람임'을 강조한 말임. 「이인위감」(以人爲鑑)은 「다른 사람의 한
일을 거울 삼음」의 뜻임. [唐書 魏徵傳]「以人爲鑑 可明得失」. [墨子 非攻中]「君
子不鏡於水 水而鏡於人」.

로를 끊게 하며 또 조운에게는 가족들을 보호하게 하였다.

그리고 그 나머지 장수들은 백성들을 돌보게 하며, 매일 10여 리씩 가서는 쉬게 하였다.

한편, 조조는 번성에 있으면서, 사람을 시켜 강을 건너서 양양에 이르러 유종을 불러오게 하였다. 유종을 두려워서 감히 가지 못하였다. 채모와 장윤이 함께 가기를 청하였다.

이때, 왕위가 비밀리에, 유종에게 말하기를

"장군께서는 이미 항복하셨고 현덕은 또 달아났습니다. 조조는 마음이 해이해져 방비가 없을 것입니다. 원컨대 장군께서 분발하셔서 기병들을 험준한 곳에 매복시켜 둔다면, 조조를 잡을 수 있을 것입니다. 조조만 사로잡는다면 곧 천하를 얻게 되는 것입니다. 중원이 비록 넓다고는 하나 격문을 보내면 안정될 것입니다. 이 어려움을 기회로 맞게 될 수 있으니 절대로 놓쳐서는 안 됩니다."

하자, 유종이 그 말을 채모에게 알렸다.

채모는 왕위를 꾸짖으며 말하기를,

"너는 천명을 알지 못하고, 어찌 감히 망언을 하느냐!"

하자, 왕위가 저를 꾸짖기를

"나라를 팔아먹은 무리야, 나는 너의 고기를 씹는다 해도5) 한이 풀리지 않는다!"

하거늘, 채모가 저를 죽이려 하는 것을 괴월이 말렸다. 채모는 마침내 장윤과 같이 번성에 이르러 조조를 뵈었다. 채모 등은 그 말씨가 심히

---

5) 나라를 팔아먹은 무리야, 나는 너의 고기를 씹는다 해도 : 원문에는 '**賣國之徒 吾恨不生啖汝肉**'으로 되어 있음. [史記 蘇秦傳]「左右**賣國** 反覆之臣也」. [宋史 文天祥傳]「奉國與人 是**賣國之臣**也 **賣國**者 有所利而爲之」.

아첨하는 투였다.

조조가 묻기를,

"형주에는 군사와 전량이 지금 얼마나 되느냐?"

하거늘, 채모가 대답하기를

"마군이 5만·보군이 15만 수군이 8만으로 도합 25만이옵고, 전량은 태반이 강릉에 있으나, 그 나머지는 각처에 분산되어 있어서 족히 1년간은 넉넉합니다."

하자, 조조가 묻기를

"전선은 어느 정도이냐? 누가 그것을 관리하고 있느냐?"

하니, 채모가 다시 말하기를

"대소 전선이 합쳐서 7천여 척이며 두 사람이 관리하고 있습니다."

한다. 듣고 나서 조조는 채모에게 벼슬을 더하여 진남후 수군대도독을 삼고, 장윤을 조순후 수군부도독을 삼았다.

조조는 또 말하기를,

"유경승은 죽고 그 아들이 귀순하였으니, 내 마땅히 천자에게 표주하여 그를 영구히 형주의 주인이 되게 하겠다."

하자, 두 사람이 크게 기뻐하며 물러나왔다.

순유가 말하기를,

"채모와 장윤은 아첨의 무리들인데, 주공께서는 어찌하여 이처럼 높은 벼슬을 주시고 또 수군도독을 삼으십니까?"

하자, 조조가 웃으면서 말하기를

"내 어찌 저들의 사람됨을 모르겠소? 다만 내가 거느리고 있는 북지의 군사들이 수전에 익숙하지 못하기에, 저 두 사람을 이용하려는 것이외다. 일이 끝난 후에 달리 조치하리다."

하였다.

한편 채모와 장윤은 돌아와 유종을 뵈었다.

조조의 말을 자세히 이야기하면서,

"조조는 장군을 계속 형양을 관장할 수 있도록, 천자께 표주를 올려 보호한다 하였습니다."

하니, 유종이 기뻐하였다.

다음 날 채부인과 함께 인수와 병부를 받들고 친히 강을 건너가 조조를 만나러 갔다. 조조는 저들을 위로하고 나자 곧, 정벌군의 장수들을 이끌고 진군하여 양양성 밖에 주둔하였다. 채모와 장윤은 양양의 백성들에게 명하여 분향하고 절하며 영접하게 했다.

조조는 좋은 말로 백성들을 위로하고 성에 들어가 부중에 앉아서, 곧 괴월을 가까이 불러 위로하며,

"나는 형주를 얻는 것이 그리 기쁘지 않소. 그러나 이도(異度)를 얻어서 기쁘오."

하고는, 괴월을 봉하여 강릉태수 번성후로 삼았다. 부손과 왕찬 등은 모두 관내후로 삼고 유종을 청주자사로 삼았다. 그리고는 곧 정벌군을 이끌게 하였다.

유종은 명을 듣고 크게 놀라 사양하며,

"저는 벼슬을 원하지 않고 오직 부모의 향토를 지키고자 합니다."

하니, 조조가 말하기를

"청주는 임금이 계신 곳에서 가까운 곳이외다. 당신을 조정에 천거하기가 쉬울 뿐 아니라, 형양에 있다가 다른 사람들에게 모해를 입기 쉬운 것을 면하게 하려는 것이오."

하였다.

유종이 재삼 사양하였으나 조조는 듣지 않았다. 유종은 어머니 채부인과 함께 청주에 부임하였다. 옛 장수 왕위 한 사람만 따를 뿐 나

머지 관원들은 모두 강어귀까지 왔다가는 돌아갔다.

조조는 우금을 불러 부탁하기를,

"자네가 경기병을 이끌고 따라가 유종 모자를 없애서 후환을 없이 하게."

하였다.

우금이 영을 받고 급히 따라가며, 큰 소리로 말하기를

"나는 승상의 명을 받고 네 모자를 죽이러 왔다! 속히 목을 드려라!"

한다. 채부인이 유종을 끌어안고 크게 울었다.

우금이 명에 따라 군사들이 손을 쓰려 하자, 왕위가 분노하여 힘을 다해 싸우다가 끝내는 여러 군사들에게 죽고 말았다. 군사들이 유종과 채부인을 죽였다.

우금이 조조에게 돌아오니 조조는 그를 중상하였다. 그리고는 곧 사람을 시켜 융중에 가서 공명의 가족[妻小]을 찾게 하였다. 그러나 어디로 갔는지 알 수가 없었다. 공명은 먼저 가솔들을 삼강(三江) 안으로 피해 숨어 있게 하였다. 조조는 그 일로 깊은 원한을 품었다.

양양이 이미 정해지자, 순욱이 진언하기를

"강릉은 형양의 요지로서 전량이 매우 풍부한 곳이니, 유비가 만약 이곳에 웅거한다면 빨리 동오를 먹기는 어려울 것입니다."

하자, 조조가 묻기를

"내가 어찌 저를 잊겠소이까?"

하고, 명을 내려 양양에 있는 여러 장수들 중에서 한 사람을 뽑아, 군사들을 이끌고 길을 열게 하였다. 여러 장수들 중에서 유독 문빙이 보이질 않았다.

조조는 사람들을 시켜 저를 찾게 하였더니 겨우 와서 뵈었다.

조조가 묻기를

"자네 어찌 그리 늦었는가?"

하니, 문빙이 대답하기를

"남의 신하가 되어서 그 주인의 땅을 보전하지 못해서, 마음이 실로 슬프고 부끄러워 일찍 와서 뵙지 못했습니다."

하였다. 그리고 말을 마치고는 흐느끼며 눈물을 흘렸다.

조조가 위로하며 말하기를,

"참으로 충신이로구나!"

하고 강하태수를 제수하여 관내후의 관직을 내리고, 곧 군사들을 데리고 가서 길을 열게 하였다.

탐마가 와서 보고한다.

"유비가 백성들을 데리고 하루 십 리씩 밖에 못 가서, 그간 간 거리가 겨우 3백여 리에 지나지 않습니다."

하자, 조조가 각 부의 정예병 5천 기에게 밤을 도와서 하루 밤낮 사이에 급히 유비를 따라잡으라 했다.

그리고 대군들에게 육속(陸續)의 뒤를 따르라 하였다.

한편, 현덕은 십수만 명의 백성들과 3천여 군마를 이끌고 일정을 당겨 강릉으로 나아갔다. 조운은 유비의 가족들을 보호하고 장비는 뒤를 끊었다.

공명이 말하기를,

"운장은 강화로 갔는데 소식이 없어서, 어찌하고 있는지를 알 수가 없습니다."

하매, 현덕이 대답하기를

"감히 군사께서 번거로우시더라도 직접 가서 만나보시지요. 유기가 지난 날 공의 가르침에 감동하고 있으니, 지금 공이 친히 간다면 일은 잘 풀릴 것입니다."

하자, 공명은 승락하고 유봉과 함께 5백의 군사를 이끌고 먼저 강하로 구원을 청하러 갔다.

그날 현덕은 간옹·미축·미방 등과 함께 가는데 갑자기 심한 바람이 일더니, 티끌이 하늘로 날리고 묵은 먼지가 해를 가렸다.

현덕이 깜짝 놀라서, 묻기를

"이 무슨 징후인고?"

하자, 간옹이 자못 음양에 밝아서 소매 속에서 점을 치더니 놀라서 말하기를,

"이는 큰 흉조입니다. 오늘 밤에 응함이 있을 것이니, 주공께서는 속히 백성들을 버리고 달아나셔야 합니다."

하거늘, 현덕이 말하기를

"백성들은 나를 좇아 신야서부터 이곳까지 따라왔는데, 내 어찌 차마 저들을 버린단 말이오?"

한다.

간옹이 간곡히 권하기를,

"주공께서 백성들에게 연연하셔서 저들을 버리지 않으시면, 화가 멀지 않을 것입니다."

한다.

현덕이 다시 묻기를

"앞쪽이 어디오?"

하니, 좌우가 대답하기를

"앞쪽은 바로 당양현(當陽縣)인데 왼쪽에 경산(景山)이 있습니다."

하였다.

현덕은 바로 이 산에 이르러 주둔하게 했다. 이때는 늦가을에서 초

겨울로 접어드는 때라 바람이 뼛골까지 파고들었다. 황혼이 되어가자 통곡소리가 들판으로 퍼져갔다. 4경쯤에 이르자 서북쪽에서 함성소리가 지축을 울려왔다.

현덕이 크게 놀라서 급히 말에 올라 본부의 정예병사 2천여 명을 이끌고 나가 적을 맞았다. 조조의 병사들이 엄습해 오는데 그 형세를 당할 수 없을 정도였다. 현덕은 죽기로써 싸웠다. 아주 위급한 상황에서 다행히도 장비가 군사들을 이끌고 왔다. 한 줄기 혈로를 열어 현덕을 구해서 동쪽을 바라고 달아났다. 그러나 문빙이 먼저 와서 길을 막고 있었다.

현덕이 저를 꾸짖으며 말하기를,

"주인을 배반한 도적놈이 무슨 낯짝으로 사람을 대하느냐!"

하자, 문빙은 얼굴 가득 부끄러워하더니 군사들을 이끌고 동북쪽으로 가버렸다. 장비는 현덕을 보호하며 싸우다가 달아나고 또, 달아나다 싸우곤 하였다. 날이 밝아오자 함성이 점점 멀어졌다. 그때서야 현덕은 겨우 말들을 쉬게 하였다. 수하의 병사들을 보니 겨우 백여 기만 남아 있었다. 늙고 어린 백성들과 미축·미방·간옹·조운 등은 모두 간 곳을 알 수 없었다.

현덕이 크게 울면서 말하기를,

"십만 백성들이 모두 나 때문에 이 큰 전란을 만났고 모든 장수와 늙고 어린 백성들에 이르기까지 모두 생존을 알 수가 없으니, 비록 목석이라도 어찌 슬프지 않으랴!"

하였다.

바로 그처럼 당황하고 있을 때에, 문득 미방이 얼굴에 두어 군데나 화살을 맞고 비틀거리며 왔다.

그러면서 말하기를,

"조자룡은 오히려 조조에게 투항하러 갔습니다."

한다. 현덕이 꾸짖으며 묻기를

"자룡은 나와 오랜 친구인데 어찌 나를 배반하겠느냐?"

하니, 장비가 말하기를

"저가 우리들의 형세가 궁핍한 것을 알고 나서, 부귀를 도모하려는 것이 아닐까요."

하자, 현덕이 큰 소리로 말하기를

"자룡은 나를 환란에서 구해주었네. 그리고 마음이 쇠와 같은 사람이니 부귀라도 그의 마음을 움직이지 못할 것일세."

하였다.

미방이 말하기를,

"제가 직접 저가 서북쪽으로 가는 것을 보았습니다."

하거늘, 장비가 권유하기를

"내 저를 찾아볼 때까지 기다리십시오. 만약에 저를 맞닥뜨릴 때에는 한 창에 찔러 죽이겠습니다."

하거늘,

현덕이 또 말하기를,

"공연히 의심하지 말게. 어찌 너는 너의 둘째 형이 안량과 문추를 죽인 일을 보지 않았느냐? 자룡이 그곳으로 갔다면 틀림없이 그럴만한 연유가 있었을 것이다. 내 생각에는 자룡이 나를 버리지는 않을 것일세."

하자, 장비가 그 소리를 귀담아 듣지 않고, 20여 기를 이끌고 나가 장판교에 이르렀다.

다리의 동쪽 일대에 수목이 있는데 장비가 한 계책을 내어, 따르던 20여 기에게 모두 나뭇가지를 꺾어서 말꼬리에 매고 숲속에서 말을 달리게 해 흙먼지를 일으키게 하여 의병을 삼게 하였다. 그리고 장비는 직접 장팔사모를 빗겨들고, 다리 위에서 말을 탄 채 서쪽을 향해서 있었다.

한편, 조운은 사경 때부터 조조의 군사와 충돌하여 해가 뜰 때까지 싸우며 현덕을 찾았으나 찾지 못했다. 또, 현덕의 가족들을 잃어버렸다. 조운은 속으로 생각하기를 '주인께서 감부인과 미부인, 그리고 어린 아들 아두를 나에게 부탁했는데, 오늘 전투 중에 흩어져 잃어버렸으니 무슨 면목으로 주인을 보러 가겠는가? 기어코 죽기로써 싸워서 두 부인과 아드님, 그리고 주인이 어디에 있는지 알아보아야겠다!' 하고 좌우를 돌아보니, 단지 40여 기만이 따르고 있었다.

조운은 말을 박차고 어지러운 군사들 속에서 찾았으나, 두 현 백성들의 울음소리만이 하늘과 땅을 뒤흔들었다. 화살에 맞고 창에 찔려 남편과 아내가 헤어져 달아나는 자가 부지기수였다. 조운이 달아나고 있는데 한 사람이 풀 속에 누워 있는 것이 보였다. 자세히 보니 간옹이었다.

조운이 급히 묻기를,

"두 분 부인을 보지 못하였소?"

하니, 간옹이 대답하기를

"두 분께서는 수레를 버리시고 아두를 껴안고 달아나셨소. 내가 나는 듯이 쫓아가 산언덕을 돌아가다가, 한 적장의 창을 맞고 말에서 떨어지고 말도 빼앗겼소. 그래 싸울 수가 없는 까닭에 여기에 누워 있던 길이오."

한다.

조운은 이에 따르는 군졸들에게서 한 필의 말을 빌려 간옹을 태우고, 또 두 명의 군사에게 간옹을 부축하여 먼저 가게 하고,

"나는 하늘로 올라가든 땅속으로 들더라도, 기어이 두 부인과 아드님을 찾아오겠소. 끝내 찾지 못한다면 싸움터에서 죽을 것이라고 주공께 전해 주게."

하였다.

말을 끝내고 말을 박차며 장판의 언덕을 바라고 갔다.

문득 한 사람이 큰 소리로,

"조장군께서는 어디로 가십니까?"

하거늘, 조운은 말고삐를 당기고 묻기를

"네가 누구냐?"

하니,

"나는 유사군의 휘하에서 수레를 모는 군사인데 화살을 맞고 여기에 있습니다."

하거늘, 조운이 곧 두 부인의 소식을 물으니

"잠시 전에 감부인께서 머릴 풀어 헤치고 신발을 벗은 채, 백성들과 같이 남쪽으로 달아나는 것을 보았습니다."

하였다.

조운은 그 말을 듣고 말을 몰아 남쪽을 향해 급히 갔다. 그때 남녀 백성들 수백 명이 서로 끌며 달아나고 있었다.

조운이 큰 소리로 말하기를,

"그 속에 감부인이 계십니까?"

하니, 부인이 뒤 끝에 있다가 조운을 보고 소리 내어 크게 울었다.

조운이 말에서 내려 창을 꽂으며,

"주군과 부인을 이토록 떨어지게 한 저의 죄가 큽니다. 미부인과 아드님은 어디 계십니까?"

하니, 감부인이 말하기를

"나와 미부인은 쫓겨 수레를 버리고 백성들 틈에 끼어 걷다가, 한 떼의 군사들과 충돌하는 틈에 헤어졌습니다. 미부인과 아두가 어디로 갔는지 알 수 없습니다. 나만 혼자 도망하여 여기에 이르렀습니다."

하고 말하는 중에, 백성들의 함성이 들렸다. 그리고 뒤이어 한 떼의 군사들이 출동해 왔다.

조운이 창을 뽑아 들고 말 위에 올라 보고 있을 때에, 말 위에 한 사람이 묶여 있는데 보니 미축이었다. 뒤따르는 장수는 손에 큰 칼을 들고 천여 명의 군사들을 이끌고 있었는데, 조인의 부장 순우도(淳于導)였다. 그는 미축을 잡아 군공(軍功)을 드리러 가고 있었다. 조운이 큰 소리를 지르며 창을 꼬나들고 말을 몰아 곧장 순우도를 취하였다. 그는 막아내지 못하고 조운의 한 창에 찔려 말에서 다리 위로 떨어졌다. 조운은 앞으로 나가 미축을 구해내고 두 필의 말을 빼앗았다. 조운은 감부인을 말에 타게 하고 길을 열어 곧장 장판파까지 왔다.

바로 그때 장비가 장팔사모를 빗겨들고 말을 탄 채 다리 위에 서 있다가, 큰 소리로 외치기를

"자룡아, 네가 어찌하여 형님을 배반하느냐?"

하고 묻거늘, 조운이 대답하기를

"내가 형님 내외분과 아드님을 찾다가 못 찾고 여기에 떨어져 있는데 어찌 배반했다 하시는 게요."

하자, 장비가 말하기를

"만약 간옹이 먼저 소식을 전하지 않았더라면, 내가 지금 너를 보고 가만 두었겠는가!"

한다.

조운이 묻기를,

"주공께선 어디에 계시오?"

하거늘, 장비가 대답하기를

"눈 앞 멀지 않은 곳에 계신다."

하였다.

조운이 미축에게 말하기를,

"미자중(麋子仲)은 감부인을 모시고 먼저 가게. 나는 미부인과 아드님을 찾아서 가겠네."

하며 말을 마치자, 수기만을 이끌고 다시 왔던 길을 달려갔다.

조운이 한참 달려가고 있는 중에, 한 장수가 창을 손에 들고 등에 칼 한 자루를 메고 수십 기를 이끌고 달려오는 것이 보였다. 조운은 곧 말을 걸어보지도 않은 채 그 장수를 취하려 하였다. 두 말이 어우러져 싸우기 한 합 정도 되었을 때, 그 장수가 한 창에 찔려 말에서 떨어지자 나머지는 말을 돌려 달아났다.

원래 이 장수는 조조 곁에서 칼을 들고 따르는 하후은(夏侯恩)이었다. 조조에게는 보검 두 자루가 있었는데, 하나는 의천검이고[6] 다른 하나는 청강검(靑釭劍)이었다. 의천검은 조조 자신이 차고 다녔고 청강검은 하후은에게 가지고 다니게 하였다. 그 청강검은 날카롭기가 비할 데가 없어서 무쇠도 진흙처럼 벨 수 있었다.

그때, 하후은이 자신의 용맹을 과신하여 조조에게서 떨어져 몇몇 군사들만 데리고 백성들의 재물을 뺏고 노략질을 하다가, 뜻밖에 조운과 마주쳐서 그의 창에 찔려 죽었던 것이다. 조운은 그 칼을 빼앗아 보니 칼자루 위에 '청강'이란 두 글자가 금으로 새겨져 있는 것을 보고 보검인 줄을 알았다. 조운은 그 칼을 차고 창을 들고 겹겹이 에워싼 곳을 뚫고 짓쳐 들어갔으나, 수하의 군사들이 한 사람도 없고 단지

---

6) 의천검(倚天劍) : 하늘에 닿을 만큼 긴 칼. [宋玉 大言賦]「方地爲車 圓天爲蓋 長劍耿耿倚天外」. [李白 大獵賦]「于是 擢倚天之劍 彎落月之弓」.

혼자였다.

그러나 조운은 조금도 물러갈 생각을 하지 않고 이리저리 오가며 미부인과 아두를 찾았다. 그러나 백성들만 만날 수 있을 뿐이었다. 백성들에게 미부인의 소식을 물었다.

문득 한 사람이 손을 들어 가리키며, 말하기를

"어떤 부인이 어린 아이를 끌어안고 왼쪽 다리는 창에 찔려 걷지도 못한 채, 저 앞에 무너진 담장 안에 앉아 있습니다."

하였다.

조운은 그 말을 듣고 급히 찾아갔다.

과연 한 집이 보이는데 불에 타서 흙담이 무너져 있었다. 거기에 미부인은 아두(阿斗)를 끌어안고, 담장 아래 말라붙은 우물가에 앉아서 울고 있었다. 조운은 급히 말에서 내려 땅에 엎드려 절하였다.

부인이 그제서야 말하기를,

"이제 장군을 뵈오니 아두가 살았습니다. 바라건대 장군께서는 이 아이의 부친이 반평생을 떠돌다가 얻은 일점혈육이니 불쌍히 여겨 주세요. 장군께서 이 아이를 보호해 아버지의 얼굴을 보게 해 주신다면, 저는 죽어도 여한이 없습니다."

하거늘,

조운이 대답하기를,

"부인께서 수난을 당하심은 저의 죄입니다. 여러 말씀하실 것이 아니라 빨리 말에 오르소서. 저는 보행으로라도 죽기로써 싸워서 부인을 포위망에서 벗어나게 하겠습니다."

하니, 미부인이 말하기를

"안 됩니다! 장군께서 어찌 말을 타지 않고 싸우시겠습니까? 이 아이가 온전히 장군의 보호를 받을 수 있기만 바랄 뿐입니다. 저는 이미

중상을 입었으니 죽는다 한들 애석할 것이 없습니다. 바라건대 장군
께서는 속히 이 아이를 안고 앞으로 가시고, 저 때문에 누가 되어서는
안 됩니다."

하거늘, 조운이 대답하기를

"함성이 점점 가까워지는 것으로 보아 추격병들이 벌써 왔나봅니
다. 부인께서는 빨리 말에 오르소서."

하고 재촉하였다.

미부인이 말하기를,

"첩은 부상을 입어 가기 어렵습니다. 두 가지 다 잃는 잘못을 저지
르지 마세요."

하며, 아두를 조운에게 맡기고

"이 아이의 목숨은 전적으로 장군에게 달렸습니다!"

한다. 조운이 두세 번 부인에게 말에 오르기를 청하였으나, 부인은 끝
내 말에 오르지 않는다.

사방에서 함성이 또 일어나거늘, 조운이 목소리를 높여 묻기를

"부인께서 제 말을 듣지 않으시다가 추격병이 이르고 있으니 어찌
하시려 합니까?"

하자, 미부인이 아두를 땅에 내려놓고 몸을 우물에 던져 자결하였다.

후세 사람이 이를 예찬한 시가 있다.

싸움터의 장수는 말의 힘에 의지하거늘
걸어서야 무슨 수로 어린 주인을 구해내리.
戰將全憑馬力多
步行怎把幼君扶.

한 목숨 바침으로 후사를 잇게 했으니
용기 있는 그 결단, 진정 여장부로다.
抨將一死存劉嗣
勇決還虧女丈夫.

조운은 미부인이 죽자, 조조의 군사들이 시신을 훼손할까 걱정되어
곧 토담을 무너뜨려 옛 우물을 덮어버렸다.

그 일이 끝나자 갑옷의 끈을 풀고 '엄심경'을[7] 풀어내어 아두를 감
싸 안은 후 창을 잡고 말에 올랐다. 곧 한 장수가 한 떼의 보군을 이끌
고 이르러 보니, 조홍의 부장 안명(晏明)이었다. 그는 삼첨양인도를[8]
들고 조운에게 달려들었다. 싸움이 3합이 못 되어 조운은 한 창에 찔
러 쓰러뜨리고, 여러 군사들을 짓쳐 길을 열었다. 그 길로 달아나는
데, 앞쪽에서 또 한 떼의 군사들이 나서며 길을 막았다.

앞에선 장수는 깃발에 '하간 장합'이라고 분명하게 쓰였다. 조운은
곧 말없이 창을 꼬나들고 싸웠다. 싸움이 10여 합에 이르자 조운은
더 싸울 마음이 없어 길을 열어 달아났다. 뒤에서 장합이 급히 쫓아왔
다. 조운은 말에 계속 채찍을 가하며 가는데 쿵 하는 소리가 들리고,
말과 사람들이 토갱(土坑) 속으로 빨려 들어갔다. 장합이 창을 빼어 들
고 내지르려 하는데, 갑자기 한 줄기 붉은 빛이 흙구덩이 속에서 뻗쳐
나오며 조운이 탄 말이 몸을 솟구쳐 구덩이에서 뛰어 나왔다.

---

7) **엄심경(掩心勁)**: 엄심갑(掩心甲)의 '센 부분'의 의미. '엄심갑'은 가슴을 가리는
  보호대를 이름. [戰國策 韓策]「天下之强弓勁弩……射百發不暇止 遠者達胸 近者**掩
  心**」. [西京雜記 三]「則**掩心**而照之 則知病之所在」.
8) **삼첨양인도(三尖兩刃刀)**: 세 가지 양날의 칼. 세 갈래로 되어 있고 양쪽에
  칼날이 있는 검. [元稹 論實詩]「鎮鋣無人淬 **兩刃**幽壞鐵」.

후세 사람의 시가 있다.

한 줄기 붉은 빛 토갱에 빠진 용마를 날게 하니
정마는 장판파의 포위망을 뚫고 닫네.
　紅光罩體困龍飛
　征馬衝開長坂圍.

마흔 두 해가 참으로 천명을 띤 군주이어라9)
조운은 그 때문에 더 신위를 떨쳤다네.
　四十二年眞命主
　將軍因得顯神威.

장합이 그 광경을 보고는 크게 놀라 물러갔다.
조운은 말을 급히 달리는데 문득 뒤에서 두 장수가 큰 소리로,
"조운 장군은 달아나지 말아라."
하고, 또 앞쪽에서도 두 장수가 나서서 앞뒤에서 병기를 들고 길을
막는다. 뒤쪽은 마연과 장의요 앞쪽은 초촉(焦觸)과 장남(張南)이었다.
이들은 모두가 원소의 수하에 있던 장수들이었다. 조운이 4명의 장수
들과 분전하는 사이에 조조의 군사들이 일제히 몰려들어 에워쌌다.
조운은 청강검을 빼어 들고 닥치는 대로 베었다. 손이 닿는 곳마다
적의 갑옷이 찢어져 피가 샘솟았다. 여러 장수들을 물리치고 곧장 포

---

9) 마흔 두 해가 참으로 천명을 띤 군주이어라[四十二年眞命主] : 촉한 한왕(漢
王)의 재위기간. 선주(劉備 : 昭烈帝) 2년, 후주(劉禪)가 40년간 재위에 있었
음을 이름. 「진명지주」(眞命之主)는 '천명을 받은 제왕'이란 뜻임. [莊子 齊物
論]「其遞相爲君臣乎 其有**眞君**存焉 (疏) **眞君**卽前之**眞宰**」.

위망을 뚫었다.

한편, 조조가 경산 위에서 한 장수를 바라보니 그가 가는 곳마다 당해내는 자가 없는지라, 급히 좌우에게 저 장수가 누구냐고 물었다.

조홍이 말을 타고 나는 듯이 산 아래로 가며, 말하기를

"군사들 속에서 싸우는 자는 누구냐?"

하니, 조운이 소리 내어 말하기를

"나는 상산 조자룡이다!"

하거늘, 조홍이 돌아와 조조에게 아뢰었다.

조조가 말하기를,

"진정 호랑이 같은 장수로다! 내 마땅히 저를 사로잡고 싶구나."10)

하고, 드디어 비마를 시켜 각처에 영을 전하기를

"조운이 이르거든 절대 암전[冷箭] 쏘아서는 안 된다. 그리고 반드시 사로잡아야 한다."

하였다. 그로 인해 조운은 이 어려움에서 벗어날 수 있었다.

이 또한 아두의 복 때문이었다. 한바탕 큰 싸움에서도 조운은 후주를11) 품에 안고 여러 겹 포위망을 뚫었다. 그가 나오는 중에 넘어뜨린 큰 기가 두 개이고 빼앗은 창이 3자루며, 칼로 죽인 조조 군중의 이름 있는 장수가 50여 명이었다.

후세 사람의 시가 있다.

---

10) 진정 호랑이 같은 장수로다! 내 마땅히 저를 사로잡고 싶구나 : 원문에는 '**眞虎將也! 吾當生致之**'로 되어 있음. [三國志 吳志 諸葛亮傳]「寧陵御雄才**虎將** 制天下乎」. [漢書 王莽傳]「莽拜將軍九人 皆以虎爲號 號曰**九虎將**」.

11) 후주(後主) : 임금의 뒤를 이은 아들. 여기서는 '아두'(阿斗) 곧 '유선'(劉禪)을 가리킴. [中文辭典]「三國志 漢主備子 字公嗣 小字阿斗……世亦稱爲**劉後主**」. [鍾會 檄蜀文]「益州**先主**以命世英材 興兵新野」.

핏자국은 전포를 물들이고 갑옷에 붉게 배었네
당양에서 누가 감히 그와 대적하리오.

血染征袍透甲紅

當陽誰敢與爭鋒!

예부터 진중에서 위험한 주군을 구해낸 이
오직 그 사람 상산 조자룡 뿐이어라.

古來衝陣扶危主

只有常山趙子龍.

조운이 여러 겹 포위망을 뚫고 크게 싸워 나오니, 적군들의 피가 전포를 물들였다. 막 빠져나오는데, 산언덕 아래에서 또 두 무리의 군사들이 나와 막고 선다. 이들은 하후돈의 부장 종진(鍾縉)과 종신(鍾紳) 형제였다. 한 사람은 큰 도끼를 들었고 다른 한 사람은 화극을 들었는데,

"조운은 속히 말에서 내려 포박을 받아라!"

며 외친다.

이에,

겨우 호랑이 굴에서 벗어나 도망가는데
또 용담(龍潭)을 만나 물결이 밀려오누나.

纔離虎窟逃生去

又遇龍潭鼓浪來.

종국에는 조자룡이 어찌 벗어나는가. 하회를 보라.

제42회

장익덕은 장판교에서 오게 싸우고
유예주는 패하여 한진구로 달아나다.
　張翼德大鬧長板橋
　劉豫州敗走漢津口.

한편, 종진과 종신은 길을 막고 조운에게 짓쳐 왔다. 조운은 창을
꼬나들고 곧 내다르니, 종진이 앞에 서서 큰 도끼를 들고 와서 맞았
다. 두 말이 서로 어울려 싸움이 3합이 못 되어서 조운은 종진을 한
창에 찔러 말에서 떨어뜨리고 길을 열어 달아났다. 뒤에서 종신이 화
극을 들고 급히 쫓아왔다. 조운의 말꼬리를 물만큼 쫓아와 저의 화극
이 조운의 뒤에서 그림자를 희롱하듯 하고 있었다. 조운은 급히 말머
리를 돌리니, 두 사람 가슴이 서로 부딪칠 뻔하였다.

조운은 왼손에 잡은 창을 들어 화극을 막아 지나가게 하고, 오른손
으로 청강검을 뽑아 종신의 머리를 향해 내려쳤다. 칼을 한 번에 치매
종신은 말에서 떨어져 죽었다. 그러자 남은 군사들은 다 흩어져 달아
났다. 조운은 겨우 거기서 벗어나서 장판교를 쪽으로 달아나는데, 그
때 뒤에서 함성이 크게 들렸다. 원래 문빙이 군사들을 이끌고 급히
쫓아왔다. 조운은 이미 다리 가까이 와서 지치고 말이 곤핍하였다.

장비가 장팔사모를 빼어들고 말을 탄 채 다리에 서 있는 것을 보고,
조운은 큰 소리로,

"익덕은 날 구해주오."

하자, 익덕이 말하기를

"자룡은 속히 가시오. 추격병들은 내가 맡겠소이다."

하였다.

조운은 말을 몰아 다리를 건너 20리를 더 가자, 현덕이 여러 군사들과 같이 나무 아래에서 쉬고 있는 것이 보였다. 조운이 말에서 내려 그 앞에 엎드려 울었다. 현덕 또한 같이 울었다.

조운이 울음을 그치고 말하기를,

"조운의 죄 만 번 죽어도 오히려 가볍습니다! 미부인께서는 중상을 입으시고 말을 타려 하시지 않고, 우물에 뛰어들어 자결하셨습니다. 저는 단지 무너진 흙 담장으로 우물을 막고 공자님을 안고서 몸만 포위망을 뚫고 왔습니다. 주공의 큰 복에 힘입어 다행히 탈출해 왔습니다. 여기 올 때까지 공자께서 조금 전까지만 해도 우셨는데 한 번도 울지 않으시니 혹시, 잘 계시지 못한 것이 아닐까요?"

하였다. 그러고는 감싼 것을 풀고 보았다.

그때 아두는 잠이 들어 깨지 않고 있었다.

조운이 기뻐하며 말하기를,

"다행히도 공자님께서는 무탈하시군요!"

하며, 두 손으로 현덕에게 드렸다.

현덕이 받아들어 땅에 던지면서,

"이 어린 놈 때문에 나는 대장을 잃을 뻔하였구려!"

하거늘, 조운이 황망하여 땅에서 아두를 안고서 울며 절하고

"저는 간뇌도지하더라도[1] 주공의 은혜를 다 갚지 못할 것입니다!"

---

1) 간뇌도지(肝腦塗地) : 간과 뇌가 땅에 으깨어지는 참혹한 죽음. [史記 劉敬傳] 「使天下之民肝腦塗地 父子暴骨中野」. [漢書 蘇武傳] 「常願肝腦塗地」. [戰國

하였다.

이에 대해 후세 사람의 시가 있다.

조조의 군중을 비호처럼 벗어나니
조운의 품속에선 소룡이 잠자는구나.
曹操軍中飛虎出
趙雲懷內小龍眠.

충신의 뜻 위로할 길 바이 없어
아비는 아들을 말 앞에 던졌네.
無由撫慰忠臣意
故把親兒擲馬前.

한편, 문빙이 이끄는 군사들이 장판교에 이르자, 장비가 범의 수염을 거스르며 고리눈을 부릅뜨고[2] 손에는 장팔사모를 든 채, 말을 타고 다리 위에 서 있는 것을 보았다. 또 다리의 동쪽 수풀 뒤에서는 흙먼지가 크게 일어나며 복병이 있는 듯했다. 그래서 곧 말머리를 세우고 가까이 가지 못했다. 잠깐 있자 조인·이전·하후돈·하우연·악진·장료·장합·허저 등이 모두 이르렀다.

장비가 노한 눈을 부릅뜨고 사모를 빗겨 든 채 다리 위에 말을 세우고 서 있는 것을 보고, 또 제갈공명의 계책인가 두려워 모두 감히 앞으로 나가지 못하였다. 군사들에게 진을 치게 하고 말을 세워 다리의

策 燕策」「擊代王殺之 肝腦塗地」.
2) **고리눈을 부릅뜨고**[圓睛環眼] : 눈을 부라림.「環眼」. 원래 '고리눈'은 눈동자 주위에 흰 테가 있는 환안(環眼)을 이름.

서쪽에 일렬로 벌여 서게 하고, 사람을 시켜 조조에게 알렸다. 조조는 이 소식을 듣자 급히 말에 올라 진을 따라 쫓아 왔다.

장비가 고리 눈을 부릅뜨고 보니, 은은히 후군에 청라산개와3) 모월정기가4) 들어서는 것이 보였다. 조조가 직접 살피러 온 것인가 생각하였다.

장비는 큰 소리로 호통 치기를,

"나는 연나라의 장비다! 누가 감히 나와 일전을 하겠느냐?"

하니, 그 소리가 마치 우레와 같았다. 조조의 군사들이 그 소리를 듣고 모두 떨고만 있었다.

조조가 급히 산개를 걷어 치우게 하고 좌우를 돌아보며,

"내 일찍이 듣건대 운장이 말하기를 '익덕은 백만 군중 속에서도 적장의 머리를 취하는 것을, 마치 주머니 속에서 물건을 꺼내듯한다.'5) 하더니, 이제 만나보니 가볍게 여길 인물이 아니구나."

하였다.

그때, 말이 끝나기 전에 장비가 눈을 부릅뜨고, 또 소리치기를

---

3) **청라산개(靑羅傘蓋)** : 푸른 비단으로 만든 산개. '산개'는 귀인(貴人)들이 받는 일산(日傘). 「청라」. [孔武仲 炭步港觀螢詩]「爛如神仙珠玉闕 靑羅掩映千明紅」.

4) **모월정기(旄鉞旌旗)** : 백모황월(白旄黃鉞). 흰 깃발과 황금색의 도끼. 주(周)의 무왕(武王)이 은(殷)의 주왕(紂王)을 정벌할 때 썼다 하여 '정벌'의 상징이 되었음. '백모'는 모우(犛牛:소의 일종)의 꼬리나 날짐승의 깃을 장대 끝에 달아 놓은 기. '황월'은 누런 금빛 도끼(무기). [書經 牧誓篇]「王左杖黃鉞 右秉白旄以麾曰 逖矣 西土之人」. [事物紀原]「興服志曰 黃鉞黃帝置 內傳曰 帝將伐蚩尤 玄女授帝金鉞以主煞 此其始也」.

5) 마치 주머니 속에서 물건을 꺼내듯한다[探囊取物] : 「낭중취물」(囊中取物). '자기의 주머니에서 물건을 꺼낸다'는 뜻으로, '손쉽게 할 수 있음'을 비유하는 말임. [五代史 南堂世家]「李穀曰 中國用吾爲相 取江南如探囊中物耳」. [黃庭堅 李少監惠硯詩]「探囊贈硯 頗宜墨 近出黃山非遠求」.

"연나라 장익덕이 여기 있다! 누가 감히 죽기로 싸우러 오겠느냐?"
하였다.

조조는 장비의 이 같은 기개를 보고 마음속에 군사를 물려야겠다고
생각하였다.

장비가 조조의 후진군이 이동하는 것을 보고, 이에 사모를 꼬나들
고 소리치기를,

"싸우겠느냐 물러가겠느냐 어찌하겠느냐!"
하자 함성이 끊이지 않더니, 조조의 주변에 있던 하후걸(夏侯傑)이 놀
라 간담이 찢어져 말에서 떨어졌다.

조조는 곧 말을 돌려 달아났다. 그와 함께 여러 장수들이 일제히 서
쪽을 향해 도망쳤다. 그 모습이 젖먹이 어린아이가 벼락 치는 소리를
들은 듯 병 든 나무꾼들이 호랑이와 표범의 포효를 들은 듯,6) 일시에
창을 버리고 투구를 떨어뜨리는 자가 그 수를 헤아릴 수 없었다. 사람
은 마치 파도에 밀린 듯하고, 말들은 산이 무너지는 듯하여 서로 짓밟
혔다.

후세 사람의 시가 있다.

장판교 다리목에서 살기가 일더니
사모 빗겨들고 말 위에서 고리눈 부릅떴네.
　長板橋頭殺氣生
　橫鎗立馬眼圓睜.

---

6) 젖먹이 어린아이가 벼락 치는 소리를 들은 듯 병 든 나무꾼들이 호랑이와 표
범의 포효를 들은 듯 : 원문에는 '黃口孺子怎聞霹靂之聲 病體樵夫 難聽虎豹之
吼'로 되어 있음. 「황구소아」(黃口小兒). [北史 崔暹傳]「崔俊竊言 文宣帝爲黃
口小兒」.

한번 소리치니 마치 굉음이 진동하듯하니

조조의 백만 대병들 일시에 물러가네.

　一聲好似轟雷震

　獨退曹家百萬兵.

한편, 조조는 장비의 위세에 놀라서 말을 몰아 서쪽을 바라고 달리다가, 관잠(冠簪)이 떨어져 머리가 풀어진 채 달아났다. 장료와 허저가 급히 뒤따라가 고삐를 잡아 세웠다. 그때 조조는 당황하여 어찌할 바를 모르고 있었다.

장료가 말하기를,

"승상께서는 너무 놀라지 마십시오. 제 생각에는 장비 혼자인데 어찌 그리 두려워하십니까! 이제라도 빨리 군사를 돌려 짓쳐 가면, 유비를 사로잡을 수 있을 것입니다."

하자, 조조는 그제서야 겨우 낯빛을 정제하고, 장료와 허저에게 다시 장판교의 소식을 탐청하게 하라 하였다.

또한 장비는 조조의 군사들이 모두 물러가는 것을 보고 감히 급히 추적하지 않았다. 속히 20여 기를 불러들이고 말 꼬리에 매달았던 나뭇가지를 풀게 하며, 장수들에게 다리를 끊으라 하였다. 그런 뒤에 말을 돌려 현덕을 뵙고 다리를 끊은 일을 자세히 말했다.

현덕이 듣고 나서 말하기를,

"내 아우님의 용기가 진짜 용기이다. 애석한 것은 자네 계책이 실패했다는 것이네."

하자, 장비가 그 까닭을 물었다.

현덕이 말하기를,

"조조는 꾀가 많은 인물이다. 자네는 다리를 끊지 말았어야 했다.

저들은 반드시 추격해 올 것이네."

하니, 장비가 묻기를,

"저들이 내 일갈에 수십 리까지 물러갔는데, 어찌 다시 추격하겠습
니까?"

하자, 현덕이 또 말하기를

"만약에 다리를 끊지 않았다면 저들은 매복이 있을까 두려워 진병
을 못할 터인데, 저들은 우리가 군사가 없다는 것에 겁을 낸 것이라
생각하고, 필시 급히 추격해 올 것일세. 저들이 백만의 군사들을 가지
고 있으니 비록 장강과 한강이라도 다 메우고 건널 것이니, 이제 한
개 다리가 끊어진 것을 두려워하겠느냐?"

하였다.

이에, 곧 몸을 일으켜 작은 길을 따라 한진(漢津)을 거쳐 면양을 향
해 달아났다.

한편, 조조는 장료와 허저를 시켜 장판교의 소식을 탐청하게 하였다.

저들이 돌아와 보고하기를,

"장비가 다리를 끊고 가버렸습니다."

하니, 조조가 말하기를

"저들이 다리를 끊고 갔다면 겁이 났기 때문이다."

하고, 드디어 명을 내려 1만의 군사로 하여금 속히 부교 셋을 놓게 하
고, 오늘 밤에 건널 수 있게 하라 하였다.

이전이 대답하기를,

"이는 제갈량의 술수일 수도 있습니다. 가벼이 다리를 건너서는 안
됩니다."

하자, 조조가 묻기를

"장비는 용기가 있는 장수이긴 하다만, 어찌 지모가 있겠느냐?"

하고는, 마침내 명을 내려 황급히 진격하였다.

이때, 현덕은 한진에 거의 다 왔는데, 문득 뒤쪽에서 흙먼지가 크게 일어나는 것이 보였다. 그리고 북소리가 하늘에 닿고 함성이 땅을 흔들었다.

현덕이 말하기를,

"앞에는 큰 강이고 뒤에서는 추격병이 오는데 이를 어찌하면 좋을까?"

하고, 급히 조운에게 적을 막을 준비를 하게 하였다.

조조는 군중에 명을 내려,

"이제 유비는 솥 안의 고기이고 우물 속의 호랑이다.7) 만약에 이때 저를 잡지 못하면, 고기를 바다에 놓아주고 호랑이를 산으로 돌려보내는 격이 될 것이다. 여러 장수들은 한층 더 노력해라."

하자, 여러 장수들이 명을 받고 한 사람 한 사람이 힘을 다해 급히 추격하였다.

그때에, 문득 산의 후미에서 북소리가 울리더니 한 떼의 군사들이 나오며, 큰 소리로 말하기를

"내 여기서 기다린 지 오래다!"

하며, 앞에서 한 대장이 나서는데, 손에는 청룡도를 들고 적토마를 타고 있었다. 원래 관운장은 강하에 가서 군마 1만을 빌려 오다가 당양

---

7) 솥 안의 고기이고 우물 속의 호랑이다[釜中之魚 穽中之虎] : 가마솥 속에 들어 있는 고기(釜中魚)란 뜻으로 '매우 위태로운 목숨'의 비유임. 「부중생어」(釜中生魚)는 '아주 가난함'을 비유하는 말임. [自治通鑑 漢紀]「廣陵賊張嬰曰 相聚偸生 若魚遊釜中 知其不可及」. [中文辭典]「釜中生魚 謂斷炊已久也」. 「부중생어범래무」(釜中生魚范萊蕪)는 후한(後漢)의 범염(范冉)이 가난할 때는 때때로 밥을 굶었다는 고사. [後漢書 獨行傳]「范冉 字史雲 桓帝時 以冉爲萊蕪長 遭母憂 不到官 議者欲以爲侍御史 因遁身逃命於梁沛之閒 所止單陋 有時絕粒 閭里歌之曰 甑中生塵范史雲 釜中生魚范萊蕪」.

장판교 대전을 알고, 특별히 이 길로 질러오고 있는 참이었다.

조조는 관운장을 보고는, 곧 여러 장수들을 돌아보며 말하기를

"또 제갈량의 계책이라!"

하고, 명을 내려 대군을 속히 물러가게 하였다.

관운장이 급히 수십 리까지 추격하였다가 곧 군사들을 돌려, 현덕을 보호하고 한진에 이르자 배가 기다리고 있었다. 운장이 현덕과 감부인에게 타기를 청하자, 아두를 안고 배에 올라 자리에 앉았다.

운장이 궁금해 하며 묻기를,

"어찌하여 둘째 형수는 보이지 않습니까?"

하자, 현덕이 당양의 일을 이야기해주니, 운장이 탄식하며 말하기를

"지난 날 허전에 사냥 갔을 때에 만약 내 뜻대로 했더라면, 오늘의 슬픔은 없었을 것입니다."

하자, 현덕이 말하기를

"나도 그때에는 쥐를 잡으려다가 그릇을 깨칠까 염려했던 것일세."[8]

하며 이야기하고 있을 때에, 문득 강의 남쪽 언덕에서 북소리가 크게 울리더니, 전선들이 개미떼 같이 순풍에 돛을 달고 온다.

현덕은 크게 놀라고 있는데, 배가 가까이 이르자 한 사람이 흰 갑옷을 입고 뱃머리에 서서, 크게 부르기를

"숙부님, 그동안 무탈하셨습니까! 이 조카가 죄가 많습니다!"

하거늘, 현덕이 보니 유기였다.

유기는 이쪽의 배로 건너오자 울면서 말하기를,

"숙부께서 조조에게 곤란을 당하고 있다는 소식을 듣고, 제가 접응

---

8) 쥐를 잡으려다가 그릇을 깨칠까 염려했던 것일세[投鼠忌器] : '가까이 있는 간신을 제거하려 하나, 임금에게 해를 끼칠까 두려워함'의 비유임. [晋書 庾亮傳]「謝罪包骸 欲闔門 投鼠山海」. [蘇舜欽 夏熱晝寢詩]「賓朋四散逐 投鼠向僻藩」.

하려고 왔습니다."

한다.

현덕이 크게 기뻐하며, 마침내 병사들을 한 곳에 모아 배를 타고 가면서 배 안에서 그동안의 이야기를 하였다. 강 서남의 배들이 일자형으로 벌여서 바람을 타고 휘파람을 불면서 온다.

유기가 놀라며 말하기를,

"강하의 병사들은 제가 이미 다 이끌고 이곳에 왔습니다. 이제 들으니 배들이 남아 또 길을 막는다 하니, 조조의 군사들이 아니라 곧 강동의 군사들일 겝니다. 이를 어찌하면 좋겠습니까?"

하자, 현덕이 뱃머리에 나가서 보니, 한 사람이 윤건을 쓰고 포도를 입고 뱃전에 앉아 있는 것이 보였다. 공명이었다. 그 뒤에는 손건이 서 있었다.

현덕이 황망하여 배에 오르기를 청하며, 무슨 연고로 이곳에 왔는지 물었다.

공명이 말하기를,

"제가 강하(江夏)에 이르고부터, 먼저 한진에 있던 운장에게 육지에 올라가서 응접하게 하였습니다. 내 생각에 조조가 필시 추격해 올 것 같은데, 주군께서 필시 강릉으로 오지 않으시고 반드시 한진으로 오시겠기에, 공자에게 청하여 먼저 와서 접응하게 하고 저는 하구(夏口)로 가서 모든 군사들을 이끌고 도우려고 왔습니다."

하거늘, 현덕이 크게 기뻐하며 한 곳에 모이기로 하고 조조의 군사들을 파할 계책을 상의하였다.

공명이 말한다.

"하구는 성이 험하고 전량도 풍부하여 오랫동안 지킬 수 있는 곳입니다. 주공께서는 하구에 주둔하시기 바랍니다. 공자께서는 강하로부터 돌아가셔서 전선을 정비하고 군기를 수습하여 기각지세를[9] 이루면, 가히 조조의 군사들을 막아낼 수 있을 것입니다. 만약 우리가 함께 강하로 올라간다면, 전세는 도리어 우리가 고립될 것입니다."

하자, 유기가 대답하기를

"군사의 말이 맞습니다. 다만 제 어리석은 생각에는 숙부께서 잠시 강하에 가셔서 군마를 정돈하시고 쉬셨다가, 다시 하구로 돌아오셔도 늦지 않을 듯합니다."

하자, 현덕이 말하기를

"조카님의 말 또한 옳은 말입니다."

하고, 운장만 남게 해서 5천의 군사들을 이끌고 하구를 지키게 하고는, 현덕·공명·유기 등은 함께 강하로 갔다.

한편, 조조는 관운장이 육로로 군사들을 이끌고 나와서 길을 끊는 것을 보고, 복병이 있는가 의심하여 감히 추격해 오지 못하였다. 또 수로는 현덕은 먼저 가서 강릉까지 빼앗길까 두려워, 곧 밤을 도와 병사들을 이끌고 강릉으로 왔다. 형주의 치중(治中) 등의와 별가(別駕) 유선은 이미 유비가 양양의 일을 알고 있었다. 그래서 조조를 막지 못할 것임을 알고, 마침내 형주의 군민들을 이끌고 성곽을 나와 투항하였다.

조조는 성에 들어가 백성들을 편안하게 안정시키고 한숭을 풀어주고 대홍려(大鴻臚)로 삼았다. 그리고는 그 외의 여러 군사들에게는 각자 합당한 상을 주었다.

---

9) 기각지세(掎角之勢) : 앞 뒤에서 적을 몰아칠 수 있는 태세. '기각'은 '앞 뒤에서 서로 응하여 적을 견제함'. [左傳 襄公十四年]「譬如捕鹿 晋人角之 諸戎掎之」. [北史 爾朱榮傳]「曾啓北人 爲河內諸州欲爲掎角勢」.

조조가 여러 장수들과 상의하기를,

"이제 유비가 이미 강하로 갔으니 동오와 결속할까 걱정이오. 그렇게 되면 그 세력이 넓어질 것이외다. 당장 무슨 계책이 없겠소?"

하니, 순유(荀攸)가 말하기를

"저희는 지금 세력이 크게 떨치고 병사들의 위세도 강합니다. 사람을 시켜 강동에 격문을 보내어 손권에게 강하에서 회합하기를 청하셔서 유비를 함께 사로잡으시고, 형주 땅을 나누어 영원한 결맹을 맺자고 하면, 손권은 반드시 놀라 의심하면서도 청을 들어줄 것입니다. 그렇게 되면 우리가 계획했던 일들이 이루어질 것입니다."

하자, 조조는 그의 계책을 따르기로 했다.

한편으로는 격문을 써서 사신을 동오로 가게 하고, 또 한편으로는 마군·보군과 수군 83만 명을 뽑아 거짓으로 1백만이라 하고 수로와 육로 양쪽에서 나아가니, 배를 탄 군사와 말을 탄 군사가 함께 강을 따라갔다. 서쪽은 형주와 협중(峽中)에 이어져 있고 동쪽은 기춘(蘄春)과 황주에 접해 있어서, 영채와 채책이 약 3백여 리에 펼쳐졌다.

이야기는 두 갈래로 나뉜다.

한편, 강동의 손권은 시상군에 주둔하고 있었는데 조조의 대군이 양양에 이르자 유종이 이에 항복하였으며, 지금 또 밤을 도와 급히 쫓아 강릉을 취하였다는 소식을 듣고는, 이내 장수와 모사들을 모아 방어책을 상의하였다.

그때 노숙이 말하기를,

"형주와 저희는 인접하여 있고, 자연이 험효하며 사민(士民)이 모두 부유합니다. 내가 만약에 이런 곳에 자리 잡고 있다면, 이는 제왕이 된 자리에 오른 것이나 같습니다. 지금 유표가 망하였고 유비가 패배하였으니, 저는 명을 받들고 강릉에 가서 조상을 한 다음 유비에게 유표 휘하의 장수들을 위로하여 한 마음이 되어, 함께 조조를 파할 수 있을 것입니다. 유비가 만약에 기꺼이 명을 따른다면 일은 성취될 것입니다."

하니 손권이 기뻐하며 그 말을 따라, 곧 노숙에게 예물을 가지고 강하에 가서 조상하게 하였다.

한편, 현덕은 강하에 이르러 공명·유기 등과 함께 좋은 계책을 의논하였다.

공명이 말하기를,

"조조의 군사들은 그 세력이 큽니다. 그러니 적을 막기는 어려운 형편이니, 동오의 손권에게 가서 접응해 주기를 청하는 것이 좋을 듯합니다. 남과 북이 새로 버티고 있고, 저희들은 중간에서 이익을 취하는 것이 어찌 불가능하겠습니까?"

하거늘, 현덕이 묻기를

"강동에는 훌륭한 인물이 아주 많습니다. 그러니 필시 여러 계책[遠謀]이 있을 것이니, 어찌 즐겨 용납하겠소?"

하였다.

공명이 웃으면서 말하기를,

"지금 조조가 백만의 군사들을 이끌고 장강과 한수에 버티고 있으니, 강동이 어찌 사람을 보내와 허실을 염탐하지 않겠습니까? 만약에 여기에 오는 사람이 있다면, 제가 바람을 타고 곧장 강동에 가서 세 치 혀를 이용해서10) 남북 양군이 서로 싸우게 하겠습니다. 만약에 남

---

10) 세 치 혀를 이용해서[三寸不爛之舌]: 구변(口辯)이 좋다는 뜻임. [史記 平元君傳]「今以三寸舌 爲帝者師 又毛先生以三寸之舌 强於易萬之師」. 「三寸不律」은 '세 치 길이의 붓'이란 뜻임. [爾雅 釋器]「不律謂之筆 (注) 蜀人呼筆 爲不律也」.

군이 승리하면 함께 조조를 쳐서 형주의 땅을 얻는 것이고, 북군이 승리한다면 우리는 승세를 타서 강남을 취할 수 있을 것입니다."

하거늘, 현덕이 묻는다.

"이 이론은 아주 고차원입니다. 다만 어찌해서 강동에서 사람이 온다고 보장할 수 있소이까?"

이렇게 이야기하고 있는데, 사람이 와서 강동에서 손권이 노숙을 보내 조문하러 왔는데 그 배가 언덕에 와 닿았다고 한다.

공명은 말하기를

"일이 제대로 되어가는군!"

하고, 드디어 유기에게 묻기를

"지난 날 손책이 죽었을 때, 양양에 사람을 보내어 조문을 하였습니까?"

하니, 유기가 대답하기를

"강동과 저의 집안은 아버지를 죽인 원수지간인데, 어찌 경조사에 서로 사람을 보내겠습니까?"

한다.

공명이 또 말하기를,

"그렇다면 노숙이 오는 것은 조문을 위한 것이 아니라, 군정을 탐청하러 오는 것입니다."

하고, 현덕에게 이르기를

"노숙이 와서 만약에 조조의 동정에 관해 묻거든, 주공께서는 알지 못한다 하세요. 재삼 묻거든 주공께서는 제갈량에게 물어보아야 알 것이라 하십시오."

하고 서로가 입을 맞추었다. 그리고는 사람을 보내 노숙을 맞아들였다. 노숙이 입성하여 조문을 하고 예물을 드렸다. 유기가 노숙을 데리고 현덕을 만나게 하였다. 예가 끝나자 후당으로 맞아들여 술을 대접하였다.

노숙이 묻기를

"오래전부터 황숙의 이름을 듣고 있었사온데, 기회가 없어 인사를 드리지 못했습니다. 오늘 다행히도 뵙게 되어 진실로 기쁘기 한이 없습니다. 근자에 황숙께서 조조와 싸우셨다고 들었는데 반드시 저쪽의 허실을 아시고 계실 터이니, 감히 묻자온대 조조의 군사들이 어느 정도나 됩니까?"

하자, 현덕이 대답하기를

"저는 군사가 적고 아는 것이 적어서 한 번 조조가 왔다기에 곧 달아났소이다. 그래서 저의 허실을 모릅니다."

하였다.

노숙이 또 묻기를

"듣기에 황숙께서 제갈량의 지략을 쓰셔서 두 곳의 싸움에서 화공으로 조조 간담이 서늘하게 하셨다는데, 어찌 모른다고 말씀하십니까?"

하거늘, 현덕이 대답하기를

"제갈량에게 묻지 않고서는 제가 그 자세한 내용을 모릅니다."

하니, 노숙이 말하기를

"공명은 어디 계십니까? 한번 뵈었으면 합니다."

한다.

현덕이 공명을 청하자 나와서 서로 인사를 하였다.

노숙은 인사가 끝나자 묻기를,

"선생의 재덕을 흠모해 오고 있었으나 뵙지를 못하였습니다. 이제 다행히도 만나게 되었으니, 원컨대 지금의 안위에 관해 말씀해 주시겠습니까?"

하거늘, 공명이 대답하기를

"조조의 간계는 제가 이미 다 알고 있습니다. 다만 힘이 부쳐서 한입니다. 그렇기에 또한 저를 피한 것입니다."

하였다.

　노숙이 또 묻는다.

"황숙께서는 여기에 머물러 계실 생각이신가요?"

하거늘, 공명이 대답하기를

"사군과 창오(蒼梧) 태수 오신(吳臣)과는 예부터 인연이 있으시니, 장차 가서 의탁하려 합니다."

하자, 노숙이 다시 묻기를

"오신은 군량이 적고 군사들도 얼마 없어서 자기 자신도 지키기 어려울 터인데, 어찌 다른 사람을 용납하겠습니까?"

하였다.

　공명이 대답하기를,

"오신에게서는 비록 오래 있을 수는 없지만, 잠시 동안만 의지하면서 다른 계책을 생각해보고자 합니다."

하니, 노숙이 말하기를

"손권 장군은 6군을 거느리고 있고 정예 병사들과 군량이 풍부하며, 또 현사들을 아주 극진히 대우하고 있어서 강동의 영웅들이 거의다 의지하고 있습니다. 이제 유사군을 위해 계책을 말씀드린다면, 곧 믿을 만한 사람을 보내셔서 동오와 동맹을 맺으시면 함께 대사를 도모할 수 있을 것입니다."

하거늘, 공명이 대답하기를

"유사군과 손장군은 지금까지 교분이 없으시니 오히려 시간만 허비할까 걱정입니다. 또 사신으로 보낼 만한 심복도 없습니다."

하니, 노숙이 대답한다.

"선생의 형님께서는 지금 강동의 참모로 계시며 매일 선생을 만나시기를 원하고 계신데, 제가 재주는 없지만 원컨대 공과 함께 손장군을 뵙고 같이 대사를 도모했으면 합니다."

하자, 현덕이 대답하기를

"공명은 저의 스승입니다. 한시도 서로 떨어져 있은 적이 없습니다! 어찌 멀리 가시게 할 수 있소이까?"

하였다.

그러나 노숙이 굳이 공명과 함께 가기를 청하자, 현덕은 일부러 허락하지 않는다.

공명이 현덕에게 말하기를,

"일이 급합니다. 명을 받들고 함께 가겠습니다."

하자, 현덕은 겨우 허락하였다.

노숙이 현덕·유기와 헤어져 공명과 같이 배에 올라 시상군을 바라고 돌아갔다.

이에,

제갈량이 한 번 편주를 타고 가니
조조의 병사들 하루아침에 패하는가.
只因諸葛扁舟去
致使曹兵一旦休.

공명의 이 번 길이 어찌 될지는 하회를 보라.

제갈량은 혀로 여러 강동의 모사들과 싸우고
노자경은 힘써 뭇사람들의 공론을 물리치다.

諸葛亮舌戰羣儒
魯子敬力排衆議.

한편, 노숙과 공명은 현덕·유기와 헤어져 배를 타고 시상군을 바라고 갔다.

두 사람은 배에서 의논하는데, 노숙이 공명에게 말하기를

"선생께서 손장군을 뵈면 일절, 조조의 병사들이 많고 장수들이 많다는 이야기를 사실대로 해서는 안 됩니다."

하였다.

공명이 대답하기를,

"자경께서 굳이 부탁을 안 해도 저에게 대답할 말이 있소이다."

하였다.

배가 연안에 도착하자, 노숙은 공명을 관역에서 잠시 쉬게 하고는 먼저 손권에게 갔다. 손권은 문무 관리들을 모아놓고 당상에서 의논 중이었다.

노숙이 돌아왔다는 소리를 듣고, 급히 불러들여 묻기를

"자경께서 강하에 가서 정탐한 저들의 허와 실은 어떻습니까?"

하자, 자경이 말하기를

"이미 그 대략을 알았으니, 앞으로 천천히 말씀드리겠습니다."

하였다.

손권이 조조의 격문을 보이며,

"조조가 어제 사신에게 예물과 이 글을 보내왔소이다. 내가 먼저 사신을 돌려보내고 지금 여러 사람들이 모여 의논을 하고 있으나, 아직 결정을 못하고 있소이다."

하였다.

노숙이 격문을 보니, 그 대강 이러 하였다.

내가 근간 임금님의 명을 받아 그 말씀을 받들어 죄인을 토벌하기 위해 정모를[1] 앞세우고 남쪽으로 왔소. 유종은 손을 묶어 항복하고 형양의 백성들은 소문만 듣고도 귀순하였소. 이제 병사 1백만 대군을 이끌고 장수 1천여 명이 장군과 강하에 모여 사냥을 하고자 하오. 그리고 함께 유비를 토벌하여 그 땅을 반씩 나누고, 영원히 결맹을 맺었으면 하오.

행여 관망하려 말고 곧 회답을 보내시라.

노숙이 보고나서 묻기를

"주공의 뜻은 어떠하십니까?"

하자, 손권이 말하기를

"아직 정해진 생각이 없소이다."

한다.

장소가 말하기를,

---

1) **정모(旌麾)** : 정모(旌旄). 정절(旌節)과 모절(旄節). [三國志 魏志 夏候淵傳]「大破遂軍 得其**旌麾**」. [江總 三日侍宴宣猷堂曲水詩]「北宮命簫鼓 南館列**旌麾**」.

"조조는 백만의 대군입니다. 그리고 천자의 이름을 빌어서 사방을 정벌하고 있으니 대항하는 것은 순리가 아닙니다. 또 주공의 세력으로써 조조에게 대항할 수 있는 곳은 오직 장강 뿐인데, 조조가 이미 형주를 얻었고 장강의 험준한 지형을 우리와 함께 차지하게 되었습니다. 하여 저의 세력은 적수가 되지 못합니다. 저의 어리석은 생각으로는 항복하여 안전을 택하는 것만 같지 못할 것 같습니다."

하자, 여러 모사들이 다같이

"자포의 말이 천의(天意)에 합당합니다."

하니, 손권은 침묵하며 말이 없다.

이때, 장소가 또 말하기를

"주공께서는 크게 의심할 것이 없습니다. 조조에게 항복하면, 동오의 백성들은 평안하고 강남의 6군을 보전할 수 있을 것입니다."

하여도, 손권은 머리를 숙이고 말이 없다. 잠깐 있다가 손권이 옷을 갈아입으려고 일어나자 노숙이 손권의 뒤를 따랐다.

손권이 노숙의 뜻을 알아차리고, 노숙의 손을 잡고 묻기를

"경은 어찌하면 좋다고 생각하시오?"

하거늘, 노숙이 대답하기를

"여러 사람들이 하는 말이 심히 장군을 그르치고 있습니다. 다 조조에게 항복하는 것이 좋다고 하는데, 오직 장군만이 조조에게 항복하려 하지 않고 계십니다."

하자, 손권이 다시 묻기를

"어찌 그리 말하시오?"

한다.

노숙이 대답하기를,

"만약 저들이(魯肅 등이) 조조에게 항복한다면, 당연히 저는 고향에

돌아갈 것인바 누대로 관직을 하였던 까닭에, 주군(州郡)을 잃지 않을 것이지만,2) 장군께서 조조에게 항복하신다면 편안히 돌아갈 곳이 있으시겠습니까? 게다가 작위래야 고작 후(侯)에 지나지 않을 것이고 수레는 일승(一乘)에 지나지 않을 것이며, 기(騎)는 겨우 한 필 정도에 불과할 것이며 몇 사람만이 따를 것인데, 어찌 남면하여 고(孤)라 일컬을 수 있겠습니까! 여러 사람들의 뜻은 각자가 자기 자신 만을 위하는 것이오니 들으시면 안 됩니다. 장군께서는 마땅히 큰 계책을 일찍이 정하셔야 합니다."

하였다.

손권이 탄식하며 말하기를,

"여러 사람들의 의논이 크게 나를 실망시키고 있소이다. 자경이 큰 계책을 말해주신 것이 마침 내 생각과 같습니다. 이것은 하늘이 자경으로서 내게 내려주신 것입니다! 다만 조조가 새로 원소의 군사를 얻고 근자에는 또 형주의 병사를 얻어서, 그 세력을 막아내기가 어려울 것 같아 걱정이외다."

하였다.

노숙이 대답하기를,

"제가 강하에 가보니 제갈근의 동생 제갈량이 있어 데리고 왔으니, 주공께서 저에게 물어 보시면 어떻겠습니까? 그는 조조의 허실을 잘 알고 있습니다."

하니, 손권이 다시 묻기를

"와룡이 여기 있소?"

---

2) 주군을 잃지 않을 것이지만 : 고향 땅의 후(侯)로 봉해진다는 말. 원문에는 '當以肅還鄕黨 累官故不失州郡也'로 되어 있음. [禮記 曲禮 上]「故州閭鄕黨 稱其孝」. [論語 雍也篇]「以與爾鄰里鄕黨乎」.

하거늘, 노숙이 대답하기를

"지금 관역에서 쉬고 있습니다."

하니, 손권이 대답하기를

"오늘은 늦었으니 볼 수가 없겠고 내일 문무 제관들을 장하에 모아, 먼저 우리 강동의 영웅을 보게 한 뒤에 당에 올라 일을 의논하겠소이다."

하였다. 노숙은 명을 받고 물러 나왔다.

다음 날 관역에 가서 공명을 보고 재차 부탁하기를,

"오늘 주군을 만날 때에는 일절, 조조가 군사를 많이 데리고 왔다는 사실은 말해서는 안 됩니다."

하자, 공명이 대답하기를

"제가 상황을 보아서 대응하되 절대로 잘못되는 일은 없을 것이외다."

하였다. 노숙은 공명을 데리고 막하에 이르렀다.

먼저 장소와 고옹 등 일반 문무 20여 명이 아관박대를3) 정제하고 단정하게 앉아 있었다. 공명이 한 사람씩 각각 이름을 묻고는, 예를 갖춘 후 객의 자리에 앉았다. 장소 등이 보니 공명은 풍채가 뛰어나고 그릇이 커 보여, 속으로 이 사람이 필시 유세(遊說)하러 왔으리라 생각하고 있었다.

장소가 먼저 도전적인 말투로, 묻기를

"저는 강동의 보잘것없는 선비이나 오래전부터 선생께서 와룡강가에 거처하고 있으면서, 스스로를 관중과 악의에 비유하더란 것을 알고 있었소이다. 이 말이 사실이오이까?"

하니, 공명이 말하기를

---

3) **아관박대(峨冠博帶)**: '사대부의 의관'을 일컫는 말임. '높은 관과 넓은 띠'라는 뜻임. 「아관」. [韓愈 示兒詩]「問容之所 **峨冠**請唐虞」. [漢書 雋不疑傳]「褒衣 **博帶** 盛服至門」.

"이는 제가 평생 작게 비유한 것이오이다."

하였다.

장소가 다시 묻기를,

"근자에 듣건대 유예주께서 선생의 초려를 세 번씩이나 찾아가서4) 겨우 선생을 얻었다는 소식을 들었습니다. 이는 마치 고기가 물을 얻은 것 같아서5) 형양지방을 석권 하였다던데,6) 이제 하루 아침에 조조에게 빼앗겼으니 이것이 무슨 까닭인가 하오?"

하였다.

공명이 스스로 생각하기를 장소는 손권 수하의 제일의 모사인데, 만약에 먼저 이 어려움을 이기지 못하면 어찌 손권과 이야기하겠는가 하고, 마침내 대답하기를,

"내 보기에는 한상(漢上) 땅을 취하기란 아주 쉬운 일이었소이다. 내가 모시는 주군 유예주께서는 인의를 직접 행하시고 있어서 종친의 기업을 뺏을 수 없다 하여 사양했던 것인데, 유종 어린애가 아첨하는

---

4) 선생의 초려를 세 번씩이나 찾아가서[三顧草廬] : '인재를 얻기 위한 끈질긴 노력'을 일컫는 말. 유비가 제갈량의 초려를 세 번씩이나 찾아 가서 그를 초빙하여 군사(軍師)로 삼았던 일. '인재를 얻기 위한 끈질긴 노력'을 일컫는 말. [三國志 蜀志 諸葛亮傳]「亮字孔明 瑯琊陽都人也 躬耕隴畝 每自比於管仲樂毅 先主屯新野……由是先主遂詣亮 凡三往乃見 建興五年 上疏(卽前出師表)日 臣本布衣 躬耕於南陽 先帝不以臣卑鄙 猥自枉屈 三顧臣於草廬之中」. [故事成語考 文臣]「孔明有王佐之才 譽隱草廬之中 先王慕其芳名 乃三顧其廬」.

5) 마치 고기가 물을 얻은 것 같아서[如魚得水] : '수어지교'(水魚之交). 원문에는 '猶魚之水得也'로 되어 있음. '수어지교'(水魚之交)는 '아주 친근한 사이'란 뜻임. [三國志 蜀志 諸葛亮傳]「先主與諸葛亮計事善之 情好日密……孤之有孔明 猶魚之水 願勿復言」. [貞觀政要]「君臣相遇 有同魚水 則海內可安」.

6) 형양지방을 석권 하였다던데[席捲] : 자리를 말 듯이 힘을 들이지 않고 차례차례로 모조리 차지함. [戰國策 楚策]「雖無出兵甲 席卷常山之險」. [賈誼 過秦論]「有席卷天下 包擧宇內 囊括四海之意 幷呑八荒之心」.

무리들의 망령된 말만 듣고 항복하여 조조를 더욱 창궐하게 한 것이오. 이제 저의 주군께서는 강하에 주둔하고 따로 좋은 계책이 있으니, 귀공 등이 등한히 생각할 일이 아니외다."

하자, 장소가 말하기를

"만약에 그렇다면 선생의 말과는 맞지 않소이다. 선생께서는 스스로를 관중과 악의에 비유하였소이다. 관중은 환공을 도와 제후들 중에 패자(覇者)가 되어서 천하를 바로 세우려 한 인물이고, 악의는 미약한 연나라를 일으켜 제나라의 70여 성을 항복받았으니 이 두 사람은 진실로 제세(濟世)의 재주가 있는 사람입니다. 선생께서는 초려 중에 있으며 단지 풍월만을 즐기고 있으면서 무릎을 끌어안고 앉아계시다가 이제 유예주를 따르고 있으니, 마땅히 백성들을 위해 이로운 사업을 펼치고 해를 없애며 난적들을 처 없애야 할 것이외다.

또 유예주께서 선생을 얻기 이전에는 천하를 횡행하며 성지에 웅거했는데, 지금 선생을 얻은 이후로는 모든 사람들이 우러르며 비록 삼척동자라도[7] 다 호랑이에게 날개가 돋았으니,[8] 장차 한나라를 부흥시킬 것이라 하고 조조는 곧 멸망하리라 여겼습니다. 조정 내의 구신들과 산림 속에 은거하는 은사들 모두가 눈을 비비고 기다리지 않은 이가 없었소이다.

그것은 마치 하늘을 덮은 구름을 몰아내기를 바라고 일월의 빛이 빛나기를 바라며, 백성들을 수화 중에서 구원해 주고 천하를 반석 위

---

7) **삼척동자[三尺童蒙]** : 「삼척동자」(三尺童子). 철모르는 어린아이. [胡銓 上 高宗封事]「夫**三尺童子**至無知也. 指犬豕而使之拜 則怫然怒」.

8) **호랑이에게 날개가 돋았으니[彪虎生翼]** : 사나운 호랑이에게 날개가 생긴다는 뜻으로, '용맹한 사람이 더 용맹하게 됨'을 비유. '더 좋은 여건을 만들어 줌'에 비유하는 말임.

에 자리 잡게 하는 것이9) 이때라고 하였소이다. 그런데 어찌하여 선생께서 유예주에게 돌아간 때부터 조조의 병사들이 나타나자 갑옷을 버리고 무기를 포기하며 바람이 불자 숨는 쥐새끼처럼 숨으니, 위로는 유표에 보답하여 서민들은 편안하게 하지 못하고 아래로는 아비 없는 유종에게 강토를 보전하게 하지 못하지 않습니까.

이에 신야를 버리고 번성으로 달아나서는 당양에서도 패하고 하구로 달아나서 몸을 의탁할 곳조차 없게 되지 않았소이까. 지금 유예주는 선생을 얻은 후에 오히려 처음만도 못합니다. 관중과 악의가 과연 이같이 하였습니까? 나의 정직한 말을 행여라도 괴이하게 생각지 마시구려!"

하였다.

공명이 듣고 나서 크게 웃고는,

"대붕은 멀리 날지만 그 뜻을 어찌 뭇 새들이 알겠소이까?10) 비유하면 중병이 걸린 사람과 같아서, 먼저 죽을 쒀서 그것을 마시고 난 후에 약을 써서 속이 조화를 이루게 기다려야 몸이 점차 안정되는 것이고 그 뒤에 고기를 먹여 몸을 보해야 하는 것인데, 독한 약을 써서 병근을 없애려 한다면 살지 못하는 것이외다. 만약에 기맥이 서서히 돌아오기를 기다리지 않고 곧 독한 약을 써서 낫기를 구한다면, 진실

---

9) 천하를 반석 위에 자리 잡게 하는 것[袵席之上] : 가장 높은 자리. 상석(牀席). [大戴 禮主言]「其征也袵席之上還師」. [戰國策 齊策 五]「百尺之衡 折之袵席之上 (校註) 鄭玄記 (注) 袵臥席也」.

10) 대붕은 멀리 날지만 그 뜻을 어찌 뭇 새들이 알겠소이까?[鵬飛萬里] : 붕새는 멀리까지 날 수 있다는 뜻으로 '사람이 크게 발전함'을 이르는 말. '붕새'는 등의 크기가 수천 리, 날개는 하늘에 드리운 구름 같으며 구만리까지 난다고 하는 상상의 새임. [論衡 遭虎]「賈誼爲長沙王傳 鵬鳥集舍」. 「붕익」(鵬翼). [莊子 逍遙遊篇]「有鳥焉其名爲鵬 背若泰山 翼若垂天之雲 搏扶搖羊角而上者九萬里 絕雲氣 負靑天 然後圖南 且適南冥也」.

로 어렵게 하는 것이외다. 나의 주인 유예주께서 전날에 여남에서 패하고 유표에게 의탁하여 군사가 1천여 명에 불과한 채, 장수라야 관우·장비와 조운 뿐이었소이다. 이것은 병세로 치면 위중함이 극에 달하던 때였다 할 수 있는 것이외다.

그리고 신야는 산이 궁벽지고 작은 현이며 백성들이 적고 군량이 적은 곳으로 유예주께서는 잠시 이곳을 빌어 몸을 의탁하고 있는 것이지, 어찌 진정한 장수가 이곳을 지키고 앉아만 있겠소이까? 대체 군사가 많지 않으며 성곽이 견고하지 못하고 군사들은 조련이 되지 않았고 군량을 이어 대지 못한 채 박망파에서는 적군을 화공으로 이기고 백하의 물을 이용해 하후돈과 조인의 무리들 간담을 서늘케 하였으니, 관중과 악의의 용병법을 쓰지 않았다면 이를 해내지 못했을 것이외다.

유종이 조조에게 향한 것은 유예주께서는 실제로 알지 못했소이다. 또 어지러움을 틈을 타서 기업을 뺏는 일을 하지 못했으니, 이것은 진실로 크게 어질고 의로운 일입니다. 당양에서 패한 것은 유예주께서 수십만의 백성들이 노인들을 부축하고 아이들의 손을 잡은 채 따르는 것을, 차마 저들을 버릴 수 없어서 하루에 십 리 길밖에 못 가면서 강릉으로 갈 생각을 하지 않고 저들과 함께 패배하는 것을 달게 여겼으니 이 또한 대인 대의가 아니오니까? 군사들이 적어 적들과 싸우지 못함은 승부에 있어서는 있을 수 있는 일이외다.[11]

옛날 고황제께서는 여러 번 항우에게 패하였으나 해하에서의 일전에서 이겼으니 이는 한신의 훌륭한 계책이 아니오니까? 무릇 한신은

---

11) 승부에 있어서는 있을 수 있는 일이외다[勝負乃其常事] : 싸움의 승패는 늘 있는 일임. '실패는 있을 수 있는 일이므로 낙심하지 말라'는 비유로 쓰이는 말임. [唐書 裵度傳]「帝曰 一勝一負 兵家常勢」. 「승부」. [韓非子 喻老]「未知勝負」.

오래 고황제를 모셨지만 늘 이기기만 했던 것은 아니외다. 대개 나라의 큰 계책이나 사직의 안위 때마다 이 일을 주모(主謀)하는 사람이 있는 것이외다. 과장된 말만 늘어놓는 무리들이나 헛된 명예로 사람들을 속이며 앉아서 의논만 하고 서서 이야기할 때는, 따를 사람이 없으면서도 실상 임기응변에는12) 하나도 쓸모가 없는 사람이니, 진실로 세상의 웃음꺼리만 될 뿐이외다!"

하는, 제갈량의 말은 장소를 설득하였을 뿐만 아니라, 또 좌중에게서는 한 마디 반론도 없었다.

이때, 자리에서 갑자기 한 사람이 묻기를,

"지금 조조의 백만 명의 군사들과 장수 1천여 명이 호시탐탐 강하를 병탄하려 하는데, 공께서는 이를 어찌하시렵니까?"

한다.

제갈량이 저를 보니 그는 우번이었다. 공명이 말하기를,

"조조가 원소의 개미떼 같은 병사를 수습하고 유표의 오합지졸을13) 이끌고 있으니, 비록 수가 백만이라지만 족히 두려울 것은 없소이다."

하니, 우번이 비웃으며 묻기를

"군사들이 당양에서 패하고 하구에서 계책이 막혀 구구하게 사람들에게 구원을 청하면서도 오히려 말로는 두렵지 않다고 하니, 이는 진실로 큰 소리로써 사람을 속이는 것이오?"

---

12) **임기응변(臨機應變)** : 「수기응변」(隨機應辯). 그때 그때의 형편에 따라 알맞게 대처함. [晋書 孫楚傳]「廟算之勝 **應變**無窮」. [唐書 李勣傳]「其用兵籌算 料敵**應變** 皆契事機」.

13) **오합지졸[烏合之卒]** : 오합지졸(烏合之卒). 오합지중(烏合之衆). 임시로 조직이 없이 모여든 무리. [三國志 魏志 桓階傳]「將軍以**烏合之卒** 繼敗軍之後」. [後漢書 邳肜傳]「卜者王郎 集**烏合之衆** 震燕趙之北」. [文選 千寶 晋紀總論]「新起之寇 **烏合之衆** 拜吳蜀之敵也」.

한다. 공명이 대답한다.

"유예주께서 수천의 인의로운 군사들로써 어떻게 능히 백만의 잔포한 무리들을 대적할 수 있겠소. 잠시 물러나 강하를 지키고 있는데 이는 곧 때를 기다리는 것이외다. 지금 강동은 병사들이 정예이고 군량이 풍족하며 또 장강의 험한 지형이 있는데, 오히려 그 주인의 무릎을 꿇리고 항복하고자 하니 이는 천하의 부끄러운 웃음소리를 돌아보지 않는 것이외다. 이를 가지고 논한다면 유예주께서는 참으로 도적을 두려워하지 않는 것이외다!"

하자, 우번이 대답하지 못한다.

그때, 자리에서 또 한 사람이 묻기를,

"공명께서는 장의나 소진의 변설을 본받아서 동오를 설득하려 하십니까?"

한다.

공명이 저를 보니 보즐(步騭)이었다. 공명이 묻기를

"보자산(步子山)이야말로 소진과 장의가 변사인 줄만 알고,[14] 그들이 호걸이었음을 모르는 것 아니오. 소진이 육국 승상의 인수를 찼았고 장의가 두 번이나 진의 승상이 되었으니, 두 사람 다 나라를 바로세우는 지모가 있는 사람들이외다. 강함을 두려워하지 않고 약함을

---

14) 소진과 장의가 변사인 줄만 알고[蘇秦張儀爲辯士] : 두 사람 다 춘추시대의 세객(說客) 겸 정치가. '소진'은 연(燕)의 문후(文候)에게 육국합종(六國合縱)을 주장하여 채택되었고 육국의 재상을 겸하였음. 「합종연횡」(合從連衡). [史記 孟軻傳]「天下方務於合從連衡 以攻伐爲賢」. [蘇秦傳]「蘇秦說趙肅侯曰 六國爲一幷力 西鄕而攻秦 秦必破矣 衡人者 皆欲割諸侯之地以子秦」. '장의'는 위나라 사람으로 소진과 종횡 채택의 책략을 귀곡(鬼哭)에게 배우고, 진의 혜문왕(惠文王)의 신임을 얻어 연횡책을 주장하여 열국을 진나라에 복종시켰음. [中國人名]「與蘇秦同師鬼谷子 以遊說縣名 相秦惠王 以連衡之策說之國 使背從約而事秦……惠王卒 不說於武王 六國皆畔衡復合從 儀乃之梁相魏」.

능멸하지 않았으니 칼날의 두려움을 피할 수 있는 인물이 아니겠소이까. 여러분들은 조조의 거짓말만 듣고 곧 두려워 항복할 것을 청하며, 감히 소진과 장의를 비웃을 수 있소이까?"

하매, 보즐이 침중하며 말이 없다.

　문득 한 사람 나서며 묻기를

"공명께서는 조조를 어떤 인물로 보십니까?"

하거늘, 공명이 저를 보니 설종(薛綜)이었다. 공명이 대답하기를

"조조는 한나라의 도적인데 새삼 물을 게 무엇 있소?"

하니, 설종이 또한 묻기를

"당신의 말은 잘못되었소이다. 한나라의 역사는 지금에 이르러 천수가 끝나가고 있소이다. 지금은 조조가 이미 천하의 삼분의 이를 차지하고 있으며, 사람들의 마음이 다 돌아가고 있소이다. 그런 지금에 유예주께서는 천시를 모르시고 강자와 싸우고자 하며 충돌로써 입신의 근본을 삼으려 하시니, 이는 마치 달걀로서 바위를 치는 격이어서15) 어찌 패망하지 않겠소이까?"

한다.

　공명이 목소리를 높여 말하기를,

"설경문(薛敬文)께서는 어찌 이 자리에 나와서 무부 무군(無父無君)의 말씀을 하시오. 대저 인생이 천지간에 살면서 충효로써 입신의 근본으로 삼은 것이외다. 공이 한나라의 신하가 되었으니 곧 신하의 도리에 어긋나는 사람이 있으면, 마땅히 저를 죽여야 하는 것이 신하된 도리외다.

---

15) 마치 달걀로서 바위를 치는 격이어서[以卵擊石] : 「이란투석(以卵投石)」. '달걀로 바위를 친다'는 뜻으로, '약한 것으로 강한 것을 당하여 내려는 어리석음'의 비유임. [荀子 議兵]「以桀詐堯 若以卵投石」. [墨子 貴義]「猶以卵投石也」.

이제 조조는 조상 때부터 한실의 녹을 먹었는데 그 은덕을 갚을 생각을 않고 도리어 찬역의 마음을 품고 있으니, 그것이 천하의 공분을 사고 있는 것이외다. 공이 천수가 저에게 돌아갔다고 말하는 것은 진실로 무군 무부의 사람이니 족히 더불어 말할 수 없소이다. 다시는 그런 말을 하지 마시오."

하며 꾸짖자, 설종이 얼굴 가득 부끄러워하며 대답을 못한다.

그때, 자리에서 또 한 사람이 묻기를

"조조가 비록 천자를 빙자하여 제후들을 호령하고 있지만,[16] 오히려 그는 상국 조참(曹參)의 후예입니다. 유예주가 비록 중산정왕의 후예라 하지만 이를 상고할 길이 없습니다. 눈에 보이는 것은 자리와 미투리를 짜서 팔던[17] 평범한 사내일 뿐입니다. 어찌 조조에게 맞설 수 있습니까?"

하거늘, 공명이 저를 보니 육적이라. 공명이 웃으면서,

"공께서는 원술의 집에서 귤을 품어 왔던[18] 육적공이 아니오니까? 앉아서 제 말씀을 들으시구려. 조조가 이미 조상국의 후예라면 이는 곧 누대의 한나라 신하인 것입니다. 그런데 지금은 전권을 휘두르며 군부를 속이고 능멸하고 있습니다. 이것은 임금이 없는 것이며 또한

---

16) 비록 천자를 빙자하여 제후들을 호령하고 있지만[挾天子以令諸侯] : 조조가 왕의 위세를 빙자하여 제후들을 호령했다고 하는 일. [三國志 蜀志 諸葛亮傳] 「挾天子 以令諸侯」.

17) 자리와 미투리를 짜서 팔던[織蓆販屨] : 자리를 짜고 미투리를 삼아 판다는 뜻으로, 유비(劉備)가 초야에 묻혀 하던 일을 비하하는 말임. [孟子 滕文公 上] 「其徒數十人 皆衣褐 捆屨織蓆以爲食」. [後漢書 李恂傳]「獨與諸生 織席自給」.

18) 원술의 집에서 귤을 품어 왔던[陸績懷橘] : 육적이 6살 때 원술이 준 귤을 품속에 품었다가, 어머님께 드리려 했다는 고사. [中國人名]「三國 吳 康子 字 公紀 年六歲 於九江見袁術 術出橘 績懷三枚 拜辭墮地 術問之日 歸以遺母 術大 奇之 旣長 博學多識 星曆算數 無不該覽 孫權辟爲奏曹掾 以直道見憚 出爲鬱林 太守 雖有軍事 著述不廢 嘗作渾天圖 注易釋玄 豫自知亡日 年三十二卒」.

조상을 멸시하고 있는 것입니다.

이는 한나라의 난신에 지나지 않으며 또한 조씨(조상국)의 적자(賊子)입니다. 유예주께서는 당당한 황제의 종친으로서 지금의 황제께서 종족세보(宗族世譜)를 살펴보시고 관직을 내리셨는데, 어찌 상고할 길이 없다 하시오? 또 고조께서 정장으로 몸을 일으켜 마침내 천하를 얻으셨습니다. 자리를 짜고 미투리를 삼았다는 것 또한 무엇이 욕되는 일이오니까? 공의 어린아이 같은 견해로는, 고사들과 같이 말할 바가 못 되오이다." 하니, 육적이 말을 못한다.

문득 한 사람이 큰 소리로 묻기를,

"공명이 말하는 것은 모두가 강변이고 논리에 맞지 않으며 정론이라 할 수 없어서, 재언할 필요성이 없소이다. 또 공께서는 무슨 경전을 보시는가 묻고 싶소?"
한다.

공명이 저를 보니 엄준이다. 공명이 말하기를

"남의 글귀를 인용만 하는 것은 세상의 썩은 선비외다.19) 어찌 능히 더불어 나라 일으키는 큰 일을 하겠소이까? 옛날 이윤은 신야에서 밭을 갈았으며20) 강자아는 위수에서 낚시를 하였으며21) 장량과 진평

---

19) 남의 글귀를 인용만 하는 것은 세상의 썩은 선비외다[尋章摘句 世之腐儒] : 옛사람의 글귀를 따서 글이나 짓는 세속의 썩은 선비. [三國志 吳主孫權傳注] 「趙咨使魏 文帝曰 吳王頗知學乎 咨曰……雖有餘閑 博覽書傳 不效諸生 尋章摘句」. [李賀 南園詩]「尋章摘句老雕蟲 曉月當簾桂玉弓」.

20) 이윤은 신야에서 밭을 갈았고[耕莘伊尹] : 신야에서 농사를 짓고 살던 이윤. [中國人名]「一名摯 耕於薪野 湯以幣三聘之 遂幡然而起 相湯伐桀救民 以天下爲己任……湯崩 其孫太甲無道 伊尹放之於桐三年 太甲悔過 復歸於亳」.

21) 강자아는 위수에서 낚시를 하였으며[釣渭子牙] : 위수에서 낚시질하던 강태공(姜太公). 주(周)나라의 개국공신인 강자아(姜子牙) 태공망(太公望). 동해노수(東海老叟)라고도 부름. 주왕(紂王)의 폭정을 피해 위수(渭水)에서 낚시질을

의 무리와22) 등우23) 경감의 무리 등은24) 다 나라를 일으켜 세울만한
재주를25) 가지고 있었으나, 그들이 평생 어떤 경전을 배웠는지 알 수
없소. 어찌 한낱 서생처럼 구차하게 붓대를 희롱하고 이론이나 내세
우며 필묵을 내세우고 있소이까?"

하다가 서백(西伯 : 周文王)을 만나게 되고, 뒤에 은나라를 멸망시키고 천하를
평정하여 제 나라(齊相)에 봉함을 받음. [說苑]「呂望年七十釣于渭渚 三日三夜魚
無食者 望卽忿脫其衣冠 上有異人者謂望曰 子姑復釣 必細其綸芳其餌 徐徐而投
無令魚驚 望如其言 初下得鮒 次得鯉 刺魚腹得素書 又曰 呂望封於齊」. [史記 齊太
公世家]「西伯獵 果遇太公於渭水之陽 與語 大說曰 自吾先君太公曰 當有聖人適周
周以興 子眞是邪 吾太公望子久矣 故號之曰太公望 載與俱歸 立爲師」.

22) **진평(陳平)** : 전한(前漢) 때의 재상. 항우의 신하였다가 유방에게로 가서 도
위(都尉)가 되었으며, 그의 반간계가 성공하여 곡역후에 봉해졌음. 여후(呂
后)가 죽자 주발(周勃)과 함께 문제를 옹립하였음. [中國人名]「漢 陽武人 小家
貧 好讀書 美如冠玉……分肉甚均……屢出奇策 縱反間 以功封曲逆候……與周勃
合謀誅諸呂」. 「진평재육」(陳平宰肉)은 진평이 고기를 똑같이 나누어 손님에
게 주면서, 나에게 재상을 맡기면 이와 같이 나라의 일을 공평히 다스려 태평
하게 하겠다고 했다는 고사임. [史記 陳丞相世家]「里中社 陳平爲宰 分肉食甚
均 父老曰善 陳儒子之爲宰 平曰 嗟乎 使平得宰天下 亦如是肉矣」.

23) **등우(鄧禹)** : 신야 사람으로 광무제 유수(劉秀)를 도와 왕망(王莽)을 쳐 후한
(後漢)을 세우는 데 공헌하였음. 광무제가 즉위하자 대사도에 임명되었으니
그때 그의 나이가 24세였다 함. 고밀후(高密候)에 봉해졌고 명제(明帝) 즉위
후에는 태부(太傅)에 임명되었음. [中國人名]「漢 新野人 字仲華 幼游長安 與光
武相親善 及光武收河北 禹杖策往見 光武大悅 任使諸將……拜大司徒 禹時年二
十四 進討赤眉 遷拜右將軍 天下平正 論功最高 奉高密候」.

24) **경감(耿弇)** : 후한 무릉(茂陵) 사람으로 광무제 유수를 따라 군사를 일으켜,
동마·고호·적미 등 도적떼를 쳐 없앰. 광무제가 즉위하자 건위대장이 되고
호치후(好畤候)에 봉해짐. [中國人名]「字伯昭 小好學 習父業 北謁光武 留署門
下吏 以功加大將軍 勸帝定大計 從破銅馬高湖赤眉 靑犢諸賊 光武卽位 拜建威大
將軍 封好畤候」.

25) **나라를 일으켜 세울만한 재주[匡扶宇宙之材]** : 「광필지재」(匡弼之材). 나라
의 잘못을 바로 잡아 가며 도울 만한 인물. 「광보」(匡輔). [三國志 蜀志 諸葛
亮傳]「惟君體資文武 明叡篤誠 受遺託孤 匡輔朕躬」.

하니, 엄준이 머리를 숙이고 기가 죽어 대꾸를 못한다.

또 한 사람이 큰 소리로,

"공은 큰 소리 치기 좋아하고 있으나 진정한 실학(實學)이 없으니, 선비들의 웃음거리가 될까 두렵지 않으시오."

한다.

공명이 저를 보니 여남의 정덕추(程德樞)라. 공명이,

"유학에서는 군자와 소인을 구별하오이다. 군자는 충군 애족하며 바른 것을 지키고 사악한 것을 미워합니다. 실무에 힘써 은택은 당시에 미치며 명예는 후세에 남는 것이외다. 소인배들은 오직 글귀를 다듬는 데만 힘쓰며 한묵(翰墨)에만 전심하여, 젊어서는 시를 짓고 나이 들어서는 경서를 파고들어, 붓끝으로는 비록 천어를 쓰면서도 가슴 속에는 실상 한 가지도 계책이 없소이다. 이는 마치 양웅(楊雄)이 문장으로써 이름을 날렸으나, 왕망에게 몸을 굽혔다가 누각에서 뛰어내려 죽었으니[26] 이를 일러 소인배라 하는 것이외다. 비록 하루에도 시부를 많이 짓지마는 무엇 하나 취할 것이 있소이까!"

하니, 정덕추가 더 이상 말을 못한다.

여러 사람들은 공명의 대답이 마치 물 흐르듯 하자 다 낯빛이 변하였다.

그때, 위에 앉아 있던 장온(張溫)과 낙통(駱統) 두 사람이 또 어려운 질문을 하려 하는데, 문득 한 사람이 밖에서 들어왔다.

목소리를 높여, 말하기를

"공명은 이미 당세의 기재라. 여러분들이 입으로는 상대하기 어려울

---

26) 누각에서 뛰어내려 죽었으니[楊雄投閣]: 양웅은 서한(西漢) 때의 문인. 왕망(王莽)을 섬기다가 죄를 얻게 되자 자살하려고 다락에서 몸을 던졌던 일. [中文辭典]「楊雄乃閉門 不通賓客 煬帝立 改封觀王 遼東之役 師次瀘河竇」.

것이며 이는 객을 공경하는 예가 아니외다. 조조가 대군을 이끌고 지경에 까지 왔는데, 적을 물리칠 계책이 아니라 쓸데없이 입씨름만 할 것이오!" 한다.

여러 사람들이 저를 보니, 영릉사람으로 성이 황(黃)이고 명은 개(蓋) 요 자는 공복(公覆)으로 지금은 동오의 군량관이었다.

이때, 황개가 공명에게 묻기를

"제가 듣기에는 많은 말을 하여 이익을 얻는 것은[27] 침묵하며 말을 하지 않는 것만 못합니다. 어찌하여 그 좋은 이론을 우리 주군에게 말하지 않고 여러 사람과 변론만 하십니까?"

하매, 공명이 말하기를

"여러 분들께서 세상 돌아가는 일들을 알지 못하고 서로 어려운 질문(상대를 난처하게 하는 질문)만 하기에 내가 대답하지 않을 수가 없었습니다." 하였다. 이에 황개와 노숙이 공명을 인도하여 들어갔다. 중문에 이르자 제갈근과 마주쳤다.

공명이 인사를 하니 근이 묻기를,

"아우님께서 강동에 있으면서 어찌 만나러 오지 않았소?"

하거늘, 공명이 대답하기를

"저는 이미 유예주를 모시고 있으니, 이치상 공적인 일이 먼저이고 사적인 일은 그 뒤가 아닙니까.[28] 공적인 일이 끝나지 않았기에 사적인 인사가 늦었습니다. 형님께서 혜량해 주십시오."

---

27) **많은 말을 하여 이익을 얻는 것[多言獲利]** : 말을 많이 해서 이익을 얻음. 원문에는 '愚聞多言獲利 不如默而無言'으로 되어 있음. [老子 五]「**多言數窮 不如守中**」. [後漢書 桓譚傳]「以求容媚 譚獨自守 **默然無言**」.

28) **공적인 일이 먼저이고 사적인 일은 그 뒤[先公私後]** : 공적인 일이 먼저이고 사사로운 일은 그 다음임. [中庸]「**上私先公**以天子之禮」. 「공사」(公事). [孟子 滕文公篇 上]「**公事**畢 然後治**私事** (集注) **先公後私** 所以別君子 野人之分也」.

하자, 근이 말하기를

"아우님께서 오후를 뵙고 난 후에 이야기를 나눕시다."

하고 갔다.

노숙이 다시 말하기를,

"먼저 번에 부탁한 말씀을 잊지 마시길 바랍니다."

하고 말하자, 공명이 머리를 끄덕여 대답하였다.

당상으로 인도되자 손권이 계하에 내려와 맞으며 극진한 예로 대해 주었다. 인사가 끝나자 공명에게 자리를 내어주었다. 여러 문무 백관들이 양쪽에 나눠 섰다. 노숙은 공명의 곁에 서서 그의 말을 듣기만 하였다.

공명이 현덕의 뜻을 전하고는 손권을 살펴보니, 푸른 눈에 붉은 수염으로 당당한 풍채였다. 공명이 속으로 생각하기를 '이 사람이 모습이 비상한 걸 보니, 성격을 격동시킬 수는 있겠으나 달래기는 어렵겠구나. 저가 질문을 할 때 격동하는 말을 하는 것이 좋겠구나.' 하고 있는데, 차를 마시고 나자, 손권이 말하기를

"노자경을 통해서 족하의 재주는29) 많이 들었소이다. 이제 다행히도 이렇게 만나게 되었소이다. 나에게 가르침을 주시구려."

한다.

공명이 대답하기를,

"저는 재주도 없고 배운 것도 없으나 물으심에 답할 뿐이지요."

하자, 손권이 묻기를

"족하는 최근에 신야에 있으면서 유예주를 도와 조조와 결전을 하려 하고 있다는데, 필시 조조의 허실을 잘 알고 있소이까?"

---

29) **족하의 재주[足下之才]** : 당신의 재주. 「족하」(足下). 같은 또래 사이에서 상대방을 높여 일컫는 말. [漢書 高帝紀]「足下必欲誅無道」. [史記 項羽記]「奉白璧一雙 再拜獻大王足下」. 본래는 '상대의 발 아래'란 뜻임.

하거늘, 공명이 말하기를

"유예주께서는 지금 군사도 적고 장수들도 적으며 아울러 신야성은 작고 군량도 없는 처지입니다. 어찌 조조의 군사들을 상대하여 지킬 수 있겠습니까?"

하니, 손권이 묻기를

"조조의 군사가 도대체 얼마나 되오?"

한다. 공명이 말하기를,

"마보군과 수군을 합쳐 약 백만 정도는 됩니다."

하니, 손권이 또 묻기를

"그건 거짓이 아니오?"

한다.

공명이 말하기를,

"거짓이 아닙니다. 조조가 연주를 취할 때 이미 청주군 20만에·원소군을 평정하여 또 5,60만·중원에서 새로 초모한 병사가 3,40만입니다. 그런데다 지금 또 형주의 군사 2, 30만을 얻었으니 이것을 계산해 보면 못되어도 1백 5십만에 이릅니다. 제가 백만이라고 말씀드린 것은 강동의 군사들이 놀랄까 그런 것입니다."

하자, 노숙이 곁에 있다가 그 말을 듣고 얼굴빛이 변하여 눈으로 공명을 보고 있었다. 공명은 짐짓 못 본 체하였다.

손권이 또 묻기를,

"조조의 부하들 중에 싸움을 직접 해 본 장수들이 얼마나 되겠소?"

하거늘, 공명이 대답하기를

"지모 지사들이 많으며 싸움에 경험이 있는 장수는 1, 2천 정도 될 것입니다."

라고 하였다.

손권이 다시 묻기를,

"지금 조조가 형주와 초주를 토평하였는데도, 다시 더 원대한 계획이 있을까요?"

하자, 공명이 묻기를

"지금 강을 따라 영채를 치고 전선을 준비하고 있음은, 강동을 도모하려는 것이 아니고 어디이겠습니까?"

하자, 손권이 말하기를

"만약에 저들이 강동을 병탄할 생각이 있었다면, 싸워야 할까요 싸우지 말아야 할까요? 또 족하께서는 나를 위해 한 번 결단해 보시오."

하거늘, 공명이 대답한다.

"제가 한 마디 드릴 말씀이 있습니다. 다만 장군께서 들어주실지 들어주지 않으실지가 두렵습니다."

하니, 손권이 말하기를,

"그대의 높은 이론을 듣고 싶소."

하였다.

공명이 대답하기를,

"일찍이 천하가 크게 어지러웠기 때문에 장군은 강동에서 군사들을 일으켰고, 유예주께서는 한남에서 군사들을 수습하여 조조와 천하를 다퉜습니다. 이제 조조가 대란을 일으켜 이미 많은 곳을 평정하였습니다. 또 근자에 형주를 얻고서는 그 위세를 천하에 떨치고 있어서, 설혹 영웅이 있다 해도 군사들을 써 볼 땅이 없는 지경에 이르렀습니다. 그러므로 유예주는 이를 피해 이곳에 이르렀습니다.

원컨대 장군께서는 힘을 헤아려 저를 대처해야 합니다. 만약에 오와 월의 군사들로써 중원과 맞설 수 있다고 생각하신다면 일찍이 저와의 관계를 끊어 버리시고, 만약에 그렇지 못한다면 여러 모사들의 이론을 좇지 않을 수 있겠습니까. 어찌 군사들을 파하고 북면하여 저를 섬기지 않으십니까?"

하자, 손권이 미처 대답하지 못한다.

공명이 또 말하기를,

"장군께서는 겉으로는 복종하는 체하나 속으로는 회의를 품고 계신 듯한데, 일이 급하게 되었으니 결단하지 않으시면 화가 언제 이를지 모릅니다."

하자, 손권이 또 묻기를

"정말 족하의 말과 같다면 유예주는 어찌 조조에게 항복하지 않고 있소?"

하거늘, 공명이 말하기를

"옛날 전횡은30) 제나라의 장수에 지나지 않았으나, 오히려 의를 지켜 욕됨을 당하지 않았습니다. 하물며 유예주는 황실의 종친으로서, 그 영웅적인 재주는 세상을 덮을 만하고 또 여러 군사들이 경모하고 있습니다. 사정이 뜻대로 되지 않음은 하늘에 달렸을 것입니다. 그러나 어찌 능히 사람의 아래서 굽히겠나이까?"

하였다.

손권이 공명의 이 말을 듣고서는 노해서, 얼굴빛이 변해가지고는 옷자락을 떨치며 일어나 후당으로 들어가 버렸다. 여러 사람들은 공명을 비웃으며 흩어졌다.

---

30) **전횡(田橫)** : 진나라 말년 제왕(帝王) 전영(田榮)의 아우임. 형이 항우에게 죽은 후 조카 전광(田廣)마저 죽자, 스스로 제왕이 되어 섬으로 들어가 지킴. 한 고조가 불렀으나 부하 500여 명과 함께 죽었는데, 고조는 그의 지조를 높이 사서 왕의 예로 장사지내 주었다고 함. [中國人名]「漢 榮弟 韓信虜齊王廣 橫自立爲王 高帝有 橫與其徒五百餘人 入居海島中 帝使人召之……帝拜其二客爲 都尉 以**王禮葬橫** 旣葬 二客皆自剄 餘五百人在海中者 聞橫死 皆自殺」.

노숙이 공명을 찾아와 말하기를,

"선생은 무엇 때문에 그런 말을 하셨소? 다행히도 우리 주군께서 관대하고 도량이 넓으셔서 면전에서 꾸짖지는 않으셨지만, 선생의 말씀은 우리 주군이 모멸감을 느끼게 하였소이다."

하자, 공명이 얼굴을 쳐들고 웃으면서

"어찌 이처럼 도량이 좁으십니까? 나는 조조를 무너뜨릴 계책을 갖고 있는데, 장군께서 묻지 않으시기에 내가 말씀드리지 않은 것이외다."

하자, 노숙이 묻기를

"정말 좋은 계책이 있으시오? 내가 당장 주공에게 가르침을 청하게 하겠소이다."

하거늘, 공명이 말하기를

"내 보기에 조조의 백만 군사들은 개미떼와 같을 뿐이오! 다만 내가 한 손을 들면 곧 다 가루가 되게 할 것이외다."

하거늘, 노숙이 그 말을 듣고 곧 후당에 들어가 손권을 뵈었다.

손권은 그때까지 노기를 삭이지 못하고 있다가 노숙을 돌아보며,

"공명이란 자가 지나치게 나를 속이는구려."

한다.

노숙이 묻기를,

"신 또한 이 일로 하여 공명을 꾸짖었습니다. 그랬더니 공명은 오히려 주공께서 자기를 이해해 주지 않는다며, 조조를 무너뜨릴 계책이 있는데 가벼이 말할 수 없었다고 합니다. 주공께서 왜 그 방법을 묻지 않으십니까?"

하자, 손권이 성냄을 돌려서 기뻐하며

"원래 공명은 훌륭한 계책을 가지고 있을 터인데, 일부러 나를 격하게 하는 말을 했구려. 내 한 때 얕은 소견으로 대사를 그르칠 뻔 했소이다."

하고, 곧 노숙과 함께 다시 당으로 나와서 공명을 청하여 이야기를 나누었다.

손권은 공명을 보고 사죄하며,

"아까는 족하를 모독하였소마는 섭섭해 마시오."

하자, 공명도 또한 사죄하기를

"제 말이 위엄을 모독했다면, 그 죄를 용서해 주시기 바랍니다."

하자, 손권이 공명을 후당으로 청해 들여서 술대접을 하였다.

술이 몇 순배 돌자, 손권이 묻기를

"조조가 평생 미워했던 이는, 여포·유표·원소·원술 등은 물론 유예주와 나 뿐외다. 이제 영웅들은 다 죽고 유예주와 나만 살아 있소이다. 내가 오나라의 땅을 온전히 지키지 못한다면 남의 제약을 받을 터이니 나의 계책은 정해졌소. 유예주가 아니면 조조를 막아낼 사람이 없소. 그러나 유예주는 크게 패한 끝이니 어떻게 이 어려움을 이겨낼 수 있겠소?"

한다.

공명이 말하기를,

"유예주는 최근 패하였으나 관운장은 아직도 정병 1만을 거느리고 있습니다. 유기는 강하의 전사들을 거느리고 있는데 1만 여에 이르고 있습니다. 조조의 군사들은 멀리서 왔기 때문에 모두 지쳐 있습니다. 최근 예주를 추격한 때에 저들은 경기(輕騎)로 하룻밤에 삼백여 리를 왔습니다. 이는 이른바 '강노도 끝에 가서는 얇은 비단을 뚫지 못한다.'[31]는 것입니다. 또 북방 사람들은 수전에 익숙하지 못합니다. 지

---

31) 강노도 끝에 가서는 얇은 비단을 뚫지 못한다 : '강노'는 강궁의 다음으로 센 쇠뇌이지만, '사정거리의 끝에 가면 얇은 비단조차 뚫지 못한다'는 뜻임. [三國志 蜀志 諸葛亮傳]「此所謂 强弩之末 勢不能穿魯縞者也」. '쇠뇌'는 여러 개의

금 형주의 백성들이 조조에게 붙은 것은 사세가 급박하기 때문이지 본심은 아닙니다.

이제 장군께서 정말로 유예주와 협력동심만 한다면, 조조의 군사들을 능히 무너뜨릴 수 있습니다. 조조의 군사만 파하면 반드시 북으로 돌아가 형주를 찾을 것이고 그리만 된다면, 오나라의 세력이 강해져 정족의 형태를 이룰 수 있습니다. 성패의 기회는 오늘에 있으며 오직 장군께서 결심하시기에 달렸습니다."

하였다.

그 말을 듣고 손권은 크게 기뻐하며,

"선생의 말은 내 막힌 마음을 탁 틔어주었소이다. 내 마음은 이미 정해졌으니 절대 의심하지 마시구려. 곧 기병할 일을 의논하고 함께 조조를 칩시다."

하고, 마침내 영을 내려 노숙에게 이 뜻을 전하고 문무 백관에게 알리게 하였다. 그리고 공명을 관역에 보내 편히 쉬게 하였다.

장소는 손권이 군사를 일으키려 한다는 것을 알고, 여러 장수들과 의논하기를

"장군께서 공명의 계책에 말려든 것이외다!"

하고, 급히 들어가 손권을 뵙고 말하기를

"저희들은 주공께서 군사를 일으켜 조조의 군사들과 싸운다는 소식을 들었습니다. 주공께서는 자신의 원소와 비교해서 어떻다고 생각하십니까? 조조는 지난 날 군사들이 미미하고 장수들이 부족하였으나 지금은 오히려 한 번 북을 울려 원소를 이겼습니다. 항차 오늘은 백만의 군사들을 거느리고 남정에 나섰는데, 어찌 가볍게 저들과 맞선단

화살을 잇달아 쏘게 만든 활임. 「연노」(連弩). [漢書 李陵傳]「發連弩 射單于 (注) 服虔曰 三十弩共一弦也」.

말입니까? 만약에 제갈량의 말만 듣고 망령되이 군사를 일으키신다면, 이는 이른바 섶을 지고 불구덩이로 뛰어드는[32] 것입니다."

하자, 손권은 머리를 숙이고 말이 없었다.

고옹이 말하기를,

"유비는 조조에게 패하였기 때문에 우리 강동의 군사들을 빌어 저를 막으려는 것인데, 주공께서는 어찌하여 저에게 이용당하고 계십니까? 원컨대 자포의 말을 들으시옵소서."

하자, 손권은 침음하고 결단하지 못한다.

장소 등이 물러가자, 노숙이 들어와 손권을 뵙고 말하기를

"지금 장자포 등이 들어와서 또 주공에게 동병하지 말고 항복하시기를 힘써 주장하였지요. 이들은 다 처자들을 보전하고 자신들을 위한 계책일 뿐입니다. 원컨대 주공께서는 저들의 말을 듣지 마옵소서."

하였다. 그래도 손권은 침음하고 있었다.

노숙이 말하기를,

"주공께서 만약에 의심하고 지체하신다면, 필시 여러 사람들로 해서 큰일을 그르치게 될 것입니다."

한다.

손권이 말하기를,

"경은 잠시 물러가 계시구려. 내 좀 더 생각해야겠소이다."

하자, 노숙이 물러 나왔다.

그때, 무장들은 혹은 싸워야 한다 하고 문신들은 모두가 항복하자

---

32) 이른바 섶을 지고 불구덩이로 뛰어드는[負薪救火] : 섶을 지고 불을 끄려 한다는 뜻으로, '자기 스스로 짐짓 그릇된 짓을 하여 화를 더 얻으려 함'의 뜻임. 「신시」(薪柴). 땔나무와 잡목. [漢書 朱買臣傳]「其後買臣獨行歌道中 負薪墓間」. [禮記 月令篇]「收秩薪柴 (注) 大者可析謂之薪 小者合束謂之柴」.

하며, 논의가 분분하여 일치되지 않았다.

이때 손권은 내실로 들어가 침식을 끊고 결단을 내리지 못하고 있었다.

오국태가 손권의 이런 모습을 보고 묻기를,

"무슨 일을 생각하고 있는 게요. 침식을 모두 폐하다니?"

하자, 손권이 말하기를

"지금 조조가 장강과 한수에 주둔하고 강남으로 내려오려 해서, 문무 제관들에게 물었더니, 혹자는 항복하자 하고 혹자는 싸워야 한다 합니다. 싸우고자 해보면 군사들이 적어 적을 막을 수 없고, 항복을 하자 생각하니 조조가 받아들이지 않을까 두려워서 이로 인해 결단을 못하고 있습니다."

하니, 오국태가 대답하기를,

"어찌해 돌아가신 어머님께서 임종 때 하신 말씀을 기억하지 못하세요?"

한다.

손권은 취중에서 겨우 깨어난 것 같고 꿈에서 갓 깨어난 것과도 같이 그 말씀이 생각났다.

이에,

어머님의 마지막 하신 말씀 생각해
주랑을 끌어내니 전공을 세웠네.
　追思國母臨終語
　引得周郎立戰功.

필경 임종 때 어머님께서 하셨던 말씀은 무엇인가. 하회를 보라.

제44회

공명은 기지로 주유를 격동시키고
손권은 조조를 깨뜨릴 계책을 결단하다.
　孔明用智激周瑜
　孫權決計破曹操.

한편, 오국태는 손권이 결단을 내리지 못하는 것을 보고,

"죽은 언니께서 말하기를 '백부께서 임종하실 때에 안의 일을 결정할 수 없는 때에는 장소에게 묻고, 밖의 일을 결정할 수 없는 때에는 주유에게 물으라 했지요.' 지금 어찌해서 공근에게 묻지 않으세요?"

하거늘, 손권이 크게 기뻐하며 곧 사신을 보내 파양(鄱陽)으로 보내 주유에게 이 일을 의논하게 하였다.

원래 주유는 파양호에 있으면서 수군을 훈련하고 있었는데, 조조의 대군이 한수에 이르렀다는 소식을 듣고 곧 밤을 도와 시상군에 돌아와 일들을 의논하고 있었다. 손권의 사자가 떠나기 전에 주유가 먼저 도착하였다. 노숙은 주유와는 아주 친한 사이여서 먼저 나와 영접하였다. 그리고 전에 있었던 일들을 자세히 이야기해 주었다.

주유가 듣고 말하기를,

"자경은 걱정 마시게 내게도 생각이 있네. 지금 속히 공명을 청해 만나게 해주게."

하였다. 노숙은 말을 타고 급히 공명에게로 갔다.

주유가 잠깐 쉬고 있으려니까, 문득 장소·고옹·장굉·보즐 등 네 사람이 찾아왔다고 알려왔다. 주유가 저들을 맞아들여 중당에서 인사를 하였다.

장소가 묻기를

"도독께서 강동의 형편을 알고 계십니까?"

하거늘, 주유가 대답하기를

"모르고 있습니다."

하니,

"조조가 백만 대군을 이끌고 한수에 주둔하고 있으면서, 어제 격문을 보내 주공에게 강하에서 사냥을 하자고 청해 왔습니다. 비록 서로 상대를 병탄할 생각은 있으면서도, 아직도 그 마음을 드러내지 않고 있을 뿐입니다. 저희들은 주공께 항복하시기를 권하고 있는데, 이는 강동의 화를 면해 보려는 생각에서입니다. 노자경은 강하에 갔다가 유비의 군사[1] 제갈량과 함께 이곳에 왔는데, 그는 자기들의 원한을 풀기 위해 주군을 격동시키고 있습니다. 자경은 그 속뜻을 깨닫지 못하고 도독의 결단을 기다리고 있었습니다."

한다.

주유가 말하기를,

"공들의 생각도 같지요."

하니, 고옹 등이 대답하기를

"서로 의론이 같습니다."

한다.

---

1) **군사(軍師)**: 군중에 있어서 전략을 책모(策謀)하는 소임을 맡은 사람. [禮記 檀弓上]「君子曰 謀人之**軍師**」. [後漢書 岑彭傳]「彭因言韓歆 南陽大人可以用 乃 貰歆以爲鄧禹**軍師**」.

주유가 대답하기를,

"나 또한 항복하려고 한 지 오래입니다. 공들의 생각과 같으니, 내일 아침 주공을 뵙고 정하기로 하십시다."

하니, 장소 등이 물러갔다.

얼마 안 되어 또 정보·황개·한당 등 일반 장수들이 뵈러 왔다고 알려 왔다. 주유가 저들을 맞아들여 각각 안부를 물었다.

먼저 정보가 묻기를,

"도독께서는 강동이 조만간에 조조의 손에 들어간다는 것을 아십니까?"

하거늘, 주유가 말하기를

"알지 못하오."

하니,

"우리들은 손장군께서 창업하신 때부터 크고 작은 전쟁을 수백 번 해왔습니다. 이제야 거의 6군의 성지를 얻었습니다. 이번에 주공께서 모사들의 말을 들으시고 조조에게 항복하려 하고 계시니, 이는 진실로 부끄럽고 야속한 일입니다!

우리들은 차라리 죽을지언정 욕되게 살고 싶지 않습니다. 바라건대 도독께서는 주공께서 군사를 일으켜 싸우도록 결정하게 해 주십시오. 우리들은 싸우다가 죽고 싶습니다."

한다.

주유가 묻기를

"장군들께서도 다 같은 생각이시오?"

하니, 황개 등이 분연히 일어나 손으로 이마를 치며

"저희들은 머리가 잘리더라도 맹세코 조조에게 항복하지 않을 것이오."

하며, 다같이 말하기를

"우리는 절대 항복하지 않을 것입니다."

한다.

주유가 대답하기를,

"나도 조조와 결전하기를 원하오. 어찌 항복한단 말이오? 장군들은 이제 돌아가세요. 제가 주공을 뵙고 결정하도록 하겠습니다."

하자, 정보 등이 돌아갔다.

또 얼마 안 되니 제갈근과 여범 등 일반 문관들이 찾아왔다. 주유가 저들을 청해 들여 또 인사가 끝났다.

제갈근이 말하기를,

"제 아우 제갈량이 한수에서 와서 유예주와 동오가 결속해서 같이 조조를 토벌하자고 말했는데, 문무가 결정을 못 내리고 있소이다. 내 아우가 사신으로 왔으니 나는 할 말이 없으나, 오직 도독께서 와서 이 일을 결정하기만 기다리고 있습니다."

한다.

주유가 묻기를

"공론으로 말한다면 어찌할까요?"

하거늘, 근이

"항복한다는 것은 쉽고 편한 일이고 싸우자는 것은 보존하기 어려운 일입니다."

하니, 주유가 웃으며 대답하기를

"나도 내 주장이 있습니다. 내일 함께 부중에 들어가 결정하십시다."

하자, 제갈근 등이 물러갔다.

그러자 또 여몽·감녕 등 한 무리들이 뵈러 왔다. 주유가 맞아들이니 이들 또한 이 일로 왔다 하였다. 싸우기를 원하는 자와 항복하기를 원하는 자가 갈려 서로 다투었다.

주유가 말하기를,

"많은 말이 필요 없소이다. 내일 부중에 들어가 의논합시다."

하자, 저들이 인사하고 돌아갔다.

주유는 냉소를 금치 못하였다. 늦게서야 노자경이 공명을 인도하고 와서 인사를 한다. 주유는 중문까지 나가서 맞아들여 인사를 하였다. 그리고 손님과 주인이 각자 자리에 앉았다.

노숙이 주유에게 묻기를,

"지금 조조가 군사들을 이끌고 남침을 하고 있어 화해와 싸움 두 가지 계책을 쓰고 있는데, 주공께서는 결단을 미루시고 있습니다. 장군의 생각을 듣고 싶습니다. 장군께서는 어찌 생각하시오."

하거늘, 주유가 말하기를

"조조는 천자의 이름을 앞세우고 있으니, 저들의 군사와 대적할 수는 없습니다. 또 그 세력이 저토록 크니 가볍게 싸울 수 없습니다. 지금 싸운다면 곧 패배할 것이고 항복한다면 편안할 것입니다.

내 생각은 이미 결정했소이다. 내일 주공을 뵈면, 곧 사자를 보내서 항복을 드리도록 해야겠습니다."

하자, 노숙이 놀라 다시 묻기를

"공의 말은 옳지 않소이다. 강동의 이 나라는 이미 역사가 삼대에 이어졌는데, 어찌 하루 아침에 저 백성들을 버립니까? 백부의 유언이 밖의 일은 장군께 부탁하지 않으셨소이까. 이제 마침, 장군께서 국가를 보전해 주기만을 태산처럼 의지하고 있는데,2) 어찌하여 또 유약

---

2) 태산처럼 의지하고 있는데[泰山之靠] : '크게 의지하고 있음'의 비유. 「태산 불양토양」(泰山不讓土壤)은 태산은 한줌의 흙도 사양하지 않는다는 뜻으로, '도량이 넓음'을 비유한 말임. [戰國策 秦策]「李斯上書曰 臣聞 地廣者粟多 國大

한 선비의 생각을 따르려 하시오?"

하자, 주유가 대답하기를

"강동의 6군에는 백성들이 많습니다. 만약에 저들이 싸움의 소용돌이 속에 든다면 필시 그 원망이 우리에게 미칠 것입니다. 그래서 항복하자는 게요."

한다.

노숙이 또 말하기를,

"그렇지 않소이다. 장군과 같은 영웅이 동오의 험한 지형을 이용하면, 조조는 쉽게 뜻을 이룰 수 없을 것이오."

하며 두 사람이 서로 논쟁하자, 공명이 손을 소매에 넣고 비웃는다.

주유가 묻기를,

"선생은 어찌하여 웃고만 계시오."

하자, 공명이 대답하기를

"저는 다른 사람을 웃는 것이 아니라, 자경이 세상 형편을 아주 모르고 있음을 웃는 것이외다."

한다.

노숙이 말하기를,

"선생께서는 어찌하여 내가 세상을 모른다 하시오."

하자, 공명이 대답하기를

"공근이 주의를 세워 항복하려는 것이 매우 합당한 일입니다."

하자, 주유가 말하기를

"공명은 세상일을 잘 아는 사람이라 나와 같은 생각이시구려."

하자, 노숙이 묻기를

者人衆 兵彊則士勇 是以**太山不讓土壤** 故能成其大 **河海不擇細流** 故能就其深 王者不卻衆庶 故能明其德」.

"공명은 어찌하여 이 같은 말을 하시오?"

한다.

공명이 대답한다.

"조조는 아주 병법을 잘 쓰고 있어서 천하에 누구도 감당할 수 없소이다. 지난 날 여포·원소·원술·유표 등 영웅들도 감히 저에게 대적하였으나, 지금은 다 조조에게 죽었소이다. 천하무적이지요. 오직 있다면 유예주이나 그는 세상일에 밝지 못합니다. 그래서 강적과 맞섰지만 지금은 강하에서 신세가 고단하여 존망을 알 수 없소이다. 장군께서 조조에게 항복을 결단한다면, 처자는 보전할 수 있을 것이고 부하는 온전히 지킬 수 있을 것이외다. 나라가 바뀌는 것이야 천명에 맡기면 될 터인데 뭐가 아쉽겠소이까!"

하자, 노숙이 크게 노하여 말하기를

"당신은 나의 주군께서 적군에게 무릎을 꿇는 치욕을 받으라는 것이오!"

한다.

공명이 대답하기를,

"저에게 한 가지 계책이 있습니다. 두 사람이 양을 끌고 갈 것도 없고 술을 지고 갈 것도 없으며, 땅과 인수를 드릴 것도 없소이다. 그리고 또 직접 강을 건너지 않아도 됩니다. 다만 한 명의 사신으로 하여금 작은 배로 두 사람을 보내서 강을 건너게 하면 됩니다. 조조가 만약에 이 두 사람을 얻는다면, 백만의 군사들의 갑옷을 다 벗기고 깃발을 거두어 물러갈 것입니다."

한다.

주유가 다시 묻기를,

"어떤 두 사람을 쓰면 조조의 병사들을 물러가게 할 수 있다는 게요?"

하자, 공명이 대답하기를

"강동에서 이 두 사람만 가면 큰 나무에서 잎 하나 따는 것과 같고,3) 큰 창고에서 낱알 하나 집어내는 것과 같을 뿐입니다. 조조가 그것을 얻으면 필시 크게 기뻐 물러날 것입니다."

하니, 주유가 묻기를

"과연 어떤 두 사람을 보내자는 게요?"

하거늘, 공명이 말하기를

"제가 융중에 살 때에 듣기를 조조는 장하에 새로 대를 짓고 그 이름을 동작대라4) 했는데, 매우 아름다워 천하에서 미녀를 뽑아 그곳에 살게 했소이다.

조조는 본래 호색한입니다. 예전에 듣기를 강동의 교공(喬公)이 두 딸을 두었는데 큰 딸이 대교(大喬)이고 둘째는 소교(小喬)라 했습니다. 마치 물고기가 보고 물속으로 들어가 숨고 기러기는 보고 갈숲으로 내려 앉으며, 달도 숨고 꽃도 오히려 부끄러워한다고5) 들었소이다.

---

3) 큰 나무에서 잎 하나 따는 것과 같고[如大木飄一葉] : 큰 나무에서 잎새 하나 따내는 것과 같음. '크게 표가 나는 일이 아님'의 비유. [書經 周書 金縢]「秋大熟未穫 天大雷電以風 禾盡偃 **大木斯拔** 邦人大恐」. [孟子 梁惠王篇 下]「爲巨室 則必使工師求**大木** 工師得**大木** 則王喜以爲能勝其任也」.

4) 동작대(銅雀臺) : 위(魏)의 조조가 쌓은 대의 이름으로 옥상에 동으로 만든 봉황을 장식하였기에 이르는 이름임. [三國志 魏志 武帝紀]「建安十五年冬 太祖乃于鄴 作**銅雀臺**」. [鄴中記]「鄴城西立臺 皆因城爲基趾 中央名**銅雀臺** 北則冰井臺 西臺高六十七丈 上作銅鳳 皆銅籠疏雲母幌 日之初出 流光照耀」.

5) 마치 물고기가 보고 물속으로 들어가 숨고 기러기는 보고 갈숲으로 내려 앉으며……[沈魚落雁之容 閉月羞花之貌] : 물에서 놀던 고기는 물속으로 숨고 하늘을 날던 기러기는 갈숲으로 내려 앉으며, 달도 숨고 꽃도 오히려 부끄러워한다는 뜻으로, '아름다운 여자의 고운 얼굴'을 형용하는 말임. [莊子 齊物論篇]「毛嬙麗姬 人之所美也 **魚見之深入 鳥見之高飛** 麋鹿見之決驟 四者孰知天下之正色哉」. [通俗編 禽魚 沈魚落雁]「宋之問 院紗篇 鳥驚入松蘿 魚畏沈荷花 按 傳奇所

조조는 일찍이 맹세하기를 '내가 사해를 평정하고 제업(帝業)을 이룸이 첫째요. 다른 하나는 강동이 두 교녀를 얻어 동작대에 두고 늙어서 즐기는 것이다.'라고 했답니다. 이 두 가지 한을 푼다면 비록 죽는다 해도 여한이 없다 했답니다.

지금 조조가 백만 대군으로 강남을 노리고 있지만6) 그 속뜻은 이 두 여자를 얻기 위함입니다. 장군께서 왜 교공을 찾아서 천금을 주더라도 두 딸을 사서 조조에게 보내지 않습니까? 조조가 이 두 여자를 얻기만 하면 마음에 흡족하여 반드시 군사를 물릴 것이외다. 이는 범려가 서시를 바친 미인계입니다.7) 왜 빨리 행하지 않는 거지요?"
한다.

주유가 묻기를,

"조조가 두 교씨를 얻고자 한다는 것을 어찌 증명할 수 있습니까?"
하니, 공명이 대답하기를

"조조는 어린 아들 조식이 있는데 자를 자건(子建)이라 하며 천하의 문장입니다. 조조가 일찍이 그에게 한 편의 시를 짓게 했는데, 그 시

謂**沈魚落雁之容**本此」. [辭海]「李白 西施詩 秀色俺今古 荷花羞玉顔 知此語 習用已久 **蔽月**卽**閉月**也」.

6) 백만 대군으로 강남을 노리고 있지만[虎視江南] : 눈을 날카롭게 뜨고 '가만히 형세를 노려 봄'의 비유. [易經 頤卦]「六四顚頤吉 **虎視眈眈** 其欲逐逐 無咎」. [紅樓夢 第四十五回]「他們尙**虎視眈眈** 背地裏語三語四的 何況於我」.

7) 범려가 서시를 바친 미인계입니다[范蠡獻西施之計] : 월왕 구천이 오나라와 싸워 회계(會稽)에서 패하고 나자, 국력을 기르는 한편 범여의 계획에 따라 서시(西施)란 미녀로 미인계를 썼음. 오왕 부차가 이 계책에 빠진 것을 알고 군사를 일으켜 오나라를 멸하였다는 고사. [拾遺記]「**西施**越女所謂**西子**也 有絶世之美 越王句踐 獻之吳王夫差 夫差嬖之 卒至傾國」. [淮南子]「曼容皓齒形姱骨佳 不待傅粉 芳澤而美者 **西施**陽文也」. [韻語陽秋]「太平寰宇記載**西施**事云 施其姓也 是時有東施家 西施家」.

가 바로 동작대부입니다. 시의 내용은 저의 꿈이 천자가 되기에 합당
하다는 것과 두 교씨를 얻겠다는 것입니다."
하니, 주유가 또 묻기를
"이 시를 공도 기억할 수 있습니까?"
하거늘, 공명이 대답하기를
"나도 그 시의 화려함을 좋아하여 일찍이 기억하고 있소이다."
한다. 주유가 말하기를,
"어디 한 번 들려주시구려."
한다.
　　공명은 즉석에서 「동작대부」(銅雀臺賦)를★ 외운다.

　　영명한 임금님 뫼시고 높이여 누대에 오르니 진정 즐겁구나
　　태부 활짝 열리는 것을 봄이여 성덕의 경영을 보는 듯하구나.
　　　　從明后以嬉游兮　登層臺以娛情
　　　　見太府之廣開兮　觀聖德之所營.

　　높이 세워진 문의 아득함이여 쌍궐이 하늘 높이 떠있는 듯하구나
　　중천에 화려한 경관을 세움이여 비각이 서성까지 연이었구나.
　　　　建高門之嵯峨兮　浮雙闕乎太清
　　　　立中天之華觀兮　連飛閣乎西城.

　　끝없는 장수의 흐름에 자리함이여 원과의 흐드러짐 바라보이네
　　좌우에 세워진 한 쌍의 누대여 옥룡과 금봉이 여기 있구나.

───────────────

★ 조식(曹植)의 「동작대부」(銅雀臺賦).

臨漳水之長流兮 望園果之滋榮

立雙臺於左右兮 有玉龍與金鳳.

두 교씨8) 각각 동남에 두고서 조석으로 함께 즐겨보려네

황도의 장려함을 굽어 봄이여 마치 구름 위에 떠 보는 듯하네.

攬「二喬」於東南兮 樂朝夕之與共

俯皇都之宏麗兮 瞰雲霞之浮動.

뭇 인재들 모여서 기뻐함이여 비웅의 좋은 꿈9) 없겠는가

앞으로 따뜻함을 우러름이여 뭇 새들 슬픈 울음 들리는구나.

欣群才之來萃兮 協飛熊之吉夢

仰春風之和穆兮 聽百鳥之悲鳴.

하늘의 구름 이미 높이 섰음이여 집안의 바람이 이뤄졌구나

인을 떨쳐 천하를 교화함이여 상경에 공경하기를 다하네.

天雲垣其既立兮 家願得乎雙逞

揚仁化於宇宙兮 盡肅恭於上京.

---

8) 두 교씨[二喬] : 동작대에 나오는 것은 '두 다리'(橋)이나, 공명이 주유를 격
발하기 위해 고의로 '교'(喬)라고 한 것임. 그러므로 삼국(三國) 때 두 사람의
교씨(喬氏) 미녀를 이름. [杜牧 赤壁詩]「折戟沉沙鐵半銷 自將磨洗認前朝 東風
不與周郎便 銅雀春深銷二喬」. [三國 吳志 周瑜傳]「瑜從攻皖 拔之 時得橋公兩女
皆國色也 策(孫策)自納大橋 瑜納小橋」.

9) 비웅의 좋은 꿈[飛熊之吉夢] : 주의 문왕(西伯)이 '비웅'의 꿈을 꾸고 여상(呂
尙)을 얻은 일을 이름. [識小類編]「考諸史 西伯將出獵 卜之日 非龍非彲 非熊非
羆 所獲霸王之輔 果過呂尙於渭水之陽」. [廣陽雜記]「今人稱隱士見用 多日渭水
飛熊 蓋用呂尙事……史記西伯將出獵 卜之日 所獲非龍非彲 非虎非羆所獲者 必
霸王之輔」.

오직 환제 문제의 성함이여 어찌 족히 천자께 미치리오
아름답구나 아름답도다! 그 은택 멀리까지 드날리누나.

　惟桓文之爲盛兮　豈足方乎聖明
　休矣! 美矣! 惠澤遠揚.

우리 황가를 보좌함이여 사방팔방이 모두 편안하구나
천지가 함께 법도 있음이여 모두 다 일월처럼 빛나는도다.

　翼佐我皇家兮　寧彼四方
　同天地之規量兮　齊日月之輝光.

영원히 존귀하고 끝이 없음이여 왕공과10) 같은 수를 누리옵소서
용기 휘날리며 유유히 노닒이여 난가를 돌아들며 노니는구나.

　永貴尊而無極兮　等君壽於東皇
　御龍旂以遨遊兮　迴鸞駕而周章.

은혜의 교화가 사해에 고루 미침이여 좋은 물건 풍부하고 백성들
　편하도다
이 대가 영원히 남길 바라는 마음이여 즐거움도 영원히 끝나지
　말았으면!

　恩化及乎四海兮　嘉物阜而民康.
　願斯臺之永固兮　樂終古而未央!

---

10) 왕공[東王] : 동왕공(東王公)·동부(東父). 신선의 명부를 관장하는 신선임.
　[神異經]「東荒山中有石室 東王公居焉」. [中文辭典]「仙人名 一作東父 與西王母
　竝稱 世稱爲東華帝君」.

주유는 듣고 나서 갑자기 크게 노하면서, 자리에서 일어나 북쪽을 가리키며 꾸짖기를,

"조적이 나를 너무 업신여기는구나!"

하거늘, 공명이 급하게 일어나 그를 만류하며

"옛날 선우(單于)가 여러 번 강계를 침노하자, 천자께서는 공주들을 보내 화친을 맺은 바 있습니다. 지금 어찌하여 민가의 두 여자를 보내는 것을 그리 애석해 하십니까?"

하니,

주유가 말하기를,

"공이 알지 못하는 것이 있소이다. 교씨의 큰 딸은 지금 손백부 장군의 부인이시고, 둘째는 저의 아내입니다."

하거늘, 공명은 거짓 황송한 체 하면서

"저는 그런 줄 전혀 몰랐습니다. 실언한 것을 용서해 주십시오."

하니, 주유가 대답하기를

"나는 저 늙은 도적과 맹세코 양립할 수 없습니다!"

하거늘, 공명이 말하기를

"일이란 모름지기 세 번 생각해 보아야 후회하지 않는 법입니다."[11]

하니, 주유가 묻는다.

"내가 백부의 부탁을 받았으니, 어찌 조조에게 항복하여 마음을 굽힐 수가 있습니까? 내 먼저 한 말은 농담입니다. 나는 파양호를 떠날

---

11) 일이란 모름지기 세 번 생각해 보아야 후회하지 않는 법입니다[事須三思 免致後悔] : '일이란 신중하게 생각해서 해야 후회가 없음'의 비유. 「삼사」. [論語 公冶長篇]「季文子三思而後行 子聞之日 再 斯可矣」. [後漢書 公孫述傳]「天下神器 不可力爭 宜留三思」. 「삼성오신(三省吾身)」. 날마다 세 번씩 자신을 반성함. [論語 學而篇]「曾子曰 吾日三省吾身 爲人謀而不忠乎 與朋友交而不信乎 傳不習乎」.

때부터 늘 북벌을 생각해 왔습니다. 비록 도끼로 머리를 친다 해도 쉽게 그 뜻은 바뀌지 않을 것이외다. 바라건대 공명께서 도움을 주셔서12) 같이 조조를 무너뜨렸으면 합니다."

하거늘, 공명이 대답하기를

"만약에 저의 뜻을 버리지 않으신다면, 작은 힘이나마 보태서13) 장군의 영을 받들겠습니다."

한다.

주유가 말하기를,

"내일 들어가 주공을 뵈오면 곧 기병(起兵)하도록 의논하겠소이다."

하였다. 공명과 노숙은 하직하고 나와 헤어졌다.

다음 날 이른 아침 손권이 당상에 오르니 한편에 문관 장소·고옹 등 30여 인이 앉고, 오른편에 무관 정보·황개 등 30여 명이 앉았다. 의관을 정제하여 허리에 찬 칼과 패옥이 움직일 때마다 소리를 내었는데 모두 분반(分班)하여 시립하였다. 조금 있다가 주유가 들어오는 것이 보였다.

예를 마치자, 손권이 안부를 묻고 주유가

"근자에 들기에 조조가 군사를 이끌고 와서 한수 위에 주둔하였으며 또 그가 보낸 편지가 왔다 하는데, 주공께서는 생각이 어떠하십니까?"

하자, 손권은 격문을 주유에게 보여주었다.

---

12) **도움을 주셔서[一臂之力]** : 한 팔의 힘이란 뜻으로 '작은 도움'을 비유하는 말임. [中文辭典]「一膀之力 卽**一臂之力**」.

13) **작은 힘이나마 보태서[犬馬之勞]** : 아주 작은 보탬. '견마'는 개나 말과 같이 천하고 보잘 것 없다는 뜻으로 '자기'를 아주 낮추어 일컫는 말임. 「犬馬心」.[史記 三王世家]「臣竊不勝**犬馬心**」. [漢書 汲黯傳]「常有**犬馬之心**」.

주유가 읽고 나 웃으면서,

"저 늙은 도적이 우리 강동에 사람이 없는 줄 알고, 감히 이 같이 우리를 모욕하다니."

한다.

손권이 묻기를,

"대체 경의 생각은 어떠하오?"

하자, 주유가 대답하기를

"주공께서는 일찍이 문무 관리들과 의논해 보셨습니까?"

한다.

손권이 말하기를,

"여러 번 이 일을 의논하였소. 그런데 나에게 항복을 권하는 이도 있고, 싸우자고 주장하는 사람도 있었으나 내 생각이 정해지지 않았소이다. 그래서 공근의 결단을 청하는 게요."

하거늘, 주유가 묻기를

"누가 주공께 항복하기를 권합니까?"

하니, 손권이 말하기를

"장자포 등 다 그런 뜻을 주장하고 있소"

한다.

주유는 즉시 장소에게 묻기를,

"원컨대 선생께서는 항복의 뜻을 주장하는 까닭은 무엇 때문입니까?"

하자,

"조조는 천자를 끼고 서방을 정벌할 때마다 조정을 명분으로 삼고 있으며, 근자에는 형주를 얻어 그 위세가 더욱 커졌습니다. 우리 강동이 조조에게 대항할 수 있음은 험준한 장강 뿐입니다. 이제 조조의 전함이 어찌 천백에 그치겠습니까? 수륙병진하여 쳐들어오면 어찌 저들을 당하겠습니까? 차라리 항복해서 다시 훗날을 도모하고자 합니다.”

하거늘, 주유가 묻기를

“그것은 우활한 유생들의 주장에 불과합니다. 강동은 개국 이래 지금까지 삼 대가 지났는데, 어찌 차마 하루 아침에 버릴 수 있소이까!”

한다.

손권이 또 묻는다.

“그렇다면 앞으로 어떤 계책으로 싸워야 하겠소?”

하거늘, 주유가 대답하기를

“조조가 비록 한나라의 재상임을 내세우고 있으나, 실상은 한나라의 도적입니다. 장군께서는 귀신 같은 무력과 뛰어난 재주를 가지고 있고, 부형의 유업을 받아 강동에 자리 잡고 있는 것입니다. 게다가 정예의 병사가 있고 군량이 넉넉합니다. 그러니 천하를 두루 헤집고 다니며 나라를 위해 남은 폭도들을 제거해야지, 어찌하여 도적에게 항복합니까.

또 조조가 지금 여기 와 있으니 병가에서 이르는 금기도 여러 가지로 범하고 있습니다. 먼저 북쪽은 토평하지 못하고 있으며 마등·한수 등이 후환이 될 것인데도 조조가 오랫동안 많은 남정을 하였으니, 그것이 이유의 하나입니다. 북쪽은 수전에 익숙하지 못한데 조조는 말을 버리고 배에 의지하여 동오와 싸우고 있으니, 그것이 이유의 둘째입니다.

지금은 계절상으로 아주 추운 겨울이라서 말에게 먹일 꼴이 없으니, 이것이 이유의 세 번째입니다. 중원의 군사들을 몰아 멀리 강과 호수를 건너와 수토불복으로[14] 병사들이 여러가지 질병에 걸려 있으니, 이것이 이유의 넷째입니다. 이렇듯 조조의 군사들은 여러가지 금기를 범하고 있으니, 비록 숫자는 많다 하나 틀림없이 패배할 것입니

---

14) **수토불복[不服水土]** : 물이나 풍토가 몸에 맞지 않음. [三國志 吳志 周瑜傳] 「**不習水土** 必生疾病」. [管子 七法] 「根天地之氣 寒暑之和 **水土之性**」.

다. 장군께서 조조를 사로잡을 수 있는 것은 바로 지금입니다. 저에게 정병 수천만 주시면 나아가 한수에 주둔하고 있다가 장군을 위해서 저들을 무너뜨리겠습니다.”

했다.

손권이 기뻐하며 말하기를,

“늙은 도적이 한나라를 폐하고 스스로 서고자 한 지 오래이나, 원소·여포·유표 등과 나만을 두려워했을 뿐이오. 이제 여러 영웅들이 죽었고 오직 나만이 남았습니다. 나와 조조는 맹세코 양립할 수가 없소. 경이 조조를 처단한다고 하는데 내 생각과 같습니다. 그리고 이는 하늘이 경을 나에게 내린 것이오.”

하자, 주유가 대답하기를

“신은 장군의 한 장수가 되어 혈전을 단행할 것이며, 만 번을 죽는다 해도 사양하지 않겠습니다. 단지 장군께서 조금이라도 의심스러워 마음을 정하지 못하실까 걱정입니다.”

하자, 손권이 차고 있던 칼을 빼어 책상의 한 모서리를 찍으며,

“여러 관장들이 조조에게 항복하자는 뜻을 또다시 꺼낸다면, 책상 끝이 될 것이외다!”

하며, 말이 끝나자 곧 이 칼을 주유에게 주었다.

주유를 봉하여 대도독으로 삼고 정보를 부도독으로, 노숙을 찬군교위로 삼았다. 문무 관장들 중에 명령을 듣지 않은 자들은 곧 이 칼로 참하라 하였다.

주유는 칼을 받고 여러 사람들에게,

“나는 주공의 명을 받아, 군사들을 이끌고 조조와 싸우러 갑니다. 여러 장수들과 관료들은 내일 강둑의 행연에서 명령을 기다리시기 바랍니다. 늦거나 오지 않는 자들은 칠금령과 오십사참형을15) 시행하

겠습니다."

하고 말을 마치자, 손권과 하직하고 몸을 일으켜 부중을 나갔다. 문무
각관들이 말없이 헤어졌다.

주유는 하처에16) 돌아와 곧 공명과 의논하려고, 사람을 보내서 공
명을 청했다.

공명이 이르자 주유가 말하기를,

"오늘 부중에서 공론이 정해졌습니다. 이제 선생께서도 조조를 파
할 양책을 말해 주시구려."

한다.

공명이 대답하기를,

"손장군의 마음이 아직 미온적입니다. 계책을 정하는 것이 어떨까
합니다."

하자, 주유가 묻기를

"어찌하여 장군의 마음을 믿지 않소이까?"

하자, 공명이 말하기를

"마음속으로 조조의 군사가 너무 많은 데다가 우리 군사들이 너무
적어, 적을 막아낼 수 있을까 하는 회의(懷疑)를 하고 계십니다. 장군
께서 군사의 숫자를 밝히어 그것으로 장군의 의심을 풀어드리세요.
그런 뒤에야 큰 일을 성사시킬 수 있을 것입니다."

하였다.

---

15) **칠금령과 오십사참형(七禁令 五十四斬)**: 고대의 군법. [太平御覽]의 「武候兵
法」에는 7조의 금령마다 구체적인 항목이 포괄되어 있음. 이것이 모두 54항목
이며 그 중 한 항목이라도 어기면 참수하였음. [周禮 地官 鄕大夫]「各掌其鄕之政
敎**禁令** (疏) 釋日六鄕大夫各掌其鄕之政令及十二敎 與五**禁號令**皆掌之」.

16) **하처(下處)**: 사처. 손이 객지에서 묵는 곳. [福惠全書 蒞任部 酬答書札]「應
送**下處** 送米麵下程」. [兒女英雄傳 二十三回]「在德勝關一帶 豫備下**下處**」.

주유가 대답하기를,

"선생의 말씀이 타당하외다."

하고, 이에 다시 들어가 손권을 만났다.

손권이 묻기를,

"공근께서 밤중에 오셨으니 필시 무슨 일이 있습니까?"

하니, 주유가 대답하기를

"내일 군대를 내는데 대해 주공께서는 마음의 의심이 있습니까?"

한다. 손권이 말하기를,

"다만 조조의 군사들이 너무 많아 적은 병력으로 적을 대적할 수 있을까 하고 생각하고 있으나, 나도 의심은 없소이다."

하자, 주유가 웃으며 말하기를,

"제가 특히 여기에 온 것은 주공께 설명을 하려 하는 것입니다. 주공께서는 조조의 격문을 보시고 저가 수륙대군 백만이라 생각하고 있어서 의심을 하시는 것입니다. 그러나 그 허실을 생각해 보셨습니까? 이제 그 실체의 수를 비교해 보겠습니다. 저들의 중원의 병사는 15, 6만에 지나지 않습니다. 저들은 오래전부터 지쳐 있는 상태입니다. 원술에게서 빼앗은 군사 또한 7, 8만에 지나지 않습니다.

그리고 많은 군사들이 의심을 품고 복종하지 않고 있습니다. 오래전부터 지쳐 있는 군사들과 의심하고 있는 군사는, 그 수가 아무리 많다 해도 두려울 것이 없습니다. 저는 5만의 군사로 족히 저들을 무너뜨릴 수 있다고 생각합니다. 원컨대 주공께서는 염려하지 마시옵소서."

하였다.

손권이 주유의 등을 두드리며,

"공근의 말을 듣고 나는 충분히 의혹이 풀렸소이다. 자포는 무모하여 나를 깊이 실망시키고 있습니다. 유독 경과 자경이 나와 같은 심정입니다. 경은 자경과 정보와 같이 곧 군사들을 선발하여 진군하세요. 나는 뒤따라 인마와 많은 군량을 싣고 경을 뒤에서 후응하겠소. 경의 전군이 뜻대로 되지 않으면 곧 내가 나서리다. 나는 직접 조조와 결전을 할 터이니, 다시는 다른 의심을 품지마시구려."

하였다.

주유가 사례하고 나오며 속으로 생각하기를 '공명이 벌써부터 오후의 마음을 알고 있으니, 그의 계책 또한 나보다 한 수 위구나. 오래지 않아 반드시 강동의 화가 될 터이니 저를 죽여야겠다.' 하였다.

그리고는 사람을 시켜 밤에 노숙에게 공명을 죽여야겠다는 말을 하였다.

노숙이 말하기를,

"안 됩니다. 지금 조적을 파하지 못하고 있는데, 먼저 어진 모사를 죽이는 것은 스스로 그의 도움을 버리는 것입니다."

하거늘, 주유가 대답하길

"그가 유비를 돕고 있으니 반드시 강동의 후환이 될 것이오."

한다.

노숙이 대답하기를,

"제갈근은 그의 친형입니다! 가령 이 사람을 불러서 같이 동오의 일을 한다면, 어찌 묘책이 아니겠습니까."

하자, 주유가 그 말을 따랐다.

다음 날 날이 밝자, 주유는 행영에 나가 중군의 장막에 높이 앉아 있었다. 좌우에 도부수들을 세우고 문관과 무관들을 모아놓고 영을 내린다. 원래 정보는 주유보다 연상이었으나 지금 벼슬이 그보다 위에 있어, 마음속으로는 마땅찮게 여기고 있었다. 이날도 이내 병을 핑계 삼아 나가지 않고 큰 아들 정자(程咨)를 대신 보냈다.

주유는 여러 장수들에게 말하기를,

"왕법에는 친하고 친하지 않고가 없으니 제군들은 각각 맡은 바를 잘 지켜야 한다. 바야흐로 지금 조조가 권력을 농단함이 동탁보다 심하다. 천자를 허창에 가두고 군사들을 우리의 경계에 주둔시키고 있다. 내가 오늘 명을 받들어 저를 토벌하려고 하니, 여러분들은 다행히도 다 힘써 앞으로 나아가길 바란다. 대군이 이르는 곳마다 백성들의 동요가 없게 하라. 애쓴 자에게 상을 줄 것이로되 죄를 지은 자에게는 엄한 벌을 내릴 것이니, 모두가 망동함이 없도록 하라."

하며 명을 마치고, 곧 한 노장 황개를 전부 선봉을 삼고 본부전선을 거느리고 그날로 떠나게 했다.

선발부대가 삼강구에서 영채를 세우고 특별히 장령을 기다리라 하고, 장흠·주태를 제 2대로 삼고 능통·반장을 제 3대에, 태사자·여몽을 제 4대 육손·동습을 제 5대로 삼았다. 여범과 주치는 사방순경사에 임명하여 6부의 관군을 독려하며 수륙 양쪽에서 진발하여 반드시 기한 내에 모이게 하였다. 군사조발이 이미 끝나서 제장들이 각자 배와 군기 등을 수습하여 떠났다.

정자는 돌아가 아버지 정보를 보고 주유의 조병(調兵) 내용을 설명하고, 그의 조병 내용이 병법에 알맞더라고 하였다.

정보가 크게 놀라서 말하기를,

"내 평소에 주랑의 유약함에 속아서 장수로서 적합하지 않다고 생각했더니, 지금 이와 같이 할 수 있다면 참으로 장재(將才)가 있구나. 내 어찌 저에게 불복했단 말이냐."

하고는, 마침내 직접 행영에 나아가 사죄하였다. 주유 또한 겸사하였다.

그 이튿날 주유는 제갈근을 청해, 말하기를

"아우님 공명은 임금을 보필할 재능은 있는데, 어찌하여 유비 밑에 있습니까? 이제 다행이도 강동에 왔으니 번거롭지만 선생께서 말씀하셔서 아우님으로 하여금 유비를 떠나 동호를 섬기도록 하시면, 곧 주공은 좋은 보좌를 얻게 될 터이고 선생께서는 형제간에 서로 만나보실 수 있을 것이니, 어찌 좋은 일이 아니겠소이까? 선생께서 한 번 가주셨으면 다행일까 합니다."

한다.

제갈근이 말하기를,

"제가 강동에 온 후로 아무런 공로가 없음을 늘 부끄러워하고 있는 터인데, 도독께서 공을 얻을 기회를 주시니 어찌 힘을 쓰지 않겠습니까."

하고, 곧 말을 타고 지름길로 공명이 머물고 있는 역정(驛亭)에 가 공명을 보고 말하였다. 공명이 맞아들이자 울며 절하며 그동안 못한 정을 풀었다.

근이 울며 묻기를,

"아우님은 백이와 숙제를17) 알고 있습니까?"

하고 물으니, 공명은 속으로 생각하기를 '이는 필시 주유가 시켜서 나를 설득하러 왔구나' 생각하고 대답하기를,

"백이와 숙제는 옛 성인들이지요."

하니, 근이 묻기를

---

17) 백이와 숙제(伯夷·叔齊): 은나라 고죽군(孤竹君)의 큰 아들과 막내 아들. 주 무왕의 벌주(伐紂)를 옳지 않게 여겨, 수양산(首陽山) 남쪽에 들어가 주나라의 곡식을 먹지 않고 그곳에서 굶어 죽었다 함. [史記 伯夷傳]「武王伐紂 伯夷叔齊 叩馬而諫曰 父死不葬 爰及干戈 可謂孝乎 以臣弑君 可謂仁乎 左右欲兵之 太公曰 此義人也 扶而去之 武王已平殷亂 天下宗周 而伯夷叔齊恥之 義不食周粟 隱於首陽山 采薇而食之 遂餓死於首陽山」. [論語 述而篇]「入曰 伯夷叔齊何人也 曰古之賢人也」.

"비록 수양산에서 굶어 죽었지만, 형제 두 사람이 한 곳에 있지 않았소. 나는 자네와 같은 젖을 먹고 자랐는데 지금은 각기 다른 주인을 섬기고 있으니, 날이 저물어도 함께 모일 수 없구려. 백이와 숙제 보기에도 부끄러울 것이 없겠소?"

한다.

공명이 대답하기를,

"형님께서 말씀하신 것은 정의(情意)이고, 제가 지키려고 하는 것은 의리(義理)입니다. 형과 아우가 다 한나라 사람입니다. 지금 유황숙도 한실의 종친이오니 형님께서 만약 동오를 떠나서 저와 같이 유황숙을 섬긴다면 이는 곧 현실에 부끄럽지 않은 것이며, 형제가 모이는 것이니 정의와 의리 두 가지가 온전하게 되는 양책입니다. 형님의 뜻은 알 수 없으나 어떻습니까?"

하자, 근이 속으로 생각하기를 '내가 여기 와서 너를 설득하려다가 오히려 너에게 내가 설득되겠구나!' 하고는, 할 말이 없어 대답하지 못하고 몸을 일으켜 인사하고 돌아왔다. 돌아가 주유에게 공명과 나눈 이야기를 자세히 하였다.

주유가 묻기를,

"공의 뜻은 어떻소?"

하거늘, 근이 대답하기를

"나는 손장군의 두터운 은혜를 받았는데 어찌 등을 돌리겠습니까?"

하니, 주유가 이르기를

"공은 이미 충심으로써 주공을 섬기시면, 더 말할 것이 없으리다. 내게 공명을 항복받을 계책이 따로 있소이다."

하였다.

이에,

슬기와 지혜가 서로 만나면 합해지는 법

재주와 재능은 다투면 서로 용납하기 어려우리.

智與智逢宜必合

才和才角又難容.

필경 주유는 어떤 방법으로 공명을 항복시키려는가? 하회를 보라.

제45회

삼강구에서 조조는 많은 병사들을 잃고
군영회에서 장간은 계책에 빠지다.
　　三江口曹操折兵
　　群英會蔣幹中計.

　한편, 주유는 제갈근의 말을 듣고 공명에게 한을 품어, 그를 죽여야
겠다는 생각을 마음속에 더욱 군혔다. 다음 날 장수들을 점검하고 들
어가 손권에게 하직을 고했다.

　손권이 말하기를,

　"경이 먼저 떠나면 내가 즉시 병사들을 이끌고 뒤를 따라가겠소이다."
한다.

　주유가 하직하고 나와, 정보 · 노숙 등과 같이 군사를 이끌고 가서,
곧 공명을 맞아 함께 갔다. 공명은 기꺼이 저들을 따랐다. 함께 배에
올라서 돛을 달고 하구를 바라고 달렸다. 삼강구에서 5, 60리를 가서,
배를 차례로 정박시키고 잠시 동안 쉬었다.

　주유는 중앙의 영채에 있으면서 병사들에게는 강언덕 위의 서산을
의지해 영채를 치게 하고 그 주위를 둘러 주둔하게 했다. 공명은 단지
한 작은 배 안에서 거처하게 하였다.

　주유는 군사들을 나누어 출발하기로 정하고, 사람을 시켜 공명을
청해 일을 의논하였다. 공명은 중군의 장막에 이르러 예를 하였다.

주유가 말하기를,

"옛날 조조의 병사가 적고 원소의 병사가 많을 때에도, 조조가 도리어 원소를 이긴 것은 허유의 계책 때문이었소이다. 즉 먼저 오소의 양로를 끊었기 때문이었소. 지금 조조의 군사가 83만이나 되고 우리는 5, 6만에 불과하외다. 어찌하면 저들을 막아낼 수 있겠소이까? 역시 먼저 조조의 양도를 끊어 군량을 없애야만 저들을 무너뜨릴 수 있을 것이오.

내가 이미 조조의 양도를 알아내었는데 모두 취철산(聚鐵山)에 있다 하오. 선생께서는 오랫동안 한수에 사셨다니 지리를 잘 아실 것이외다. 감히 번거롭지만 선생과 관우·장비·자룡 등과 병사 1천여 명을 줄 터이니, 밤을 도와 취철산에 가서 조조의 양도를 끊어 주시지요. 서로가 각기 주군을 위한 일이니 사양하지 마시구려."

하자, 공명은 속으로 생각하기를 '이 일로 해서 나를 설득하려다가 안 되니까, 계책을 써서 나를 해하겠다는 것이렷다. 내가 만약에 협조하지 않으면 필시 저의 웃음거리가 될 것이다. 이를 받아들이는 수밖에 없으니 다른 방도를 찾아봐야겠다.' 하고, 공명은 기꺼이 승낙하였다. 이에 주유는 크게 기뻐하였고 공명은 하직하고 나갔다.

노숙이 가만히 주유에게 묻기를,

"공께서는 공명에게 적의 양도를 끊게 하였는데, 무슨 생각에서입니까?"

하자, 주유가 대답하기를

"내가 공명을 죽이려 하는데 사람들의 웃음거리가 될까 걱정이외다. 그러므로 조조의 손을 빌어서 저를 없애려는 것이외다. 그래서 후환을 끊어버리려는 것이오."

한다.

노숙이 듣고 이에 공명에게 가서, 저가 그런 뜻을 아는지 모르고 있는지를 보려 하였다. 공명의 얼굴에는 전혀 어려워하는 기색이 전혀 없이 오직, 군마들을 엄히 점검하고 있었다.

노숙도 참지 못하고 말로써 한 마디 하기를,

"선생께서는 이번 일을 성공할 수 있으리라 보시오?"

하니, 공명이 웃으면서 말하기를

"나는 수전·보전·마전·차전 등 각 전마다 미묘한 수단이 다 있으니, 어찌 공을 이루지 못할까 걱정하겠소이까. 이것은 공과 주랑의 무리들처럼 한 가지에만 능한 사람들은 할 수가 없는 것이지요."

하자, 노숙이 묻기를

"나와 공근이 어찌 한 가지 전투에만 능하다 하시오?"

하자, 공명이 말하기를

"내 들으니 강남의 어린아이들이 부르는 동요에,

　　길에 매복해 지키는 데는 자경이요
　　강에서 하는 수전에는 주랑이 있다네.
　　　伏路把關饒子敬
　　　臨江水戰有周郞.

하였는데, 공 같은 분은 지상에서 군사를 매복시켜 관문을 지키는 일에 능하고, 공근은 수전만 잘 할 수 있지 육전에는 능력이 없다는 것 아니겠소."

하였다.

노숙은 이 말을 주유에게 하였다.

주유는 노하며 말하기를,

"어찌 내가 육전에 능하지 않다고 업신여긴단 말이오. 저를 보낼 것 없겠소이다! 내가 직접 1만의 마군을 이끌고 가서 취철산 조조의 양도를 끊어야겠소이다."

하자, 노숙이 이 말을 공명에게 알렸다.

공명이 웃으며 대답하기를,

"공근은 나에게 조조의 양도를 끊으라 했는데, 실은 조조로 하여금 나를 죽이게 하려는 것이오. 나는 그래서 몇 마디 말한 것 뿐이외다. 공근이 용납하지 않고 있소 그려. 지금은 사람을 잘 써야 할 때이니 오후와 유사군께서 마음을 합치면 성공할 것이고, 지금처럼 서로가 모해한다면 큰 일을 그르칠 것입니다.

조적은 계책이 많은 인물이어서 평생 적의 양도를 끊는 것에 익숙한 사람입니다. 지금 저들이 많은 군사들을 시켜 방비를 않겠습니까? 공근이 만약에 군사들을 이끌고 가면 틀림없이 사로잡힐 것이외다. 이제 먼저 해야 할 일은 수전입니다. 그래서 북군의 예기를 꺾고, 다른 묘책을 찾아 저들을 파해야 합니다. 바라건대 자경께서 잘 말해서 공근에게 알리면 좋겠소이다."

하였다.

노숙은 마침내 밤을 도와 주유에게 돌아가서, 공명의 말대로 방비할 것을 설명하였다.

주유는 머리를 흔들고 발을 구르며,

"이 사람은 나보다 식견이 열 배나 되기에 지금 저를 없애려 하는 것이오. 후일에 반드시 우리나라의 화가 될 것이외다!"

하거늘, 노숙이 대답하기를

"지금은 사람을 가려 쓸 때이니, 바라건대 국가를 먼저 생각하셔야 합니다. 또 조적을 파할 때까지 기다렸다가 저를 죽여도 늦지 않을 것입니다."

하자, 주유가 그 말을 따랐다.

한편, 현덕은 유기에게 강하를 지키게 하고 직접 많은 군사들을 이끌고 하구로 왔다. 바라보니 강남의 남쪽 연안에 깃발이 희미하게 펄럭이는 것이 보였고 무기가 중중첩첩한 것이 보이거늘, 생각에 동오가 이미 동병했구나 하였다. 그래서 강하의 병사들을 다 옮겨 번구에 진을 구축하게 하였다.

현덕이 장수들을 모아 놓고 말하기를,

"공명이 동오로 간 뒤로 소식이 묘연하여 일이 어떻게 돌아가는지 알 수 없소이다. 누가 가서 저들의 허실을 알아왔으면 합니다."

하니, 미축이 대답하기를

"제가 가겠습니다."

한다. 현덕은 이에 양과 술 등 예물을 갖추어 미축을 동오로 보냈다. 그리고 군사들을 위로하러 왔다 하며 저의 허실을 탐청하게 하였다.

미축이 영을 받고 작은 배에 올라 물결을 타고 내려가 곧 주유의 큰 영채에 이르렀다. 군사들이 들어가 주유에게 보고하자 주유는 사자를 불러 들였다. 미축이 절하며 현덕께서 경의를 표한다며 술과 예물을 바쳤다. 주유는 받고 나서 잔치를 베풀어 미축을 환대하였다.

미축이 말하기를,

"공명이 여기 있은 지 오래 되었는데 이번에 저와 함께 돌아갔으면 합니다."

하니, 주유가 대답하기를

"공명은 바야흐로 나와 함께 조조를 격파할 모사요, 어찌 가시겠소? 나 또한 유예주를 뵙고 같이 양책을 논했으면 하나, 지금 대군을 이끌고 있어서 잠시라도 자리를 비울 수 없소이다. 만약에 유예주께서 여기에 와 주신다면 아주 다행한 일일 게요."

하거늘, 미축이 응락하며 하직하고 돌아왔다.

노숙이 주유에게 묻기를,

"공께서 현덕을 만나면 무엇을 이야기하시려 합니까?"

하니, 주유가 대답하기를

"현덕은 당대의 효웅이니 없애지 않으면 안 되오. 내가 지금 기회를 타 저를 유인해 죽이려는 것이오. 이는 실로 나라를 위해서 후환을 제거하는 것이외다."

하였다.

노숙이 재삼 권하고 간청했으나 주유는 끝내 듣지 않고, 이에 비밀리 명령하기를,

"현덕이 이르면 먼저 도부수 50여 명을 벽 뒤에 매복시켰다가, 내가 술잔을 던지는 것을 신호로 알고 곧 나와서 죽여라."

하고, 명을 내렸다.

한편 미축은 돌아와서, 현덕에게 주유가 주공을 청하며 만나고저 한다는 뜻을 자세히 말했다. 유비는 이 일을 다시 의논하였다. 현덕은 곧 배 한 척을 내게 하여 곧 떠나려 하였다.

운장이 간하기를,

"주유는 꾀가 많은 모사입니다. 또 공명은 소식이 없으니 도중에 속임수가 있을까 걱정됩니다. 가벼이 가셔서는 안 됩니다."

하자, 현덕이 말하기를

"내가 지금 동오와 협력하여 함께 조조를 깨뜨리고자 하고 있소. 주랑이 나를 만나자 하는데 내가 만약 가지 않으면, 동맹의 뜻이 없는 것으로 알 것이오. 우리가 서로 시기하면 일을 할 수가 없소이다."

하였다. 운장이 말하기를,

"형님께서 만약 가는 것이 중요하시다면 제가 함께 모시고 가겠습니다."

하니, 장비가 말하기를

"저도 따라가겠습니다."

하였다.

현덕이 말하기를,

"그렇다면 운장만 나를 따라가고 익덕은 자룡과 같이 영채를 지키게. 그리고 간옹은 악현(鄂縣)을 잘 지키시오. 내 곧 돌아올 것이외다."

라고 분부하였다. 그리고 곧 운장과 작은 배를 타고 종자 20여 명과 함께 노를 저어 강동으로 갔다. 현덕은 강동의 전선과 전함, 그리고 깃발과 군사들이 질서 있게 좌우로 늘어선 것을 보고 마음속으로 기뻐하였다.

군사들이 나는 듯이 주유에게 보고하기를,

"유예주께서 도착했습니다."

고 알렸다.

주유가 묻기를,

"많은 배들을 거느리고 오더냐?"

하자, 군사가 대답하기를,

"단지 작은 배 한 척에 20여 인을 데리고 있습니다."

하였다.

주유가 웃으면서,

"이 사람이 다 살았군!"

하고는, 이에 도부수들을 매복시키고 난 후에 영채에서 나가 영접하였다.

현덕은 운장 등 20여 명과 함께 곧장 장중에 들어가 인사가 끝나자,
주유가 현덕에게 상좌를 권하였다.

현덕이 묻기를,

"장군의 이름은 천하에 알려져 있고 저는 재주가 없는데, 어찌 장군
보다 높은 예를 받겠습니까?"

하며, 빈주의 자리로 나뉘어 앉았다. 주유는 연석을 차려 접대하였다.

이때, 공명은 우연히 강변에 나왔다가 현덕이 여기에 와서 도독과
만나고 있다는 소식을 듣고 깜짝 놀라며, 급히 중군의 장막에 들어가
동정을 살폈다.

주유의 얼굴에 살기가 있고 양쪽 벽 휘장 속에 도부수들이 숨어 있
거늘, 공명이 놀라며 말하기를

"이같이 되었으니 어찌할꼬!"

하며 또 현덕을 보니, 자약한 채 이야기를 하고 있었다.

갑자기 현덕의 등 뒤에 있는 사람이 칼을 빼 들고 서 있는데 보니
운장이었다.

공명이 기뻐하며 속으로 생각하기를,

"주군께서 무사하시겠다."

며, 드디어 다시 들어가지 않았다. 그리고 몸을 돌려 강변에 와서 기
다렸다.

주유와 현덕은 술을 마시면서 몇 순배째 돌아가자 주유가 일어나
잔을 잡다가,1) 사나워 보이는 운장이 칼을 들고 현덕의 뒤에 서 있는
것을 보고는 황망히 물었다.

---

1) 일어나 잔을 잡다가[把盞] : 술잔을 두 손으로 들고 돌아다니며 손님에게 권함.
좨주(祭酒). [琵琶記 春宴杏園]「左右看酒來 待下官把酒」. [升庵外集]「南中夷人有
酋長 群夷有酒 必先酌之 謂把盞 亦猶中國之祭酒」.

현덕이 말하기를,

"제 아우 관운장입니다."

하거늘, 주유가 놀라서 묻기를

"전날 안량과 문추를 베었던 장군이 아닙니까?"

하자, 현덕이 대답하기를

"그렇습니다."

하니, 주유가 크게 놀라서 등에 식은땀을[2] 흘렸다. 그는 곧 운장에게 잔을 권하였다. 조금 있자 노숙이 들어왔다.

현덕이 묻기를,

"공명은 어디 있습니까? 자경께서 번거로우시더라도 한 번 보게 해 주시구려."

하자, 주유가 말하기를

"조조를 무너뜨린 후에 공명을 보아도 늦지 않을 것입니다."

하거늘, 현덕은 더 이상 말하지 않았다.

운장이 현덕에게 눈짓을 하자 현덕은 그 뜻을 알고 곧 자리에서 일어나 하직 인사를 하며,

"저는 이제 작별을 해야겠습니다. 조조를 무너뜨리고 성공한 날 다시 하례를 드리겠습니다."

하자, 주유가 더 붙들지 않고 원문까지 나와 전송하였다.

현덕은 주유와 헤어지면서 운장과 함께 강변으로 나오니, 공명은 벌써 배를 타고 있었다. 현덕은 크게 기뻐하였다.

공명이 묻기를,

---

2) 등에 식은땀을[汗流滿背] : 식은땀[冷汗]이 등에 가득함. '매우 놀라고 긴장 함'의 비유임. 「한출첨배」(汗出沾背). [史記 陳丞相世家]「周勃不能 汗出沾背」. [後漢書 伏皇后紀]「曹操後以事入見殿中……汗流浹背 自後不敢復朝請」.

"주공께서는 오늘 위험을 아셨습니까?"

하니, 현덕이 놀라며 말하기를

"알지 못했소이다."

하거늘,

"만약에 운장이 없었더라면, 주공께서는 주유에게 해를 입을 뻔했습니다."

하고 말하자, 현덕이 그제서야 겨우 깨닫고 곧 공명에게 번구로 돌아가자 하였으나, 공명이 말하기를

"제가 비록 호랑이 굴에 살지만3) 편안하기가 태산과 같습니다. 주공께서는 배와 군마들을 수습하여 쓰일 때를 기다리소서. 11월 스무날 갑자일을 기약해서, 자룡에게 작은 배를 타고 남쪽 강변에서 기다리게 해 주세요. 일절 착오가 있어선 안 됩니다."

하거늘, 현덕은 그 뜻을 묻지 않았다.

공명이 말하기를,

"그날 동남풍이 불면 저는 반드시 돌아갈 것입니다."

하자 현덕은 그때를 묻고 싶었으나, 공명은 현덕에게 빨리 배를 떠나게 하라고 재촉하고는 말을 마치자 돌아갔다.

현덕과 운장 그리고 종인 등이 배를 띄워 미처 멀리 가지 못하여, 문득 상류에서 배 5, 60척이 오는 것이 보였다. 뱃머리에 한 장수가 창을 빗기 들고 서 있는데 장비였다. 그는 현덕에게 일이 생겼을 때, 운장 혼자서 어려울 것이라 생각하여 접응하러 오는 길이었다. 이에 세 사람이 함께 영채로 돌아갔다.

---

3) 제가 비록 호랑이 굴에 살지만 : 원문에는 '亮雖居虎口 安如泰山'으로 되어 있음. [漢書 麗食其傳]「此所謂探虎口者也」. [莊子 盜跖]「疾走料虎頭 編虎須幾免虎口哉」. [漢書 麗助傳]「天下之安猶泰山而西維之也」.

그 후의 이야기는 더 하지 않겠다.

한편, 주유는 현덕이 돌아가자 영채에 돌아와 있는데, 노숙이 들어와 묻기를

"공께서 현덕을 유인해 이곳에 이르렀는데 어찌하여 손을 쓰지 않았습니까?"

하자, 주유가 대답하기를,

"관운장은 세상에서 다 아는 호랑이 같은 장수인데 현덕이 서나 앉으나 늘 따라다니고 있어서, 내 만일 손을 쓴다면 저가 되려 나를 죽였을 것입니다."

하니, 노숙이 크게 놀랐다.

문득, 조조가 보낸 편지를 가지고 왔다는 사람이 이르렀다는 보고가 있었다. 주유가 불러들였다. 사자가 올리는 편지를 보니 봉지 측면에 '한나라 대승상이 주도독에게 보내노라.'라고 쓰여 있었다. 주유가 크게 노하여 뜯어보지도 않은 채, 편지는 찢어 땅에 던지며 사자는 참하라 하였다.

노숙이 정색하며 이르기를

"양국이 서로 싸우고는 있으나 보내온 사자를 참하는 일은 없습니다."

하니, 주유가 말하기를

"사자를 참해서 위세를 보이려는 것이외다."

하고, 드디어 사자를 참해 버렸다. 그리고는 그 수급을 종인에게 시켜 가지고 돌아가게 하였다. 감영에게 영을 내려 따르게 하고 선봉을 삼았다. 한당은 좌익을 삼고 장흠은 우익을 삼았다. 주유는 직접 제장 등을 이끌고 접응하기로 하였다. 내일 새벽밥을 지어 먹고 5경이 되면 배를 내어 북을 치고 소리를 지르며 진군하게 하였다.

한편, 조조는 주유가 편지를 찢고 사자는 참했음을 알고 크게 노하여, 곧 채모와 장윤 등 형주에서 항복해 온 장수들을 전부로 삼았다. 그리고 조조 자신은 후군이 되어 전선을 독려하며 삼강구에 이르렀다. 동오의 선박들이 강을 덮으며 오는 것이 보였다.

　앞에 선 장수는 뱃머리에 앉아서 큰 소리로 말하기를,

　"나는 감영이다. 누가 감히 와서 나와 결전하겠느냐?"

하자, 채모의 아우 채훈(蔡壎)이 앞으로 나왔다.

　두 배가 가까워지자 감영이 활에 화살을 먹여 채훈을 바라보며 쏘자, 시윗소리와 함께 채훈이 거꾸러졌다. 감영은 마침내 배를 몰아 약진하며 모든 쇠뇌를 일제히 쏘아댔다. 그러자 조조의 군사들이 당해 내지 못하였다. 우측의 장흠과 왼쪽의 한당이 곧바로 조조의 대열 속으로 들어왔다.

　조조의 군사 태반이 청주와 서주 출신이라 평소 수전에 익숙하지 못한지라, 큰 강 위에 있는 전선들이 흔들리자 배 위에서 서지도 못하였다. 감영 등은 3로에서 동오의 배들을 자유자재로 휘젓고 다녔다. 게다가 주유는 그럴수록 배들을 독전하며 전선들을 도왔다. 조조의 군사들 중에 화살을 맞고 돌에 맞은 자가 그 수를 헤아릴 수 없었다. 사시에서 시작해서 미시까지 들이쳤다.

　주유는 승리는 했으나 병사가 적고 적이 많음을 걱정해서 마침내 쟁을 쳐서 배들을 수습하였다. 조조는 패하여 돌아왔다.

　조조가 육지의 영채에 올라가서 다시 군사들을 정비하고, 채모와 장윤에게

　"동오의 군사들이 적은 데도 반대로 패한 것은 너희들이 해이했기 때문이 아니냐!"

하매, 채모가 말하기를

"형주의 수군이 오랫동안 훈련을 받지 않았고 청주와 서주의 수군은 본디 수전에 익숙지 못합니다. 그래서 저희들이 패한 것입니다.

이제라도 먼저 수채를 세우고 청주와 서주 군사들은 안에 있게 하고 형주 군사들은 밖에 있게 하여, 매일 같이 애써 연습을 시키면 저들을 쓸 수 있습니다."

한다.

조조가 묻기를,

"너희를 수군 도독을 삼았으니 편할대로 시행할 것이지, 왜 나에게 품하느냐?"

하였다. 이에 장윤과 채모 두 사람이 수군을 훈련시켰다.

장강 연안에 24개의 수문을 세우고 큰 배를 밖에 세워 마치 성곽처럼 만들고, 작은 배들은 안에 있게 하여 왕래가 가능하게 하였다. 밤에는 모두 불을 켜게 하니 하늘과 수면이 낮같이 밝고, 육지 삼백여 리에 늘어선 영채에 봉화가 이어졌다.

이때, 주유는 싸움에서 승리하고 영채로 돌아와서는 삼군을 호궤하고 상을 주었다. 한편으로는 사람을 시켜 오후가 있는 곳으로 첩보를 보냈다. 그날 밤 주유가 밝고 높은 곳에 올라가 바라보니, 서쪽 하늘에 불길이 치솟는 것이 보였다.

좌우 모두가 말하기를,

"저것들이 다 북군의 등불입니다."

하거늘, 주유는 마음속에 놀라움을 느꼈다.

이튿날 주유는 직접 가서 조조 군사들의 수채를 보려 하고 누각선 한 척을 수습하여, 고악을 신게 하고 건장한 장수 몇 명을 따르게 하였다. 그리고 그들에게 각기 강궁과 쇠뇌들을4) 지니게 하고는 일제히 배에 올라 앞으로 나갔다.

주유는 조조군의 영채 근처에 이르러서, 닻을 내리고 누각선에서 고각을 울리게 하였다.

주유는 몰래 저들의 수채를 엿보다가 크게 놀라서, 말하기를

"이는 수군들의 묘책을 깊이 안 것이로다!"

하고, 묻기를

"수군도독이 누구냐?"

하니, 좌우가 말하기를

"채모와 장윤 장군입니다."

하였다.

주유는 속으로 생각하기를,

"두 사람이 오래 강동에 살았고 수전을 잘 알고 있으니, 내 반드시 계책을 써서 먼저 이 두 사람을 없애야겠다. 그런 뒤에야 조조의 군사들을 무너뜨릴 수 있겠다."

하고 자세히 살펴보고 있는데, 벌써 조조군 중에서 이를 나는 듯이 조조에게 알렸다.

그리고 말하기를,

"주유가 우리의 영채를 몰래 엿보고 있습니다."

하자, 조조는 군사들에게 배를 따라가 저를 사로잡으라 하였다.

주유는 수채에서 깃발이 움직이는 것을 보고는 급히 닻을 올리게 하고, 양편에서 네 사람씩 일제히 노를 젓게 하며 강변을 바라고 나는 듯이 달렸다. 조조의 수채에서 배가 나올 때쯤에는 주유의 누각선은 벌써 10리 밖으로 가 있어 추격할 수가 없게 되었다. 할 수 없이 돌아

---

4) **강궁과 쇠뇌들[硬弩]** : 쇠뇌[勁弩] '쇠뇌'는 여러 개의 화살을 잇달아 쏘게 만든 활임. 「연노」(連弩). [漢書 李陵傳]「發**連弩** 射單于 (注) 服虔曰 三十弩共 一弦也」.

가 조조에게 보고하였다.

　조조는 여러 장수들에게 묻기를,

"어제 한바탕 싸워 져서 예기가 꺾였는데 오늘 또다시 적들에게 우리의 영채를 염탐당했으니, 우리는 당장 어떤 계책으로 저들을 파해야 하느냐?"

하고 말을 마치자,

　문득 장하에서 한 사람이 나서며, 말하기를

"저는 어려서부터 주유와는 동문수학하며 사귄 적이 있사오니, 제가 세치의 정연한 말로 가서 저를 설득해 항복하게 하고자 합니다."

하였다.

　조조가 크게 기뻐하며 저를 보니, 저는 구강 사람으로 성은 장(蔣)이고 이름은 간(幹)이며 자는 자익(子翼)인데 장하의 막빈이었다.

　조조가 묻기를,

"자익은 주유하고 친교가 두터운가?"

하니, 간이 말하기를

"승상께서는 마음을 놓으소서, 제가 강동에 가면 틀림없이 성공할 것입니다."

하였다.

　조조가 또 묻기를

"무엇을 가지고 가려 하오?"

하니, 간이 말하기를

"동자 한 사람과 배를 저을 두 사람만 있으면 되고, 다른 것은 필요 없습니다."

하거늘, 조조는 매우 기뻐하며 장간에게 술을 주며 전송하였다.

장간은 갈건에 도포를 입고[5] 한 척의 작은 배를 저어 곧 주유의 영
채에 이르러, 주유에게 말하기를

"옛 친구 장간이 왔다."

고, 전하게 하였다.

주유는 그때 장중에서 일을 의논하고 있다가 장간이 왔다는 소식을
듣고, 웃으면서 말하기를

"세객이[6] 왔소이다!"

하며, 여러 장수들에게 이리저리 하라 하였다. 여러 장수들이 명을 듣
고 흩어졌다.

주유는 의관을 정제하고 종자 수백을 이끌고, 그들에게 비단 옷에
화관을 쓰게 하고 전후로 옹위케 하며 나왔다. 장간은 청의소동 한
사람만 데리고 앙연(昻然)히 들어왔다. 주유가 절하며 저를 맞았다.

장간이 묻기를

"공근께서는 무탈하시오!"

하매, 주유가 말하기를

"자익께서는 수고가 많소이다. 멀리 강을 건너 조조의 세객의 되어
오시니 말이외다?"

하니, 장간이 놀라면서 묻기를

"내 족하와 떨어져 있은 지 오래오. 특히 옛정이나 풀려 왔거늘 어

---

5) 갈건에 도포를 입고[葛巾布衣] : 은사(隱士)의 차림새를 말함. [故事成語考
衣服]「葛巾野服 陶淵明眞陸地之神仙」.「포의한사」(布衣寒士). [史記 廉頗藺相
如傳]「臣以爲布衣之交 尙不相欺 況大國乎 且以一璧之故 逆彊秦之驩不可」. [戰
國策]「衛君與文布衣交」.

6) 세객(說客) : 상대를 설득하려는 사람. 능숙한 말솜씨로 제후를 설복시켜,
자신이 얘기한 목적을 달성시키던 봉건시대의 정객(政客). [史記 酈食其傳]「酈
生常爲說客」.

찌하여 나를 세객으로 몰아붙이시오?"

하거늘, 주유가 말하기를

"내 비록 사광의 총명함에[7] 미치지는 못하지만, 거문고 소리를 들으면 그 그윽한 뜻을 알 수 있다오."

하였다.

장간이 웃으면서 말한다.

"족하께서는 옛 친구를 이렇게 대하시오. 곧 물러가라는 뜻이구려."

하자, 주유가 그의 팔을 잡으며

"나는 단지 형이 조조의 세객이 되어 왔을까 걱정될 뿐이외다. 전혀 그런 뜻이 아니라면, 어찌 속히 가려 하시오?"

하며, 두 사람이 함께 장막으로 들어갔다.

인사를 끝내고 자리에 앉자, 곧 주유는 영을 내려 강동의 영걸들에게 와서 자익과 인사를 하게 하였다.

잠깐 있다가 문관과 무장 등이 각각 비단옷을 입고, 장하의 편장과 비장 등이 모두 은빛 갑옷을 입고 둘로 갈라져 들어왔다. 주유는 모두에게 인사를 하라고 일러 보기를 마치매, 양쪽으로 열을 지어 앉았다. 그리고 큰 연회를 베풀고 군중에서 승리의 음악을 연주하며 술잔을 돌렸다.

주유가 여러 관료들에게 말하기를,

"이는 내 동문수학한 친구이외다. 비록 강북에서 여기에 왔으나 조

---

7) 사광의 총명[師曠之聰] : 사광과 같이 귀가 예민함. 사광은 진(晋)나라 평공 (平公) 때의 악사로 음률을 잘 분간할 수 있었던 사람임. [孟子 離婁篇 上]「師曠之聰 不以六律 不能正五音」. [中國人名]「晋 樂師 字子野……吾驟歌北風 又歌 南風……公問之 對曰 作事不時 怨讟言動於民 則有非言之物而言……子野之言君 子哉」.

조의 세객은 절대 아니니 공들은 전혀 의혹을 갖지 마시오."

하며, 마침내 차고 있던 칼을 풀어서 태사자에게 맡기며

"공은 나의 칼을 차고 술자리를 살피되, 오늘 연회에서 술을 마시는 것은 단지 친구간의 우정을 푸는 것이라. 조조와 동오군의 일을 제기하는 이가 있거든 곧 저를 참하시오!"

해서, 태사자가 칼을 안고 자리에 앉았다.

장간은 놀라서 감히 여러 말을 할 수가 없었다.

주유가 말하기를

"내가 군사들을 이끌고 있는 동안 술을 마시지 않았는데, 옛 친구를 만나고 또 의심하고 꺼려하는 바가 없으니 오늘은 취해야겠소이다."

하고 말을 마치자, 크게 웃으며 마셨다.

술자리에선 잔과 산가지가 얽혔다.[8] 술자리가 점점 무르익자 주유가 장간의 손을 잡고 함께 장막 밖에 나갔다. 좌우의 군사들이 다 관대를 갖추어 입고 창과 칼을 잡고 서 있다.

주유가 묻기를,

"나의 군사들이 자못 웅장하지요?"

하니, 장간이 말하기를

"진실로 웅호와 같은 군사들이오."

하였다.

주유가 또 장간을 이끌고 장막의 뒤로 가서 보니, 양초가 산처럼 쌓

---

8) 술자리에선 잔과 산가지가 얽혔다[觥籌交錯] : 술잔이 오가며 산가지가 뒤섞임의 뜻. '굉'(觥)은 짐승 뿔 모양의 술잔이고 '주'(籌)는 마신 술잔의 수를 헤아리는 산가지로, '연회의 성한 모습'을 비유함. [歐陽修 醉翁亭記]「**觥籌交錯** 坐起而暄譁者 衆賓歡」. [文天祥 山中再次胡德昭韻詩]「**觥籌**堂裏春色沸 燈火林皐夜色澤」.

여 있다.

주유가 묻기를,

"내 양초가 이 정도면 넉넉하지 않겠소?"

하니, 장간이 말하기를

"정병에 양초까지 넉넉하니 소문이 거짓이 아니구려."

하였다.

주유가 거짓 취한 체 웃으면서,

"나와 자네가 학문을 같이 할 때를 생각해보니, 일찍이 오늘 같은 날이 있을 줄 알았겠는가."

하니, 장간이 말하기를,

"형의 높은 재주를 본다면 실상 과할 것이 없소."

하였다.

주유가 장간의 손을 잡고 묻기를,

"대장부가 세상을 살 때에 자신의 뜻을 알아주는 주군을 만나면, 겉으로는 군신간의 의를 맺고 안으로는 골육지은을 맺은 것이외다. 말한 것은 반드시 실행하고 계책을 세웠으면 반드시 따라야 화복이 함께 오는 것이외다. 예를 들면 소진과 장의9) 육가와 역생 등이10) 다시

---

9) 소진과 장의(蘇秦·張儀) : 춘추시대의 이름난 세객. '소진'은 연(燕)의 문후(文候)에게 육국합종(六國合縱)을 주장하여 채택되었고 육국의 재상을 겸하였음. 「합종연횡」(合從連衡). [史記 孟軻傳]「天下方務於合從連衡 以攻伐爲賢」. [蘇秦傳]「蘇秦說趙肅侯曰 六國爲一幷力 西鄕而攻秦 秦必破矣 衡人者 皆欲割諸侯之地以子秦」. '장의'는 위나라 사람으로 소진과 종횡 채택의 책략을 귀곡(鬼哭)에게 배우고, 진의 혜문왕(惠文王)의 신임을 얻어 연횡책을 주장하여 열국을 진나라에 복종시켰음. [中國人名]「與蘇秦同師鬼谷子 以遊說縣名 相秦惠王 以連衡之策說之國 使背從而事秦……惠王卒 不說於武王 六國皆畔衡復合從 儀乃之梁相魏」.

10) 육가와 역생(陸賈·酈生) : 둘 다 한나라의 세객. '육가'는 한 고조 유방의

살아와서, 구변이 막힐 것이 없고 혀끝이11) 이로운 칼날이 된다 한들
어찌 내 마음을 움직이겠소이까!"

하고, 말을 마치자 크게 웃는다. 장간이 얼굴빛이 흙빛이 되었다.12)

주유가 다시 장간을 붙들고 장막 안에 들어가 또 마시게 되었는데,
여러 장수들을 가리키며

"이들이 다 강동의 영걸들이외다. 오늘 이렇게 모였으니 명칭을 '군
영회'(群英會)라 합시다."

하였다.

술을 마시다가 어느덧 날이 저물어 촛불을 밝히게 되었는데, 주유
가 일어나 검무를 추며 노래를 불렀다.

　　대장부 세상에 처함이여 공명을 세우는도다
　　공명을 세움이여 평생에 위로가 되리라.
　　　丈夫處世兮立功名

막빈(幕賓)으로, 천하가 평정되자 사자가 되어 남월(南越)을 굴복시켰음. [中
國人名]「漢 楚人 以客從高祖定天下 使南越尉佗 賜印封爲王 賈時時前說詩書……
文帝卽位 復以大中大夫 使尉佗」. '역생'은 역이기(酈食其)를 말하는데 한의 고
양사람임. 유방이 고양으로 들어오자 진류(陳留)를 함락시킬 계책을 내었으
며, 군사를 쓰지 않고 제(齊)를 설득하여 70여 성을 함락시켰음. [中文辭典]「漢
高陽人 爲里監門 沛公至高陽 食其獻計下陳留 號曰廣野君 常爲說客 說齊 憑軾下
齊七十餘城」.

11) 혀끝이[三寸之舌] : 세 치의 짧은 혀를 말함. 구변(口辯)이 능한 것을 비유
　　하는 말임. [史記 平元君傳]「今以三寸舌 爲帝者師 又毛先生以三寸之舌 强於易
　　萬之師」.

12) 얼굴빛이 흙빛이 되었다[面如土色] : 얼굴빛이 변함. 면무인색(面無人色).
　　몹시 놀라거나 두려워서 흙빛으로 변한 얼굴빛. '두려움 따위로 창백해진 얼
　　굴빛'의 비유임. [警世通言 第九卷]「李白重讀一遍 讀得聲韻鏗鏘 番使不敢則聲
　　面如土色 不免山呼拜舞辭朝」.

立功名兮慰平生.

평생에 위로가 됨이여 나는 계속 취하려네
내 장차 취할 수 있음이여 미친 노랠 부르는도다!
　慰平生兮吾將醉
　吾將醉兮發狂吟!

노래가 끝나니 모두들 기뻐하며 웃었다.

밤이 깊어지자 장간이 말하기를,

"더 이상 술을 못 마시겠소이다."

하자, 주유는 자리를 거두고 제장들은 하직 인사를 하고 각자 헤어졌다.

주유가 말하기를,

"오랫동안 자익과 함께 자지 못하였으니, 오늘 밤에는 발을 대고 잡시다."

하였다.

이에 거짓으로 크게 취한 척하며 장간을 붙들고 장막으로 들어가서 같이 잤다. 주유는 옷을 벗고 쓰러져서 심하게 토하였다.[13] 그러니 장간이 어찌 편히 잘 수 있으랴? 자리에서 엎드려 들으니 군에서 2경임을 알리거늘, 일어나니 등불이 아직도 밝았다.

주유 쪽을 쳐다보니 코고는 소리가 요란하였다.

장내의 책상 위에는 한 뭉치의 문서가 쌓여 있었는데, 장간이 자리에서 일어나 몰래 보니 모두가 오고 간 서신들이었다. 안에 한 통의

---

13) **심하게 토하였다[嘔吐狼藉]** : 심하게 토함. '낭자'는 '여기저기 흩어져 어지러움'의 뜻임. [史記 滑稽傳]「履烏交錯 杯盤**狼藉**」. [孟子 滕文公篇 上 樂歲粒米戾注]「狼戾 猶**狼藉**也」.

편지가 있어 보니 겉봉에 '채모·장윤이 보냄'이라 쓰였거늘, 장간이 크게 놀라 읽어보니 대략 이런 것이었다.

저희들이 조조에게 항복한 것은 벼슬이나 녹봉을 위한 것이 아니고, 당시의 형세에 따른 것 뿐입니다. 이제 북군을 속여 영채 속에 가두어 놓았으니, 틈을 얻어서 곧 조적의 수급을 휘하께 드리겠습니다. 조만간에 사람이 갈 터이니 속히 소식을 알려드리겠습니다. 결코 의심하지 마소서.
먼저 이로써 소식을 전합니다.

장간이 생각하기를, '원래부터 채모와 장윤이 동오와 결탁하고 있었구나!' 하고는, 마침내 그 편지를 몰래 옷 속에 감추었다. 그리고 다시 그 문서들을 보려는데, 침상에서 주유가 몸을 뒤척였다. 장간도 급히 불을 끄고 자리에 들었다.
그때, 주유가 입속에서 알아들을 수 없는 말로,
"자익아, 내 수일 내로 너에게 조적의 머리를 보여줄 터이니……."
한다. 장간이 주유에게 물으니 주유는 다시 잠에 빠졌다.
장간이 침상 엎드려 있으려니까, 4경이 가까워지자 누가 장막에 들어와 부르기를
"도독께서 아직도 주무십니까?"
하거늘, 주유가 꿈을 꾸다가 문득 깨어난 듯이 그 사람에게 말한다.
"침상에서 자는 사람이 누구인가?"
하니, 그 사람이 대답하기를,
"도독께서 자익을 청해 잠자리에 들지 않으셨습니까. 어찌 그 일을 잊으셨습니까?"

하였다.

그때서야 주유가 후회하면서, 말하기를

"내 평소에는 일찍이 술을 마시지 않았는데, 어제는 취하여 무슨 말을 했는지 모르겠구먼?"

하니, 그 사람이 대답하기를

"강북에서 사람이 왔습니다."

하자, 주유가 말하기를

"목소리를 낮추게!"

하고, 곧

"이 사람 자익."

하며 부르거늘 장간이 자는 척을 했다. 그러자 주유는 장막을 나갔다.

장간이 몰래 들으니 문 밖에 있는 사람과 말하기를,

"장료와 채모 두 사람이 '일이 급해져서 하수하지[14] 못했습니다.'"

하는데, 그 뒤는 목소리가 낮아서 들을 수가 없었다.

조금 있자 주유가 장막으로 들어와

"자익, 이 사람아."

하며 부른다.

장간은 대답 않고 이불을 머리까지 쓰고는 거짓 자는 체하였다. 그랬더니 주유 또한 옷을 벗고 자리에 들었다.

장간이 생각하기를 '주유는 정신이 세밀한 사람이라, 날이 밝아 편지가 보이지 않으면 필시 나를 해할 것이다.' 하고, 잠잔 지 5경에 이르자 장간은 주유를 불렀으나 주유는 대답이 없었다.

---

14) 하수(下手) : 일을 처리함. [傳燈錄]「慧藏對馬祖曰 若敎某甲自射 直是無下手處 又僧問 天地還可雕琢也 無 靈黙日 汝試下手看」. [唐律 鬪訟]「諸同謀共毆傷人者 各以下手重者爲重罪」.

장간은 머리에 두건을 쓰고 가만가만 걸어서 장막을 나가, 소동을
불러 곧바로 원문을 나섰다.

군사들이 묻기를,

"선생께서는 어디에 가십니까?"

하니, 장간이 말하기를

"내가 여기 있으면 도독께 방해가 될 것 같아, 권도로써[15] 하직하고
가는 길일세."

하거늘, 군사들은 저를 막지 않았다.

장간은 배를 타자마자, 나는 듯이 노를 저어 돌아가 조조를 뵈었다.

조조가 묻기를,

"자익이 보러 갔던 일은 어찌 되었소?"

하거늘, 장간이 대답하기를

"주유는 뜻이 높고 고상하여 말로써는 설득시킬 수가 없었습니다."

하자, 조조가 노하면서 말하기를

"일이 또 제대로 되지 않았으니 도리어 웃음거리만 되었구나!"

한다.

장간이 은밀하게 말하기를,

"비록 말로써 주유를 설득하지는 못했지만, 승상께 들려드릴 일이
하나 있습니다. 부디 좌우를 물려주십시오."

하며, 장간은 편지를 꺼내 보였다.

그러고는 자신이 보고 들은 일들을 하나하나 조조에게 말하였다.

조조가 크게 노하며 말하기를,

---

15) **권도(權道)** : 일을 처리하는 방도. 임기응변으로 취하는 방편. 「임기응변」
(臨機應變). 그때 그때의 형편에 따라 알맞게 대처함. [晉書 孫楚傳]「廟勝之算
臨機應變」. [三國志 魏志 荀彧傳]「**應變無方**」.

"두 도적놈들이 이토록 무례하다니!"

하고, 곧 채모와 장윤을 불러들여

"내가 너희 두 사람에게 진병을 시키려 한다."

하니, 채모가 말하기를

"군사들이 아직 훈련이 되지 않아 미숙하므로 가벼이 진병하면 안됩니다."

하거늘, 조조가 노하여 묻기를

"군사들이 숙련되면 내 수급을 주랑에게 드리려 했느냐!"

한다.

채모와 장윤은 조조의 말뜻을 몰라서 놀라고 당황하여 대답치 못한다. 조조는 무사들을 시켜 끌어내어 참하라 하였다.

얼마 되지 않아서 저들의 목을 드리자, 조조는 후회하며

"내가 주랑의 계책에 말려들었구나!"

하였다.

후세 사람이 이 일을 한탄한 시가 있다.

조조 간웅을 누구도 당해낼 수 없거늘
하루 아침에 주랑의 계책에 빠졌구려.
曹操奸雄不可當
一時詭計中周郞.

채모와 장윤이 주군을 팔아 목숨을 얻었더니
누군들 하루 아침 칼 끝에 망할 줄 알았으랴!
蔡張賣主求生計
誰料今朝劍下亡!

여러 장수들이 장윤과 채모 두 사람이 죽은 것을 보고 들어와 그 까닭을 묻자, 조조는 비록 마음속으로는 계책에 빠진 줄을 알지만 자신의 잘못을 인정하지 않고,

장수들에게 이르기를,

"두 사람이 군법을 어겨서 내가 저들을 참하게 하였소."

하거늘, 여러 장수들이 다 한탄했다.

조조는 장수들 중에서 모개와 우금을 뽑아 수군도독을 삼고, 채모와 장윤 두 사람의 직무를 대신하게 하였다.

세작이 이 일을 탐지하여 강동에 보고하자, 주유는 크게 기뻐하며 말하기를

"내 걱정하던 자가 이 두 사람 뿐이었다. 이제 저 둘이 죽었으니 내 걱정이 없어졌소이다."

하였다.

노숙이 대답하기를

"도독께서 용병을 이와 같이 하시니, 어찌 조적을 깨뜨리지 못하겠소이까!"

하거늘, 주유가 부탁하기를

"내 생각에는 이 계책으로 여러 장수들을 속일 수는 있었겠지만, 제갈량은 식견이 나보다 나으니 이로써 저를 속일 수 없을 것이오. 자경께서는 저에게 말해, 저가 아는지 모르는지를 나에게 알려 주시오."

하였다.

이에,

반간계로 일이 성공하자 기분이 좋아서
다른 사람의 눈치를 살피게 하는구나.

還將反間成功事

去試從旁冷眼人.

노숙이 공명에게 알아보려 간 이 일은 대체 어찌 될 것인지 알 수가
없다. 하회를 보라.

《제4권으로 이어짐》

찾아보기

삼국의 비교

삼국의 지도

西海

敦煌

酒泉

張掖

武威

涼州

銀川

匈奴

鮮

呼和

雲中

并

黃河

平陽

河

西羌

金城

蘭州

安定

(關中平野)

雍州

(函谷關)

隴西

祁山

渭水

五丈原

長安

西安

街亭

武都

漢中

陰平

漢中

嘉陵江

(隆中)

襄

汶山

廣漢

巴西

(白帝城)

成都

成都

益州

巴東

夷陵

白狼夷

巴郡

涪陵

武

江陽

重慶

越嶲

蜀

朱提

永昌

雲南

建寧

貴陽

昆明

蒼

鬱林

南寧

合浦

交趾

日南

昌黎　玄菟　瀋陽　丸都　高句麗

烏丸　幽州　遼西　碣石山　平壤　樂浪

北京　燕國　范陽　天津　渤海　渤海

東萊　青州　齊國　北海國　馬韓　弁韓

平原　濟南國　城陽

兗州　琅邪國

濟陰國　沛國

譙　下邳　徐州

淮水

(壽春)　揚州

盧江　建業　南京　吳郡　上海　東中國海

長江　盧江　杭州

會稽

鄱陽　臨海

象章　臨川　建安

吳

福州

南中國海

⊙	-----	국도
■	-----	부도
○	-----	주도
●	-----	군도
◆	-----	현재 도시
▲	-----	산
✕	-----	전투 지역
( )	-----	기타
━━	-----	국경
▄▄▄	-----	만리장성

0　100　200　300km

魏 (220~265)

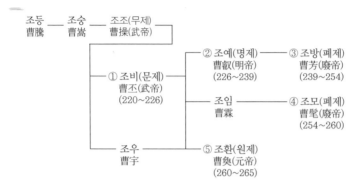

```
조등 ── 조숭 ── 조조(무제)
曹騰    曹嵩    曹操(武帝)
                            ┌─ ② 조예(명제) ──── ③ 조방(폐제)
                            │   曹叡(明帝)         曹芳(廢帝)
                            │   (226~239)        (239~254)
           ① 조비(문제) ──┤
              曹丕(武帝)    │
              (220~226)    │   조임 ──────────── ④ 조모(폐제)
                            │   曹霖               曹髦(廢帝)
                            │                      (254~260)
                            │
           조우 ────────── ⑤ 조환(원제)
           曹宇             曹奐(元帝)
                            (260~265)
```

蜀 (221~263)

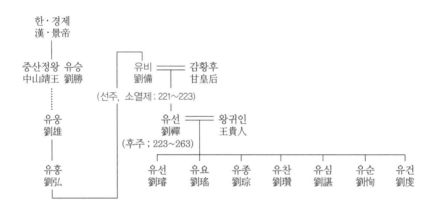

```
한·경제
漢·景帝

중산정왕 유승              유비 ══ 감황후
中山靖王 劉勝              劉備    甘皇后
               (선주, 소열제 ; 221~223)

유웅                       유선 ══ 왕귀인
劉雄                       劉禪    王貴人
                        (후주 ; 223~263)

유홍      유선   유요   유종   유찬   유심   유순   유건
劉弘      劉璿   劉瑤   劉琮   劉瓚   劉諶   劉恂   劉虔
```

吳 (222~280)

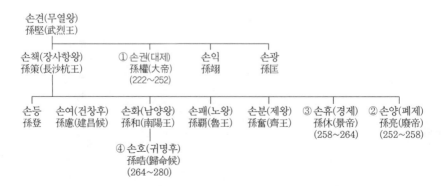

```
손견(무열왕)
孫堅(武烈王)

손책(장사항왕)  ① 손권(대제)    손익     손광
孫策(長沙杭王)     孫權(大帝)    孫翊     孫匡
                  (222~252)

손등  손여(건창후)  손화(남양왕)  손패(노왕)  손분(제왕)  ③ 손휴(경제)  ② 손양(폐제)
孫登  孫慮(建昌候)  孫和(南陽王)  孫霸(魯王)  孫奮(齊王)    孫休(景帝)     孫亮(廢帝)
                                                        (258~264)     (252~258)

              ④ 손호(귀명후)
                 孫晧(歸命候)
                 (264~280)
```

박을수(朴乙洙)

▸主要著書 · 論文

『한국시조문학전사』(성문각, 1978)

『한국시조대사전(상 · 하)』(아세아문화사, 1992)

『한국고전문학전집 11, 시조Ⅱ』(고려대 민족문화연구소, 1995)

『국어국문학연구의 오늘』(회갑기념논총, 아세아문화사, 1998)

『시조의 서발유취』(아세아문화사, 2001)

『한국개화기저항시가론(수정판)』(아세아문화사, 2001)

『시화, 사랑 그 그리움의 샘』(아세아문화사, 2002)

『회와 윤양래연구』(아세아문화사, 2003)

『시조문학론』(글익는들, 2005)

『만전당 홍가신연구』(글익는들, 2006)

『한국시가문학사』(아세아문화사, 2006)

『신한국문학사(개정판)』(글익는들, 2007)

『한국시조대사전(별책보유)』(아세아문화사, 2007)

『머리위엔 별빛 가득한 하늘이』(글익는들, 2007)

『삼국연의』(전9권)(보고사, 2015)

「고시조연구」(석사학위논문, 1965)

「개화기의 저항시가연구」(학위논문, 1984)

역주 삼국연의 3

2016년 1월 15일 초판 1쇄 펴냄

저 자 나관중
역 자 박을수
발행인 김흥국
발행처 보고사

책임편집 이경민
표지디자인 오동준

등록 1990년 12월 13일 제6-0429호
주소 경기도 파주시 회동길 337-15 보고사 2층
전화 031-955-9797(대표)
　　　02-922-5120~1(편집), 02-922-2246(영업)
팩스 02-922-6990
메일 kanapub3@naver.com / bogosabooks@naver.com
http://www.bogosabooks.co.kr

ISBN 979-11-5516-183-8
　　　979-11-5516-180-7　04820(세트)
ⓒ 박을수, 2016

정가 15,000원

이 도서의 국립중앙도서관 출판예정도서목록(CIP)은 서지정보유통지원시스템 홈페이지
(http://seoji.nl.go.kr)와 국가자료공동목록시스템(http://www.nl.go.kr/kolisnet)에서
이용하실 수 있습니다.(CIP제어번호: CIP2015033968)